10
18

12, AVENUE D'ITALIE. PARIS XIIIe

Sur l'auteur

Jonathan Rabb est l'auteur de quatre romans, dont *Rosa* (à paraître prochainement en 10/18). Il vit aujourd'hui à New York avec sa femme et ses deux enfants.

JONATHAN RABB

L'HOMME INTÉRIEUR

Traduit de l'américain
par Bernard Cucchi

INÉDIT

10/18

« Grands Détectives »

dirigé par Jean-Claude Zylberstein

Titre original :
Shadow and Light

Publié en arrangement avec Sarah Crichton Books,
un département de Farrar, Strauss and Giroux, LLC,
New York.

ISBN-978-2-264-04974-2

Pour Susannah et Jeremy

1

1927

Il est rare d'avoir une bonne raison de quitter Berlin. En été, le lac de Wannsee vous propose la fraîcheur de ses plages de sable fin. Pour quelques pfennigs, même un employé de bureau et sa petite amie peuvent y louer une cabine à la journée. Les mois d'hiver voient se dresser le palais de Glace, près de la porte d'Oranienburg, à moins que vous ne préfériez les attractions de Luna Park, qui donneront l'occasion à votre petite famille de se réchauffer autour d'un chocolat allongé de schnaps. Et on peut toujours compter sur l'animation de la partie est de la ville, où, dans l'insouciance relative de la décadence de l'époque, la vie oscille entre le whisky (si vous êtes verni) et les plaisirs de la chair (si votre âge le permet). Oui, il n'y a aucune raison de quitter Berlin quand on a si peu l'occasion de se tourner les pouces.

Pourtant, la ville était déserte – non pas réellement déserte, bien sûr, mais on y rencontrait si peu de monde qu'il y avait de quoi s'inquiéter. En ce début de février, un étrange phénomène s'était abattu sur Berlin, quelque chose que personne n'aurait pu contrôler ou prédire. Certes, on pouvait l'expliquer, mais uniquement dans le langage savant et complexe de la science.

Pour le commun des mortels, un mot suffisait : *Weisserhimmel** – des journées de ciel blanc qui succédaient à un soleil trop brillant ne procurant pas la moindre chaleur. Tous les quarante ans environ, le phénomène se répétait, petit rappel du passé nordique de la cité, mais les Berlinois n'étaient pas du genre à s'appesantir sur leur histoire. Perturbés par cette atmosphère, cette clarté trop vive, ils fuyaient : les affaires s'interrompaient brutalement, les écoles s'octroyaient des vacances illimitées. Tout serait fini en quelques jours, pourtant seuls les inconditionnels restaient pour assurer la survie de la ville.

Passer quelques heures à la lisière de la ville pouvait cependant avoir un effet merveilleux. Si le soleil n'y était pas plus clément, du moins les faubourgs offraient-ils l'assurance de se dépayser. Malgré tout, Nikolaï Hoffner conduisait en jetant des coups d'œil réguliers à son rétroviseur. La ville qu'il voyait lui semblait écrasée, minuscule et son reflet étrangement trompeur. Même l'horizon ne l'aidait guère. Il savait qu'il valait mieux ne pas s'y attarder.

Il ouvrit grande la bouche et s'intéressa à ses dents ; elles semblaient vibrer au rythme de la voiture. L'une d'elles allait tomber, c'était inévitable. Assez épaisse, de travers et jaunie par le tabac, elle ne semblait pourtant pas différente des autres. Peu enclin à accorder sa confiance aux médecins, Hoffner croyait à la douleur, et cela suffisait. Tant qu'il n'aurait pas l'occasion de prendre rendez-vous chez le dentiste, il était censé appliquer plusieurs fois par jour une sorte de pommade sur

* Les termes allemands sont traduits dans le glossaire, en fin de volume p. 477.

les gencives. Il estimait qu'un coup de brandy faisait aussi bien l'affaire.

La route de Neubabelsberg – la nouvelle – était droite et lisse et, pour l'équivalent de quelques pièces, elle vous conduisait aux studios de cinéma en moins d'une demi-heure. Quelqu'un avait eu la brillante idée de construire un circuit automobile, hommage asphalté à Mercedes, Daimler et Cadillac – bien que personne ne parlât de Cadillac –, qui se découpait parmi les aiguilles de pin satinées et les feuilles vert sombre de Grunewald. Ces bois, en bordure des lacs et plages de la grande forêt préservée, avaient toujours représenté une forme d'évasion, et voilà que même cela n'existait plus, ou était voué à disparaître – un seul trait de dix-huit kilomètres et tout le charme était rompu.

Hoffner appuya soudain sur l'accélérateur, décidé à savoir ce que la vieille voiture avait dans le ventre. Le tuyau d'échappement rugit et une odeur de brûlé monta de la route quand les pneus commencèrent à chauffer. Ça ne manquait jamais : dès qu'ils avaient atteint leurs limites, ils se mettaient à puer. C'était l'odeur caractéristique des surplus, les équipements militaires rendus inutiles par le désarmement et qui, de temps à autre, surgissaient de quelque entrepôt inconnu. Ne pas poser de questions, telle était la règle.

Une grosse Buick klaxonna furieusement derrière lui et Hoffner regarda une nouvelle fois dans son rétroviseur : la voiture avait surgi de nulle part. Il fit signe au conducteur de passer et suivit des yeux la calandre, puis l'habitacle du véhicule qui le doublait. La Kriminalpolizei ferait bien d'investir dans des voitures plus rapides – inutile de compter sur le parc actuel pour arrêter les malfrats.

Un bruit sourd résonna sous le plancher – cadeau d'adieu de la Buick – et Hoffner s'attendit à découvrir sur l'asphalte un bout de métal de mauvais augure.

Rien ne se produisit. Pourtant, il y avait certainement quelque chose de cassé, ou un truc qui se trouvait là où il n'aurait pas dû être. Non que Hoffner s'y connût le moins du monde en mécanique automobile, mais il comprit qu'il devait descendre se rendre compte. D'ailleurs, un peu de graisse sur le visage et les mains montrerait au type qu'on lui enverrait pour le remorquer qu'il avait fait de son mieux.

Il dirigea la voiture vers le bas-côté et ouvrit la boîte à gants pour y prendre les deux drapeaux jaunes qu'il y gardait. Six mètres devant, six mètres derrière, tout cela ne rimait à rien… Cela dit, quelqu'un s'était donné beaucoup de mal pour rédiger la liste des consignes à respecter en cas d'urgence (*die Verkehrsnotverfahren*) – ça occupait huit pages entières dans le petit guide de dépannage et de maintenance du véhicule et qui était-il, lui, pour mettre en doute leur nécessité ? Laissant les drapeaux s'agiter inutilement sur la route déserte, il se glissa sous la voiture.

À sa grande surprise, tout semblait en excellent état. Diverses pièces métalliques formaient des angles bizarres. Des boîtiers contenant des rouages étaient fixés dans leurs emplacements en fer et si deux ou trois fils pendouillaient hors de leur gaine – chacun enveloppé d'une sorte de ruban adhésif noir –, rien ne semblait abîmé, hors service, ou pas exactement à sa place. Malgré son usure, le bois du plancher était intact et, de cet endroit privilégié, les pneus paraissaient plus épais. Hoffner songea qu'on aurait pu dire à peu près la même chose de sa vieille carcasse qui atteignait cinquante-trois années au compteur : les épaules encore larges, bien que le torse, puissant, eût de plus en plus tendance à se confondre avec le ventre. Il remarqua une inscription griffonnée sur un des pneus et s'approcha, centimètre par centimètre. *Frankreich, Süd, 26117-7-6, Vichy*, parvint-il à décrypter.

Hoffner sourit. Ses pneus avaient été rechapés et ne provenaient pas des surplus. Pourtant, d'une certaine manière – vu ainsi –, ils n'avaient pas réussi à franchir la frontière. D'ailleurs, ces derniers temps, très peu d'approvisionnement parvenait aux Français, Anglais, Belges ou Italiens – comment les Italiens avaient-ils obtenu leur part du gâteau, eux qui n'étaient entrés en guerre qu'en 1915, cela continuait à l'épater –, hormis, bien entendu, des monticules de billets de banque. Dans ce domaine, les choses étaient différentes. Les Français pouvaient bien fermer l'œil sur quelques pneus qui finissaient entre les mains de la police berlinoise. S'il manquait un seul pfennig des réparations de guerre, ou des intérêts sur les réparations, ou des intérêts sur les prêts contractés pour payer les intérêts sur ces mêmes réparations, alors Paris poussait des hauts cris, parlant d'occuper la rive droite du Rhin. Dans la presse, le gouvernement chancelant des sociaux-démocrates n'arrêtait pas de supplier : il fallait que nos alliés soient contents, continuer à payer, et peu importait combien de fois le mark avait été réévalué ou dévalué, peu importait si des charretées de billets étaient nécessaires pour s'offrir un morceau de pain. Par bonheur, le pire était passé, enfin, d'après ces mêmes journaux. Qui s'en souciait si là-bas, à Versailles, on brandissait les termes du traité pour menacer de certaines représailles ? Bizarre, mais Hoffner avait toujours cru que Vichy se trouvait dans le Nord.

Il se releva et, installé sur le marchepied, déboucha sa flasque. Grâce au ciel, les Hongrois étaient restés fidèles au Kaiser jusqu'au triste dénouement : peu de risques, donc, de manquer un jour de slivovitz. Il avala une gorgée et observa le bois, appréciant la brûlure familière de l'alcool dans sa gorge. À une vingtaine de mètres, trois sangliers creusaient le sol. Ils avaient le poil brun sombre, l'arrière-train gras et musculeux. Ces trois-là avaient su trouver leur pitance pendant l'hiver. Le plus petit se retourna un instant et le regarda, tête dressée. Pas le moindre signe de peur. Il le fixait, imperturbable. Ce n'était pas à lui de reculer, il le savait. Hoffner s'émerveilla de tant d'assurance saugrenue.

Alors qu'il s'offrait une nouvelle lampée, il entendit un coup d'avertisseur sur la route, comme un caquètement. C'était un camion de livraison d'avant-guerre, sa remorque ouverte remplie de petites bonbonnes en verre contenant un liquide bleu. Hoffner se demanda si par hasard il ignorait qu'on allait vers une pénurie de lotion capillaire, mais l'homme qui sauta de la cabine le rassura aussitôt. Il était absolument chauve, hormis quelques mèches noires emmêlées au-dessus des oreilles. Hoffner se leva pour l'accueillir.

— Opel 22 ? lança l'homme, sûr de lui. Pas l'idéal sur ce genre de route.

Hoffner hocha la tête. Il ne savait plus s'il s'agissait du modèle sorti en 21 ou en 22.

— Je pensais avoir un pépin, là-dessous, expliqua-t-il, mais je n'ai rien remarqué.

— Ces châssis surélevés, commenta l'homme, c'est pas indiqué pour rouler vite.

— Vous vous y connaissez en voitures ?

— Ça m'intéresse. Alors, rien côté moteur ?

Hoffner désigna son véhicule.

— Si vous voulez jeter un œil, c'est avec plaisir.

L'homme s'avança, souleva le petit levier métallique du capot et l'ouvrit.

— Pas à dire, vous le soignez bien !

Il se pencha et secoua sans forcer quelques pièces.

— Oui, acquiesca Hoffner qui n'avait encore jamais ouvert le capot.

Il remarqua que le sanglier les observait toujours.

— Cigarette ?

L'homme se redressa et rabattit le capot.

— Merci.

— C'est moi qui devrais vous remercier.

— Pour ça ? Votre voiture est en parfait état de marche.

Ils allumèrent leur cigarette et s'appuyèrent contre le capot.

— Pour votre compagnie, alors ? dit Hoffner qui tendit sa flasque.

— Non, refusa l'autre. Ça ne me réussit pas trop.

De la tête, Hoffner désigna la camionnette.

— Intéressant, votre chargement.

— C'est du liquide pour nettoyer les toilettes. Très chic. Je vais aux studios. Comme vous.

Remarque pertinente : quelle autre raison aurait-on eue d'emprunter cette route ?

— Bien sûr, je ne devrais pas. Cela ralentit les gens, mais après tout, pourquoi pas ? Je choisis bien mes horaires. Lundi matin, 11 heures. Très peu de trafic dans les deux sens. Vous avez eu de la chance de ne pas trop attendre.

— Ça dépend de ce que vous entendez par avoir de la chance.

L'homme sourit, l'air absent.

— D'accord.

— Et je me disais que les studios auraient dû…

— Choisir une plus grosse entreprise pour s'occuper de leurs toilettes ?

L'inconnu s'était déjà fait la même réflexion. Une saveur étrange émanait de cette conversation.

— Bien sûr, sauf que maintenant je suis dans la place. On me le devait. Question de faveurs et tout ça. Affaire ultra-confidentielle.

— Le monde si complexe du syndicat des produits d'entretien pour toilettes.

— Comme vous dites !

L'homme désigna les sangliers d'un signe de tête.

— Il y en a un qui va se régaler.

— Ce serait une honte.

— Vous n'aimez pas la bonne chère ?

Hoffner tira sur sa cigarette.

— Et comment fait-on pour s'introduire « dans la place » ?

— Le truc habituel. Un producteur, ou un réalisateur – j'ai oublié –, avait repéré ma fille. Il m'a signé le contrat. Limité, cela va de soi. Un homme, une camionnette. Assez de liquide pour les petits bâtiments. Plus, si elle s'allonge.

— Et si elle l'épouse, vous imaginez un peu ?

— Aucun risque. Il y a deux ans, elle a filé à Darmstadt avec un apprenti boucher. Ils ont dû être désolés, aux studios. Le pauvre veuf abandonné par sa fille unique.

— C'est un peu gros.

— Détrompez-vous. Ils n'ont pas annulé le contrat. J'ignore pourquoi. Elle, je ne l'avais jamais beaucoup aimée. Elle doit avoir grossi, maintenant. Grosse comme cette femelle, là-bas. Avec un môme. Un petit garçon grassouillet. Il doit la frapper. Le boucher, pas le môme.

Et voilà, se dit Hoffner. L'homme avait connu la vie sous le Kaiser, la guerre, le chômage, il avait eu une fille, et rien de tout cela n'importait. Non pas qu'il fût demeuré insensible, mais cette succession d'événements ne le touchait pas. Ce qui sauvait toujours Berlin, c'était sa capacité à continuer de l'avant. Seul un vrai Berlinois pouvait le comprendre.

— Quel ciel ! fit remarquer le livreur.

À peine ouvrait-on la bouche qu'on se croyait obligé d'y faire allusion.

— Ça passera.

— J'imagine.

L'homme inhala une dernière bouffée et jeta sa cigarette.

— Un peu tôt pour voir un flic se pointer aux studios.

Tant de certitudes, ce matin, dans la forêt de Grunewald, songea Hoffner.

— Affaire ultra-confidentielle.

L'homme souffla la fumée et se redressa.

— Ouais, je n'en doute pas.

Une fois devant son volant, il mit la tête à la fenêtre.

— Faites gaffe où vous pissez, là-bas. Ça me simplifiera un peu la vie.

Il enclencha la première et démarra.

Hoffner écrasa sa cigarette sur le sol et remarqua que les trois sangliers ne le quittaient pas des yeux. Instinctivement, il ramassa le mégot abandonné : il était encore humide. Il ouvrit la portière, lança le mégot sur le tapis de sol, côté passager, et appuya sur le démarreur. Le bruit du moteur provoqua la fuite des animaux dans le bois et Hoffner se retourna pour les voir disparaître. Enfin quelque chose qui les effrayait.

Il se cala sur son siège, ferma la portière et rejoignit la route.

Telle une caravane de tortues, les premiers bâtiments des studios se dressèrent à l'horizon. Les gens du cinéma avaient acheté les lieux avant la guerre – une usine abandonnée perdue au milieu de nulle part. Ils avaient pensé que la sécurité y serait mieux assurée – si les bobines prenaient feu, aucun quartier d'habitation du voisinage ne risquait de s'embraser. Peu à peu, les bâtiments s'étaient agrandis et, sous le ciel vide de ce jour-là, l'immense complexe semblait encore plus désolé.

Parvenu devant l'entrée, Hoffner dut patienter entre les murs d'enceinte. Le sigle UFA[1] se balançait, en équilibre instable au-dessus de sa tête. Sur un côté,

1. Universum Film Aktiengesellschaft, société cinématographique allemande fondée en 1917, par la fusion de petites compagnies. (*N.d.T.*)

un grand panneau d'affichage vantait les derniers triomphes de la production : affiches d'Emil Jannings et d'Asta Nielsen, Conrad Veidt dans une attitude menaçante, puis les avertissements de circonstance : *Épouvantable ! Dangereux ! Jeunes filles, prenez garde !* L'ombre de Veidt était particulièrement bien placée – elle obscurcissait deux lettres cruciales, de sorte que le spectateur peu attentif aurait pu croire que, dans ce film, les jeunes filles se montraient nues[1]. Hoffner fut sensible à l'ingénuité du créateur.

Voyant le gardien approcher, il chercha son insigne.

— Inutile, Herr Kriminal-Oberkommissar[2].

Le sourire chaleureux de l'homme jurait avec son long manteau aux épaules galonnées et son couvre-chef impressionnant. S'il n'avait pas arboré l'emblème de l'UFA, il aurait aussi bien pu être portier à l'hôtel *Adlon* ou à l'*Esplanade*.

— Bauer, précisa-t-il. Oberwachtmeister[3] Anders Bauer, à la retraite. J'étais à l'Alex[4] avec vous, mon dernier poste avant d'avoir atteint mes trente-cinq ans.

— Bauer.

Hoffner hocha la tête comme s'il se souvenait de lui.

— Bien sûr.

Il n'y avait rien d'extraordinaire à voir un vieux policier de base employé comme veilleur de nuit ou gardien, surtout depuis que les pensions avaient été

1. Dans le texte original, les deux lettres cruciales dissimulées par l'ombre de Veidt sont le *e* et le *w* de l'expression « *Daughters Beware* », qui prend alors un tout autre sens, « *Daughters Bare* » : « Jeunes filles nues ». (*N.d.T.*)

2. Dans la police criminelle (Kripo), correspond au grade d'inspecteur principal. (*N.d.T.*)

3. Correspond à peu près au grade de brigadier de police. (*N.d.T.*)

4. Surnom de la Polizeipräsidium (préfecture de police) de Berlin. (*N.d.T.*)

soufflées par l'inflation. Et pourquoi pas dans le cinéma ? Plus exotique, imagina Hoffner.

— Vous vous êtes trouvé un gentil petit boulot.

— J'n'ai pas à me plaindre, Herr Kriminal-Oberkommissar, dit-il en tendant un petit carton jaune.

« Laissez-passer pour une journée – Grosse Halle[1] », était-il écrit.

— Repas chauds à la cantine. Bel uniforme.

Le visage de Bauer se durcit.

— Vous devez être là à cause de cette affaire avec Thyssen, Herr Kriminal-Oberkommissar.

Il lui présenta un bloc de papier maintenu par une pince et lui montra où signer.

Ce souci de la procédure ne fut pas pour déplaire à Hoffner : le vieux grincheux avait encore le service dans le sang.

— Cette affaire, répéta-t-il en griffonnant son nom. On m'a parlé d'un suicide.

— On entend des choses, Herr Kriminal-Oberkommissar. Rien de plus, déclara Bauer avec un hochement de tête sceptique. Mais si on parle de suicide, alors ce doit en être un.

Hoffner glissa le laisser-passer dans la poche de son manteau.

— Eh bien, si vous entendez quoi que ce soit de nouveau, prévenez-moi. Ça restera entre nous – Herr Oberwachtmeister.

Un éclair passa dans le regard de l'homme.

— Comptez sur moi, Herr Kriminal-Oberkommissar.

Soudain, avec une précision toute teutonique, Bauer retourna à l'entrée, souleva la barrière et fit signe à Hoffner d'avancer. Désireux de ne pas gâcher la belle prestation du gardien, Hoffner démarra sans savoir le moins du monde où il allait.

1. Le Grand Studio de l'UFA. (*N.d.T.*)

Chaque voie, lui sembla-t-il, conduisait vers la Grosse Halle. Il suivit les pancartes après une série de bungalows et parvint devant une aire découverte où se dressaient, au loin, un mur de pierre et des tourelles. À côté, la tête d'un dragon jetait un coup d'œil derrière un buisson. Quiconque était entré dans une salle de cinéma ces deux dernières années n'aurait pas manqué de s'esclaffer devant ces images censées n'apparaître qu'à la lumière tremblotante d'un écran, et tellement moins enthousiasmantes une fois rendues à leur réalité. Georgi, son fils, lui avait tout expliqué – les angles des prises de vues, les objectifs, l'éclairage –, mais à quoi bon connaître les dessous de la technique si tout ne se résumait qu'à cela ? D'ailleurs, c'est à peine si Hoffner remarqua ces décors quand il tourna dans l'allée étroite, après une rangée de constructions au toit plat, sans âme, et se dirigea vers la Grosse Halle.

L'année précédente, quand l'énorme édifice était sorti de terre, les journaux en avaient fait leurs unes : tant de mètres de long, tant de large, « DES PASSERELLES DIX FOIS PLUS HAUTES QU'UN HOMME ! », un mur entièrement en verre pour obtenir un effet de lumière naturelle ! Si le ciel avait montré un soupçon de couleur, la bâtisse aurait pû sembler inquiétante. Mais l'endroit était marron terne, tout bêtement.

Un jeune homme – nœud papillon, chemise unie – attendait devant une succession de portes identiques. Au contraire de ses acolytes qui, écritoires à pince et papiers à la main, affichaient une saine vitalité, il se faisait remarquer par son immobilité. Dès qu'il vit Hoffner se glisser entre deux Daimler, il s'anima.

— Monsieur l'inspecteur principal ! appela-t-il.

Hoffner sortit de sa voiture.

— Eggermann, Rudi Eggermann. Tout le monde m'appelle Rudi.

Rudi avait bien appris sa leçon.

— M. le directeur vous attend là-haut.

Hoffner le suivit vers l'entrée principale. Son costume, qui datait de 1923, ne passa pas inaperçu – sa couleur semblait choisie pour s'harmoniser avec la brique.

— Très impressionnant, déclara l'inspecteur tout en levant les yeux vers le haut du bâtiment et ses innombrables portes.

Il sortit une cigarette de sa poche.

— Oui. Merci, monsieur.

Hoffner agita vaguement la tête vers les portes et alluma sa cigarette.

— Comment les reconnaissez-vous ?

Le visage du garçon exprima sa confusion.

— Reconnaître quoi, monsieur l'inspecteur principal ?

— La bonne porte…

— Oh, fit le garçon en hochant la tête avec empressement. Comment on le sait… Bien sûr. En fait, cela n'a rien de difficile.

— Je plaisantais, monsieur Rudi.

Hoffner souffla un long jet de fumée.

— Vous avez réussi à me remarquer au milieu des Mercedes et des Daimler. Je ne doute pas que vous connaissiez votre chemin.

À l'intérieur, le vestibule abritait un petit bureau, une rangée de cabines téléphoniques, et un large couloir qui s'enfonçait dans l'immeuble. Au milieu du hall, le garçon dut ralentir le pas pour laisser passer une ribambelle de femmes semblant avoir gagné le deuxième prix du concours de déguisement en Marie-Antoinette. Chacune serrait à la main un magazine de mode ou un roman de gare et leur procession les mena vers une grande salle occupée par une véritable armée d'aristocrates français assis, dont certains lisaient ou somnolaient. Dans un coin, une petite foule se passionnait pour une partie de dés opposant plusieurs comtes à des paysans. Hoffner fut heureux de constater que l'esprit démocratique de la république de Weimar continuait à souffler.

Il suivit Rudi dans un ascenseur et ils s'élevèrent.

Le dernier étage se composait d'un atrium entouré par un balcon circulaire à la moquette d'une blancheur virginale. Tout en suivant son guide le long des bureaux et des loges réservés aux pontes ou aux vedettes de l'UFA, Hoffner regarda par-dessus la balustrade, huit étages plus bas, le petit échiquier grouillant d'activité.

La conception des lieux ne manquait pas d'ingéniosité. L'ensemble était formé de plusieurs espaces séparés par des murs de brique mobiles, de sorte qu'on pouvait tourner simultanément grands et petits films. De vastes déserts de sable venaient lécher des palais français ; une partie de la Friedrichstrasse[1] semblait s'achever au sommet d'une montagne. Plus curieux encore, un casino faisait face à un groupe d'éléphants en fuite. D'immenses grues régnaient sur les hauteurs, harnachées de caméras et de spots, lointaines silhouettes accrochées à des perches ou suspendues à des fils. Sans le dôme de verre placé sous l'atrium, le brouhaha des bavardages montant des étages inférieurs aurait été assourdissant. Mais dans les cieux, tout n'était que sérénité. Hoffner se demanda si les architectes s'étaient rendu compte de leur coup de génie en choisissant Babelsberg pour y édifier leur cathédrale.

1. Traversant le centre de Berlin du nord au sud, la Friedrichstrasse est, avec ses 3300 mètres de long, l'un des principaux axes de la capitale. (*N.d.T.*)

— Mon cadet est passionné par tout ça, dit-il en continuant à découvrir les lieux.

— C'est un métier très excitant, monsieur l'inspecteur en chef.

Le jeune Rudi ne se séparait-il donc jamais de son mémento à l'usage des visiteurs ?

— Puis-je vous demander son âge ?

— Il est en troisième année, au Friedrich-Werdersches Gymnasium.

Une cascade tumultueuse dévalait maintenant la montagne.

— Amateur d'escrime. Seize ans.

— Vous devriez nous le présenter. On pourrait lui trouver quelque chose – livrer des scénarios, classer des bobines de film. En fin de semaine, bien sûr.

— Non, répondit Hoffner d'un ton décontracté.

Il regardait l'eau disparaître aussi vite qu'elle avait surgi.

— Ce n'est pas un endroit pour un garçon de seize ans.

Rudi eut un hochement de tête gêné avant de se diriger vers le bureau qui occupait un angle.

— Nous y voilà, déclara-t-il, montrant un soulagement quelque peu excessif.

Devant la porte, Hoffner remarqua un type costaud encore à l'étroit dans son costume flambant neuf. Quand il le vit approcher, l'homme hocha la tête avec une familiarité inappropriée.

— Hoffner, dit celui qui se présenta sous le nom de Kern, ignorant Rudi. Tu es libre de vaquer à tes petites affaires, Eggermann. À partir de maintenant, on s'occupe de tout.

Hoffner laissa passer quelques secondes avant de se tourner vers son jeune guide.

— Je vous remercie pour votre gentillesse, monsieur Rudi. Veuillez dire au responsable de la sécurité du studio que je n'aurai pas besoin de ses services.

Et, sans même un signe de tête, Hoffner saisit la poignée et ouvrit.

La grosse main de Kern retint la porte.

— Dites donc, inspecteur, à quoi vous jouez ?

Une fois encore, Hoffner s'accorda un instant avant de se retourner.

— Écoutez, je pourrais perdre mon temps à consulter votre bloc-notes rempli de gribouillages, ou à écouter vos suggestions sur le quand et le comment de cette histoire. Vous pourriez aussi me raconter ce qui vous a amené à considérer la sécurité privée comme votre vocation, me vanter la liberté qu'on trouve dans cet emploi, le prestige dont il est nimbé et tout le tralala, alors que chacun de nous sait qu'à trois reprises, si ce n'est quatre, vous avez raté l'examen d'entrée à la Kripo au cours de votre passé peu glorieux. J'espérais ne pas avoir à évoquer ces souvenirs devant M. Rudi, ici présent, mais il semblerait que le destin en ait décidé autrement. Je vais vous confier le fond de ma pensée : derrière cette porte, deux ou trois hommes très puissants m'attendent pour me dire exactement ce qu'ils estiment que je dois savoir, sans aucune contribution de votre part. Alors, je vous remercie d'avoir patienté devant ce bureau, mais nous n'avons plus rien à faire ensemble.

Hoffner pointa le doigt sur la chemise de Kern.

— Et vous devriez faire attention. La confiture, ça laisse des taches.

Hoffner se savait peu charitable de savourer aussi longtemps le visage décomposé de Kern, mais on l'avait convoqué ici un lundi matin, pour une affaire qui, presque à coup sûr, s'avérerait n'être qu'un rendez-vous galant qui avait mal tourné. Tout cela, comme par hasard, serait effacé au prix de quelques faveurs en nature ou en argent, judicieusement proposées à des personnages si haut placés dans la hiérarchie de l'Alex que lui-même n'en récolterait pas une miette. Et, à son retour, il devrait s'occuper de la paperasse pour justifier le supplément d'essence qu'on lui avait alloué. Kern semblait être le bouc émissaire idéal de tant de frustrations.

Plus simiesque que jamais dans son costume, il tenait toujours la porte : sa rage contenue avait quelque chose d'impressionnant. Il parut vouloir répliquer, au lieu de quoi il lança un bref regard de défi à Eggermann et repartit vers le hall. « Connard », marmonna-t-il, assez fort pour être entendu de l'inspecteur, avant de disparaître dans la cage d'escalier.

Hoffner avait espéré voir éclore un sourire victorieux sur le visage de Rudi, mais le garçon se contenta de le fixer, mal à l'aise. Il avait le souffle court. De honte. Bien sûr, par ici, on leur apprenait à rester à leur place. Après un dernier salut, Hoffner entra dans le bureau.

L'antichambre, très coquette, était vide : un sofa, deux fauteuils, un grand bureau de secrétaire portant l'emblème de l'UFA en grosses lettres sur le devant. Tout était brillant, trop clinquant, du jaune pâle des murs à la moquette beige, jusqu'aux coussins de satin blanc alanguis sur les bras des fauteuils. Ici aussi, Jannings et Nielsen dominaient les murs et divers magazines de cinéma étaient éparpillés sur une table basse, de style chinois. Dans un coin, un palmier en pot apportait la touche finale. Pouvait-on aller plus loin dans le ridicule ? se demanda Hoffner. La pièce semblait lancer un cri de désespoir : « Regarde-nous, Amérique ! Nous aussi on sait faire des films ! »

Il s'avança vers une seconde porte, frappa et entra.

Comparé au précédent, le grand bureau était si austère qu'il en paraissait sans vie. Tout en longueur, un meuble surgissait d'un angle qui semblait défier la lumière d'une fenêtre occupant un mur entier. Une chaise métallique conçue par un décorateur était postée derrière, en sentinelle. Les deux canapés bas et rembourrés, disposés face à l'ouverture, étaient les seules concessions au confort, mais ils étaient privés de la vue magnifique sur Grunewald et ses alentours. Debout, un homme baissait les yeux. Un deuxième occupait un des fauteuils. Le troisième, le plus âgé, vint à sa rencontre.

— Ah, monsieur l'inspecteur principal. Hoffner, n'est-ce pas ?

Il tendit la main. La coupe de son costume gris était irréprochable.

— Je vois que vous vous êtes débarrassé de M. Kern. Félicitations.

C'était la nouvelle tendance. Outre la démocratie et la prospérité, la danse nue et la cocaïne, Weimar avait apporté la poignée de main. Le bref hochement de tête appartenait au passé. Il serra la main offerte.

— Nikolaï Hoffner. En effet, *mein Herr*.

— Joachim Ritter. Conseil juridique des studios. On va finir par congédier Kern. Un peu lourdaud, n'est-ce pas ?

Hoffner ne dit rien. Ritter se tourna vers l'homme assis. Il tenait un grand verre de whisky.

— Paul Metzner, un de nos scénaristes. Il est encore sous le choc. C'est lui qui a trouvé le corps.

— Ça ira, répondit Metzner en posant son whisky sur la table. Je suis prêt à vous aider de mon mieux.

Le troisième individu se détourna de la fenêtre.

— Je vous présente enfin Herr Major Alexander Grau, continua Ritter tandis que Grau approchait. Le directeur des studios.

De haute taille, élancé, Grau, même s'il ne l'était pas, avait tout du Prussien. Hoffner s'était imaginé un homme beaucoup moins jeune à la tête des plus grands studios européens – dans les quarante-cinq ans au moins. Dépourvu de cette arrogance empruntée qui accompagne une réussite rapide, Grau était de ces gens convaincus d'être à leur juste place sans jamais se laisser impressionner par le pouvoir qu'elle leur confère. Mis entre de mauvaises mains, ce cocktail pouvait s'avérer explosif.

— Monsieur l'inspecteur principal…

Grau n'était pas adepte de la poignée de main. Il salua de la tête, sèchement.

— J'avoue que nous n'avons pas grand-chose à vous apprendre.

— Quelques questions, si vous voulez bien, *mein Herr*.

Hoffner sortit un calepin de la poche de son manteau.

— Quand avez-vous trouvé le corps, monsieur Metzner ?

— À 8 h 30 ce matin, répondit Ritter. Ils avaient rendez-vous pour discuter d'un scénario.

— Un rendez-vous prévu de longue date ?

— Un jour ou deux, précisa Ritter. Comme à l'ordinaire. Thyssen était le producteur.

— Il a produit plusieurs de mes scénarios, déclara Metzner de sa voix flûtée.

Le regard que lui lança Ritter était sans équivoque : on avait conseillé à Metzner de se tenir tranquille. Grau, lui, semblait presque indifférent.

— Y avait-il une secrétaire à l'extérieur quand vous êtes arrivé, monsieur Metzner ?

Hoffner griffonna quelques lignes pour que tout cela prenne une tournure officielle.

— Oui, répondit Ritter. Elle n'a rien entendu, rien vu. Elle est dans un bureau du hall. Elle ne se sentait pas très bien.

— Quelqu'un d'autre ?

Ritter parut troublé.

— Quelqu'un qui attendait avec elle dans la pièce ? expliqua Hoffner. D'autres personnes qui auraient eu des rendez-vous… J'aurai également besoin de leur parler.

— Oh, je vois. Oui.

Ritter adressa un coup d'œil à Grau qui acquiesça de la tête.

— On peut arranger ça.

— Bien.

Hoffner ignora les questions habituelles – pressions, femmes, jeu. Ritter aurait choisi sa réponse, remarque désinvolte en passant, yeux baissés, pauvre vieux Thyssen ; et Grau de manifester son embarras devant tout cela : pas la peine de jouer la comédie.

Hoffner remit le carnet dans sa poche.

— Parfait. Et le corps, *meine Herren* ? interrogea-t-il.

Ritter se mit en mouvement vers la salle de bains mais Hoffner l'arrêta.

— Si M. Metzner pouvait me montrer comment il l'a découvert. La procédure, vous comprenez…

— Bien sûr, dit Ritter qui se tourna vers Metzner. Paul ?

Metzner se leva mais Grau intervint.

— Malheureusement, j'ai un rendez-vous, monsieur l'inspecteur principal. Avez-vous encore besoin de moi ?

C'était tellement plus facile, pensa Hoffner, quand les choses étaient si transparentes. La présence de Grau n'avait qu'une seule explication : lui montrer qui était le chef.

— Pas du tout, monsieur le directeur. Merci de m'avoir consacré un peu de votre temps.

Hoffner tendit la main et apprécia la légère contraction des pommettes chez Grau.

— Monsieur l'inspecteur en chef, prit congé ce dernier en serrant la main offerte. Messieurs.

Il avait déjà filé quand Metzner vint se placer à côté de lui.

— J'ai personnellement écrit plusieurs films policiers, dit Metzner.

— Vraiment ?

Hoffner l'accompagna à l'autre bout de la pièce.

— Je croyais qu'il s'agissait d'un suicide.

— M. Metzner est très enthousiaste, coupa Ritter. Nous le payons pour avoir de l'imagination.

Metzner poussa la porte de la salle de bains et attendit que Hoffner veuille bien le précéder, mais le policier ne franchit pas le seuil.

— Monsieur Metzner, est-ce que des inspecteurs ont parfois été les héros de vos scénarios ?

Metzner se concentra.

— Non, il ne me semble pas.

— Alors je doute que vous me soyez très utile, conclut Hoffner avant d'entrer.

La pièce faisait presque la moitié du bureau. Le sol était en marbre blanc et noir et les murs recouverts de papier peint marron foncé. Au cas où le trajet depuis le bureau aurait été trop éprouvant, on avait installé un divan près du lavabo à colonne, à côté d'un téléphone posé sur une desserte de verre et de fer. Les toilettes, selon la conception qu'en avait Hoffner, devaient être équipées d'une petite cabine indépendante. Celle-ci se trouvait au fond, au sommet de quelques marches : l'image du mystérieux liquide bleu vint se fixer dans son esprit avant qu'il ne retourne vers le milieu de la pièce. À cet endroit une grande table de massage en acier faisait face à une baignoire encastrée – où Hoffner découvrit Thyssen.

L'eau s'était teintée de rose et des filaments rouge foncé flottaient de-ci, de-là. Les yeux figés, la tête reposait contre une fenêtre hublot. L'homme était jeune et solide, et on remarquait des callosités à l'extrémité de ses doigts. La main qui tenait le pistolet – un browning – se dressait timidement par-dessus le rebord de la baignoire. En général, dans ce genre de situation, le recul du coup de feu faisait frapper l'os du coude contre la paroi de porcelaine. Thyssen avait eu de la chance. Rien n'avait perturbé son tir. L'impact de l'unique balle se trouvait juste sous le sein gauche.

— C'est dans cette position que vous l'avez trouvé ?

Hoffner s'accroupit et posa deux doigts sur le torse : la chair était dure, comme du caoutchouc froid, l'eau glaciale.

— Exactement comme ça, confirma Metzner qui tendait le cou pour en voir le plus possible. On n'a touché à rien.

Hoffner s'intéressa au porte-serviettes. Rien ne manquait. Il chercha en vain un peignoir de bain.

— Ça m'a l'air en ordre, déclara-t-il sans y croire une seconde.

L'angle du corps et la température de l'eau, voilà ce qui clochait. Pareil pour la présence du sang. Mais il y avait autre chose et il n'arrivait pas à savoir quoi.

Il se leva et attrapa une serviette.

— Vous n'allez rien faire de plus ? dit Metzner, plutôt déçu.

— Souhaiteriez-vous que je fasse quelque chose en particulier ?

— Ma foi… vous avez à peine touché le corps.

— Oh, le corps ! répéta Hoffner en haussant les épaules. Vous voudriez que je cherche des traces de coups, des estafilades, ou des empreintes. Ce genre de choses.

— Eh bien… oui. Est-ce que ça ne fait pas partie de la routine ?

Hoffner hocha la tête.

— Je laisse ça à vos films policiers.

Il remit la serviette en place. Ritter se tenait sur le seuil.

— Vous m'avez parlé de certaines personnes à rencontrer. Si on y allait ?

En dépit de ses protestations, Metzner fut renvoyé dans son bureau tandis que Hoffner appelait l'Alex pour qu'on vienne chercher le corps.

— Vous êtes sûr que c'est absolument nécessaire ? demanda Ritter sur le ton de la conversation alors que les deux hommes se dirigeaient vers un bureau du côté le plus éloigné de l'atrium. Vous ne pourriez pas plutôt le confier à la famille ?

— C'est la procédure réglementaire, mentit Hoffner. Il nous faut un examen officiel, avec un rapport.

En réalité, il voulait avoir l'avis de quelqu'un d'autre sur feu Thyssen.

— La famille le récupérera d'ici à la fin de la semaine.

Ritter comprit qu'il valait mieux ne pas insister.

— D'habitude, à la Kripo, vous vous déplacez à deux, dit-il.

— Eh bien, vous semblez avoir souvent eu affaire à nous, *mein Herr*.

— Nous sommes dans un studio de cinéma, monsieur l'inspecteur principal. Il y a toujours quelqu'un qui a besoin qu'on lui tienne la main.

— Ou qu'on le sorte de la baignoire.

— Aussi.

Hoffner trouva l'homme étonnamment sympathique.

— J'avais tendance à les perdre.

— Vos mains ?

— Mes partenaires.

— Ah.

Ils étaient arrivés. Ritter s'immobilisa devant la porte.

— J'ai commencé par tous ceux qui auraient pu avoir ne serait-ce qu'un contact superficiel avec Thyssen au cours des dernières vingt-quatre heures. Coursiers, copistes, etc. Vous comprendrez que je ne peux me permettre de demander à des responsables de quitter une réunion à l'improviste. Il n'est pas impossible d'organiser quelques rencontres en ville. Disons, demain matin, dans nos bureau de Potsdam.

— Ce serait parfait.

— Bien. Même si je doute que l'un d'entre eux aura beaucoup à vous apprendre.

— Oui, Herr Major était de cet avis.

— Quoi qu'il en soit, nous désirons que les studios se montrent très coopératifs. Je crois que nous parviendrons à régler tout ça dans un délai de deux jours, au plus. Après tout, le suicide n'est pas un crime.

« Ces avocats, songea Hoffner, ont la manière pour vous mettre la pression sans avoir l'air d'y toucher. »

Ritter tendit la main vers la poignée mais il se retint.

— Hoffner, dit-il, comme si ce nom s'était soudain chargé d'un sens nouveau.

Il se tourna.

— Bien sûr. Le « tueur au burin ». Une affaire plutôt sordide, après la guerre, n'est-ce pas ?

Hoffner aurait bien voulu que son nom n'y soit plus associé.

— Oui, ça fait un bail.

— Toutes ces femmes assassinées. Et Feld, ou Filder ? Votre jeune partenaire, qu'on voyait dans tous les journaux.

— Fichte, corrigea Hoffner.

— Exact. Pas moyen d'ouvrir un journal sans apercevoir son visage. Vous savez, on avait pensé à faire un film. Le gars avait une présence certaine. Abominable, cette histoire. Trop, même pour nous. Mais, de nos jours, ça pourrait marcher.

— Possible, dit Hoffner d'une voix neutre.

— Sûr que votre Fichte, il est Kriminaldirektor[1] à l'heure qu'il est.

— Sûr.

Fichte était mort depuis huit ans. Comme Martha. Et Sascha, bien qu'il fût encore parmi les vivants.

Étrange de penser à Sascha, soudain – il eût été si facile de l'oublier ! Au moins les morts demeuraient-ils à leur place, sans poser de questions. Si la disparition de Fichte était regrettable, elle ne constituait en rien une surprise : il était de ces ambitieux incapables de résister à la corruption. Qu'il n'eût pas mesuré l'ampleur de celle qui régnait à l'Alex était à peine tragique. Il fallait plutôt y voir le châtiment d'un orgueil dévoyé. La dernière image de lui qu'avait conservée Hoffner – allongé sur une table d'autopsie, les poumons remplis de poison – suffisait à donner un sens à sa mort. Pourquoi chercher plus loin ?

Quant à Martha, il n'y avait jamais eu le moindre espoir de justifier sa mort. Elle avait été tuée à cause de l'arrogance de Hoffner – et aussi de sa naïveté et de sa stupidité, sans parler de sa négligence. Il était vain de vouloir comprendre, d'inventer des raisons supérieures. Il les avait laissés assassiner sa femme. En chercher la cause – battre le rappel des morts –

1. Correspond à commissaire divisionnaire. (*N.d.T.*)

aurait exigé de lui une autocritique impitoyable à laquelle il ne pouvait faire face.

Seuls les êtres très jeunes avaient la capacité de vivre avec un dégoût si profond. À l'époque, son fils Sascha avait seize ans. Depuis, Hoffner ne l'avait pas revu.

— L'hiver 1920 ? dit Ritter.

— 1919, corrigea Hoffner. Pendant la révolution.

— C'est vrai, confirma Ritter en souriant. On a eu une révolution ? Il faudra que je vérifie dans nos archives.

Il ouvrit la porte. Ils étaient presque une dizaine d'employés des studios à attendre dans une petite antichambre. Avec ensemble, toutes les têtes se tournèrent vers Hoffner.

— Je vous remercie, mesdames et messieurs, déclara Ritter. Ce ne sera pas long. L'inspecteur a quelques questions à vous poser.

Il s'adressa à Hoffner.

— Vous pouvez les entendre un par un dans le bureau. Passez-moi un coup de fil quand vous aurez fini. Composez le 9. On saura où me trouver.

Hoffner observa les visages. Ils étaient jeunes. Ils avaient tous quelque chose et rien à cacher. C'était une perte de temps assurée. Dans un coin se tenait un garçon qui, à l'évidence, s'intéressait de près à sa voisine. L'irruption de la Kriminalpolizei tombait on ne pouvait plus mal. Son expression parlait d'elle-même.

— Celui-là, dit Hoffner alors que Ritter s'en allait.

Hoffner montra du doigt le garçon.

— Il n'a rien à voir dans cette affaire.

Ritter fit volte-face.

— Et pourquoi donc ?

— C'est mon fils.

Ce bureau n'était en rien plus confortable que le précédent, mais Hoffner et le garçon n'étaient de toute façon pas d'humeur à s'asseoir.

— Que veux-tu que je te dise, Georgi ?

Hoffner attaquait sa deuxième cigarette.

— Je suis surpris, voilà tout.

— Je pensais que tu étais au courant.

Paroles inutiles. Georg avait fait de son mieux pour garder un ton léger, mais la pertinence de sa dernière réponse lui parut douteuse.

— Quoi qu'il en soit, c'est comme ça, maintenant.

Hoffner hocha la tête, une fois, deux fois. Il avait toujours apprécié la franchise de Georg. Aujourd'hui, elle semblait brutale.

— Tu as donc quitté l'école.

— Pour l'instant…

Georg, qui dépassait son père, parut encore plus grand après son aveu.

— … depuis deux mois…

— Et qu'en est-il de l'argent que je t'ai envoyé pour tes cours et ta chambre ?

— Ça m'a beaucoup aidé, merci. Je partage un appartement avec un ami, au sud de Friedenau.

— La vie de bohème, en somme. Et cet ami… un futur réalisateur, sans doute ?

— Écrivain.

— Pas de chance.

Une pensée affreuse surgit dans l'esprit de l'inspecteur.

— Ton frère n'a joué aucun rôle dans ces événements, n'est-ce pas ?

Le regard de Georg se durcit. Sur ses traits, sévères, plus rien ne subsistait de l'enfance. Jamais auparavant Hoffner n'avait été témoin d'une telle réaction chez son fils. Et Georg n'avait que seize ans. Hoffner écrasa sa cigarette.

— Question stupide, excuse-moi.

Georg ne releva pas.

— Ça fait des mois que je n'ai pas parlé à Sascha. Je ne sais même pas s'il est à Berlin.

C'est ainsi que Hoffner parvenait à grappiller quelques informations. Il ne voyait Georg que les week-ends : qui avait le loisir d'en faire plus ? Les tantes du garçon devaient sans aucun doute le surveiller. Bien sûr, elles avaient décidé de ne rien lui dire de sa dernière mystification.

— Et tu te fais de l'argent de poche en courant d'un bureau à l'autre ?

Hoffner n'avait rien trouvé de mieux pour se donner un air conciliant.

— Un peu. Ça aide, d'être passé dans le privé.

— Je pense bien.

Avec celui-là, on tombait toujours sous le charme. Martha l'avait remarqué depuis belle lurette.

— Et donc, plus d'escrime.

— Parfois… Mon colocataire est bon au fleuret.

— Tu es meilleur au sabre.

— C'est vrai, mais pas lui.

Georg hocha la tête vers la porte.

— Bon, c'est quoi tout ce truc ?

— Enquête de police.

— Et ?

Toujours aussi pressé de savoir. Hoffner s'était depuis longtemps persuadé qu'il était fait pour la Kripo, qu'il pourrait aller très loin. Sauf que son imagination l'entraînait sur d'autres voies.

— Un de vos pontes s'est tiré une balle dans la poitrine.

— Suicide ?

— À ce qu'on dit.

— Tu sais, Papa, c'est un boulot très risqué.

Hoffner cherchait une autre cigarette. Ses poches étaient vides.

— Tu as l'air de bien les connaître, pas vrai ?

Trouvant un paquet sur la table, il en sortit une. C'était des Lucky, pas la marque la plus facile à dégoter à Berlin.

— Dis-moi, dans cette boîte, est-ce qu'il y a quelque chose qui ne soit pas américain ?

Il alluma sa cigarette et en chipa deux autres.

— Ça dépend dans quel bureau.

— Grau ?

— Le Herr Major ? Uniquement fumeur de Bergmann. Et parfois, il laisse quelques mégots de Monopol MR dans un cendrier.

— Tout ça en deux mois ? Tu m'épates, Georgi.

Le garçon prit un air plus sérieux.

— Est-ce que c'est Thyssen ?

Hoffner avait trop d'expérience pour se trahir, mais il savait bien que son garçon l'apprendrait, d'une manière ou d'une autre.

— Pourquoi cette question ?

— Il y a eu pas mal de rendez-vous, très tard la nuit dernière. Des visages inconnus.

Hoffner choisit ses mots avec soin.

— Des visages que tu étais censé apercevoir ?

Georg resta silencieux.

— Il vaut mieux ne pas jouer avec ça, Georgi. Ne t'en mêle pas.

— Je croyais que c'était juste un suicide ?

— Bien. Alors, ne commence pas à imaginer des choses.

— Ça ferait un bon début de scénario.

— J'en parlerai à Ritter. Au cas où ça l'intéresserait.

Hoffner désigna la porte.

— J'en aurai pour une quarantaine de minutes avec eux. Ensuite, je te ramène. On jettera un coup d'œil à ton appartement.

— Je suis pris jusqu'à 5 h 30, lança Georg d'un ton qu'il voulait plein d'assurance.

— Non, pas aujourd'hui.

Hoffner tira sur sa cigarette.

— Ritter et moi, on est presque amis. Je suis sûr qu'ils pourront se passer de toi cet après-midi.

Personne n'avait rien à dire. Les yeux humides, le mouchoir sur le nez, un trio de jeunes secrétaires et quelques copistes lui parlèrent de feu Thyssen, cet homme si merveilleux. Un coursier et un jeune employé au courrier se montrèrent moins émotifs, mais aussi intéressés par l'affaire. Parmi tout ce petit monde, Hoffner recensa deux couples d'amoureux.

— Moi, j'ai fait un peu d'alpinisme, déclara spontanément le plus gros des garçons. Herr Thyssen, il était très doué, vous savez.

Cela expliquait les callosités aux doigts, c'était déjà quelque chose et, en fin de compte, la seule information digne de figurer dans son calepin.

Quand il sortit de l'ascenseur, Georg l'attendait.

— Dorénavant, il y aura quelqu'un qui te tiendra à l'œil, dit Hoffner en tapotant sa poche – il n'avait plus de Lucky.

— Un chic type, ce Ritter.

Comme ils se dirigeaient vers le hall, Georg manifesta soudain son irritation.

— Je peux me débrouiller tout seul, père.

Ce « père » l'avait trahi. Georg l'utilisait très peu, alors que Sascha n'y manquait jamais. Étonnant comme, après huit années de silence, son oreille demeurait sensible au mépris attaché à ce mot.

— Pourquoi se priver de quelques amis ? dit Hoffner.

Dehors, la vieille Opel semblait encore plus lourde, coincée entre les roadsters et les berlines dernier cri. Mais même ces voitures de luxe avaient quelque chose de fragile sous le soleil pâle, comme si le moindre effleurement risquait de faire voler en éclats leur carrosserie parfaitement profilée. Hoffner se protégea les yeux de la main.

— Sacrée collection, admira-t-il avant d'ouvrir la portière.

Georg montra du doigt une Brennabor rouge, un coupé à l'allure très sportive.

— C'est celle de Jenny Jugo. Elle prétend qu'elle arrive à dépasser le cent à l'heure sur le circuit.

— Tu as parlé à Jenny Jugo ?

— Bien sûr.

Hoffner commençait à voir son fils sous une lumière très différente.

— Elle a de très jolies épaules, cette fille, dit-il en s'installant au volant. Et une de ces bouches !

— Tu la verrais toute nue ! lâcha Georg quand il referma sa portière.

Hoffner passa la première.

— Finalement, tu as plutôt la belle vie dans le cinéma.

L'appartement comprenait deux chambres à peine meublées et un réchaud dont l'unique brûleur ne servait jamais pour les repas. Hoffner remarqua quelques bibelots rapportés de leur ancien appartement de la Friesenstrasse, notamment un éventail japonais que Martha avait accroché au-dessus de son lit. Il était posé, ouvert, sur une petite table, à côté d'un portrait d'elle dans un cadre ovale. Hoffner se souvint qu'il possédait le même quelque part.

Le colocataire s'était approprié l'autre table grâce à une grande photo encadrée qui représentait une famille de gens grassouillets, assis ou debout, dans un jardin. Au centre, un homme arborait, rempli de fierté, l'insigne noir, rouge et or du parti social-démocrate. Ses doigts de boucher, courts et épais, étaient agrippés à son revers.

— Et votre propriétaire, quel âge il vous donne ?

Hoffner jeta un coup d'œil aux rares livres que les garçons avaient empilés près de la fenêtre : un volume de poésie de Mörike, un autre de Lorca, quelques œuvres alimentaires de Karl May et l'inévitable gros roman de Döblin. Invisible, dans l'autre pièce, Georg cherchait quelque chose.

— Vingt ans, répondit-il. Il a été très impressionné par la lettre que tu lui as écrite, surtout à cause du tampon de la Kripo.

— Je me suis aussi porté garant pour le fils du boucher ?

— Le père d'Albert est inspecteur des égouts. Tu vois, vous êtes tous les deux inspecteurs.

Hoffner feuilleta le Mörike.

— Et où se trouve-t-il, le jeune M. des Égouts, à l'heure qu'il est ? J'espérais le rencontrer.

— Son père n'a pas réussi à lui faire quitter son travail.

Georg s'encadra sur le seuil, plusieurs photos brillantes et quelques enveloppes à la main.

— Il est typo au *Nachtausgabe*.

— Un journal de Scherl ? dit Hoffner en replaçant le livre. Plutôt à droite. M. des Égouts père doit être déçu.

— C'est rien qu'un boulot, Papa, pas de la politique. Et son nom, au père d'Albert, c'est Lettinger,

Bernard Lettinger. Un de ces quatre, tu pourrais avoir à le rencontrer.

— Ce doit être un plaisir.

Georg lui tendit les photos. Chacune comportait un petit mot gentil. Tout le monde semblait croire en son brillant avenir.

— Pas mal, admit Hoffner. Mais tu n'as pas vu Veidt dans le plus simple appareil, n'est-ce pas ? Ça doit être déprimant.

Georg ignora l'ironie et lui donna les enveloppes, l'air grave.

— Elles sont arrivées il y a quelques mois. Tu peux les lire, si ça t'intéresse.

Hoffner reconnut l'écriture de Sascha. Son adresse indiquait Munich. Il hésita, puis montra les photos.

— Je veux les regarder de plus près.

Tentant de se souvenir où était la chaise, il se tourna et l'aperçut devant la fenêtre.

Georg était resté près de la porte.

— Il parle de toi.

Hoffner regarda attentivement une des photos.

— Des épaules superbes, je te l'avais dit.

Il en regarda quelques autres en vitesse, essayant de se concentrer. Soudain, Georg jeta les lettres sur la table et se dirigea vers le réchaud.

— Si tu veux, je peux faire du café.

Hoffner fut sensible à la résignation muette du garçon ; il hocha la tête, sans cesser d'examiner les visages.

— Il y en a quelques-uns qui sont pleins d'avenir. Tu ne les reconnaîtras pas. Mais bon, pourquoi se priver de quelques amis, comme tu dis.

Hoffner se demanda quand donc son gamin était devenu un jeune homme. En l'espace d'un seul aprèsmidi, semblait-il. Il continua à examiner les photos, des profils inconnus pour la plupart, jusqu'au moment où il tomba sur un monocle qui le fixa droit dans les yeux. La grosse écriture s'accordait avec la tournure de la phrase :

Tu l'as promis, jeune Hoffner. Apprends à être inspiré. Fritz Lang.

À voir le regard que lançait l'œil valide du réalisateur, l'inspiration ne pouvait s'incarner qu'en Fritz Lang. Hoffner s'apprêtait à faire un commentaire quand le corps de feu Thyssen lui revint en mémoire.

Georg lui jeta un regard en biais.

— Ah, tu l'as trouvée…

Il était en train de régler la flamme sous une cafetière.

— Je ne suis pas sûr de comprendre ce qu'il entend par là, mais si le grand réalisateur a choisi de le formuler ainsi, cela doit vouloir dire quelque chose, tu ne crois pas ?

Hoffner continua à scruter la photo.

— Bien sûr.

Il n'avait pas écouté un traître mot.

— Tu ne saurais pas, par hasard, où se trouve Lang, juste en ce moment ?

C'était cela qui l'avait frappé, dans les studios. L'angle de la tête, la disposition des bras, la température de l'eau, tous ces détails, il les avait déjà remarqués dans un dossier.

— À Babelsberg ? En ville ?

Georg avait déjà vu cet air-là chez son père : mieux valait donner la réponse la plus simple.

— Il est dans la salle de montage. Aux studios. Il remonte *Metropolis*. Pourquoi ?

— Tu en es sûr ?

Georg hocha la tête.

Hoffner se leva, attrapa son chapeau et son manteau sur la patère.

— J'ai bien peur de ne pouvoir partager ton café.

Georg éteignit la flamme. De toute façon, il n'en voulait pas.

— Thyssen ?

Hoffner observa soigneusement son garçon. Lang ne s'était peut-être pas trompé : ce gars-là avait de l'avenir.

— J'ai un détail à vérifier.

Il fouilla ses poches, à la recherche de son calepin.

— Je peux te ramener. Tu aurais dû prendre le tram et va savoir combien de bus il y aura quand j'aurai fini. Ça sera plus commode.

Georg était juste derrière son père quand celui-ci s'engagea dans l'escalier.

L'Alex, une bâtisse de brique et de pierre rouge-brun, sur le flanc sud de l'Alexanderplatz, se trouvait à un quart d'heure de l'appartement si la circulation le permettait. Témoignage du développement de la société civile sous le Kaiser – époque grisante avant que la guerre, la défaite et la démocratie n'expédient le vieillard en Suède –, l'Alex fut à un moment le troisième plus grand bâtiment de la ville. Le préfet de police y avait même élu sa résidence, au premier étage, en haut d'un majestueux escalier de marbre. Cela devait être plutôt embarrassant de côtoyer près de sept cents criminels chaque jour, mais, alors, habiter à cette adresse en valait sans doute la peine.

Au moment de croiser un camion de location qui en sortait, Hoffner ralentit avant de s'engager sur la place. Au pied de l'immeuble, le kiosque à journaux et la charrette du marchand de soupe faisaient des affaires en or grâce aux ouvriers du bâtiment dont le vieil édifice semblait ne pouvoir se passer. Ce jour-là, l'équipe en imper de mastic vert et souliers cloutés s'activait devant une des fenêtres du quatrième, domaine de la Polpo, la police politique. Hoffner eut la vision d'un interrogatoire qui tournait mal, de carreaux brisés et d'un corps qui volait puis se mettait à tomber, tomber, tomber… Enfin, c'était peut-être un peu exagéré, même pour la Polpo.

Il trouva un stationnement au bout de la place et donna à Georg une poignée de pfennigs.

— Achète-toi un magazine et attends-moi dans la voiture.

Tout en marchant sur les pavés, il leva la tête vers quelques-unes des ébréchures qui décoraient le sommet de la façade – la moitié du département en avait hérité, impacts des balles tirées par l'extrême gauche en 1919, puis des grenades lancées par les kappistes[1] de droite l'année suivante – sinon, cela faisait longtemps que l'Alex n'avait pas été attaqué. Soulagées, les voûtes de l'entrée observaient les lieux avec une sobre neutralité.

Hoffner franchit la grille principale et s'engagea sous le porche qui faisait partie d'un gigantesque couloir reliant les quatre côtés de l'immeuble. Il ceinturait la cour intérieure vitrée où des blindés – chacun surmonté d'une tourelle avec mitrailleuse – formaient un bouquet parfait en son centre. Hormis quelques accrochages occasionnels dans un des abattoirs, les camions n'étaient guère utilisés. C'était ça aussi le progrès, avait-on expliqué à Hoffner. Il poursuivit son chemin et commença à gravir l'escalier.

C'est entre le deuxième et le troisième étage qu'il remarqua la puanteur. Il pensa d'abord à un œuf trop cuit, mais plus il approchait, plus elle semblait d'origine chimique.

Un jeune inspecteur surgit en haut des marches. Il descendait en tenant à bout de bras une cuvette remplie d'un liquide jaune.

1. Allusion à l'insurrection ouvrière de janvier 1919, puis à la tentative de l'extrême droite de rétablir la monarchie – « putsch de Kapp », en mars 1920. (*N.d.T.*)

— Ça bouchait le lavabo.

Hoffner se colla contre le mur et porta son mouchoir à son nez.

— Du jaune d'œuf ? demanda-t-il.

Le jeune homme faillit rater une marche.

— Comment avez-vous… ?

— Versez dans l'évier de la crème mélangée à du whisky. Ça devrait chasser l'odeur. Et ne vous contentez pas de jeter la mixture. Portez-la à la morgue et débarrassez-vous-en dans leurs poubelles.

Le garçon continua à descendre, hochant la tête.

— Scheringer essayait de recréer des taches de rouille sur des vêtements.

— La prochaine fois, dites-lui qu'il lui suffira de prélever un peu de l'atmosphère de son trou à rats, un vendredi soir.

Le jeune homme riait quand il atteignit le palier.

— C'est vous le spécialiste.

Exact. Avec le temps, Hoffner était devenu célèbre pour ses talents de « parfumeur » – quelques expériences de son cru l'avaient amené à créer une odeur proche de celle de la chair humaine en décomposition (soufre plus fruits pourris), ou de celle de restes de poudre sur un costume d'homme (cendre humide de cigare, poils de chien et chicorée), ou, dernière trouvaille, celle de la peau humaine desséchée (vieux chiffon imprégné d'iode et de chocolat noir). Bon nombre d'inspecteurs novices avaient démêlé plusieurs affaires grâce à leur connaissance des préparations concoctées par Hoffner, le meilleur de tous étant un jeune Kriminal-Assistent, Dönicker, qui avait résolu un meurtre particulièrement déconcertant en reniflant les dessous d'une femme. Celle-ci, une certaine Molly Dimp, avait tout de la parfaite innocente – pleurant la disparition de sa sœur et de son homme dans un numéro de music-hall guère prometteur – à part une légère brûlure sur le haut de la cuisse dont personne n'avait pu découvrir l'origine ni la nature exacte. Elle prétendait avoir reçu une punition infligée par un individu désireux de se faire rembourser les dettes de jeu de son frère, mais l'emplacement choisi avait paru bizarre pour un avertissement. Sans avoir grand-chose à perdre, KA Dönicker avait demandé à examiner de près les dessous de la jeune femme. Il finit par les renifler, et c'est ainsi que fut découverte la paire de bas bleus en soie qui l'accusait. L'odeur de tabac, de schnauzer et de chicorée – description faite par Dönicker – avait envoyé Fräulein Dimp à la potence, car sa brûlure avait été provoquée par la bouche encore chaude d'un canon de luger après un tir, qu'elle avait posé trop vite contre sa cuisse. Bien entendu, elle non plus ne supportait plus les petites magouilles de son frère… Quant à Dönicker, promu, il remercia Hoffner en lui offrant une paire neuve de bas bleus en soie. Hoffner les avait fait bronzer et les utilisait à présent comme presse-papiers.

Craignant le pire, il remit son mouchoir dans sa poche et monta jusqu'au troisième étage. C'était le domaine exclusif des bureaux, archives et salles d'interrogatoire de la Kripo – département IV – où l'on était confronté à la criminalité ordinaire de la république : escrocs, syndicats de la drogue, assassins et cambrioleurs, et même à l'occasion un suicide très pittoresque. Tout ce qui ressemblait à des menaces plus graves était confié à la Polpo – les types du département 1A – à l'étage au-dessus, les affaires courantes se voyant reléguées aux feignants de la Schutzpolizei[1]. Alors qu'il obliquait vers son bureau,

1. Police du maintien de l'ordre – plus familièrement, Schutzi, qui désigne également un membre de cet organisme. (*N.d.T.*)

l'image du planton Bauer assis à son poste lui revint en mémoire. Il se souvenait bien de lui, et cela avait quelque chose de réconfortant.

Il se dirigea vers l'arrière du bâtiment et le réduit qui constituait son bureau. Comme toujours, il croulait sous la paperasse : des dossiers ouverts envahissaient l'espace disponible ; des rapports, les statuts et codes de procédure – la nouvelle édition, du SPD, évidemment – jonchaient les étagères plaquées contre le mur du fond. Çà et là, il avait fait de la place pour divers objets, des pièces à conviction – des moulages de crânes, entre autres – créant ainsi une ambiance assez macabre. Les seuls éléments nouveaux étaient les volumes *F, T* et *B* du *Konversations-Lexikon* de Brockhaus. Pendant des années, Hoffner s'était nourri des seuls tomes *E* et *S* de l'encyclopédie. Pour une raison ou une autre, ces nouveaux volumes lui avaient paru respecter l'évolution logique.

On notait d'autres changements. Un grand vide dominait la cloison face à son bureau. À une époque, il y avait punaisé un plan de Berlin, qu'il renouvelait à chaque affaire. Pendant des années, Hoffner avait considéré les sautes d'humeur de la ville comme ses meilleures alliées dans la résolution des crimes : regarde la carte et Berlin te révélera le tempérament et la personnalité de ses différents quartiers. Cela avait toujours consisté à observer les petites variations, à trouver ce qui n'allait pas et à laisser ces idiosyncrasies le guider. Berlin se nourrissait de différences, non d'un modèle. C'est ainsi que la ville exprimait sa singularité et qu'on pouvait intimement la connaître.

Aujourd'hui, pourtant, cela n'avait plus de sens : où voir des écarts quand il n'existait plus rien d'authentique dont on eût pu s'éloigner ? Il aurait pu accuser la guerre, Weimar, ou même le caprice démocratique, mais ce n'était pas le cas, il le savait. Berlin vieillissait trop vite. La ville s'accrochait désormais à une jeunesse gaspillée dont elle n'avait pas su profiter. La vie était gaie, insouciante, frénétique et la ville finissait par sombrer dans le ridicule à vouloir plaire à tout prix. Le crime y ressemblait à une équipée plus sauvage qu'à l'ordinaire dans une nuit qui n'en finissait pas depuis trop longtemps. Hoffner n'avait pas besoin de carte. Inutile de lui rappeler l'aspect pitoyable de sa ville.

Il lança son chapeau et son manteau sur le bureau et ouvrit le casier des dossiers. Tout en les parcourant, il essayait de se souvenir – était-ce en 23, en 22 ? Il s'arrêta devant le deuxième classeur, daté de février 1921 : « L. Rosenthal, F. Lang. » Il le prit et s'installa pour le lire.

Il feuilleta quelques pages et découvrit une photo de Frau Rosenthal – visage cendreux, petits seins perçant la surface de l'eau. De la position du corps dans la baignoire, à l'angle de visée de l'arme, un browning, et l'impact de la balle, tout était identique. Jusqu'aux yeux vides qui semblaient dirigés vers le même point invisible. Comme si Herr Thyssen avait calqué sa mort sur celle-ci.

Hoffner referma le dossier, attrapa son chapeau et son manteau. Contrairement à son habitude, il salua du regard l'espace sur le mur autrefois réservé à la carte. Il n'y avait rien à y découvrir. Le plâtre décoloré ne révélait plus qu'un enchevêtrement d'ombres inanimées.

Bauer eut encore besoin d'une signature avant de les laisser franchir le portail. Hoffner déposa Georg devant la Grosse Halle ; ils s'y donnèrent rendez-vous vers le milieu de la semaine, mais ils savaient tous les deux que c'était inutile.

Hoffner passa dix minutes dans le hall du département de montage des chefs-d'œuvre – *Die Abteilung Redigierungen Meisterstücken* – nom bien ronflant pour un tel endroit. Il y vit plutôt un cabinet dentaire, avec sa longue vitre de séparation et l'unique porte menant quelque part dans la sinistre rectangularité du bâtiment. Attendant que la fille derrière son bureau fasse glisser la vitre, Hoffner fut envahi par un ennui qui semblait s'immiscer dans le papier peint.

— Oui ? dit-elle en désignant une nouvelle feuille à signer.

Hoffner avait rarement entendu invite aussi peu aimable. Il gribouilla son nom et présenta sa requête.

— Je cherche Herr Lang, Fräulein.

— Herr Lang n'est pas disponible, *mein Herr*.

Hoffner montra son insigne.

— Si, Fräulein, il l'est.

La fille ouvrit de grands yeux et saisit le téléphone.

— Non, non, Fräulein. Dites-moi juste où je peux le trouver, d'accord ?

Il s'engagea dans un couloir étroit où, de chaque côté, des portes s'alignaient à espacements réguliers. La salle 17 apparut au bout d'un double intervalle. Hoffner tourna la poignée et entra à pas de loup.

Hormis la lumière aveuglante d'un projecteur – braqué au travers de trois petites ouvertures dans le mur du fond –, la petite pièce baignait dans un brouillard rougeâtre. À droite se dressait une longue table couverte d'instruments nécessaires pour couper ou coller la pellicule, des visionneuses de tailles différentes et de grands empilements de boîtes cylindriques. S'y trouvaient également plusieurs tasses de café à moitié vides, des miettes et des morceaux de sandwichs ou de gâteaux sur des plateaux. Un seul opérateur se tenait sous la grosse ampoule rouge, manœuvrant le projecteur : à l'évidence, il était là depuis un moment.

Il se tourna et fit signe à Hoffner de fermer la porte et de rester silencieux. Hoffner obéit puis sortit son insigne de la poche de son manteau. « Lang », marmonna-t-il.

L'homme considéra la plaque un peu trop longtemps. Il scruta ensuite le visage de l'inspecteur comme pour vérifier que le métal et la chair étaient assortis. Hoffner remarqua une volée de marches sur la gauche. Il les montra du doigt, mais l'homme continua à le fixer.

« Mise au point ! » crépita une voix courroucée dans un interphone, quelque part sur le mur. L'homme pivota aussitôt vers le projecteur et Hoffner y vit le signe qu'il pouvait rejoindre l'escalier.

La salle de montage était insonorisée, protégée par une autre porte qu'Hoffner ouvrit avec précaution. Aussitôt, la luminosité de l'écran l'obligea à se protéger les yeux de la main. Quand il se fut habitué à la lumière, Hoffner aperçut une silhouette assise, solitaire, parmi quatre ou cinq rangs de fauteuils en velours. Même de dos et dans la pénombre, il émanait de Lang une autorité incontestable. Hoffner ferma la porte et attendit en silence.

L'écran se remplissait d'une énorme foule qui prenait la forme d'un triangle toujours plus large. Devant elle s'élevaient les marches d'un immense bâtiment, délavé, plat et dont le regard ne venait jamais à bout des limites. L'ensemble paraissait s'estomper à mesure que la foule avançait, telle une humanité absorbée par une vague grise monstrueuse. Cela créait un sentiment d'oppression étrangement hypnotique.

— C'est beaucoup mieux d'ici.

Lang gardait l'œil fixé sur la pellicule : il avait l'accent roulant et sonore des Austro-Allemands.

— Mais si vous préférez rester debout…

Hoffner le remercia et choisit un siège au dernier rang.

— Froussard ! lança le réalisateur, qui continuait à fixer l'écran.

Il se pencha en avant et pressa le bouton d'un gadget invisible.

— C'est bon !

L'écran devint noir et une lumière dorée inonda la petite salle.

Lang se retourna, le bras posé sur le dossier de son fauteuil. Il observa rapidement Hoffner.

— Un policier, devina-t-il. Bien sûr, vous ne pouviez que vous asseoir au fond. J'adore les policiers.

Irréprochable, le mot aurait sans doute convenu pour décrire le personnage de Lang. Il portait une veste d'équitation et un nœud papillon. Ses cheveux lissés en arrière découvraient un vaste front. Il avait les pommettes saillantes, le nez fort et long – le plus fascinant étant son sourire spontané. Il semblait attendre un photographe de magazine.

— Ça vous étonne ? dit-il, tout aussi décontracté. Ça vous étonne que je vous aie aussitôt repéré. N'ai-je pas raison ?

Hoffner ne quitta pas sa place.

— Vous avez raison, *mein Herr*. Personne ne vous a prévenu ?

L'œil sans monocle se plissa, faisant paraître l'autre plus grand, ce qui donnait au visage un air vaguement démentiel.

— J'interdis qu'on m'appelle quand je visionne mes films.

Il tourna la tête vers le mur du fond et éleva la voix.

— J'interdis *toute* forme d'interruption.

Il se retourna vers Hoffner, l'examinant d'un regard redevenu normal.

— Et qui aurait-on dû annoncer, monsieur… ?

— Hoffner.

Il se leva.

— L'inspecteur principal Nikolaï Hoffner.

Le sourire de Lang réapparut.

— Inspecteur *principal*. Je ne vous savais pas si gradé.

— Vous ne seriez pas le premier.

Lang parut apprécier cette franchise. De la tête, il indiqua l'écran.

— Et vous avez vu mon dernier chef-d'œuvre ?

— Bien sûr.

C'était faux.

— Vous mentez, rétorqua Lang qui prit une cigarette dans un étui en argent. Personne ne l'a vu. Je ne l'ai même pas fini.

Il tapota la cigarette contre l'étui.

— Il n'aurait jamais dû sortir, mais il se trouve toujours un petit génie pour invoquer les cycles de la distribution ou les impératifs publicitaires, ou je ne sais quelle foutaise qui occupe l'existence étriquée de ces gens-là, et le film se retrouve sur les écrans !

Il alluma sa cigarette.

— Après, ils font la grimace quand ça ne correspond pas à ce qu'ils espéraient. Ce qui ne les empêche pas de s'en mettre plein les poches.

Il regarda Hoffner comme s'ils avaient eu ce genre de discussion des centaines de fois : il y avait quelque chose d'envoûtant dans cette intimité soudaine.

— J'ai vécu pas mal de temps du côté de l'Alexanderplatz, continua Lang, son regard vrillé dans celui de l'inspecteur. L'Alex ! dit-il, satisfait de cette familiarité. Un film doit avoir une certaine authenticité, un but honnêtement défini.

Il frappait l'air de sa cigarette, comme avec une matraque.

— N’espérez pas faire un *Dr Mabuse* ou *Les Trois Lumières* sans ça. C’est la vérité qui doit vous inspirer, vous devez ensuite trouver la réalité au-delà. Comprenez-vous ce que je veux dire ?

Hoffner n’avait jamais considéré qu’il puisse exister une réalité au-delà de la vérité, mais, dans cette petite pièce, cela pouvait avoir un sens. Il hocha la tête vers l’étui d’argent.

— Vous m’en offririez une, *mein Herr* ?

Lang jaugea l’inspecteur du regard puis se leva. Il lui tendit l’étui à cigarettes.

— Bien sûr. Excusez-moi. Vous fumez des américaines ?

Hoffner s’avança et se servit.

— Quand il le faut, répondit-il avant de l’allumer. Bien… Combien de fois l’agent Bauer vous a-t-il laissé jeter un coup d’œil aux dossiers criminels, monsieur Lang ?

Hoffner saisit entre deux doigts un bout de tabac égaré sur sa langue tandis que le réalisateur lui décochait un sourire étrangement chaleureux.

— Bravo, monsieur l’inspecteur principal. Trop souvent pour m’en souvenir. Il me manque.

— Je suis sûr que vous lui avez trouvé un remplaçant.

— On trouve toujours quelqu’un, n’est-ce pas ?

Lang tira sur sa cigarette, de manière un peu trop appuyée, cette fois-ci.

— Bon, monsieur l’inspecteur principal, qu’est-ce qu’on me reproche ?

— Il y a eu un suicide, dit Hoffner, décidé à jouer franc-jeu. Un des responsables du nouveau studio.

Lang parut à peine surpris.

— Comme c’est regrettable !

— C’est arrivé la nuit dernière… Une seule balle, en pleine poitrine… Tirée par un browning… Dans une baignoire.

Le regard de Lang se fit moins chaleureux.

— C'est regrettable, je vous le répète.

— Vous êtes ici depuis…

— J'y ai passé la nuit, monsieur l'inspecteur principal. Depuis 20 heures. Demandez à Karl, le gardien.

Lang se pencha vers l'interphone.

— Pas la peine, monsieur Lang. Je n'en doute pas.

Pour la première fois, Lang apparut moins sûr de lui.

— Qu'est-ce que cela a à voir avec moi ?

— Votre femme, Frau Rosenthal…

— Ma *première* femme. Et comment avez-vous obtenu ce genre de détail ?

— Moi aussi, il arrive qu'on me laisse feuilleter les dossiers à l'Alex, de temps en temps.

— Ils étaient censés être mis sous scellé, ou détruits.

— C'est ce qu'on vous aura raconté.

— Et alors ?

Lang n'était pas loin de se montrer agressif.

— On a conclu à un suicide.

— « Conclu ». Vous ne me semblez guère convaincu.

— Ça n'avait pas d'importance, à l'époque.

— Et maintenant ?

Hoffner l'avait assez promené. Un homme de la stature de Lang pouvait être utile, s'il le souhaitait. Le provoquer trop longtemps n'apporterait que des problèmes. Hoffner aspira une autre bouffée et agita sa cigarette.

— Pas mal du tout. Un peu trop doux, mais agréable.

L'espace de quelques secondes, Lang parut décontenancé, puis son sourire s'épanouit.

— Vous aimez quand c'est un peu plus fort, n'est-ce pas, monsieur l'inspecteur principal ?

— Peut-être légèrement plus corsé.

Lang hocha la tête et se dirigea vers une petite table au bout de la rangée. Il prit une carafe.

— Un brandy, ça vous va ?

Il remplit deux verres.

— Très aimable.

Lang revint et offrit un verre à Hoffner. Ils burent en silence avant que Lang reprenne sur le ton de la confidence :

— Ma Lisl était une femme instable. Nous avions consulté de nombreux spécialistes, mais elle était rongée par une mélancolie profonde. Ce n'était qu'une question de temps. J'ai déjà raconté tout ça aux inspecteurs, il y a six ans.

Hoffner but une autre gorgée.

— Vous n'avez pas attendu pour vous remarier.

Il s'était intéressé aux événements qui avaient ponctué la vie de Lang plusieurs mois après le suicide. Il suffisait de consulter le dossier. La femme que l'instable Lisl avait surprise avec Lang, cette malheureuse nuit, était devenue la seconde Mme Lang au bout de quelques semaines. Cependant, et c'était à mettre à son crédit, il était toujours marié avec elle.

— Ce fut une époque très pénible, dit-il, et la douleur du souvenir sembla presque exagérée. Thea – Fräulein von Harbou – s'est montrée une amie précieuse et m'a apporté un grand réconfort.

Hoffner termina son verre sans un mot.

— Vous pensez que je suis mêlé à cette histoire ? Parce qu'un homme a décidé de se suicider d'un coup de pistolet dans une baignoire ? J'ai peine à croire qu'il s'agisse d'une première, monsieur l'inspecteur principal.

— Non, je ne le crois pas non plus.

Hoffner posa son verre sur le bras de fauteuil le plus proche.

— Ça ne vous intéresse pas de savoir qui est mort, cette fois-ci, *mein Herr* ?

— M'accuseriez-vous de quelque chose, inspecteur ?

Cela en avait tout l'air…

— Quelqu'un se donne beaucoup de mal pour que cette mort ressemble à un suicide.

— Cette mort ? répéta Lang, dressant l'oreille. Vous pensez à autre chose qu'un suicide ?

Hoffner ignora l'évidence.

— Quelles que soient les questions encore en suspens dans la première affaire, *mein Herr*, une seule conclusion m'apparaît possible : qui aurait intérêt à ce que je m'intéresse directement à vous ?

Ce n'était pas aussi simple. Lang demeura silencieux, puis il posa son verre près de celui de l'inspecteur.

— Qui se trouvait dans la baignoire ?

— Gerhard Thyssen.

Lang hocha la tête, pensif.

— Thyssen. Un type intelligent.

Sa remarque n'avait rien de prémédité.

— Est-ce qu'il cherchait à influencer la date de sortie de votre film ?

— J'en suis sûr. Ils essayaient tous. Il était sans doute l'un des rares à savoir que c'était une erreur. Mais aucun…

Lang s'interrompit. Pour un homme qui mettait en scène les jeux d'illusion entourant le meurtre, la tromperie ou la trahison, il semblait curieusement émotif quand il y était confronté dans la réalité. Ce qui le rendait presque humain.

— Vous n'avez pas d'ennemis, *mein Herr* ? demanda Hoffner.

— Bien sûr que si… Ce sont des amis qu'on aurait du mal à me trouver… Cela semble maladroit, mais c'est clair.

— Entendu.

Lang ménagea une pause. Il chercha son verre et se dirigea vers la table.

— Un autre ?

Étrange réaction, un peu trop désinvolte. Hoffner l'observa avec soin quand Lang déboucha la carafe.

— Merci, non, dit-il.

Puis il inhala une dernière fois et écrasa sa cigarette dans le cendrier. Hoffner le voyait ; Lang savait quelque chose. Il n'en avait juste pas encore pris conscience.

Lang replaçait la carafe sur le plateau quand Hoffner surprit une lueur de reconnaissance dans ses yeux, comme si le réalisateur cherchait confirmation au travers du cristal. Dès qu'il eut trouvé, il se tourna vers Hoffner.

— La petite Volker. Une actrice. Elle couchait avec Thyssen.

Hoffner s'attendait à une révélation un peu plus convaincante.

— Est-ce très étonnant de sa part ?

Lang se remit à sourire.

— Bon, d'accord. On a tous couché avec elle. C'était le tour de Thyssen, il faut croire. Elle devait participer à un de mes films. Quelques scènes, il y a une semaine ou deux. Elle ne s'est jamais présentée.

— Je vous le redemande : qu'y a-t-il là d'étonnant ?

La question parut surprendre Lang.

— Une starlette de dix-neuf ans, dans un film de Fritz Lang ? Ce genre de fille ne rate pas une seconde du tournage.

C'était la première vérité indubitable que lui avait donnée Lang.

— On a essayé de la contacter ?

— J'en suis sûr.

— Et elle n'est pas revenue ?

— Pas que je sache.

À cet instant, Hoffner comprit que Lang ne pouvait plus rien lui apporter.

— J'aurai besoin de ses coordonnées.

— Je vais me renseigner.

Pendant une vingtaine de minutes, Hoffner regarda la porte des studios s'éloigner dans son rétroviseur. Parfois, la lumière de l'après-midi l'obligeait à grimacer. Puis, comme obéissant à un signal, sa dent commença à l'élancer.

Refuser le second brandy avait été une erreur.

Leni

C'était étrange de se retrouver dans cette partie de la ville. Hoffner n'y était pas revenu depuis que Georg était entré au lycée et son vieil appartement était sorti de sa mémoire. Déjà, vers la fin, l'endroit n'était guère différent d'une enfilade de pièces sombres, car seules sa chambre, celle du garçon et la cuisine offraient un semblant de vie. À l'époque, l'agent immobilier avait fait quelques commentaires sur d'étranges dessins dans la poussière ; il avait aussi remarqué la tasse vide, contenant un liquide jadis brun, sur une petite table du salon. Hoffner avait cru un instant voir un signe à cette découverte, comme si c'était la dernière tasse bue par Martha et qu'il dût en préserver le souvenir. Il avait tout jeté avec le reste du service.

Il est vrai qu'un deux-pièces sans ascenseur près de l'Alex n'était pas l'endroit rêvé pour déménager les meubles régulièrement accumulés pendant vingt ans, sans compter toutes ces affaires entassées parmi les ombres figées. Il n'avait rien conservé.

Fräulein Volker habitait à quelques pâtés de maisons, au sud du quartier où se trouvait l'ancien appartement, dans cette partie de Kreuzberg qui croyait s'être affranchie de son côté sordide. Les Turcs y étaient moins nombreux et l'odeur du chou bouilli et des épices parfumait l'air d'un léger parfum piquant.

L'immeuble ressemblait exactement à ce qu'il avait imaginé, cinq ou six étages nichés parmi d'autres bâtiments similaires autour d'une charmante petite place : le lieu idéal pour une starlette naissante, surtout si elle risquait de se retrouver derrière un comptoir de magasin avant la fin du mois. Les jardinières amoureusement entretenues évoquaient des vendeurs ou des assistantes juridiques fraîchement pomponnés. Aussi forte que de l'ammoniaque dilué, on respirait ici la bonne odeur des promesses et des grandes espérances.

Bien entendu, le nom de Fräulein Volker apparaissait près de la sonnette du dernier étage. Merveilleux. Inutile de sonner : Hoffner savait qu'il ne trouverait personne. Et le concierge, furibond d'avoir été dérangé, se montra encore plus fébrile en voyant l'insigne du policier.

— Pas mes oignons, monsieur l'inspecteur.

L'homme s'exprimait avec une assurance laconique. Ses bretelles en cuir étaient parsemées de miettes, vertes et floconneuses. Par un étrange paradoxe, sur sa moustache, elles étaient d'un rouge cotonneux.

— Je ne m'occupe pas de leurs faits et gestes.

Il passa quelques doigts dans sa moustache.

— Tant qu'ils paient leur loyer chaque mois et respectent la propreté des lieux, le reste ne me regarde pas.

— Personne ne l'a demandée, n'est venu la voir ?

— Non.

Péremptoire.

— Hier, ou avant-hier, on a téléphoné. De son boulot. J'en sais pas plus.

Une voix excédée cria son nom. L'homme se retourna.

— Minute ! répliqua-t-il.

Il posa à nouveau son regard sur Hoffner, un sourire aux lèvres, cherchant à établir une complicité masculine.

— Une amie, dit-il en découvrant ses dents jaunes.

Sa main ramena un trousseau de clefs de sa poche.

— Celle-là, précisa-t-il en donnant à Hoffner une petite clef argentée. Allez faire un tour et glissez-la sous ma porte quand vous aurez terminé.

Entre les étages, Hoffner entendit le rire caquetant d'une femme, puis la phrase suivante : « Après tu remets tes dessous sur le phono » – mais ce n'était qu'une supposition… Après tout, peut-être que les jardinières n'étaient là que pour faire diversion ?

L'appartement comprenait au moins trois pièces, un long couloir menant à l'arrière, pour faire une cuisine, indépendante, juste après l'entrée. Néanmoins, Hoffner l'aurait cru de dimensions plus modestes. Au lieu de quoi, le décor offrait le spectacle de plusieurs collisions et agressions austères, métalliques, si populaires aujourd'hui – entre des éléments bas de bibliothèque, en forme de boîtes, et des tables étroites, aux angles pointus. Il avait toujours pensé que cette esthétique tendait à s'inspirer des lettres de l'alphabet – le canapé en forme de L, les chaises en S, les lampes en V avec ampoules doubles. On devinait une volonté de cohérence, mais, ici, la seule chose qui lui importait était de savoir comment Herr Thyssen avait su conserver les faveurs de sa petite amie.

La découvrir nue au-dessus du canapé ne fut pas franchement une surprise : ces photos qui couvraient tout un mur faisaient fureur aujourd'hui. Hoffner contempla la pose osée de Fräulein Volker, offrant son dos au photographe, les épaules tournées, le regard voilé par une vague de cheveux blonds. Elle dissimulait ses seins sous un mince bout de tissu qui s'arrêtait sur le haut des cuisses, de manière à attirer le regard vers la parfaite rotondité de ses fesses – en O, se dit Hoffner, les deux adorables moitiés d'un O.

Il se sentait d'humeur à pousser plus loin son examen quand un son dans les pièces du fond attira son attention. Au bout de quelques secondes de silence, le bruit se reproduisit – c'était celui d'un tiroir qu'on ouvrait et fermait. Par bonheur, Hoffner ne se laissait jamais prendre au dépourvu en de tels instants. C'est donc sans nervosité qu'il franchit le couloir et s'immobilisa sur le seuil de la chambre.

Grande et mince, une femme était penchée au-dessus d'une des petites tables. Elle tenait une pile de papiers dans une main, l'autre étant occupée à fouiller le contenu du tiroir. Ce n'était pas Ingrid Volker, car elle avait les cheveux foncés. La jupe verte bien ajustée et le corsage blanc – qui n'avaient rien d'allemand dans la coupe – ne cadraient pas avec le style de la starlette : ils témoignaient d'un certain goût. La femme se retourna et vit Hoffner qui l'observait.

Elle ne réagit pas, non comme quelqu'un qui n'aurait pas été pris sur le fait, ce qui était le cas, mais comme si elle avait déjà accepté de relever le défi. C'était moins son regard ou sa posture qui lui donnaient cette assurance inébranlable – bien que ces deux éléments y participassent – que la manière décontractée dont elle serrait ses papiers. Longs et fins, merveilleusement délicats, ses doigts manifestaient une indifférence qui leur conférait tout leur pouvoir : elle aurait aussi bien pu lui tendre toute la pile. On remarquait la même qualité sur son visage, délicat et pâle, qui semblait l'inviter à approcher, mais peut-être un peu trop pour prendre le risque. Elle se savait belle et ce n'est pas Hoffner qui l'aurait détrompée.

— Coyle, déclara-t-elle. Helen Coyle.

Hoffner lui donna un peu plus de la trentaine.

— Vous devez être de la police.

C'était la troisième fois de la journée qu'on le perçait à jour. Ne devait-il pas changer de costume ?

— Une Américaine capable de reconnaître un inspecteur de police allemand… Impressionnant.

Hoffner nota la première faille dans son regard.

— Je croyais avoir un meilleur accent, dit-elle.

— Il est excellent. Vraiment excellent. C'est à cause de votre montre. Pas le genre des Européennes.

Elle baissa un instant les yeux, puis le regarda en face.

— Vous êtes un très bon policier. Vous n'en portez pas.

— C'est vrai, admit Hoffner, non moins affable. Comment êtes-vous entrée, Fräulein ?

— La porte était ouverte.

— Sûrement pas…

— D'accord, je l'admets…

Elle s'approcha du lit et ramassa son manteau.

— Est-ce que ça vous dit, un café… ou un brandy ? Ça ferait plus européen, non ?

— Fräulein Coyle…

— Helen. Leni, si vous préférez.

Désormais, il y avait ce petit nom familier entre eux.

— Fräulein, répéta Hoffner, patient. J'ai vraiment besoin de savoir comment vous êtes entrée dans cet appartement. Ensuite, nous aborderons le pourquoi et le comment. D'accord ?

— Vous ne buvez donc pas de brandy ?

Hoffner réprima son envie de sourire.

— J'en ai une bouteille dans mon bureau, à l'Alex. Je serais vraiment heureux d'en discuter là-bas.

— Ingénieux, et très pertinent. Un très, très bon policier.

Elle prit un paquet de cigarettes dans son manteau.

— Des Rothman… Oui, je sais, anglaises. Au moins, je me rapproche du continent.

Elle lança le manteau sur le lit et, d'un petit geste du poignet, sortit une cigarette du paquet.

— Vous avez du feu ?

Hoffner lui en donna et elle souffla deux jets de fumée par le nez.

— Thyssen, reprit-elle, l'air de rien. Vous le saviez, j'imagine. Il avait un jeu de clefs. Chez lui. Ça nous fait donc deux portes qui étaient restées ouvertes.

Elle connaissait les raisons de sa présence et ne se gênait pas pour lui montrer qu'elle s'en fichait. Un tel aplomb laissa Hoffner admiratif.

— Et vous saviez qu'elles correspondaient à cet appartement-ci, dit-il. Ces clefs qui traînaient et que vous venez de trouver, comme ça.

Cette fois-ci, elle lui décocha un regard malicieux.

— Vous avez décidé de pinailler sur le moindre détail ?

— J'en ai si peu, Fräulein, vous ne me laissez guère le choix.

Du menton, il désigna les papiers.

— Des choses intéressantes ?

Elle réfléchit, puis lui tendit le paquet tout en parlant :

— Quelques échanges de lettres avec Thyssen. Des factures. Des cartes de visite de night-clubs où ils ont dû aller.

Hoffner commença à examiner l'ensemble.

— Sur chaque carte, on a écrit un petit mot au verso – ce qu'elle a bu, ce qu'ils ont dansé. Sacrément fleur bleue. Moi aussi je me serais suicidée.

Hoffner poursuivit sa lecture.

— C'est une chance que vous ne l'ayez pas fréquentée, Fräulein.

Il leva les yeux.

— Au fait… qui fréquentez-vous donc ?

Sans les papiers à la main et son manteau, elle donnait l'étrange impression d'être nue. Seule la cigarette, tenue à hauteur de poitrine, donnait à son attitude une touche d'humilité.

Une fois encore, elle ne répondit pas immédiatement.

— Voilà une question qui irait bien avec un brandy. Qu'en pensez-vous, monsieur l'inspecteur ?

Rollo se trouvait quelques rues plus au nord, au cœur du véritable Kreuzberg : celui qui avait du caractère, lui dit-elle.

Hoffner avait quitté sans regret l'appartement. Il était certain que Fräulein Coyle avait mis la main sur les dossiers les plus intéressants ; si d'autres documents présentaient un quelconque intérêt, il lui faudrait retourner sur place, seul, pour se faire une idée.

Il commanda deux brandys.

C'était un café minable, juste quelques tables au fond, sous une pauvre lumière et dans l'odeur piquante des patates au vinaigre. Elle avait choisi une table au milieu, mais ils auraient pu s'installer n'importe où. À part le barman, il n'y avait là qu'une jeune femme qui sommeillait, la tête appuyée contre le mur, la bouche entrouverte. Ses frisettes commençaient à se défaire, pendouillant près de ses lèvres qu'elles effleuraient chaque fois que celles-ci formaient comme des *ooh* muets. Plus révélateurs, son col et ses poignets froissés trahissaient son activité de l'après-midi : le travail dans les hôtels du coin marquait toujours une pause vers 17 heures. Une tranche de pain et de fromage et un demi-verre de slivovitz étaient tout ce qui la séparait de la longue nuit à venir.

— Avec un peu de maquillage, trancha Coyle, et une jolie robe longue en satin, je lui trouve du travail chez Sam Goldwyn en une semaine.

L'Américaine n'était pas du genre réservé. Elle avait passé la plus grande partie du trajet à le régaler d'anecdotes sur sa vie passée : elle avait été Ziegfeld girl (toujours au premier rang) et s'était vu promettre un petit rôle au cinéma ; sa vie à Hollywood était faite de trop de nuits extravagantes pour remplir la semaine, et de lui citer des noms, des noms, encore des noms (qu'il ignorait, pour la plupart) et d'évoquer son mois en désintoxication, enfin, deux (oui, d'accord, une année !). Sa carrière cinématographique s'était achevée là. Avait alors commencé l'époque des michetons pleins aux as (encore d'autres noms inconnus), puis, devenue propriétaire d'un appartement, elle avait réussi à refaire surface, à la force du poignet, et voilà que Sam Goldwyn en personne l'avait gentiment prise sous son aile. Si Hoffner avait bien compris, Leni – elle insistait pour qu'il l'appelle ainsi – était ce que ses associés appelaient une dénicheuse de talents au service de la Metro Goldwyn Mayer. À Berlin, elle était censée retrouver Ingrid Volker. C'était aussi simple que cela, autrement dit, rien n'était moins simple.

— C'est une putain, lança Hoffner.

Les brandys arrivèrent.

— Bien sûr. Et alors ?

— Vous n'avez pas une haute opinion de votre travail, n'est-ce pas ?

— Quelle remarque ridicule !

Elle prit une cigarette.

— Si vous donnez le choix à la Belle au bois dormant là-bas, elle pourrait vous surprendre.

Hoffner lui alluma sa cigarette.

— La putain au cœur d'or. Je crois que j'ai vu le film.

— Le flic sans cœur. Pas aussi populaire, mais tout aussi palpitant.

« Elle a le chic pour ne rien laisser passer », s'émerveilla Hoffner. C'était une forme d'immaturité qui la rendait presque cassante. Il alluma sa cigarette et but.

— Votre allemand est vraiment bon. Impeccable, même.

— Ma mère était née en Autriche-Hongrie, dans une ville qui se trouve en Hongrie, désormais. Je n'ai jamais pu comprendre toute cette histoire. Elle avait rencontré mon père dans un bordel viennois – enfin, non, elle était infirmière. L'endroit avait pris feu. Lui, c'était un artiste – Paris, Prague, Vienne. Toutes ces villes où les jeunes Américains étaient persuadés qu'il fallait vivre pour piger de quoi il retournait. Il avait convaincu une des filles de poser pour lui.

— Je n'en doute pas.

— Papa avait perdu deux doigts à cause de ses brûlures et n'a jamais plus touché à un pinceau. Il a donc ramassé ma mère pour l'emmener en Pennsylvanie.

Hoffner devina qu'il n'était pas le premier à entendre cette version de l'histoire. Ce qui ne lui enlevait rien : artistes et infirmières, Vienne, doigts brûlés. Il fit tomber un peu de cendres, tapotant sa cigarette, qu'il ne quittait pas des yeux.

— Et quelques années plus tard – vous voilà.

— Ah, il y a donc un cœur dans cette carcasse ?

— Pas sûr.

— Je crois bien que Frau Hoffner ne serait pas de cet avis.

Hoffner savait qu'il n'en était rien. Il termina son verre.

— Un autre ? proposa-t-il.

Sans laisser Coyle répondre, il appela le barman.

— La même chose, commanda-t-il, avant de la dévisager.

— Quelqu'un, à l'UFA, vous a donné les clefs de Thyssen, Fräulein.

C'était la première fois, cet après-midi-là, qu'elle était prise de court. En fait, Hoffner se demanda si cela lui était jamais arrivé auparavant. Le barman s'approcha et attendit qu'elle termine son fond de verre. Elle le posa alors sur la table et regarda l'homme les servir.

— S'il y avait une nappe entre nous, dit-elle quand l'homme fut retourné à son comptoir, on pourrait remplir un demi-verre rien qu'en l'essorant.

Hoffner tira une dernière bouffée.

— J'ai besoin de connaître le nom de ce type de l'UFA, Fräulein.

— Leni, si vous voulez bien.

Il écrasa son mégot sans un mot.

Un instant, il eut l'impression qu'elle évaluait ses chances. Elle finit par se décider, d'une voix monocorde, distante.

— Vous avez rencontré Joachim Ritter ?

Hoffner fit signe que oui.

— Goldwyn s'intéresse beaucoup à Fräulein Volker. Un de ses réalisateurs l'a remarquée dans un cabaret, il pense qu'il pourrait être son Stiller.

Elle devina ses questions :

— Mauritz Stiller, expliqua-t-elle. Celui qui a découvert Garbo. On la comparait à une vache, à l'époque. Regardez-la maintenant. Au moins, cette Volker est mince. Goldwyn veut la chiper aux Allemands avant qu'ils ne la découvrent. Avant l'UFA, disons. Il est prêt à payer cher pour l'avoir sous contrat.

— Et l'UFA se satisfait de brader une star potentielle ?

— En échange de ce qu'en offre Goldwyn ? Il faudrait qu'elle devienne le plus grand succès du box-office de l'UFA – et que ça dure pendant dix ans. Ritter est trop malin pour ne pas prendre l'argent d'avance et laisser les Américains décider si elle en vaut la peine. Vu la somme proposée, Ritter a estimé que je devais être libre de rencontrer la fille à ma guise.

— Et il savait que Thyssen avait ses clefs ?

— Oui.

— Ce qui veut dire que Ritter n'a eu aucun scrupule à vous envoyer dans l'appartement d'un mort pour y récupérer ces clefs ?

Soudain, son regard devint impénétrable.

— J'ai improvisé.

— Vous seriez du genre à rechercher des filles qui se sont évaporées sans vous soucier des conséquences ?

— Filles ou garçons, du moment qu'on me le demande.

Hoffner comprit alors qu'il l'avait sous-estimée. Son manque de sincérité l'amenait à une précision non dépourvue de cruauté, ou peu s'en fallait. Restait maintenant à déterminer combien il lui en coûtait.

— Pour ce qui est d'improviser, il faudra y aller doucement, Fräulein.

— Mais ne croyez-vous pas que le moment est bien choisi, inspecteur ?

— À Los Angeles, peut-être. Pas ici.

Une lueur moqueuse s'alluma dans ses yeux.

— Est-ce un conseil pour que je me tienne à l'écart ?…

Elle ne lui laissa pas le temps de répondre.

— Hoffner ?

Elle l'étudiait, sa cigarette un peu trop loin des lèvres.

— C'est très allemand. C'est le Nikolaï qui ne va pas.

Il lui restait la moitié de son verre, il pouvait prendre son temps. Du moins est-ce la raison qu'il se donna pour répondre.

— Vraiment ?

— Bien sûr. Douglas Fairbanks, voilà un nom à se pâmer. Doug Fairbanks, on l'imagine dans un magasin de chaussures pour femmes.

— Vous préféreriez Nicki.

— C'est horrible.

Martha n'était pas de cet avis.

— Ou Nick ?

— Trop connoté. Je chercherais autre chose. Sauf si vous avez une idée. Le truc russe, alors, ça collerait.

— Et Fräulein Volker ?

Si c'était à cela qu'elle voulait en venir, pourquoi ne pas se prêter au jeu ?

— Même problème. Un nom qui se bat contre lui-même. Ingrid Volker. Suédois, allemand… comment savoir ?

— C'est peut-être ce qui le rend intéressant ?

— Non. C'est le genre de détail faussement intéressant.

Il n'y avait rien d'agressif dans sa voix, juste un constat.

— Pourquoi chercher une logique ? Berlin, Los Angeles, ce n'est jamais le plus important. Tout se décide toujours en fonction des studios. Si vous ne comprenez pas ça, vous ne savez vraiment pas où vous mettez les pieds.

De ce point de vue là, cette escapade matinale avait éclairci les choses beaucoup plus qu'il ne voulait l'admettre. De son portefeuille il sortit quelques marks et sa carte.

— Au cas où Berlin se révélerait différente de ce qu'elle paraît être.

Il posa la carte près de son verre à elle et les billets à côté du sien.

— Un laissez-passer, monsieur l'inspecteur ?

Elle le regarda droit dans les yeux.

— Je suis touchée.

Elle prit la carte, lut, feignant la surprise.

— Rien que le numéro de votre bureau et l'adresse ?

Elle la lui rendit.

— Les postes de police, ça ne m'inspire pas confiance. Il faudra proposer mieux si vous voulez que je vous aide.

Oui, il l'avait vraiment sous-estimée. Il trouva un stylo dans sa poche et lui écrivit ses coordonnées, au dos du bristol.

— Göhrener Strasse… lut-elle. Ce ne serait pas un peu dangereux comme coin ?

— Vous connaissez Berlin ?

— Pas vraiment.

Elle fit disparaître la carte dans son sac.

— Je suis à l'*Adlon*. Chambre 407.

Elle se leva.

— Juste au cas où Berlin ne ressemblerait pas à ce qu'elle paraît être.

Déjà, elle se dirigeait vers la jeune femme au fond de la salle, ce qui laissa Hoffner sans voix. Il la regarda griffonner un mot sur une serviette qu'elle plaça sous son verre, en prenant soin de ne pas la réveiller. Il était encore assis quand elle revint chercher ses affaires. Il se leva et l'aida à enfiler son manteau.

— Deux semaines, déclara-t-elle. Et vous ne la reconnaîtrez plus.

Elle lui permit de laisser ses mains s'attarder juste un peu trop longtemps sur ses épaules avant de se tourner vers lui.

— Bonne chasse, inspecteur.

Elle franchit le seuil au moment où la jeune femme se réveillait en toussant.

La vue des caractères cyrilliques profondément gravés dans la pierre signifiait qu'il n'avait plus le choix. Des années auparavant, Hoffner se l'était promis : faire demi-tour était toujours possible depuis la cour de gravier ; c'était encore envisageable alors même qu'il suivait le sentier qui serpentait dans le petit jardin négligé, assez loin pour l'instant des quatre étages décrépis du bâtiment pour entretenir une illusion d'impartialité. Mais il était trop tard maintenant : il ne s'échapperait plus.

Il sonna et continua à fixer les caractères. Remarquable comme une certaine esthétique pouvait donner à ces simples mots – « Château russe » – un petit air d'éternité.

Une silhouette spectrale ouvrit et le reconnut aussitôt. Bien qu'elle désapprouvât ses visites, la gardienne s'y résignait.

— Vous avez une demi-heure, dit-elle en russe. On ferme les portes à 19 heures pile.

Elle tira la porte et attendit qu'il entre.

Froid et destiné à durer, ainsi lui apparaissait l'endroit, avec ses murs, au bois zébré de cicatrices, qui se dressaient vers un plafond imaginaire : le son de ses propres pas ne faisait qu'ajouter au désespoir et chacun résonnait comme l'appel futile de Mère Russie.

Il pénétra dans une grande salle où s'éparpillaient des tables et des chaises, à la lueur de lampes qui paraissaient minuscules par rapport aux ombres. Trois gros lustres étaient suspendus au plafond mais d'eux aussi émanait un sentiment de désolation. Il leur manquait plusieurs ampoules et celles qui brillaient semblaient envoyer une sorte de signal de détresse codé. On surprenait parfois un peu de vie – une partie de cartes ou d'échecs –, sinon, la plupart des occupants étaient assis, solitaires, silencieux. Un homme venait sans aucun doute de recevoir des visiteurs. En blouse et casquette, il se tenait courageusement le dos voûté sur son siège, quelques médailles accrochées sur le buste. Pourtant, ses yeux fixaient le vide. S'il avait un jour connu la bonté, il l'avait oublié. Il était plus probable qu'il avait appris à ne rien espérer de la sorte.

Au cours de toutes ces années, jamais Hoffner n'avait croisé qui que ce soit, ni échangé un mot gentil, ou un « Bonjour, mon colonel ! ». L'isolement de ces gens-là était absolu. Ici, la mort faisait office de dernier fanal pour ceux qui ne supportaient plus la lumière. Seul leur refus d'envisager l'avenir les maintenait en vie.

Sa chaise se trouvait près du mur du fond. Elle était vide, ce qui signifiait qu'il avait une belle grimpée devant lui. C'est en essayant de reprendre son souffle qu'il franchit le seuil du dortoir numéro 3 – une double rangée de lits était disposée perpendiculairement aux murs, comme dans une caserne. Hormis deux, tous étaient inoccupés, le sien se trouvant vers le milieu de sa rangée. Dans une institution allemande, chaque lit aurait disposé d'une chaise et d'une petite coiffeuse assez grande pour y garder quelques trésors personnels – photos, peigne, brosse, un verre ou un vase –, mais cette maison n'avait rien d'allemand. Elle avait insisté pour retrouver un style de confort qui n'existait plus que dans sa mémoire, aussi lointains ou embellis que fussent ses souvenirs. Les cosaques, les coups de fusil et les villages incendiés avaient été effacés. Son monde était peuplé de Russes et de Juifs. Hoffner avait déniché le seul établissement de Berlin qui correspondît à sa demande.

— Bonjour, maman, dit-il en russe.

Un oreiller derrière le dos lui permettait de dormir assise. Elle ouvrit les yeux. Pour elle aussi, depuis longtemps, la gentillesse était un mot dépourvu de sens.

— On est jeudi ?

Elle savait bien que non, il n'était pas dupe.

— Lundi. Je viens toujours le lundi.

— C'est vrai, mais tu ne viens pas, alors on pourrait aussi bien être jeudi.

Il aperçut un siège à quelques lits du sien. Il alla le chercher et le disposa près de son lit, juste assez loin pour qu'elle ne puisse pas le toucher de la main. Il s'assit et sortit de sa poche un petit sachet de chocolats.

— De chez *Hirschorn*, précisa-t-il en se penchant pour poser le sachet sur son ventre.

— Ceux avec des noix.

— Combien tu en as mangé ?

— Aucun.

— Parce que tu ne les aimes pas ?

D'une manière ou d'une autre, c'était toujours le premier acte : des chocolats, des fleurs, un livre. Peu importait. Hoffner tendit la main, arracha la ficelle et en prit un. Il le porta à sa bouche.

— Délicieux.

Pour une raison mystérieuse, sa mère avait encore des mains magnifiques. Elle en glissa une dans le sachet, tâtonna avant de choisir celui qui lui convenait et le mit dans sa bouche. Marbré de rides profondes, son visage offrait un contraste saisissant avec ses doigts, comme s'il voulait en faire oublier la souplesse.

— Tu ne fais que me rendre les choses plus difficiles, se plaignit-elle. Maintenant, ils en veulent tous, et quand tu partiras, il n'en restera plus. Ils en sentiront l'odeur sur moi et ils comprendront.

Elle mordit dans une bouchée.

Hoffner sortit de son autre poche un second sachet et le déposa au pied du lit.

— Tu les distribueras à ceux qui en ont le plus besoin.

Elle mordit une nouvelle fois et hocha la tête, distante.

— Tu ne te sens pas bien ? demanda-t-il.

Il venait juste de remarquer la présence d'une table basse, de l'autre côté du lit. Les quelques fioles qui s'y trouvaient étaient à moitié remplies d'un liquide rouge foncé.

— C'est ce qu'ils disent.

— Tu n'as pas ta petite idée ?

Elle oublia momentanément de s'apitoyer sur son sort.

— C'est quelque chose dans la poitrine.

« Ils m'ont déconseillé d'en manger, du chocolat, poursuivit-elle en s'emparant d'une praline.

Elle mordit à pleines dents et, pour la première fois, manifesta un peu de plaisir.

— Tu devrais peut-être les écouter.

Elle souleva le sachet à hauteur des yeux et en scruta le contenu.

— Peut-être.

Son regard se figea et elle murmura :

— Ils recommencent à m'embêter.

— Qui, le directeur ? Dis-lui qu'on a déjà réglé ce problème.

— Pas le directeur. Lui, il comprend la situation. Il est même trop content de montrer à quel point.

— Qui, alors ?

— Les médecins, les femmes. Tout le monde. Ils me traitent comme si j'étais une étrangère.

— C'est dans ta tête, tout ça.

Mais, bien entendu, rien n'était moins sûr. La plupart des résidents du Château – un nom français pour un foyer russe, il n'avait jamais compris pourquoi – étaient arrivés juste après la guerre. Ils fuyaient les bolcheviks ou les blancs, ou tous ceux que les Juifs avaient l'habitude de fuir. Ici, les personnes trop âgées pour prendre un autre départ dans un monde nouveau s'étaient vu offrir un toit par un gouvernement qui se cherchait encore. Ebert, premier président du Reich, avait quelque sympathie pour les siens et il fit son possible, c'est-à-dire pas grand-chose.

Néanmoins, cela permit de combler les vœux les plus chers de Frau Hoffner, même si elle avait définitivement quitté la Russie pendant l'été 1871. En fait, elle était citoyenne allemande depuis 1873, et s'était convertie deux ans plus tard à l'un des courants du christianisme – elle n'avait jamais dit lequel à son fils – afin de ne pas entraver la carrière de son mari. Pourtant, Walther Hoffner ne put jamais dépasser le grade plutôt flatteur, bien que frustrant, d'inspecteur de la Kripo, avec une pension moitié moins importante que celle qu'obtiendrait son fils. Mort depuis neuf ans, Walther avait laissé sa femme partir à la recherche de son passé. Elle s'était procuré les formulaires officiels dans un bureau de la

Münzstrasse et, peu de temps après, Rokel Hoffner était redevenue juive.

Le directeur avait promis de ne pas ébruiter ces détails personnels de son histoire – mais de tels individus se nourrissaient de promesses creuses.

— Je peux te faire sortir d'ici, proposa Hoffner.

C'était le début du deuxième acte.

— En réalité, tu fais semblant d'être faible et désagréable. Je pourrais te trouver un logement, pour toi seule, avec une chambre, peut-être deux, plus près, en ville. J'ai l'argent nécessaire.

— Et pourquoi ne le fais-tu pas ?

Avec cette phrase, il avait appris à mesurer la capacité qu'elle avait à s'apitoyer sur son sort.

— Parce que tu refuses.

— Et en quoi cela devrait-il t'empêcher d'agir ?

Il sourit, plus chaleureux.

— Effectivement, mais c'est ainsi. Tu veux bien me laisser quelques bouchées ?

Elle lui tendit le sachet.

— Je n'ai pas toujours été comme ça.

— Tu n'es *pas* comme ça. C'est à cause de moi. Pour me punir. Nous savons tous les deux que je le mérite.

— Oui, mais tu refuses de l'admettre. Tu t'obstines à ne pas le reconnaître. C'est vraiment du temps perdu.

Elle n'avait jamais eu peur de la vérité. Il prit un chocolat.

— J'ai vu Georgi, aujourd'hui.

Un peu de vie éclaira son regard.

— Il est souvent fourré dans un des studios de cinéma. Il fait le coursier pour des gens très importants.

L'éclair de joie disparut.

— Il n'est pas au courant, pour moi ? Tu ne lui as rien dit ?

— Pourquoi le lui dirais-je ?

— Parce qu'il t'arrive d'être un peu trop sentimental.

Elle confondait en permanence sentiment et devoir, ce n'était pas nouveau.

— Et à quoi cela servirait-il ?

— Je ne veux pas qu'il voie cet endroit, ni moi, dedans.

— Cela fait sept ans que ça dure. S'il l'ignore encore, il ne le saura jamais. C'est un garçon de seize ans dont la grand-mère est mourante. Il te verra à l'enterrement.

Elle parut rassurée. Bizarre qu'elle ne demandât plus jamais de nouvelles de Sascha. Une cloche sonna dans le couloir et Hoffner se redressa.

— Tu es toujours aussi soulagé de l'entendre, remarqua-t-elle.

Il se pencha pour l'embrasser sur le front.

— Chaque minute compte pour moi.

Elle attendit qu'il ait son chapeau à la main.

— Tes visites ne te rendent pas meilleur.

« S'il suffisait de cela, songea-t-il, il me serait facile d'abandonner bon nombre d'illusions sur moi-même. » Il boutonna son manteau.

— J'essaierai de revenir lundi. J'apporterai un livre, un roman. Nous en lirons un bout ensemble.

Elle avait déjà fermé les yeux. Même alors, elle ne semblait pas plus apaisée qu'à son arrivée, et c'était cela, et cela seul, qui le blessait. Non pas la solitude, la tristesse ou le désespoir qui imprégnaient chaque recoin de l'établissement, mais son échec personnel. Hoffner le supportait comme un fardeau s'ajoutant à celui de son propre isolement quand il retrouvait le monde de la rue et, dans son esprit, il n'était pas loin de le confondre avec un sentiment de honte.

La journée avait été placée sous le signe des appartements – celui de Georg, celui de la Volker, le sien maintenant.

La lumière chassa les ombres de la pièce et découpa les quelques meubles qui s'y trouvaient. Hoffner lança son chapeau sur une chaise et posa la petite assiette de fromage et de boulettes sur la table. Il l'avait achetée au bar du coin et elle était encore tiède. Il rendrait l'assiette au matin.

Il alluma la lumière près du poêle et ouvrit le réfrigérateur. Il se souvenait de s'être fait quelques œufs durs, deux ou trois jours auparavant, et il se pencha pour les récupérer. À leur place il trouva une assiette contenant du bœuf, des nouilles, des petits pois, et la note suivante :

Œufs pourris et tu les aurais mangés. Je passerai plus tard. M.

Schiller, le propriétaire, avait dû la laisser monter. Il était amateur de femmes aux gros seins. La fréquentation de Maria avait valu à Hoffner de grimper très haut dans l'estime de Schiller. « Une belle plante, avait-il décrété le premier soir qu'il avait vu Hoffner reconduire Maria. Bien joué, inspecteur. » Schiller n'avait aucun respect pour la police. Non qu'il fût socialiste ou communiste, ou proche d'un quelconque « isme » synonyme de mépris pour l'autorité. Plus simplement, il estimait n'avoir besoin de personne.

Hoffner préférait les petits seins. Ils n'avaient pas la cote, et n'étaient donc pas soumis aux appréciations des connaisseurs. Les femmes comme Maria s'attendaient à des roulements de tambour, à du ravissement et même, pourquoi pas, de la gratitude, réactions qu'Hoffner n'avait pas du tout l'intention de feindre. Il se souvint de la déception dans ses yeux la première fois qu'il l'avait déshabillée – elle était certes très bien conservée pour une femme qui avait dépassé la quarantaine, mais il s'était empressé de mettre les choses au point. Pour eux, il ne fallait pas songer à des projets, encore moins au bonheur. Un plat de bœuf et quelques bons moments à partager. Rien de plus.

Il prit l'assiette, éteignit et s'approcha de la fenêtre. La vision de Berlin dans les ténèbres le réconfortait. Ces journées d'ensoleillement immuable commençaient à gommer les aspérités de la ville : les détails s'effaçaient, seuls les motifs subsistaient. La nuit faisait renaître Berlin, mais seulement dans ses ruelles écartées. Ailleurs, elle s'érodait. Une lumière constante, naturelle ou non, allait de pair avec la décrépitude.

Il entendit frapper et il estima qu'elle aurait pu lui laisser le temps de finir son repas. Tournant le dos aux ténèbres, il posa l'assiette sur la table alors que les coups redoublaient.

— Ça va, ça va, marmonna-t-il. Tu sais bien que je n'ai aucun endroit pour planquer une fille.

Il ouvrit et se retrouva face à Leni. Elle était plus pâle que dans son souvenir.

Du bout du couloir, la voix de Schiller approchait en grondant.

— Dites donc, vous, lança-t-il en roulant des épaules, on n'entre pas ici comme dans un moulin !

— Ça ira, Schiller, dit Hoffner qui continuait à fixer Leni. Je connais madame.

Il attendait de surprendre une explication dans ses yeux.

— Et vous croyez que ça règle le problème ?

Schiller ne voulait pas s'être démené pour rien.

— M'obliger à lui cavaler derrière ? Ici, on n'est pas dans un appart miteux de Prenzlauer où n'importe quelle gonzesse plaquée peut débarquer sans crier gare !

— J'ai été agressée, *mein Herr*.

Leni avait parlé avec la même autorité tranquille qui l'avait rendue si persuasive, plus tôt cet après-midi-là. Mais, cette fois-ci, elle avait entrouvert la porte pour un peu de compassion.

— Herr Hoffner est le seul ami que je connaisse à Berlin. Veuillez excuser mon sans-gêne.

Hoffner aperçut les déchirures aux manches de son manteau et une ecchymose sous le menton. Comment ne les avait-il pas vues tout de suite ?

Schiller aussi venait de les remarquer.

— Eh bien, je…

Il semblait faire machine arrière.

— Agressée, dites-vous ?

Il hésita quelques secondes, comme s'il cherchait ses mots, puis regarda Hoffner.

— C'est du sérieux, alors. Rien qui me concerne.

Il hocha la tête, comme pour se rassurer, et entreprit de battre en retraite.

— Je vous dis bonne chance, dans ce cas, Fräulein.

Il adressa un signe de tête à Hoffner.

— Inspecteur.

Comprenant que c'était le moment ou jamais, il fit volte-face et fila vers l'escalier.

Un instant, Hoffner éprouva un sentiment étrangement familier, un serrement dans la poitrine qu'il n'avait plus connu depuis des années. Le besoin de protéger, si bref qu'il avait déjà disparu. Contraint et forcé, il ouvrit en grand et invita Leni à entrer.

— Charmant, apprécia-t-elle après un rapide coup d'œil. Je ne m'étais pas rendu compte qu'un inspecteur principal avait les moyens de vivre comme un nabab.

Hoffner choisit deux verres et une bouteille sur une étagère et les posa sur la table devant elle. Sans demander son avis, il versa deux brandys.

— Comme un quoi ?

— Un nabab. La grande vie. Le dessus du panier.

L'accueillante petite porte s'était refermée. Elle prit son verre.

— Je ne pense pas que ce soit traduisible.

— Non.

Il tourna une chaise vers lui et s'assit.

— J'en ai peut-être un peu rajouté, mais vous êtes vraiment la seule personne que je connaisse en ville. Les gens du studio ne comptent pas.

— Ou ne vous ont pas donné leur adresse.

Hoffner avala une gorgée.

Elle essaya de sourire, mais l'ecchymose eut raison d'elle.

— Il y a aussi de ça.

— Il faut vous soigner.

Il se dirigea vers le réfrigérateur.

— Et, cet après-midi. Si jamais j'ai dit…

Elle s'interrompit.

Hoffner sortit un peu de glace du bac et chercha un chiffon près de l'évier.

— Dit quoi ?

— Dans le bar. Votre femme. J'ignorais.

Il la sentait l'observer pendant qu'il repliait le chiffon autour d'un glaçon.

— J'ai un peu fouillé à gauche et à droite, continua-t-elle. Ça m'arrive souvent. L'habitude, je crois.

Il fit un petit nœud et revint vers elle.

— Ça remonte à loin, dit-il et il lui tendit le glaçon.

— Quand même, c'était assez horrible. Victime dans une de vos enquêtes pour meurtre… Comment réussissez-vous à surmonter ça ?

Pas la moindre bienveillance, songea-t-il. Il attendit qu'elle ait placé le glaçon contre son menton.

— Bon, cette agression, c'était où ? demanda-t-il.

Il s'assit.

— Il m'arrive d'avoir ce genre de réaction. J'ignore pourquoi.

Son visage trahit une étonnante vulnérabilité, non pas qu'elle ressentît encore de la peur, mais parce qu'elle avouait soudain sa propre insensibilité.

— Insister comme ça. C'est stupide. Et ça ne me regarde pas. Je regrette.

Hoffner remarqua que son verre était vide et il lui en servit un autre.

— Comme je vous l'ai fait remarquer, ça remonte à loin.

— C'est votre façon d'être gentil.

Il termina son verre.

— Possible.

Il plaça la bouteille sur la table, tapota ses poches à la recherche de cigarettes. Elle fit aussitôt surgir son paquet.

— Si elles ne vous dégoûtent pas.

Il en accepta une.

— C'était près de la porte de Hallesches.

Elle referma son sac à main d'un coup sec et expulsa la fumée, ce qui sembla l'aider à se concentrer.

— J'avais repéré le nom sur une des cartes de la Volker. Un tas de types en shorts de cuir, avec des cuisses trop bronzées.

La porte de Hallesches, pensa Hoffner. Parfait pour une Américaine. Après élimination, il lui resta deux noms : le *Cozy Corner* ou le *Trap*.

— Des boîtes à touristes. Ça vous a plu ?

— Si on veut.

Quelle réponse parfaite : elle en disait assez pour lui montrer qu'il n'y avait pas grand-chose qui pût la choquer, et plus encore pour qu'il sache jusqu'où elle était capable d'aller.

— Les véritables boîtes à sexe ne s'affichent pas.

— Ils ont dû se marrer, Thyssen et la fille. Comme une visite au zoo pour s'extasier devant les bébêtes.

— Ou un moyen sans risque de fricoter.

— Vous ne croyez pas qu'il était homosexuel ? dit-elle, surprise.

Hoffner n'avait rien envisagé de la sorte. Ce n'était pas désagréable de la prendre au dépourvu.

— Lui ou elle, il est trop tôt pour le dire, et, dans le cadre de votre travail, je ne crois pas que ce serait une information prioritaire.

— Vous n'approuvez pas ?

— Votre travail ?

Il s'accorda un demi-sourire.

— Je ne pense pas que mon approbation soit très importante. Ce qu'un homme fait, ou ne fait pas – il agira comme bon lui semble, de toute manière. Une seule chose compte : a-t-il été tué à cause de cela, sans oublier qu'une fille a disparu. C'est alors que j'interviens.

Elle le dévisagea – et les volutes de fumée de sa cigarette dessinaient un lien entre eux.

— Vous n'avez pas répondu à ma question.

— Je ne crois pas que vous ayez posé une question.

— Il n'est pas terrible, ce brandy.

— Il va avec le mobilier.

— Vous pourriez mieux faire.

— Il faudrait se donner un peu de mal.

— Ça pourrait quand même en valoir la peine.

— Possible.

Depuis des années Hoffner n'avait plus joué à ce petit jeu. C'était si limpide que cela en devenait extrêmement osé : tout juste s'il ne sentait pas sa respiration s'accélérer. Venue des profondeurs de son être, il crut entendre la voix même de sa solitude : « Tu ne t'en sortiras pas comme ça, disait-elle, et tu le sais. » Mais, une fois encore, ce n'était peut-être qu'un argument dicté par son instinct de conservation. Pourquoi, cependant, se le reprocher ?

— Laissez-moi jeter un œil, dit-il en approchant la main.

Elle lui donna le bout de chiffon, pencha la tête. Le cou était souple, la peau douce et les minuscules traces bleu-rouge de l'ecchymose en accentuaient la finesse. Il toucha la peau. Elle était glacée. Elle inspira bruyamment et il écarta sa main.

— Vous allez garder ça pendant un jour ou deux.

— D'habitude, je ne me fais pas des bleus aussi facilement.

Elle avait ouvert son poudrier et essayait d'arranger les choses.

— Il vous a frappé avec le dos de la main ?

— Ce type était une brute. Je ne pense pas qu'il voulait me frapper. Il y a eu pas mal de bousculade. Il se peut même qu'il ait glissé.

— Et pourquoi donc ?

— À cause du sol humide ?

C'était la seule fausse note. Elle le comprit aussitôt.

— J'avais demandé à visiter une des chambres privées.

Elle écrasa sa cigarette, comme pour annuler les effets de sa bévue.

— Quelqu'un s'était souvenu d'avoir vu la Volker et un homme en prendre une, à peu près une semaine auparavant. Mon ami au coup de poing estimait que je n'avais rien à y faire.

Elle essuya la cendre qui lui collait aux doigts.

— Et voilà comment vous avez offert aux touristes un petit numéro imprévu.

— Un truc dans le genre, oui.

Hoffner ne la crut pas. Les clubs dans le quartier de la porte de Hallesches gagnaient leur vie en proposant de s'encanailler sainement : ils ne franchissaient jamais certaines limites. Comment, sinon, auraient-ils pu continuer à attirer les touristes ? Il reposa son verre.

— Eh bien, nous allons avoir une petite conversation avec ce monsieur.

Un bruit de clef dans la serrure lui enleva l'espoir d'observer sa réaction. Hoffner se tourna : des paquets à la main, Maria se dirigeait vers le réfrigérateur. N'ayant pas remarqué leur présence, elle y rangea quelques bouteilles de bière, du pain de la veille et un morceau de beurre vendu au détail. Elle se retourna et resta paralysée, muette de surprise.

Il lui fallut bien trente secondes avant de pouvoir parler.

— Schiller a dit que tu n'étais pas rentré.

Elle attendit.

— Il m'a donné la clef, précisa-t-elle.

« Quel salaud, ce Schiller ! » fulmina Hoffner. Il se leva.

— Il n'a pas dû me voir passer.

Il se rapprocha de Leni.

— Je te présente Fräulein Coyle. Elle est impliquée dans une affaire. Elle est américaine. Fräulein Coyle, Fräulein Gerber.

De sa chaise, Leni se fendit d'un léger hochement de tête ponctué de ce sourire vide que les gens sûrs de leur beauté réservent au commun des mortels.

— Enchantée.

Maria, bien entendu, connaissait cette manière de saluer, et son regard n'avait rien d'aimable.

— Une Américaine ? Comme cette affaire est exotique pour toi, Nikolaï !

Elle attrapa la chaise, croyant y trouver son manteau, mais elle s'aperçut qu'elle ne l'avait pas ôté.

— Bon, alors j'y vais. Je vous laisse terminer.

— En fait, ajouta Leni qui se leva, nous étions sur le point de partir, Fräulein. J'ai un peu compliqué les choses et l'inspecteur principal a eu la gentillesse de venir à mon secours.

Hoffner n'aurait pu dire si Leni essayait de l'aider ou de le mettre dans une situation délicate ; en tout cas, elle faisait de son mieux.

— Mademoiselle a été agressée. Tu devrais rester, ajouta-t-il, sans savoir pourquoi. Je n'en ai pas pour longtemps.

Les mots « Je veux bien avoir pitié de toi » auraient aussi bien pu résonner dans la pièce.

— Il y a du beurre, du pain et de la bière, dit Maria. Je ne crois pas qu'il reste du café.

Elle posa la clef près de l'évier.

— Veille à ce que Schiller la récupère.

Hoffner fit un pas vers elle, mais ça sonnait faux.

— Fräulein, fit Maria en prenant congé et elle se dirigea vers la porte.

Son « Nikolaï » laissa dans le couloir comme une odeur de chien mouillé.

Depuis longtemps, Hoffner avait appris à ne plus éprouver de remords en de tels moments. Demain, après-demain, les récriminations pleuvraient, elle lui déroulerait la liste de ses torts, et il encaisserait en attendant qu'elle tente de le faire revenir. Mais, cette fois-ci, il n'y aurait pas de retour en arrière. Au contraire, il ne réagirait pas devant son visage stupéfait quand elle le verrait accepter ses reproches et l'écouter lui détailler ce qu'ils perdaient, abondant même dans son sens… Elle écarquillerait les yeux, devenus incroyablement brûlants – « Non, non, ce n'est pas ce que je voulais dire ! » –, mais pourtant tout aussi froids devant sa fermeté. C'en serait fini de leur liaison, et déjà il se sentait plus léger.

— On y va, Fräulein ? demanda-t-il comme si ces dernières minutes n'avaient existé que pour lui permettre de tenir ce rôle.

Leni eut le bon goût de ne pas répondre et elle se dirigea vers la porte.

Certains quartiers se moquent de leur aspect minable – lumières tapageuses, bribes de musique flottant dans les rues – et ils ont assez d'humour pour vous faire comprendre que si ça ne sent pas la rose dès qu'on gratte la surface, ce n'est pas une raison de se gâcher la vie. À cet égard, la porte de Hallesches est un modèle du genre avec sa manière de s'imposer d'un coup de coude et d'encourager le buveur encore lucide à s'extasier sur ses débauches.

C'est un spectacle de second choix, sans intérêt, pour qui connaît Berlin. Il existait sans doute une époque où les clubs spécialisés dans le sexe et les bars à whisky avaient honnêtement apporté un certain réconfort à une classe moyenne ravagée par le chômage, l'inflation et la malnutrition. Hoffner avait même vu quelque chose de noble dans cette façon qu'avait la ville d'être elle-même en se promettant un oubli temporaire – époque révolue. Le rire était devenu parodique, s'attaquant à ceux mêmes qui maintenaient le quartier à flot : la Noire à moitié nue, le bras à la cocaïne de l'homme habillé en femme habillée en homme habillé en… Les uniformes étaient aussi nets que la lumière du jour, conférant à l'ensemble une touche de vice raisonnable. Hoffner imagina que ces filles et ces garçons, refusés par les clubs privés et les sociétés secrètes universitaires, prenaient ici leur revanche en partageant une conformité involontaire. Essayant d'y voir un peu clair dans une telle multitude, il lui fut difficile de savoir qui se moquait de qui.

Le lundi, le *Trap* organisait une Nuit africaine – deux ou trois Noirs du personnel menaient la danse parmi des Blancs au visage maquillé. Une toute petite blonde, qui s'était donné un mal de chien pour se noircir le dos des mains, prit le chapeau et le manteau de Hoffner en échange d'un ticket. Un véritable Africain en pagne débarrassa délicatement Leni et disparut à l'intérieur avec la fille.

— Si l'occasion se présentait, elle ne saurait pas quoi faire avec lui, déclara Leni d'une voix forte au-dessus du brouhaha alors qu'elle fendait la cohue, guidée par un petit homme grassouillet à l'allure très germanique. On a mieux que ça aux États-Unis.

Hoffner était derrière elle.

— Il me semble qu'il vous a fallu pas mal de temps avant d'en arriver là.

— Ce n'est pas chic de nous rappeler nos erreurs passées.

— Je ne cherchais pas à être chic.

Une fois assis, il commanda deux brandys.

— Je suis impressionnée, dit-elle en parcourant la carte. Vous n'avez même pas eu besoin de montrer votre insigne, et nous voilà déjà en course pour découvrir le fin fond de l'affaire. Vous jouez ça à la perfection.

Au vrai, Hoffner n'était pas trop sûr du jeu qu'il jouait.

— Vous êtes trop aimable.

— Et non… je ne le vois pas, si c'est ce que vous vous demandez.

Elle était parvenue à cette conclusion sans quitter la carte des yeux.

L'orchestre se défoulait sur un air américain – beaucoup de trompettes et de percussions – et le regard de Hoffner scrutait les visages. Les chambres privées étaient au premier. Elles donnaient sur une galerie ouverte qui courait le long de chaque mur. Les rencontres sexuelles, pimentées peut-être par la présence de professionnelles, s'organisaient en douce, un mot glissé au maître d'hôtel, quelques marks échangés et un objet symbolique apparaissait sur une table – rose blanche, blague à tabac – signaux informant les videurs au pied de l'escalier de laisser monter les clients. Ce soir-là, semblait-il, le sésame était un gant jaune.

— Les prostituées ne sont pas admises, dit-elle, gardant les yeux fixés sur la carte. Je me suis renseignée.

Pendant quelques secondes, elle parut perplexe.

— Une « Lune de Nubie », qu'est-ce que c'est, au juste ?

Hoffner continuait à surveiller la galerie.

— Un truc au chocolat, j'imagine. Ayant la forme d'un postérieur féminin.

Elle leva les yeux, admirative.

— Vous en avez déjà mangé… ici ?

— Non.

Il la dévisagea.

— Bizarre qu'il ne soit pas là.

— Quelqu'un n'a peut-être pas apprécié sa manière de recevoir la clientèle ?

— Ou peut-être que quelqu'un ne voulait pas voir un des clients en question revenir lui parler.

Il appela un serveur.

— Une Lune de Nubie et deux cuillers.

Hoffner regarda des couples, des trios, des quartets gravir les marches, bras autour des seins, gestes furtifs et joyeuses claques sur les fesses, le tapis épongeant le trop-plein de whisky renversé. Et dans cette ascension vers la scène étroite où les rires aigus et faussement vulgaires semblaient l'ultime recours pour attirer enfin l'attention, il n'y avait rien que de la parodie. Les brutes qui escortaient ces petits groupes vers les portes qu'on leur avait attribuées semblaient presque inhumaines, en comparaison, leurs traits impassibles et leurs pas mesurés n'auraient pas trahi l'imagination d'un Fritz Lang. Et, comme chez Lang, cette chorégraphie avait une cadence hypnotique. Hoffner regarda les portes s'ouvrir sur ceux que le désir aiguillonnait, ou se fermer sur les autres, rassasiés. Il lui fallut un bon moment avant de remarquer qu'aucune escorte ne s'arrêtait devant une certaine porte située à mi-chemin du mur du fond. Hormis cette entorse au rituel, rien ne la distinguait des autres.

— Vous aviez raison, dit Leni en léchant sa cuiller. C'est du très bon chocolat. On n'a pas ça chez nous.

Hoffner se tourna et découvrit, posés sur une coupe à pied, les deux monticules noirs du gâteau. Il ne savait plus à quel moment on les avait servis.

— Quelle chambre utilisaient Thyssen et la fille, d'après eux ?

Elle enfonça sa cuiller dans la pâtisserie.

— Et voilà, le charme est rompu…

— Désolé.

— Non, c'était marrant de vous regarder. Vous n'arrêtez pas de vous passer la langue sur les lèvres.

Elle posa sa cuiller près de la coupe.

— Ils n'ont pas précisé dans quelle chambre.

Il sortit quelques marks de sa poche et les laissa sur la table.

— Prenez-en encore. On ne reviendra pas. Ça risque de chauffer.

Son visage afficha un calme étudié, comme si ce genre d'avertissement la laissait de marbre. Il aurait pu y voir de l'arrogance, mais il savait à quoi s'en tenir. C'était de la maîtrise de soi, et, bon gré mal gré, il fut sensible à l'attraction qu'elle exerçait sur lui.

— J'en ai assez, dit-elle en repoussant sa chaise.

Il se leva et la suivit dans la foule en direction des escaliers.

Elle arrivait à la rampe quand une main énorme se leva pour l'arrêter. Le physique de son propriétaire ne déparait en rien la main.

— Non, non, Fräulein, ce sont des chambres privées.

Leni indiqua de la tête un groupe qui gravissait les marches.

— Elles ne m'ont pas l'air si privées que ça.

Le cou du type sembla disparaître complètement quand il haussa les épaules.

— Que voulez-vous que je vous dise ?… Privé, c'est privé.

Hoffner s'avança et glissa la main dans sa poche. Presque simultanément, le type fut sur lui, envolé son petit sourire, et ses mains s'agitèrent avec une surprenante vivacité. Il semblait avoir attrapé le bras de l'inspecteur quand son visage se figea, interloqué, puis crispé par la douleur. Hoffner lui bloquait le poignet qu'il lui tordit pour le plaquer à hauteur de sa poitrine : étonnant comme cette masse de chair était soudain incapable de bouger.

— Pas de ça ! dit Hoffner.

Le type hocha la tête.

De sa main libre, Hoffner fouilla sa poche en quête de son insigne.

— Tu vois ce que je cherchais ? Tu sais ce que c'est ?

Le type acquiesça à nouveau.

— Il y a une chambre là-haut à laquelle j'aimerais jeter un coup d'œil. Tu vas m'y conduire.

Le dernier signe de tête ressemblait plus à une réaction de douleur.

— Bien.

Hoffner le libéra et le type porta aussitôt la main à son épaule.

— Je croyais que vous aviez… voulut-il se justifier d'un ton piteux.

— Je sais ce que tu pensais. Contente-toi de nous guider.

Hoffner s'attendait à un signal un peu moins évident qu'un bruit de pas appuyé dans l'escalier, mais la subtilité n'était pas vraiment le point fort de cette boîte. Pas plus que le subterfuge : devant la porte attendait un petit homme à la peau terreuse, encadré par trois armoires à glace interchangeables. Hoffner n'avait pas stipulé quelle chambre l'intéressait.

— Inspecteur, dit l'homme avec un sourire professionnel. On ne s'est jamais rencontrés, n'est-ce pas ?

L'allusion aux hommes de la Kripo qui émargeaient sur la masse salariale de l'établissement avait un petit air de défi.

— Je suis sûr que vous les payez très bien, *mein Herr*.

— Je ne vois vraiment pas de quoi vous parlez, inspecteur.

— Oh, je n'en doute pas, mais nous savons tous les deux que je ne m'intéresse pas à ce qui se passe dans les autres chambres. Uniquement dans celle-ci.

— C’est comme dans les autres, inspecteur. Et nous serions ravis de vous en proposer une… et à votre amie, bien sûr… ainsi qu’à toute personne que vous inviteriez. Manque de chance, celle-ci est en cours de rénovation.

— Mais si je vous disais que c’est là tout ce qui m’excite. L’odeur de peinture, les tissus déchirés…

L’homme plissa les yeux.

— Il serait plus sage de laisser tomber, inspecteur.

Le cerbère, visiblement, avait des consignes.

— Est-ce le même message que vous avez transmis à cette dame, tout à l’heure, quand un de vos gars l’a frappée ?

L’homme resta un instant perplexe. Il tourna les yeux vers le balèze près de lui, lequel secoua la tête, sans s’émouvoir. Première scène improvisée, se dit Hoffner.

— Madame peut se tromper.

— Non, affirma Leni.

— La porte, *mein Herr*, ordonna Hoffner.

Cette fois-ci, les yeux de l’homme se dirigèrent vers l’entrée du rez-de-chaussée.

— Quels qu’ils soient, lança Hoffner, ils n’arriveront pas à l’heure. La porte. Je ne le répéterai pas.

Il vient toujours un moment où un homme mesure le côté futile de sa situation. Certains succombent sous le poids de cette réalité, d’autres en éprouvent un soulagement. Heureusement pour Hoffner, Herr TrapTrap appartenait à la seconde catégorie. Il tira une clef de sa poche et, montrant une détermination soudaine, ouvrit la porte et s’écarta.

— Vous restez ici, Fräulein, décréta Hoffner.

La pièce était tapissée de miroirs et de tentures et un lit surdimensionné occupait le mur du fond. À part cela, elle était vide. Hoffner se dirigeait vers le lit quand Leni le dépassa.

— Il y a une porte par là. Derrière les rideaux.

Elle essaya de l'ouvrir.

L'homme avait été plus malin que ne l'avait jugé Hoffner. C'était autant de temps de gagné.

— On dirait que nous allons avoir besoin d'une autre clef, *mein Herr*, dit Hoffner, qui remit à plus tard l'explication que lui devait Leni.

L'homme ne répondit rien avant d'avoir ouvert la seconde porte.

— Vous commettez une erreur, inspecteur.

Le fait qu'il se montrât moins péremptoire laissait transparaître le souci de se protéger.

— Eh bien, nous sommes deux dans ce cas, j'imagine.

Hoffner poussa la porte et, jouant à lui céder le passage, se retourna vers Leni.

— Fräulein ?

Il la suivit dans un petit couloir – encore des miroirs et des tentures –, jusqu'à une nouvelle porte. C'est alors que tout devint étrangement familier : la petite pièce, les ouvertures étroites dans le mur du fond, le projecteur, l'atmosphère rougeâtre. Même les boîtes de films, bien que d'une circonférence inférieure, étaient empilées exactement comme celles de l'UFA.

— Ne touchez à rien, avertit Hoffner qui s'approcha d'une des ouvertures et considéra les rangées de fauteuils en velours.

— On progresse, dit Leni dans son dos.

Elle écarta un rideau derrière les boîtes, révélant l'existence d'une autre pièce, un petit studio, en fait. Le long des murs, sous des spots accrochés à des poteaux de fer, on avait recréé plusieurs décors – boudoir, salon de l'Ouest américain, clairière en forêt. Une caméra se dressait entre un lit bas, une chaise et ce qui ressemblait à un rocher.

— Ça fait studio et salle de projection, avisa-t-elle. Je me demande quel est le programme ce soir.

Une bobine était glissée dans le projecteur. Hoffner trouva le bouton qui lui semblait le plus important et appuya dessus. La bobine se mit aussitôt à tourner. Il regarda à nouveau par une ouverture.

Il lui fallut un moment pour comprendre ce qu'il voyait, et il ne fut pas loin de blêmir. Une fille à peine vêtue était prise par deux hommes : elle hurlait. Sa terreur n'était en rien amortie par le silence. S'il y avait là quelque chose d'érotique, Hoffner ne le ressentit pas. C'était même d'une brutalité dont il avait rarement été témoin. Soudain, la voix de la fille emplit la pièce et Hoffner en eut le souffle coupé, l'angoisse sauvage qu'elle exprimait, c'était exactement les cris rauques de la folie.

— C'est un animal ? questionna Leni.

Hoffner se tourna. Elle était juste derrière lui, plus désemparée que choquée, car elle n'avait encore rien vu du film. Elle se dirigea vers une des ouvertures et Hoffner arrêta aussitôt le projecteur. Ils restèrent plusieurs secondes sans échanger un mot.

— Cette voix… d'où venait-elle ? s'interrogea-t-il.

— Que voyait-on sur l'écran ? demanda-t-elle.

— Rien. Comment ils font ça… la voix ?

— Je ne sais pas, et ne me dites pas qu'il n'y avait rien.

Ces dernières minutes l'avaient remué et s'il trouva un certain réconfort dans l'inquiétude de Leni, il savait que cela – ainsi que les images – s'évanouirait. Seule la voix demeurerait.

— C'était Ingrid Volker ? reprit-elle, presque dans un murmure.

Elle avait reconnu quelque chose d'humain dans cette voix, quelque chose qui la touchait.

La bouche ouverte, les doigts déchirant les vêtements : il laissa cette image s'imposer puis fit quelques pas vers la table. Il avait besoin de prendre du recul.

— Non, dit-il, et il s'intéressa aux boîtes.

Chacune portait sur la tranche une étiquette adhésive : Geli T., Louisa F., Hans P. Il trouva Ingrid V. dans la deuxième pile, au moment où il entendit le clic du briquet de Leni. Elle avait gagné la porte.

— Vous ne devriez pas fumer, conseilla-t-il. Pas au milieu de toutes ces bobines.

— Je m'en fiche. Est-ce que vous avez trouvé la fille ?

Il se retourna et l'admit d'un geste.

— Alors filons d'ici.

Un bruit de pas dans le couloir leur apprit que ce n'était plus envisageable.

Deux hommes surgirent en coup de vent dans la pièce – chacun en manteau marron, costume marron, du marron rien que du marron. Personne sans doute ne s'y trompait : leur dégaine les trahissait.

— Inspecteurs, dit Hoffner sans attendre de voir surgir leur insigne.

— Et qu'est-ce qu'on a au programme ? lança le plus âgé.

Hoffner avait parlé d'une voix basse, maîtrisée.

— Ce n'est pas beau à voir.

— C'est qui, elle ? fit l'homme en indiquant Leni de la tête.

— Rien qui vous concerne, inspecteur.

Il avait une bonne chance d'avoir vu juste. Même la hiérarchie de la corruption avait son protocole : par les nuits pluvieuses les inspecteurs principaux restaient au bureau, aux simples inspecteurs et aux agents de mener les descentes de police.

L'homme lâcha un gros soupir.

— Et vous êtes… ?

— Inspecteur principal Nikolaï Hoffner. Alexanderplatz. Vous tombez en plein viol.

La réputation de l'Alex dans les commissariats n'était pas à prendre à la légère. Les enquêtes internes avaient la mauvaise habitude de naître entre ses murs.

L'inspecteur décida de feindre l'ignorance.

— Ma foi, vous, les gars de l'Alex, vous en savez plus que nous, pas de doute, monsieur l'inspecteur principal. Herr Lüben, le directeur, a toujours respecté la loi.

« Bizarre de donner un nom à Herr TrapTrap », se dit Hoffner.

— Sexe et came… quoi de plus respectueux de la loi ?

L'autre sourit, affichant une connivence parfaitement hypocrite.

— Des activités plutôt innocentes, monsieur l'inspecteur principal. Il faut bien que les gens s'amusent. Qui peut se permettre de juger ?

Hoffner lui rendit son sourire.

— Oui, qui en vérité ?

Cette réponse eut le don de semer le trouble dans l'esprit du policier : qu'en était-il de l'habituelle engueulade ayant pour but de détourner l'attention du vrai problème ?

— Mais cela n'a rien à voir avec vous, n'est-ce pas ? continua Hoffner d'un ton tout aussi tranquille. Puisque vous n'avez pas la moindre idée de ce qu'on voit dans ces films, est-ce que je me trompe ?

L'homme resta silencieux.

— Non, bien sûr que non.

Lüben s'en mêla.

— Quoi que vous pensiez avoir vu, monsieur l'inspecteur principal, n'allez pas une seule seconde imaginer que la fille n'était pas volontaire. Personne ne tourne de film sans être un peu du métier. Nous choisissons les plus enthousiastes, et elles seules.

Hoffner avait toujours trouvé curieux le moment précis où un homme redécouvrait son courage, comme si sa colonne vertébrale avait été placée au mauvais endroit.

— J'aurais du mal à considérer ce que j'ai vu comme une manifestation d'enthousiasme, *mein Herr*.

— La caméra peut être très trompeuse, monsieur l'inspecteur principal. Elle vous montre ce que vous voulez voir. Vos goûts, semble-t-il, vous portent vers ce qu'il y a de plus brutal.

Hoffner laissa le mot faire son effet.

— Je ne crois pas avoir mentionné ce que j'ai vu, Herr Lüben.

Puis, sans crier gare :

— Qu'on m'enlève tout ça. Poteaux, décor, caméra, projecteur. L'inspecteur passera le reste de sa soirée à démanteler cette petite entreprise. Et qu'il s'assure que toutes ces bobines se retrouvent dans mon bureau !

Hoffner se tourna pour voir quelle tête affichait Leni : elle écrivait dans un petit carnet.

— Vous avez la liste, Fräulein ?

Elle hocha la tête.

L'inspecteur fit une ultime tentative :

— Ce n'est pas vraiment votre juridiction, monsieur l'inspecteur principal.

— Je ne l'oublierai pas.

Plaçant la boîte marquée au nom de Volker dans sa poche, Hoffner tourna les talons et accompagna Leni jusqu'à la porte.

— Vous n'avez même pas noté son nom, dit-elle.

Elle avait attendu qu'ils soient dans un taxi pour montrer qu'elle avait encore beaucoup à apprendre.

— Ça l'aurait entraîné trop loin, expliqua Hoffner. Il aurait eu quelque chose à perdre.

Il abaissa un peu la fenêtre et se débarrassa de la cendre de sa cigarette.

— Je n'ai pas besoin de son nom.

— Et vous lui faites confiance ?

— Pour ce que j'ai demandé ? Oui.

— Vous savez bien qu'ils le réinstalleront ailleurs.

— C'est évident.

— Et ça ne vous gêne pas ?

Les immeubles commençaient à être plus hauts, plus blancs. Même les réverbères semblaient plus nets. Ils roulaient vers le nord.

— Si, mais déplacer quelques spots, une caméra et des décors de plâtre ne servira pas à grand-chose pour les arrêter.

Il tira une dernière bouffée et jeta la cigarette par dessus la vitre.

Leni était de plus en plus frustrée.

— Il y a autre chose derrière tout ça, et vous le savez.

Elle avait raison. Hoffner n'avait pourtant pas l'intention de pousser les choses plus loin cette nuit-là.

— On verra bien.

Il s'enfonça dans la banquette au moment où le chauffeur tournait vers Unter den Linden. La double rangée d'arbres au milieu s'étendait comme deux bras protecteurs, mais seulement pour ceux qui pouvaient se le permettre : c'était la direction de l'ouest. Hoffner s'était toujours étonné de la déception ressentie devant cette avenue, promesse inaccessible, imaginée de l'impériale d'un bus ou d'un tram – où à l'arrière d'un taxi – et jamais atteinte. Même les immeubles entretenaient de faux espoirs.

Le meilleur et le pire de tous était l'hôtel *Adlon*, ses marquises décorées de drapeaux qui flottaient, interminables, toute la majesté de l'endroit concentrée dans les détails de son architecture de pierre et de verre, d'autant que l'ensemble paraissait s'agrandir à mesure qu'il s'élevait. Masse énorme qui donnait à Hoffner l'impression de voir un obèse bombant le torse.

Le taxi s'arrêta au bord du trottoir et Hoffner se pencha vers la portière. Leni le repoussa.

— Et c'est donc là que vous me laissez ? Dans le froid ?

Hoffner la dévisagea, puis regarda l'hôtel.

— Ça a plutôt l'air bien chauffé.

— Vous n'allez même pas demander, n'est-ce pas ?

— Demander quoi ?

— Si vous pouvez monter boire un verre.

Elle esquissa un léger sourire.

C'était sans doute une possibilité depuis le début, pourtant, une fois de plus, Hoffner fut surpris.

— Non, je ne crois pas, lui fit répondre son instinct.

Réponse qui parut l'enchanter.

— Vous êtes très bon à ce petit jeu.

S'il y avait de l'espoir dans ses yeux, Hoffner sut ne pas le voir.

— Je vais donc vous souhaiter une bonne nuit, Fräulein.

Elle posa sa main sur la sienne et en un geste spontané acquiesca d'un mot.

Sur quoi, elle ouvrit la portière et sortit. Il la regarda monter les marches et franchir la porte à tambour.

— Friedrichstrasse, 71, annonça-t-il en s'appuyant contre la banquette.

Il y avait toujours une dernière étape avant d'aller se coucher.

Le garçon d'ascenseur leva les yeux vers la plaque en cuivre où clignotaient les numéros. Il serrait le levier comme une matraque.

— Un peu tard pour vous, n'est-ce pas, monsieur l'inspecteur ?

Il continua à regarder.

— Il est donc là ? dit Hoffner qui s'intéressa à son tour aux chiffres – 7, 8, 9…

— 11 heures moins le quart, réglé comme une horloge, *mein Herr*.

Hoffner hocha la tête quand l'homme releva doucement le levier puis plaça sa main libre sur la grille. La cage s'arrêta avec un léger sursaut.

— Le second salon, ce soir, *mein Herr*. Celui avec les statues grecques. Il vous attend.

L'*Admiral's Gate* était un nouveau lieu – ou un établissement rénové – parmi les clubs de la Friedrichstrasse. Ancien casino fréquenté par le Kaiser et sa cour, il avait connu une période difficile après l'abdication et l'arrivée des sociaux-démocrates, qui, bien que soucieux de modeler la société allemande à l'image du nouveau travailleur, avaient échoué à lui fournir du travail. Échec qui ne représentait pas forcément un souci pour la clientèle de l'*Admiral's,* mais ces gens étaient obligés de spéculer sur les investissements étrangers et les titres cotés outre-Atlantique pour maintenir à flot la nouvelle société. Après des journées occupées à jouer des sommes énormes, ils avaient envie, la nuit venue, de se changer les idées. Alors, une fois encore, il n'était pas exclu que, tout simplement, l'endroit rappelât à chacun le bon vieux temps. Pourquoi ne pas se complaire dans ce qui n'était plus ?

Les portes du casino avaient fermé en décembre 1924 et Alby Pimm, l'homme que voulait rencontrer Hoffner, avait acheté le bâtiment au printemps suivant, au nom de la Little Alderman Company[1]. Pour les affranchis, ce nom ne manquait pas de subtilité, d'autant plus si vous aviez l'occasion de parler en tête à tête avec Pimm. Le « petit conseiller » – autrement dit le rossignol – était l'instrument préféré des monte-en-l'air les plus doués de la ville, et comme Pimm avait inauguré sa carrière par de menus larcins, il gardait une certaine tendresse pour les outils qui lui avaient assuré son gagne-pain. En outre, Pimm était petit, dépassant à peine un mètre cinquante. Son teint pâle et sa tignasse bouclée d'un noir de jais, longtemps insensible au passage des ans, avaient fini par lui donner un air presque enfantin. Récemment, pourtant, ses cheveux étaient devenus gris en l'espace d'une nuit – lui vieillissant les traits et lui prêtant une physionomie plus en accord avec le personnage qu'il était devenu, chef d'un des plus célèbres syndicats du crime berlinois.

Quand Hoffner entra, Pimm lisait un journal au fond de la salle, confortablement assis dans un fauteuil en velours, sous le regard d'une reproduction tout juste médiocre du *David* de Michel-Ange. Une série de tapis persans coloraient le sol et divers bustes paradaient le long des murs lambrissés d'acajou foncé, ce qui mettait en valeur la blancheur cotonneuse du

1. Littéralement : Compagnie du petit conseiller. *Alderman* désigne à la fois un conseiller municipal et un casseur de coffre ou un crochet. Le nom à consonance anglophone de la compagnie participe de « l'américanisation » en vogue dans certains milieux. (*N.d.T.*)

marbre. Hoffner avait toujours pensé que Pimm avait choisi ce contraste afin que son teint cireux apparaisse comme un dégradé harmonieux entre les deux couleurs. Quelques dandys se prélassaient dans des sièges tout aussi confortables, par groupes de deux ou trois, petits verres de brandy ou quotidiens éparpillés sur les tables basses, de-ci, de-là. Bien entendu, ils étaient membres d'autres clubs, plus distingués, mais il était toujours assez excitant de passer quelques heures dans la proximité d'hommes tels que Pimm et ses gars. On jouait parfois aux cartes et on tenait une petite conversation sur les « rackets », ce qui pimentait la vie.

— Tu as fait le malheur d'une belle femme, déclara Pimm, sans quitter son journal des yeux, dès que Hoffner fut devant lui. Tu devrais savoir qu'elle est au désespoir.

Hoffner n'était jamais étonné par les informations venues à la connaissance de Pimm.

— Ce n'est pas le genre de Maria, le désespoir, dit-il en s'asseyant.

— Exact.

Pimm replia le journal et le tendit à un de ses hommes.

— Je pense qu'elle s'en remettra. Elles n'ont pas le choix. Un verre ?

— Whisky.

Pimm parut quelque peu surpris.

— La nuit a été dure, on dirait ?

Il hocha la tête vers un autre de sa petite bande, debout près du mur.

— Bien : que puis-je pour toi, Nikolaï ?

Hoffner lança un coup d'œil vers les hommes restés assis.

— Je préfère attendre mon whisky.

Ils se connaissaient depuis assez longtemps : Pimm saisit l'allusion. D'un signe de tête, il ordonna à sa troupe de se retirer.

— Tu sais que tu peux avoir confiance, dit-il quand ils furent hors de portée de voix. Radek serait en droit de se sentir blessé après tout ce qu'il a fait pour toi.

— Je lui présenterai Maria.

Pimm sourit.

— Un moindre mal.

Le whisky arriva. Hoffner but une gorgée.

— Eh bien, continua Pimm. Maintenant que tu as mon whisky et mon attention exclusive…

— Alby, à quoi ressemble le marché des films pornographiques ?

Pimm écarquilla les yeux, moqueur et étonné.

— Pas de temps à perdre, ce soir, n'est-ce pas ? Les films pornographiques. J'ignorais qu'il y avait un marché.

— Moi aussi, mais on dirait qu'il y a quelque chose qui y ressemble, au premier étage du *Trap*. Dans un genre très brutal.

— Le *Trap* ?

Pimm secoua la tête.

— Un peu trop risqué pour eux. Qu'entends-tu par brutal ?

— Pas le truc à dix pfennigs du Luna Park un samedi soir. La fille se faisait violer et sodomiser.

Pimm se rembrunit.

— Au *Trap*, tu en es sûr ?

— Avec studio et salle de projection.

Pimm aussi sembla tomber des nues.

— Tu les as vus ?

Hoffner confirma et Pimm se remit à secouer la tête, cherchant une explication.

— Pour moi, c'est une découverte.

— Et le reste ?

— La scène de cul ? Du pipi de chat. Le genre de petit film qu'on passe à minuit dans un ciné minable du quartier nord. Et même, ça n'a aucun intérêt. On ne peut pas se faire de l'argent avec.

— Pourquoi ?

— Oh, il n'y a rien de ruineux à monter un bout de décor et tourner quelques images, mais où les montrer ? Je doute que l'UFA-Palast am Zoo[1] programme un film de dix minutes avec une pute en train de sucer trois collégiens pour remplir ses deux mille places.

— Autrement dit, pas de quoi faire passer une bonne soirée à un de tes commis et à sa dame ?

— Comme tu dis… Non pas que personne n'y ait songé, mais, matériellement parlant, c'est trop compliqué. Appareils de projection, écrans. Ce n'est pas comme un livre ou un magazine qu'on peut emporter à la maison. Même pas comme tourner avec une caméra dans un parc. Un film entier nécessite un investissement assez lourd en personnel, et, hormis dans ce genre de clubs, personne n'est prêt à se lancer.

— Mais on pourrait organiser ça ici même.

— Bien sûr. Oui, de temps en temps, pour s'amuser, mais pas question de le faire de façon régulière et sûrement pas avec ces films dont tu me parles. Pour être honnête, je veux bien admettre qu'il existe un marché pour quatre, cinq films au plus… et moi je les aurais à l'œil. Et, si je veux que ces quelques films…

Il secoua la tête.

— Non, pour autant que je sache, Nikolaï, il n'existe pas de marché.

1. Inauguré en 1919, réaménagé en 1925, cinéma emblématique de l'UFA. (*N.d.T.*)

De tels moments permettaient à Hoffner de se rappeler pourquoi il venait toujours chercher des tuyaux chez Pimm : les hommes qui régnaient sur les réseaux de racket et de mort, à travers l'intimidation et la violence, ne voyaient rien de honteux dans la vérité. La certitude de son existence rendait futile les débats de conscience.

— Et encore moins, je suppose, un marché pour voir une fille terrorisée sur un écran.

— Ma foi, dit Pimm, ce n'est pas une histoire de goûts.

— Alby, j'ai du mal à discerner le moindre goût là-dedans.

— Ne te fais pas d'illusions, Nikolaï. Tu serais surpris si tu savais ce que veulent les gens… et combien d'entre eux sont décidés à l'obtenir. Maintenant, ce genre de…

— Alors qu'est-ce que ça fait dans une boîte comme le *Trap* ?

Pimm se creusait déjà la tête à ce propos quand il se tourna vers un de ses hommes et leva la main. Il se toucha l'oreille.

— On va essayer de se renseigner.

L'homme s'approcha avec un téléphone. Il le posa sur la table, brancha le fil à une prise du mur et s'éloigna. Pimm souleva le combiné et composa le numéro. La communication s'établit.

— Maurice ? C'est Alby.

Pimm avait un talent incontestable pour ne rien trahir de ses pensées alors qu'il obtenait exactement ce qu'il voulait. Avec le peu qu'il put entendre, Hoffner décida que Pimm s'adressait aux frères Sass. Leur territoire se trouvait plus au sud-ouest – mais la porte de Hallesches empiétait sur leurs frontières communes.

— Bien, bien. Passe le bonjour à Eva et à Renée.

Il raccrocha.

— Ils ne sont au courant de rien.

— Ce qui signifie ?

— Ce sont les seuls qui se lanceraient dans un business de ce genre.

Pimm n'avait pas renoncé à comprendre.

— À moins que…

Aucune raison de terminer sa phrase.

— À moins qu'un nouveau n'ait décidé de s'y mettre.

D'un geste, Pimm en écarta l'idée.

— Il n'y a pas de nouveau qui tienne, Nikolaï. Crois-moi. Je serais le premier à l'apprendre.

Bien sûr, Pimm avait raison : personne ne serait assez stupide pour chipoter au chef de l'Immertreu[1] le droit de toucher sa part du gâteau si le gâteau venait justement à grossir. Peu importait la somme, Pimm se servirait.

— Rien que pour réunir tous les appareils, poursuivit-il, ça reviendrait trop cher à une nouvelle bande. Elle aurait été obligée de s'adresser à moi pour la mise de fonds.

Ce fut le mot « appareils » qui éveilla quelque chose chez Hoffner. Il se mit à parler avant même d'avoir fini de réunir les pièces du puzzle.

— Sauf s'ils n'ont pas besoin de liquide parce qu'ils disposent déjà de tout le nécessaire.

Hoffner n'avait pas terminé sa phrase que Pimm secouait la tête.

— Pas la moindre chance, Nikolaï. C'est impossible.

— Pourquoi pas ? Je ne dis pas que tout proviendrait de l'UFA. Je ne dis même pas que les studios étendent leurs activités, mais qu'il y a quelqu'un, là-bas, qui y pense.

1. « Fidèle à jamais. » Association de malfaiteurs. La pègre allemande s'était organisée sur le modèle corporatiste. (*N.d.T.*)

Il n'avait aucune raison d'embarrasser Pimm en parlant de Thyssen et de la Volker, mais Hoffner pressentit que c'était le seul moyen d'expliquer le lien avec cette affaire.

Pimm n'en fut pas pour autant convaincu.

— Ça ne règle toujours pas le problème de la distribution. Où vont-ils les montrer, leurs films ?

— Ils n'en sont pas encore là.

— Quelles raisons auraient-ils ? Ils n'en ont pas besoin. Hormis ceux des Américains, ce sont les meilleurs studios du monde. Pourquoi mettre tout ça en péril ?

Hoffner n'avait pas de réponse. Il vida son verre.

— Il faudra que tu me la montres, dit Pimm.

Hoffner posa son verre sur la table.

— Que je te montre quoi ?

— La bobine, Nikolaï. La fille. Tu as le film. Je te connais trop. Et il se trouve, en fait, que j'ai un appareil de projection.

— Je croyais qu'il n'y avait pas de marché ?

— Pour le cinéma pornographique, non. Mais tu n'imagines quand même pas que je vais faire la queue pour voir un film normal ? Je connais un type. Il me procure les films avant la sortie en salle. Passe donc un de ces soirs. On se verra le prochain Pabst avant tout le monde.

— Ce n'est pas trop ma tasse de thé.

Pimm sourit.

— La bobine, Nikolaï. On saura bien si c'est la qualité UFA.

Pimm avait tout organisé à merveille : les sièges, les rideaux, les pointillés lumineux sur la moquette, tout cela ressemblait bel et bien à un cinéma miniature. Hoffner le regarda manœuvrer les leviers du projecteur, glisser la bobine sur le long bras avant de vérifier les objectifs. Il entreprit ensuite de dérouler la pellicule mais il s'arrêta, la retira et souffla dans l'ouverture. Réessaya. S'interrompit à nouveau.

— Quelque chose qui ne va pas ? s'enquit Hoffner.

— La pellicule, dit Pimm, qui la scrutait.

Il essaya une dernière fois.

— Ce n'est pas le format standard. Elle ne se déroule pas comme elle devrait.

Hoffner s'approcha. Non pas qu'il sût quoi regarder, mais il saisit la pellicule, la tint devant la lumière.

— Elle est trop large pour le couloir de projection. D'au moins deux ou trois centimètres. Ça ne marchera dans aucun des appareils que je connais.

Les hurlements de la fille semblèrent remplir soudain la salle. Le projecteur, se rappela Hoffner. Bien sûr. C'était la clef. Pourquoi avait-il été aussi distrait ?

— Le type a été plus malin que je ne l'aurais cru, pensa-t-il tout haut.

2

Le livre de comptes

Hoffner préféra une tasse d'eau très chaude. Éventé depuis trop de jours, le marc de café de la veille n'en valait pas la peine. Pourtant, il émanait encore de la tasse un arôme lointain, quelque chose de sombre.

Il avait envisagé de prendre un bain, mais la séance de hammam chez Pimm – après deux heures de vaines pérégrinations nocturnes – l'avait retapé, et la peau doucement plissée de ses doigts et de ses orteils témoignait de ses bienfaits. Ce matin-là, il lui fut plus facile de se raser sous un filet d'eau froide.

Elle l'avait réveillé en lui promettant un petit déjeuner à l'hôtel. Entendre la sonnerie de son téléphone, c'était une rareté dans sa vie. Hoffner ne l'utilisait jamais et avait estimé idiot de l'installer – c'était la seule ligne privée de l'immeuble –, mais le Kriminaldirektor Präger avait insisté, et si M. le commissaire divisionnaire voulait pouvoir entrer en contact avec ses inspecteurs principaux à tout moment, grand bien lui fasse. Hoffner ne se souvenait pas d'avoir donné son numéro à Leni.

Il se coupa dans le cou et se tamponna avec un morceau de papier avant de se rincer. On n'avait ramené ni projecteur, ni spots, ni caméra. L'inspecteur s'était voulu méticuleux : « Tout a été détruit, monsieur l'inspecteur principal. Suivant vos instructions. » C'était un mensonge, et la présence de Pimm n'avait en rien influencé le rapport de l'inspecteur. Hoffner s'était attendu à une réaction différente de la part de Pimm – il l'avait même espérée. Une sourde menace, une mâchoire fracturée… Il était d'ailleurs étrange de se dire qu'il le connaissait aussi bien, mais cela faisait trop longtemps que chacun suivait une voie parallèle – le vieux flic entêté et le petit prince de la pègre – avec un seul souci en tête : Berlin. La ville ne pouvait se passer ni de l'un ni de l'autre et Hoffner avait appris à pardonner presque tout à Pimm quand il s'agissait de la protéger. Quant au gangster, il fallait reconnaître qu'il avait eu le bon sens de garder pour lui la nature de ses autres activités. Cela dit, Hoffner aurait été ravi si Pimm avait brisé le genou de l'inspecteur…

Bien entendu, les boîtes de films étaient désormais à l'abri dans le bureau de Hoffner – pas question d'y jeter un coup d'œil, cela dit, mais elles y étaient. Le hochement de tête triomphal de l'inspecteur au moment de se retirer avait quelque chose d'un peu excessif. Même la vapeur n'avait pu effacer son mépris.

Vers 7 h 30, l'hôtel *Adlon* était déjà animé, clients et hommes d'affaires remplissaient la salle du petit déjeuner, tels des morceaux de viande dans un estomac : les conversations étaient ponctuées de bruits de digestion. Leni occupait une table du fond, nichée sous une fenêtre protégée par d'épais rideaux – le soleil ne risquait pas de faire concurrence à l'éclat immaculé des lustres. On voulait peut-être protéger la clientèle de la lumière du dehors, pourtant, Hoffner ne put s'empêcher de penser que les rideaux étaient fermés en toute saison. En fin de compte, ce que les riches mettaient dans leur assiette relevait de la vie privée.

Elle feuilletait le *Berliner Tageblatt* – le bon journal pour la bonne clientèle –, mais il remarqua un coin du *Lokalanzeiger* qui dépassait sous la pile.

— Vous en montrez un peu trop, dit-il, attendant qu'elle lève les yeux.

Elle lui lança un coup d'œil, puis, discrètement, vérifia son chemisier.

— L'*Anzeiger*, précisa-t-il en indiquant le journal d'un signe de la tête. Si on le voit ici, on va laisser brûler vos toasts.

Son doigt s'attarda sur le chemisier avant qu'elle ne parvienne à sourire.

— Je devrais être plus prudente.

Elle posa la pile de journaux sur une chaise vide.

— De toute façon, il n'y a rien d'intéressant dans celui-ci.

— Que des nouvelles ? s'étonna Hoffner qui s'assit face à elle et déroula sa serviette.

— Exactement.

Il vit un pot de café et se servit.

— Prenez ce qui vous plaît, annonça-t-elle. Ce sont les studios qui régalent. J'ai mangé une omelette au canard et au caviar. J'aurais peut-être pu choisir les crêpes au lapin, mais ce n'était pas assez cher.

Hoffner posa une tranche de pain noir sur une assiette et étala du beurre.

— Moi, ça me suffira.

Leni leva la main et un serveur apparut.

— Monsieur prendra des crêpes au lapin avec une coupe de champagne. Et un autre jus d'orange pour moi.

Hoffner cligna des yeux, l'homme était déjà reparti.

— Je n'en mangerai pas, prévint Hoffner.

— Vous goûterez, pour dire que vous connaissez, et je boirai le champagne.

— Je n'ai pas dit que je ne le boirai pas.

La main de Leni se dressa et l'homme réapparut.

— Deux coupes de champagne.

— C'est bien au point, son truc, dit Hoffner une fois que l'homme eut disparu. Sa manière de s'éclipser.

— Il est très entraîné, j'en suis sûre.

— Sans entraînement, il ne serait plus rien.

— Je suis surprise que vous soyez venu.

Il était persuadé du contraire.

— Je n'avais plus de café.

— Oh, c'est vrai ! dit-elle, et elle saisit son verre. Vous avez un fils qui bosse aux studios, pas vrai ?

Si elle avait cru le choquer, c'était raté. Les allusions personnelles ne faisaient guère d'effet à Hoffner. Elle ne pouvait pas le deviner, pourtant, ça avait un petit côté amateur, après ce qu'elle avait montré la nuit précédente.

— Comme je l'ai découvert hier. Oui.

— Il travaillait avec Thyssen.

Hoffner étala du beurre sur son pain.

— Il lui apportait des scénarios et servait le café. Un boulot qui demande beaucoup de doigté. Vous le saviez déjà.

— Sans doute.

— Nous avions donc tous les deux la même information.

Il reposa son couteau.

— Sauf si vous avez une autre raison de m'en parler ?

Le champagne arriva.

— Je me demande si vous vous rendez compte à quel point les choses risquent de devenir délicates, dit-elle.

Paroles qui avaient tout de la tentative d'intimidation, mais le ton n'y était pas. Chacun tâtait le terrain. Hoffner attendit que le garçon fût parti.

— Dois-je y voir une espèce de menace ?

— Ce n'est pas gentil de dire ça. Bien sûr que non. Sauf que je sais comment on travaille dans les studios. Ils se servent du moindre pouvoir qu'ils obtiennent.

— Oh, je vois ! C'est donc les studios qui menacent mon fils. Ou, plutôt, qui me menacent à travers lui. Ou qui nous menacent tous les deux. Plutôt compliqué tout ça…

Elle souleva son verre et lui lança, avant de boire :

— Ce que vous pouvez être sot, parfois ! Ils ne vont pas vous menacer. Ils l'utiliseront pour vous lancer sur une fausse piste. C'est beaucoup plus simple et efficace.

Cela faisait deux fois que, en sa présence, l'évidence ne lui sautait pas aux yeux : d'abord avec le projecteur, et maintenant. Ce n'était pas rassurant de se sentir aussi facilement distrait. Il hocha la tête et avala une gorgée.

Elle attrapa son sac à main.

— Je vous ai apporté ça.

Elle posa le petit carnet de la nuit dernière sur la table. Il lui était complètement sorti de l'esprit.

— J'ai juste besoin de la page avec les noms, dit-il. Vous pouvez la déchirer.

— C'est bien ça l'ennui, répondit-elle. Ce n'est pas à moi d'en décider.

Et, sans lui laisser le temps de poser une question :

— Il était sur place, hier soir, dans la pièce du fond, quand nous sommes arrivés. J'ai pensé que le seul moyen de pouvoir l'emporter était de leur faire croire que c'était moi qui l'avais en arrivant.

Elle le lui glissa.

— Je crois que c'est une sorte de livre de comptes. Sans intérêt, peut-être.

Hoffner se demanda s'il arrivait que les choses fussent aussi simples que Leni les présentait.

— Vous avez décidé de le subtiliser.

— Oui.

— Pourquoi ne pas me l'avoir donné hier soir, dans le taxi ?

— J'ai oublié.

Il aurait pu insister, mais il savait qu'elle n'en serait que trop contente. Il préféra prendre le carnet et le feuilleta.

Elle avait raison. C'était un livre de comptes : le format classique avec une fine bande rouge sur le côté gauche de la couverture. Cependant, le contenu n'était guère riche en détails révélateurs. Les colonnes étaient composées d'initiales – *L.F., H.P.* – et les têtes de ligne présentaient des phrases abrégées – *Cam. Tr., Ext. Enr.* Hoffner en déduisit que les initiales correspondaient aux noms sur les boîtes de films, le reste relevant du jargon cinématographique. Envisager autre chose relevait de la pure estimation.

Il n'avait qu'une certitude, c'était allemand. Qui d'autre qu'un Allemand pouvait si facilement dissimuler la nature d'une opération sous un décompte aussi strict : somme payée, somme reçue, nombre d'heures ? Cela lui rappela ces volumes aperçus un jour au grand quartier général, une masse de pages avec des noms de jeunes hommes – 14e Bavarois, 11e Jäger, Leibregiment –, leurs grades, dates de naissance et de décès formant des lignes parfaites : une autre sorte de brutalité et d'humiliation, certes, mais non moins présentable sur une page bien ordonnée.

C'était allemand, pas de doute, sauf que les chiffres ne l'étaient pas et c'est sur ce point-là que Hoffner retrouva ces petits écarts qu'il aimait tant. Un 7 allemand aurait été beaucoup plus rigide et on n'aurait pas vu ces fioritures au sommet des 1. Cependant, ce furent les 4 qui lui mirent la puce à l'oreille. Chacun comportait un petit pied élargi à sa base comme pour empêcher la partie haute, trop lourde, de se renverser. Hoffner avait consacré pas mal de temps à étudier les différentes façons d'écrire les chiffres pendant la période, juste après la guerre, qui vit un jeu, le taparan, déchaîner les passions. Originaire de Chine ou du Japon, comme le proclamaient les journaux, c'était en réalité une trouvaille de la direction du *BZ* pour augmenter son tirage. Le principe était d'une simplicité enfantine : à partir d'une série aléatoire de vingt chiffres disposés par cinq sur des grilles, il fallait les éliminer – un par un – en privilégiant les plus petits aux dépens des plus grands afin de remplir les espaces vides. Le but était de ne garder qu'un seul chiffre, mais y parvenir était exceptionnel. Bien sûr, le phénomène se transforma en une mode qui attirait des fidèles de toute l'Europe. On organisait des tournois où étaient pris en compte la vitesse d'exécution et les chiffres les plus petits à la fin de chaque épreuve – un Italien avait même réussi un « singleton parfait », à trois reprises en l'espace de six semaines. Hoffner avait d'abord estimé que c'était un jeu idiot, mais, un matin, dans le tram, il se surprit à suivre une partie par-dessus l'épaule d'un piètre taparaniste. Incapable de ne pas lui souffler quelques suggestions, Hoffner devint rapidement aussi mordu que les autres. Sur les quatorze tournois auxquels il avait participé, il était arrivé premier ou deuxième dans une demi-douzaine, troisième meilleur résultat pour Berlin. Invité par le *BZ* à poser avec d'autres « champions », il ne s'était pas déplacé, à moins qu'il n'eût simplement oublié le rendez-vous.

C'est au cours de ces tournois qu'il avait découvert l'écriture des chiffres dans sa diversité. Le 1 orné et le 4 au pied élargi étaient propres aux Hollandais et aux Danois. Comme, dans le monde des comptables berlinois, il n'existait que quatre ou cinq cabinets étrangers, Hoffner savait maintenant où se rendre avec son petit registre. Il le ferma et le glissa dans sa poche.

— Vous avez sans doute raison, dit-il, ça ne ressemble à rien.

Leni avait gardé son verre à la main.

— C'est une évaluation un peu rapide.

— C'est comme ça.

Quand il se voulait indifférent, Hoffner ne cherchait jamais à adopter un ton de circonstance. Leni parut se contenter de cette réponse.

Elle but une gorgée.

— Bon, et quel est le programme, aujourd'hui ?

Elle avait le chic pour donner un côté spontané aux remarques évidentes.

— On doit prendre un type à 16 heures. C'est moi qui l'ai attrapé. Il est possible que j'y fasse un saut. Et vous ?

Elle sourit derrière sa coupe.

— Vous ne voulez pas admettre que je vous suis très utile, n'est-ce pas ?

— Vous êtes très utile.

Le sourire s'épanouit.

— Je pourrais filer aux studios. Avoir une petite conversation avec Lang ?

Hoffner hocha la tête, en un geste machinal. La finesse de Leni avait une lourdeur bien américaine.

— Il paraît que c'est un drôle d'oiseau.

— Je n'oublierai pas mon monocle.

Elle finissait son verre quand quelques assiettes se posèrent sur la table : une forme blanche, élégamment repliée, baignait dans une sauce crémeuse, avec une orange pelée, découpée en étoile. Plus haut, telle une planète Mars en suspension, se trouvait une bonne cuillerée de confiture de framboises. Hoffner attendit qu'elle ait tartiné une tranche de confiture pour planter sa fourchette dans les crêpes. Elles avaient la consistance épaisse du beurre et de la pâte crue et un vague goût d'agneau ranci. Juste ce qu'il fallait pour continuer à mâcher.

— Le canard ne valait guère mieux, dit-elle en saisissant une deuxième tranche. Je voulais m'assurer que nous étions sur un pied d'égalité.

Hoffner avala, puis vida sa coupe et la leva.

— Une autre, lança-t-il à un garçon surgi de nulle part.

Aujourd'hui, c'était le gaz. Comme toujours à l'Alex, les mauvaises odeurs étaient plus fortes quand Hoffner atteignait le troisième étage.

« C'est l'éclairage de l'escalier de derrière », lança quelqu'un dans un bureau. C'était la voix de Präger, le Kriminaldirektor, et cela suffit pour que Hoffner s'arrête devant sa porte. Il glissa la tête à l'intérieur. Präger continuait à lire quelque chose ou à faire semblant.

— Il y a des fuites, dit-il. Dans les lampes.

Le bureau de Präger était le plus grand de l'étage, mais c'était peut-être une illusion, au vu du manque d'espace – bureau, fauteuil, téléphone, deux armoires pour les dossiers. Cela n'avait pas changé depuis une quinzaine d'années, et Präger – grand, élancé – ressemblait à un élément de mobilier différent et particulièrement adapté au décor.

— Ou c'est une bouilloire sur un des poêles, dit Hoffner.

— L'arôme est différent, plus doux.

— Vous êtes devenu connaisseur ?

Hoffner crut deviner une esquisse de sourire chez Präger, qui continuait à lire.

— Vous avez de la visite, signala-t-il en tournant la page.

— Vous êtes allé chez moi ? Est-ce que ça me concerne ?

— Ça dépend de ce que vous avez fait, dit Präger et il le regarda.

— Quoi de neuf dans l'affaire Burstein ?

— Il sera pendu. Il a avoué.

— De son plein gré ?

— Plutôt, oui.

Präger retourna à ses papiers.

— Souvenez-vous que nous ne sommes pas la Polpo, Nikolaï.

— J'essaierai de m'en souvenir, Herr Kriminal-direktor. La personne qui m'attend… une belle paire de jambes ?

Le sourire réapparut chez Präger, qui ne leva pas le nez.

— Je ne saurais vous dire.

— Dommage.

Hoffner s'écarta de la porte.

— Oh ! le rappela Präger en levant les yeux. Pourquoi donc ai-je un suicidé à la morgue ?

Enfin, cette petite discussion en venait au fait. Präger n'était pas du genre à se montrer agressif, ni même indiscret. Il avait ses humeurs, mais jamais à cause d'un cadavre bizarre à la morgue. Hoffner fit volte-face.

— On vous a téléphoné ?

— Un avocat. De l'UFA. Il voulait savoir si l'autopsie d'un suicidé relevait de la procédure.

— Et ?

— Je lui ai dit que oui. Si j'ai eu tort, vous me donnerez des explications.

Sans attendre de réponse, Präger ramassa son stylo et commença à griffonner sur une des feuilles. Hoffner y vit l'autorisation de se retirer.

Bien entendu, Ritter n'avait pas traîné pour essayer de le court-circuiter : au moins Hoffner savait-il désormais à quoi s'attendre de ce côté-là.

C'était en définitive Georg qui se trouvait dans son bureau. Il était assis, le nez dans un livre. Hoffner accrocha son chapeau et son manteau à la patère.

— J'avais au moins raison pour les jambes.

— Pardon ? fit Georg en le dévisageant.

— Rien. Peu importe, dit Hoffner en s'avançant. Alors… qu'est-ce qu'on lit aujourd'hui ?

Georg referma le livre et considéra la couverture.

— C'est bien. Tout le monde le lit. Ça ne te plairait pas.

Hoffner pencha la tête pour décrypter le titre – *Der Steppenwolf*[1]. Il l'avait remarqué dans chaque librairie de Berlin, et en ignorait tout.

— Le genre artiste, non ?

— Non, juste jeune et profond.

Georg posa le livre sur le bureau.

— Écoute, Papa, ça me gêne autant que toi.

Hoffner était occupé à faire le tri dans son courrier sur le bureau.

— Si je savais de quoi tu parles, Georgi, je pourrais compatir.

— On ne t'a pas appelé ?

— Ainsi donc, l'UFA t'a chargé du message.

Le besoin de s'expliquer ne fit qu'augmenter la frustration de Georgi.

1. *Le Loup des steppes* de Hermann Hesse (1877-1962). (*N.d.T.*)

— Tu as rendez-vous à 11 heures avec une des huiles à la Potsdamer Platz. Ils voulaient être sûrs que tu viendrais.

— Et ils n'auraient pas pu me téléphoner ?

— Il semble que non.

Les choses étaient devenues limpides. L'UFA ne se contentait pas de le court-circuiter, elle voulait aussi l'abattre.

— Il ne doit pas être plus de 8 h 30.

— 18, corrigea Georgi.

— Et qu'est-ce que je suis censé faire de toi pendant deux heures et demie ?

— C'est marrant, Papa, je me posais la même question.

Les Berlinois ont choisi d'oublier un certain nombre de choses : le meilleur moment, le matin, pour arriver chez *Schukert* et profiter de ses tartelettes aux figues fraîches – 7 h 30, mais qui n'aimerait pas faire la queue parmi tous ces arômes et ces petites tasses de café gratuites ? Ou le chemin le plus rapide pour aller à l'heure du déjeuner de la mairie à un bureau situé sur la Spandauer Strasse afin d'y récupérer des papiers oubliés – on coupe par la station de métro de l'Alexanderplatz, mais on rate alors les vendeuses de *Tietz* et d'*Aschinger* qui se précipitent sur la place pour fumer une cigarette ou avaler un sandwich ; ou encore que Brecht est juif, et communiste, de même que Weill, et peut-être Klemperer – mais quel besoin de s'en souvenir vu que ces gens ont tellement de talent ?

Dans le cas de la Französische Strasse, c'est leur haine habituelle des Français que les Berlinois doivent mettre entre parenthèses, et ce n'est guère difficile car la rue offre une promenade adorable, avec le dôme de Sank-Hedwig dressé au-dessus des arbres, et l'Église française blottie dans son propre jardin. Bien sûr, entre les deux monuments, on ne saurait faire abstraction de tous ces merveilleux immeubles bâtis dans le style parisien, même si, par les temps qui courent, plus d'un Berlinois hausserait les sourcils s'il l'apprenait.

Cependant, personne ne pourrait accuser la Dresdener Bank d'évoquer en quoi que ce soit le style architectural français. Nouvelle venue dans la rue, la banque offrait un visage aigre percé par trois étages de fenêtres sinistres découpées dans un majestueux bloc de pierre grise. Plus rébarbatif encore – bien que très populaire dans ces institutions académiques ou financières datant de l'avant-guerre –, le fronton pseudo-grec de quatre colonnes qui semblait avoir été plaqué sur la façade après coup : comme si un brillant quidam avait eu l'idée renversante de transformer ce bâtiment en temple du capitalisme berlinois. Étant donné les derniers déboires financiers de la ville, l'artifice n'avait jamais semblé aussi pertinent.

« Lourdaud », c'est pourtant tout ce qui vint à l'esprit de Georg quand il ouvrit la porte. Il s'effaça devant son père qui pénétra dans l'immensité du vestibule d'accueil, aux proportions de cathédrale. Semblable lieu n'était pas pour les indécis. Si les fenêtres extérieures reflétaient un vide monotone, à l'intérieur, elles étincelaient avec une luxuriance qui semblait plier la lumière à leur volonté. Des faisceaux d'une telle blancheur transperçaient l'espace que les lustres du plafond avaient presque l'air superflus. Le sol de marbre exigeait aussi du visiteur une ferme résolution, un pas droit et énergique s'il avait l'intention de rejoindre le front des caisses, en première ligne, à une station de tram devant lui. Et, au-delà, une armada de bureaux – dirigé chacun par un jeune employé nerveux, sculpté dans un costume gris et une cravate noire – conduisait vers l'entresol où, derrière un mur de vitres, des hommes plus âgés, aux silhouettes encore plus épurées, additionnaient des chiffres ou classaient des dossiers : pupilles de six yeux vides et tristes scrutant le monde extérieur.

— Tu n'arriverais jamais à entrer ici avec des fausses clefs, assura Georg qui contemplait les murs et les plafonds.

L'endroit semblait avoir absorbé sa voix.

— C'est trop… solide, tout ça.

Ils s'arrêtèrent devant un bureau à l'écart.

— Je crois qu'on y est, Georgi, dit Hoffner.

L'homme ne réagit pas à la demande du policier :

— M. Leber, je vous prie. Dites-lui que le Herr Kriminal-Oberkommissar Hoffner désire lui parler.

Après une série de « oui, oui » étouffés, on leur indiqua une rangée de dossiers contre le mur le plus éloigné. Il leur fallut presque une minute pour se retrouver assis sur des chaises très inconfortables.

— Tu aurais dû apporter ton bouquin, murmura Hoffner à son fils alors que tous deux suivaient les transactions muettes aux guichets des caisses.

— Je ne crois pas que ce soit l'endroit indiqué pour lire, Papa. Ça leur paraîtrait un peu trop frivole, à ces gens-là.

Hoffner sourit. C'était agréable de se retrouver avec son garçon. Il avait commencé à en perdre l'habitude.

Une grosse fille apparut en haut des marches de l'entresol et se dirigea vers eux, entre les clercs et les caissiers. Elle semblait gagner en largeur à chaque pas. Hoffner et Georgi se levèrent.

— Herr Kriminal-Oberkommissar, déclara-t-elle, comme si elle lisait un communiqué officiel. Herr Zweiter-Direktions-Assistent Leber va vous recevoir. Veuillez me suivre.

Le bureau de Leber se trouvait quelque part à l'arrière, au-dessus du vestibule central, mais il était difficile à situer étant donné le nombre d'escaliers et de couloirs qu'ils durent emprunter. La grosse fille frappa un seul coup, attendit qu'on lui lance le « Deux secondes ! » de rigueur et hocha la tête vers Hoffner. Quand Leber ouvrit, elle s'était éclipsée.

— Nikolaï !

Grand, maigre, nerveux, Leber avait des dents d'une longueur peu ordinaire : même quand il fermait la bouche, elles ne semblaient pas pouvoir disparaître complètement derrière les lèvres. Il avait gardé la fine moustache qu'il arborait dans ses années d'étudiant, mais ses cheveux l'avaient abandonné. Son costume, sur un physique aussi mince, donnait l'impression d'être d'une demi-taille trop grand.

— Ça fait un bail, constata-t-il avec un sourire qui présentait toute sa panoplie dentaire. Et ce doit être le petit… Sascha ? Entrez, entrez.

Il les introduisit dans son bureau.

— Ça fait plaisir de te voir, Jürgen, dit Hoffner en jetant un coup d'œil à l'endroit. Très impressionnant.

C'était tout le contraire. La pièce comportait un bureau, un meuble pour les dossiers et des livres de comptes empilés à même le sol. Pas de fenêtre.

— Ma foi, tu sais… trente années et quelques dans une banque, ils finissent par t'attribuer un bureau, une secrétaire. Je n'ai pas à me plaindre.

C'était ça qui était merveilleux avec Leber. Il ne remarquait jamais le côté mesquin de sa petite existence – pas de femme, pas d'enfants, pas de considération dans sa banque bien-aimée. On pouvait toujours compter sur lui, une fois l'an, pour envoyer une lettre rameutant les membres du cercle d'escrime à Heidelberg, histoire de se montrer autour des anciennes salles et de partager quelques bocks. Hoffner imagina l'arrivée de Leber à la gare, le bref échange des vannes habituelles, les retrouvailles devant une bière avec deux ou trois autres désespérés de son genre qui tenteraient de raviver un passé oublié, sauf que le désespoir de Leber n'était jamais teinté de déception. Il était habité par une sorte de contentement – peut-être hérité à sa naissance – qui lui accordait des instants d'une joie sans mélange.

Et l'irruption de Hoffner semblait bien en être un. Leber sortit une bouteille et trois verres d'un fond de tiroir et leur servit un breuvage qui avait l'odeur du schnaps à la pêche.

— Le petit Sascha. On a peine à le croire. C'est un vrai jeune homme.

— En fait, c'est Georg, corrigea Hoffner.

Leber se tut, et ses dents exprimaient admirablement sa stupéfaction.

— Georg ?

Il tendit les verres.

— Je ne peux le croire. Comme le temps passe !

Il porta un toast expéditif et avala une gorgée minuscule. Hoffner se souvint alors de cette pépite de sagesse que Leber cachait en lui : alors qu'il avait toutes les raisons de boire comme un trou, il s'arrangeait pour ne jamais avaler plus de la moitié d'un verre, quelle que soit la boisson. C'était terriblement pathétique, et pourtant Hoffner se demandait parfois si on ne devait pas envier un tel homme.

— Et donc, tu as quel âge, Georg ? demanda Leber en se dirigeant vers les chaises disposées devant son bureau pour prendre place. Vingt, vingt et un ans ?

— Seize ans, répondit Georg qui s'assit, imité par son père.

Leber se pencha en arrière et sourit, roulant des yeux.

— Tu t'en souviens, de tes seize ans, Nikolaï ? Et Sascha… il doit en avoir…

— Vingt-quatre.

— Vingt-quatre ans ! répéta Leber comme si ce nombre dissimulait un message secret.

Il se tourna vers Hoffner.

— Bien, et qu'est-ce qui t'amène ?

Hoffner posa son verre sur le bureau.

— Georg s'est pris de passion pour la finance. La comptabilité, pour être précis. Il m'a demandé si je connaissais quelqu'un.

— Vraiment ? s'étonna Leber en se redressant avec une attitude autoritaire que rien ne justifiait. Intéressé par la comptabilité…

Une de ses manches avait glissé, cachant peu à peu sa main, alors qu'il continuait à scruter le garçon.

Georg, c'était tout à son honneur, se contenta de lui rendre son regard.

— Georg ? l'encouragea doucement Hoffner.

— La comptabilité, oui, approuva le garçon en s'efforçant de sourire. Je trouve ça… passionnant.

— C'est merveilleux. Enfin un Hoffner qui fait preuve de bon sens.

— Il a rencontré quelqu'un, dit Hoffner. Au cours d'un de ses tournois d'escrime.

Leber se rapprocha, tout excité.

— Tu fais aussi de l'escrime ? Ça alors ! Fleuret, sabre, épée ?…

« C'est trop facile », pensa Hoffner.

— Du sabre, répondit Georg.

Il semblait très content de jouer le jeu.

— Oh…

Leber sembla déconfit, quelques secondes seulement.

— Moi, c'était le fleuret. Le sabre était… un peu difficile à manier. Mais j'aimais le fleuret. Je me souviens encore de ton père avec un sabre…

Leber s'interrompit.

— Et alors, ce gars, pendant un tournoi… ?

— Il fait une sorte de stage, dans une des plus grandes sociétés, poursuivit Hoffner. Il n'arrête pas d'en parler.

— Laquelle ?

Hoffner se tourna.

— Quelle société, Georg ?

Hoffner fut subjugué par le calme du garçon. Décidément, le petit était doué. Georg sourit, intimidé.

— C'est que, je ne sais pas. J'aurais dû demander, c'est sûr.

— Non, non, intervint Leber. On va trouver sans problème.

— Pourquoi ne lui montres-tu pas le livre ? proposa Hoffner.

Cette fois-ci, les talents d'improvisation du garçon furent pris en défaut. Il demeura figé, cherchant quelle réponse donner à son père.

— Oh, non, attends ! finit par dire celui-ci, et il fouilla dans la poche de son manteau. C'est moi qui l'ai.

Il glissa le petit livre de comptes sur le bureau.

— Avec ça, tu devrais trouver.

Leber fixa le livre, puis Hoffner. Son visage avait perdu tout enthousiasme.

— Il a permis à Georg de l'emprunter, expliqua Hoffner, affable. Juste pour voir. Tu connais les garçons.

— Non, répliqua Leber d'un ton froid. Je ne les connais pas.

Même quand il se voulait sévère, Leber ne réussissait qu'à se montrer gauche.

— Tu le lui rapporteras et tu lui diras de ne pas recommencer.

Georg hocha la tête, docile, et Leber s'adressa à Hoffner.

— Je ne peux pas regarder ce livre, Nikolaï. Ce serait malhonnête. C'est une question d'éthique.

— Non, non, bien sûr que non, approuva Hoffner. De toute façon, je crois que c'est une société étrangère. Les parents du garçon sont danois.

Leber hocha vaguement la tête. Penché en arrière, il ressassait cette indiscrétion.

— Ces stagiaires… Ils croient que c'est un jeu. Parader devant leurs amis ou une fille avec des informations qui peuvent être sensibles.

Hoffner sourit, pince-sans-rire.

— Où vont se nicher les petits plaisirs de l'adolescence…

Leber ne releva pas.

— Tu es certain de ne pas vouloir l'ouvrir ? insista Hoffner.

Ce fut l'intonation du policier qui fit réagir Leber. Il demeura d'abord parfaitement calme pendant un long moment.

— Tu *veux* que je le regarde.

Sa voix prenait une distance inédite.

Leber continua à le fixer mais Hoffner resta impassible.

— Georg n'est pas intéressé par la comptabilité, pas vrai, Nikolaï ?

— Non, finit par admettre Hoffner.

— C'est ce petit livre qui vous intéresse.

— Oui.

Leber hocha lentement la tête pour lui-même.

— Bien sûr.

Il laissa passer quelques secondes.

— Tu m'as toujours pris pour un imbécile, n'est-ce pas ?

C'était étrange mais son ton n'avait aucune méchanceté.

— Une petite histoire. On papote un peu sur l'escrime… toujours un ou deux détails touchants… et puis on passe à *ton* problème. Tellement intelligent avec ça. Oui, tu as toujours été intelligent, en tout cas plus que moi.

Leber parcourut son bureau d'un regard machinal.

— Vraiment pas fameux, hein ? Je le sais. Tu le sais. Ton garçon le sait. Oui, c'est plutôt horrible comme endroit. Mais il y a quand même une chose, Nikolaï, je l'ai gagné, quel que soit le sens qu'on y mette. Je suis capable de supporter les regards apitoyés, l'indifférence, même les petites remarques désobligeantes. Tu serais étonné de savoir comme on s'y fait vite. Mais je refuse d'être ridiculisé, devant témoin qui plus est.

Hoffner sentit une bouffée de honte monter en lui ; il fallait attendre, il le sentait.

— Jürgen, tu ne vois pas qui aurait pu rassembler tous ces chiffres ?

— Et tant pis pour l'éthique ?

— L'homme qui a noté ces chiffres n'en avait aucune, si ça peut te mettre à l'aise.

— Là n'est pas la question.

— Un homme est mort.

— Nous le sommes tous.

Hoffner avait oublié cette caractéristique, chez Leber, la ténacité – et tant pis si elle suivait des hauts et des bas, elle était consubstantielle à son être. C'était cela qui le rendait si imprévisible dans le combat. Hoffner soutint le regard du comptable.

— Il ne te le dira pas, Georg, mais M. Leber n'avait pas de temps à consacrer au sabre parce qu'il était trop occupé à défendre son titre de champion national de fleuret, trois ans de suite.

Georg inclina brièvement la tête, appréciant la performance, non sans deviner qu'il valait mieux se taire.

— Tu me rendrais un énorme service, reprit Hoffner.

— Ah oui ?

Tous deux savaient que, de la part de Hoffner, admettre cela équivalait presque à reconnaître qu'il avait eu tort. Leber demeura coi un long moment. Puis il se pencha lentement en arrière.

Quand il ouvrit la bouche, il n'y avait pas trace d'émotion dans ses paroles.

— C'est une reliure Kapel, étrangère, tu avais raison. Non pas qu'on l'utilise encore à Berlin, car la plupart des sociétés ont adopté la Parmanian. C'est vraiment bizarre. Les Berlinois utilisent des livres hongrois et les étrangers des livres allemands. C'est ça, l'ironie de l'histoire.

Leber laissa passer quelques secondes puis attrapa le livre. Il le feuilleta, sans rien manifester.

— Des parents danois. Bien joué. Tu aurais aussi bien pu dire hollandais. Les 4 et les 1.

Il reposa le livre sur le bureau.

— Tu as tort dans les deux cas. C'est suisse. La largeur des 8 est caractéristique et il y a un double intervalle à chaque tiers de page alors qu'on le met plutôt au quart. C'est un truc qui plaît aux Suisses. J'ignore pourquoi. Je n'ai jamais demandé.

C'est ainsi que combattait Leber : implacable, concentré, détaché.

— Je penserais à trois sociétés, mais je ne sais pas si elles travaillent pour l'industrie cinématographique. C'est très particulier.

Visiblement, Leber fut ravi de la surprise de l'inspecteur.

— On a un peu travaillé avec Decla et suivi quelques projets pour l'UFA. Les abréviations pour le cinéma sont normalisées.

Il prit une feuille de papier, griffonna trois noms et la glissa à Hoffner, lequel récupéra d'une main tranquille la feuille et le registre.

— Tu ne m'aurais rien dit si je t'avais posé la question directement.

Il plia la feuille et la mit dans sa poche.

— C'est vrai. Et Georg aurait raté l'occasion de voir comment son père se comporte quand il a besoin d'un coup de main.

Chez n'importe qui d'autre, cette remarque eût semblé cruelle. Chez Leber, elle n'était qu'une conclusion naturelle à tout ce qui précédait.

Hoffner se leva, suivi de son fils.

— Ça m'a fait plaisir, Jürgen.

Leber se mit debout.

— Passe à Heidelberg, cette année. Renner me demande toujours ce que tu deviens.

— Il est à Cologne ?

— Stuttgart.

— C'est vrai.

Hoffner tendit la main et Leber la serra. Georg eut droit à un signe de tête.

Leber attendit que le père et le fils soient à la porte.

— Tu n'as pas toujours été aussi salaud, n'est-ce pas ?

Hoffner avait la main sur la poignée. Il sentit le regard de Georg peser sur lui.

— Je crois bien que si, dit-il.

Dans la rue, le soleil s'était perché au-dessus de la banque, donnant au trottoir un aspect vitreux : on ne pouvait poser son regard sans être ébloui.

Georg fut le premier à rompre le silence.

— Il prend les choses drôlement au sérieux, non ?

Hoffner hocha la tête, l'esprit ailleurs. Ils passaient devant un arrêt de bus avec une affiche pour un dentifrice. Une jeune femme, coupe au carré, se regardait tristement dans un miroir, ses longs doigts abaissant sa lèvre inférieure pour révéler des gencives qui n'avaient jamais paru aussi sensuelles. Sans la brosse dans sa main et les lettres géantes du slogan – VOS DENTS MÉRITENT CE QU'IL Y A DE MIEUX ! CHLORODONT VOUS FAIT DES GENCIVES EN BÉTON ! – Hoffner aurait vu là une accroche – un peu étrange, certes – pour la revue des Tiller Girls. Après tout, elle se vantait d'offrir « Tout ce dont vous n'avez jamais osé rêver ! ». Hoffner imagina Leber, en âme sœur, debout au premier rang, brosse à la main – ce qui lui valut à nouveau d'éprouver un léger remords.

— Il a vraiment un corps de champion, insista Georg. Je suis jaloux de ses bras.

Une fois de plus, Hoffner agita la tête. Ils passèrent devant le Metropol – on annonçait une opérette de Lehár – et continuèrent vers Unter den Linden. Un taxi fila devant eux.

— C'était ma faute, finit par admettre Hoffner.

Il gardait les yeux braqués devant lui.

— Je suis désolé de t'avoir mis dans cette situation.

Le plus choquant n'était pas l'intonation de son père mais le fait qu'il s'excusât. Georg parut embarrassé.

— Je pense qu'il méritait quand même mieux, ajouta Hoffner.

La porte de Brandebourg leur apparut.

— Tu te souviens de ce manège dans la Siegesallee[1] ?

1. L'avenue de la Victoire, également connue sous le nom de « l'allée des Poupées » par la population, était ornée de statues pouvant atteindre jusqu'à 2,75 mètres. (*N.d.T.*)

De la tête, Georg fit signe que oui, soulagé qu'on change de sujet. Hoffner prit les devants pour traverser.

— Parfait, déclara-t-il. On a une heure devant nous. Allons nous amuser un peu.

Le parc sembla à Hoffner plus vaste que dans son souvenir. Un bâton à la main, un garçonnet de neuf ans courait, traçant des lignes en zigzag dans les gravillons tandis que, assises sur des chaises et des bancs à la lisière des arbres, des nourrices observaient le spectacle. Quatre ou cinq autres enfants jouaient à une sorte de jeu qui consistait à disparaître et à réapparaître derrière le manège, lequel tournait à faible allure pour s'adapter aux plus petits cavaliers. Debout sur le côté, un homme muni d'une canne frappait le bord de son chapeau chaque fois qu'un petit garçon passait devant lui avec des « Papa ! Papa ! » et d'autres appels moqueurs. Au-delà du manège, le parc était désert, seuls les très jeunes, les très vieux et les gens bien payés pour cela acceptaient de souffrir sous un ciel aussi intransigeant. Hoffner et Georg choisirent le dernier banc.

— Je crois que c'est celui-là que tu aimais, dit Hoffner, en désignant de la tête un vieux canasson bleu dans la rangée intérieure. Tu lui avais donné un nom.

Georg regarda tourner le cheval.

— Ah bon ?

— Bompo ou… Bommio ?

— Ponky Bo ! s'exclama Georg quand le cheval réapparut.

— C'est ça !

Hoffner prit une cigarette dans sa poche et l'alluma.

— Drôle de nom.

Il exhala un filet de fumée.

— Tu es beaucoup trop âgé pour ça maintenant, pas vrai ?

On avait l'impression qu'il venait juste de s'en rendre compte.

Georg ne dit rien car le garçonnet avec le bâton était tombé. Son menton avait frappé le sol et, entendant ses cris, une des femmes se précipita.

— Ils sont tous très petits, fit remarquer Georg.

— Toi, tu ne hurlais pas comme ça. C'est une chose que j'appréciais.

— Je n'avais pas intérêt, avec toi.

Hoffner observa le garçonnet qui se redressait ; la nourrice tapotait sa blessure avec un mouchoir. Très vite, le gamin recommença à jouer avec son bâton.

— Je me demande ce qui m'a pris de t'emmener ici, dit Hoffner. C'est un peu ridicule.

Georg se leva en hochant la tête.

— Oui, un peu.

Il fouilla dans sa poche et en tira quelques pièces.

— J'ai quatre pfennigs. On peut faire deux tours.

Hoffner leva les yeux.

— Passe le bonjour à Ponky Bo.

— Papa, je ne vais pas y aller seul.

Hoffner émit une sorte de ricanement. Il l'avait cherché, après tout. Mais pourquoi pas ? Il inspira une dernière fois, se leva et jeta sa cigarette.

Sur le manège, il trouva un banc fixe entre deux piliers et s'installa derrière Georg. Un homme – dans les vingt-cinq ans – surgit de la cabine centrale. Il était grand et mince et il lui manquait un bras.

— Il dit qu'il peut supporter ton poids, expliqua Georg déjà en selle sur son cheval.

— C'est plus marrant quand on est dessus, renchérit l'homme.

— Je suis bien où je suis, répondit Hoffner.

Georg réunit les rênes et demanda :

— Et c'est où que vous l'avez perdu ?

Entendre son garçon poser une question aussi directe laissa Hoffner sans voix. Il serait intervenu, mais le type ne semblait pas le moins du monde gêné, lui non plus.

— À l'Isonzo.

Hoffner mit ça sur le compte du sentiment d'immortalité qui habitait la jeunesse et les éclopés. Et, pour l'heure, Berlin semblait en produire à la pelle.

— En juillet 17, ajouta l'homme.

Georg hocha la tête et l'homme entra dans la cabine. Il tira sur un levier et le manège se mit en marche. Guettant leur retour, il fit un petit saut en arrière.

— J'n'aurais même pas dû le perdre ! lança-t-il en s'appuyant contre un pilier. J'ai été touché à l'épaule. Ils n'avaient plus d'essence pour me ramener, enfin, à ce qu'on m'a dit. Le toubib m'a raccommodé. J'crois bien qu'il m'a sauvé la vie.

Hoffner s'agrippa au banc. Même à cette vitesse, il avait la nausée.

— Les nourrices, ça leur plaît pas trop, continua l'homme. Sauf les petites curieuses, si vous voyez ce que je veux dire.

Hoffner se moquait pas mal de ce qu'il entendait par là.

— Quant aux mômes, ça semble pas les troubler, alors je suppose que c'est déjà ça.

Hoffner se sentait à deux doigts de défaillir.

— Vous êtes un peu jeune pour avoir combattu à l'Isonzo.

— Ouais…

L'homme réussit à sortir une cigarette de la poche de sa chemise et à l'allumer sans aucune difficulté.

— J'leur ai dit que j'avais vingt ans. Tout le monde mentait, du moins ceux avec qui j'étais. J'en avais quinze.

Une petite fille se mit à vomir et l'homme rentra dans la cabine pour appuyer sur le levier. Le manège ralentit. Aussitôt, Hoffner se sentit mieux.

Ils firent un tour complet et, une fois de plus, l'homme sautilla en arrière.

— Vous n'allez pas la voir ? demanda Hoffner.

— Elle n'a pas fini son tour, protesta l'homme. Et puis…

De la tête, il désigna les bancs.

— … la beauté tout au bout doit être avec elle.

Une femme aux hanches plus que généreuses se leva et se dirigea vers le manège.

— Ah, bon…

Il jeta sa cigarette hors du manège.

— Ce n'était un secret pour personne. Tout le monde était au courant. Les généraux, les colonels, tous les galonnés qui dirigeaient le truc. Ils avaient besoin de matière première. Nous, on voulait y aller. C'était un avantage d'être grand. Pas trop de questions.

— Vous pensez toujours à… intervint Georg.

— Non !

Il avait répondu trop vite.

— J'y suis allé. J'en suis revenu. En plus, pour un bras en moins, on a une bonne petite pension.

La fillette avait retrouvé la terre ferme. Elle pleurait et la grosse femme s'efforçait de nettoyer sa blouse des traces du petit déjeuner.

— Mon frère s'est engagé à seize ans, dit Georg.

Il pouvait bien regarder l'autre, Hoffner savait que la phrase lui était destinée.

L'homme hocha la tête, indifférent.

— Il est rentré ?

— Il n'est jamais parti, trancha Hoffner. Il s'est engagé en 19, pendant la révolution. Dans les Freikorps.

Pour la première fois, l'homme parut en proie à une émotion : entre le dégoût et l'amertume.

— Les Freikorps… Ces connards d'extrême droite. Désolé.

Son visage exprimait tout le contraire.

— Ne comptez pas sur moi pour vous donner la réplique, prévint Hoffner.

La fillette essayait désormais de se libérer : larmes et vomissement avaient eu raison de sa confiance. Georg mit pied à terre.

— Eh bien, je vous souhaite bonne chance.

L'homme s'écarta de son pilier.

— Vous de même.

D'un mouvement de tête, il salua Hoffner et retourna dans sa cabine. Hoffner suivit Georg jusqu'au bord du manège, ils sautèrent et prirent la direction des arbres.

— Il est en ville, dit Georg.

Le crissement du gravier sous leurs pas étouffait leurs voix.

— Quoi ?

— Sascha. Il est en ville.

Hoffner s'arrêta. Ce ne fut qu'au bout de quelques enjambées que Georg se retourna.

— Je croyais que tu ne l'avais pas vu depuis des mois.

— J'ai menti.

Hoffner réprima son envie de le rattraper et de le gifler.

— Il va bien, Papa. Il n'est pas comme tu crois.

Georg parlait avec un calme étonnant.

— Il m'a invité à un truc, ce soir.

— Ce soir, répéta Hoffner d'un ton paisible.

— Une petite réunion. Il m'a demandé de t'inviter.

— Vraiment ?

Georg confirma.

— C’est où ? demanda son père.

— Du côté de Wedding. La grand-salle du Pharus.

Quelque chose clochait. Wedding était un quartier ouvrier, le Pharus une salle où se réunissaient les communistes.

— Ton frère est passé chez les rouges, maintenant ?

— Tu veux le voir, oui ou non ?

Question à laquelle Hoffner n’avait jamais été véritablement capable de répondre.

— Ça fait combien de temps ?

— Quoi ?

— Combien de temps qu’il est en ville.

Georg comprit qu’il ne fallait pas s’engager dans cette direction.

— Tu devrais venir. C’est ce soir. À 20 heures.

La musique du manège repartit.

— J’ai un rendez-vous que je ne peux manquer, dit Hoffner.

Il remarqua une légère crispation de la mâchoire chez Georg.

— Nous ne pouvons pas nous permettre d’être en retard.

Les yeux de Georg se voilèrent, comme privés de vie.

Il laissa passer un moment.

— Nous ? Tu t’en es toujours mieux tiré seul.

Ils demeurèrent face à face – rien ne semblait plus exister entre eux. Enfin, Georg fit demi-tour. Hoffner le suivit du regard : le jeune homme s’éloignait à grands pas du fils qu’il n’était plus. Il en irait toujours ainsi, songea-t-il, le courant qui emportait chacun était trop fort.

Il se tourna vers le manège et vit que la fillette avait encore des haut-le-cœur. Cette fois-ci, elle avait réussi à vomir sur ses chaussures.

Hoffner ne se rendit pas à la Potsdamer Platz.

S'il avait su en toute connaissance de cause pourquoi l'UFA méritait son mépris – on lui avait envoyé Georg ; on avait rendu ce début de journée inévitable ; ressuscité Sascha du royaume des morts –, peut-être aurait-il agi différemment. Car il n'était pas sans danger de laisser de tels événements influer sur une enquête. Mais Hoffner n'était pas pleinement conscient et jamais il ne s'encombrait de motivations personnelles : seuls les criminels méritaient qu'on fouille de ce côté-là. Ses péchés à lui étaient d'une nature différente et il était inutile de creuser trop profond pour en connaître l'origine. Manquer un rendez-vous équivalait juste à faire jouer un muscle : on l'avait convoqué, il avait répondu par la négative.

Vers midi, il en avait terminé avec la première société de la liste de Leber et il savourait un petit sandwich de porc haché, avec oignon et poivron – un excellent *Hackepeterbrötchen*, accompagné de quelques cornichons –, le tout arrosé d'une Pale ale et d'une eau-de-vie pour faire passer la bière : même un flic avait le droit de profiter de sa matinée berlinoise quand l'envie le prenait.

Debout à l'une des tables fixées à un pilier du café, il lut la page des sports de *BZ* (ACCROCHAGE DE SULKYS : LE DRIVER PERD UNE OREILLE) et essaya d'oublier le chef comptable et son parfum au talc et à la lavande. « Une reliure Kapel ? » Le dédain manifesté par cet homme était à la limite de l'offense personnelle. « Nous n'utilisons plus ce genre de reliure, Herr Kriminal-Oberkommissar. »

Hoffner s'était alors demandé si ce pauvre vieux Kapel n'avait pas été victime d'une histoire licencieuse – une belle petite n'apparaissait-elle pas en filigrane là où elle n'aurait pas dû, entre les chiffres à l'encre rouge et le papier ligné, sous de bonnes vieilles reliures en cuir ? Ou bien c'était ainsi qu'on avait appris aux comptables à répondre. Il termina sa lecture par les courses de vélo et s'acheta un autre sandwich pour plus tard.

Il l'avait avalé au moment où il atteignit le quatrième étage de la deuxième société – sa grande salle était un modèle, symbole de pragmatisme et de nostalgie. Un homme raide, au teint cireux, apparut près d'un long comptoir de bois derrière lequel trois rangs de bureaux alignés comme à la parade occupaient l'espace jusqu'au mur du fond. Troncs, bras, jambes étaient à leur poste et les doigts gribouillaient sereinement dans des livres de comptes aussi larges qu'un buste féminin. Si certaines de ces coquilles vivantes n'avaient pas porté de lunettes, on n'aurait pu distinguer une tête d'une autre.

— Herr Kriminal-Oberkommissar, souffla l'homme, juste assez fort pour se distinguer des grattements des plumes.

Il semblait vraiment désireux d'apporter son aide.

— Oui, nous les utilisons, dit-il avec un léger hochement de tête quand il découvrit le carnet que lui montrait Hoffner.

Brave vieux Kapel ! La belle petite avait peut-être refusé de porter plainte ?

— Non, je ne peux examiner son contenu. Question d'éthique, vous comprenez.

Hoffner se demanda si c'était la seule phrase disponible dans le manuel du bon petit comptable.

— Mais, continua l'homme, si Herr Kriminal-Oberkommissar acceptait de me le décrire, peut-être serais-je capable de savoir si nous travaillons avec cette entreprise.

L'éthique, semblait-il, offrait plus d'un visage.

Pas de chance, aucun d'entre eux ne s'avéra utile.

— Non, j'en suis certain, Herr Kriminal-Oberkommissar. Ce ne sont pas des sociétés qui travaillent avec le monde du cinéma.

Aussitôt né, l'espoir disparut dans la poche de son manteau avec le carnet, ne laissant à Hoffner que la possibilité de poser les questions routinières, sans intérêt : rien remarqué de fâcheux dernièrement, aucun livre qui aurait disparu, personne qui se comportât de manière bizarre ? Cela dit, comment aurait-on pu se comporter de manière plus bizarre que ces gens-là ? C'était un détail qui dépassait l'entendement de l'inspecteur.

— Non, il ne manque rien.

L'homme réfléchit.

— Quelques mauvaises nouvelles, la semaine dernière, de là à les qualifier d'étranges… Mais je suppose que c'était prévisible.

Hoffner attendit.

— Une de nos jeunes recrues. Une histoire en rapport avec la boisson ou le jeu. Ça semble être allé un peu trop loin. Et, bien sûr, il avait fait la guerre. La psychose traumatique, ce genre de choses, bien que ce fût un comptable de premier ordre. Très doué. Il s'est passé une corde au cou. On a parlé d'une fille, mais je ne me mêle pas de la vie privée des autres.

« Un comptable capable de se suicider, voilà une sacrée nouvelle », se dit Hoffner. Il hocha la tête et déposa sa carte sur le comptoir.

— Eh bien, si un fait vous revient…

Il était sur le point de filer quand il sentit que deux yeux le fixaient depuis le troisième rang. Tout ce qui l'entourait eût-il été moins neutre, Hoffner n'aurait peut-être rien remarqué, mais cet homme-là semblait savoir qu'un seul regard suffirait. Les yeux revinrent se poser sur les rangées de chiffres et Hoffner s'adressa au chef comptable :

— Vous ne pourriez pas me recommander un endroit où déjeuner, *mein Herr* ?

Il avait parlé juste assez fort pour être entendu de l'autre côté du comptoir.

— Déjeuner ?

Il était évident que l'homme n'avait jamais imaginé pour déjeuner autre chose qu'un sandwich dans du papier paraffiné et les quelques fruits que lui donnait sa femme chaque jour.

— Ça doit être possible dans un des cafés, Herr Kriminal-Oberkommissar. Il y en a un de l'autre côté de la rue, en face.

— En face, répéta Hoffner un peu plus fort. Je vous remercie, *mein Herr*.

Cinq minutes plus tard, Hoffner, assis à une table, vit Regard-Appuyé surgir des bureaux de la société. L'homme traversa au pas de course, entra et s'installa au bar. Il sortit un sachet de papier brun de sa poche et commanda un schnaps.

— La même chose, demanda Hoffner qui s'était placé à ses côtés.

Le barman remplit un second verre pendant que l'homme plongeait la main dans son sachet et en ressortait une banane. Deux cigarettes suivirent, posées délibérément sur le comptoir.

— C'est à peine un repas, dit Hoffner.

— Ça ira.

L'homme alluma la première cigarette.

— Pas facile à trouver… les bananes.

— C'était vrai, mais les Américains en raffolent. Ils ne peuvent pas avancer un pied devant l'autre sans en emporter. Berlin est devenue une vraie jungle.

L'homme mordit dans sa banane.

— De lui-même, il ne se serait pas tué.

Voilà qui était direct.

— Malgré les filles, la boisson et le jeu ?

L'homme, c'était surprenant, mastiquait avec concentration.

— Pas de filles, croyez-moi.

Hoffner sentit la petite note dédaigneuse.

— Il aura eu ses raisons.

Le mépris apparut au grand jour, en un seul mouvement de tête accompagné d'un ricanement.

— Avant la guerre, possible, oui. Mais plus maintenant. Pourquoi croyez-vous qu'on voit tant d'Américains ?

Hoffner le regarda avaler et mordre une deuxième fois.

— Votre ami n'avait donc aucune raison de se suicider ?

— Mon ami… Oui, Grauer était heureux, un homosexuel heureux, et un homme terriblement doué pour la compta. Il allait passer directeur avant trente ans et, croyez-moi, ça, ce n'est donné à personne à cet âge-là.

— Alors, pourquoi est-il mort ?

— C'est votre boulot, non ?

Hoffner n'aurait jamais imaginé un comptable avec autant de repartie, vivant, pour tout dire. La banane, pourtant, faisait un drôle d'effet. Il sortit le carnet de sa poche, l'ouvrit et le posa sur le bar. Un seul regard suffit à l'homme.

— C'est le sien, confirma-t-il en avalant une dernière bouchée.

— Mais il ne travaillait pour aucune société cinématographique.

— Des gramophones.

L'homme fit apparaître une carte qu'il posa sur le carnet. « Tri-Ergon » et une adresse étaient écrits en rouge.

— C'était dans son dossier. Il avait travaillé pour eux au cours des six dernières semaines.

L'homme utilisa sa première cigarette pour allumer la seconde, puis il vida son schnaps. Il contempla un peu trop longtemps le fond de son verre : ce fut le seul geste qui le trahit.

— Vous pourriez leur demander pourquoi il devait mourir.

Sans attendre de réponse, l'homme ramassa son sachet et se dirigea vers la sortie.

Une quarantaine de minutes plus tard, Hoffner quitta son tram en sautant sur la chaussée. L'air était empli d'un vague relent de viande hachée. L'adresse sur la carte l'avait conduit à l'est des limites du quartier des abattoirs, pas assez près cependant pour humer l'odeur de sang qui imprégnait l'atmosphère, mais suffisamment pour en reconnaître la douceur âcre. Des hommes en tablier blanc – les vêtements et la peau tachés de rose pâle – se tenaient devant les quelques bâtiments encore debout, semblables à des usines. La cigarette aux lèvres, ils parlaient de coutelas et de carcasses, de filles et d'histoires d'argent. Hoffner se souvint de ce quartier qu'il avait connu enfant – SPÄTZEL UND SONNE, c'était loin tout ça. Il venait là avec son père, chaque jeudi, jour où la viande était moins chère, et repartait avec un sac en papier, fermé par une grosse ficelle, contenant des saucisses graisseuses et des côtelettes. Spätzel était un vieux Juif – pas vraiment religieux, mais assez juif pour baragouiner un allemand que Hoffner n'avait jamais tout à fait compris. L'endroit évoquait encore très vaguement ce côté mystérieux, mais cela ne suffisait pas à sauver le souvenir qu'il conservait du quartier. Il n'en restait que quelques immeubles perdus parmi la vague montante du nouveau Berlin. D'ici à quelques années, même l'odeur aurait disparu.

Il trouva l'adresse. Les lettres de la plaque en cuivre jaune étaient couvertes de suie, ce qui s'expliquait par la présence proche du dépôt de chemin de fer, mais, de toute façon, le bâtiment ne donnait pas l'impression d'être facilement repérable.

Il sonna. Une femme apparut bientôt, le regard aussi sévère que ses cheveux ramenés en un chignon très serré : remarquable comme l'aigreur des jours d'école pouvait soudain remonter à la gorge.

— Oui ?

Hoffner exhiba son insigne.

La femme se raidit.

— Ce n'est pas trop tôt, n'est-ce pas ?

Elle fit volte-face, le précédant. Hoffner préféra ne pas poser de questions et la suivit dans un vaste atelier, vide hormis une dizaine de longues tables sur lesquelles s'éparpillaient divers instruments.

Un escalier et un étroit corridor les menèrent dans un bureau qui étouffait sous des étagères disposées du sol au plafond. Chacune débordait de morceaux d'appareils électriques qui défiaient toute idée de rangement, même s'il semblait exister un semblant d'harmonie dans ce fatras. Hoffner pensa à un code, quelque part, et l'homme agenouillé au milieu de la pièce en aurait été l'unique dépositaire. Il leur tournait le dos, occupé par un montage de tubes et de fils, marmonnant quelque chose comme « patates en vrac ».

La femme s'éclaircit la gorge et l'homme laissa échapper un grognement de frustration.

— Oui, Fräulein Edelbaum ?

— Un policier est là, Herr Vogt. Il veut vous parler.

L'homme se tourna, le visage plus large que ce à quoi s'attendait Hoffner. Le front était haut. Les yeux, enfoncés dans les orbites, surmontaient une moustache et une barbe bien entretenue. Hoffner était toujours dérouté devant des gens âgés de petite taille.

Vogt parut chagriné, mais il se reprit aussitôt.

— Je croyais avoir été clair, Fräulein.

Il s'adressa à Hoffner.

— C'est un malentendu, *mein Herr*. Totalement inutile de… Nous…

Il se rendit compte qu'il était resté agenouillé. Il s'appuya d'une main sur le bureau et se releva.

— Herr…

— Hoffner, fit l'inspecteur d'un ton ferme et rassurant. Inspecteur principal Nikolaï Hoffner.

— Ah, oui.

Vogt n'était plus du tout rassuré.

— Monsieur l'inspecteur. C'est un moment d'égarement. Je suis certain que ça va se tasser.

La Fräulein n'en était pas aussi convaincue.

— On les voit presque chaque semaine, monsieur l'inspecteur. Toujours au même endroit. Ça ne devrait pas être permis.

Hoffner hocha la tête, bien qu'il n'eût pas la moindre idée de ce dont ils parlaient.

— Je peux vous montrer l'endroit, dit-elle en se dirigeant vers la porte.

— Non, non, intervint Vogt. Vous avez votre travail, Fräulein. Je vais accompagner M. l'inspecteur.

— Assurez-vous qu'il ne rate pas…

— Oui, Fräulein. Près de la clôture. Je n'oublierai pas.

Elle sourit, histoire de ne pas perdre contenance.

— Très bien, *mein Herr*.

Vogt conduisit Hoffner à la porte et, quelques minutes plus tard, ils étaient à l'extérieur de l'immeuble, dans une ruelle plutôt large. JUIFS DEHORS ! – les mots étaient tracés à la peinture blanche sur le mur de brique.

— Là-bas, désigna Vogt en braquant l'index vers la porte du premier immeuble. Ils fabriquent des kippas et des petites boîtes à prières.

Sorti de sa tanière, il semblait mal dans sa peau.

— Des phylactères, précisa Hoffner.

— Exact.

Vogt ne put cacher sa surprise.

— Et les garnements qui font ça ne se rendent pas compte que votre immeuble finit ici et que le leur commence là-bas.

— Je crois bien, oui. Comment se fait-il qu'un inspecteur de police sache ce que sont des phylactères ?

— Qu'attendez-vous de moi, Herr Vogt ? Que j'envoie à ces garnements une copie du plan cadastral de la ville, afin qu'ils ne se trompent pas de mur ?

Le visage de Vogt se ferma.

— Moi aussi, je suis juif, monsieur l'inspecteur.

— Oui, dit Hoffner d'un ton tranquille. Je sais. Comme votre Fräulein Edelbaum, sans doute.

Hoffner ne fit rien pour atténuer le trouble de Vogt.

— Je ne suis pas venu à cause de ces garnements. Je suis là pour la raison même qui vous faisait craindre de voir la police, malgré ces histoires de mur. À cause de la mort d'un comptable.

Vogt écarquilla les yeux. Il commença à agiter nerveusement la tête.

— Je ne sais pas de quoi vous parlez.

— C'est en rapport avec la sonorisation. Pour le cinéma. Un genre de cinéma plutôt malsain. Est-ce que ça vous rappelle quelque chose, Herr Vogt ?

Les tremblements de tête se muèrent en clignements des yeux. On aurait dit que Vogt contemplait la cloche d'une machine à sous annonçant les gains.

Sans crier gare, il tourna le dos et se dirigea vers la porte.

Au premier, Vogt ferma à clef son bureau et débusqua deux chaises parmi son fatras électrique. Fouillant dans les tiroirs de son bureau, il fit apparaître une bouteille contenant un liquide brun, et deux verres – aussitôt remplis – dont il offrit le premier à Hoffner. Chacun prit place.

Contempler le liquide dans son verre sembla réconforter Vogt.

— Il avait un dossier sur nous ?

C'était la première fois qu'il parlait depuis qu'ils étaient revenus à l'intérieur.

— On a trouvé un livre de comptes.

Vogt remplit à nouveau le verre de l'inspecteur.

— Bien sûr… C'est typique de la paranoïa de l'UFA.

Vogt posa la bouteille sur le bureau et s'appuya au dossier de sa chaise. Les deux hommes gardaient le silence, verre à la main, et Vogt lissait sa barbe du revers de sa main gauche. Il semblait s'interroger sur l'opportunité ou non de boire son verre. « Peut-être estime-t-il qu'il ne l'a pas encore mérité », pensa Hoffner.

— Le tube audion, lâcha finalement Vogt. Vous n'en avez jamais entendu parler, mais c'est pour ça que vous êtes là.

— C'est une triode, un tube à vide qui amplifie le son.

Hoffner ne lui laissa pas le temps de réagir.

— On l'a utilisé dans les paniers à salade lors des dernières émeutes. On a suivi une formation. Je crois savoir que les haut-parleurs pouvaient être entendus à plusieurs kilomètres. Remarquable. Vous disiez ?

Vogt parut moins impressionné que blessé.

— Ah… oui. Eh bien… l'audion. Puisqu'il vous est familier…

Il but une gorgée et posa son verre sur le bureau.

— Il a été inventé il y a une vingtaine d'années, par un Américain – un certain De Forest. Étape très importante dans le développement de la sonorisation. Dix ans plus tard – en 1919, à peu près –, il a perfectionné son invention et a obtenu quelque chose de vraiment stupéfiant, le Phonofilm, comme il l'a appelé. Plus seulement un procédé d'amplification du son, mais un système capable d'enregistrer directement le son sur la bande du film. Un procédé de son-sur-pellicule, un son optique.

— Fascinant, *mein Herr*, s'impatienta Hoffner. Et quel rapport avec notre comptable ?

Vogt parut perdre pied.

— Le comptable ? Ah, oui… Le comptable.

Il hocha la tête et poursuivit son explication :

— Le son sur la pellicule. Étonnant, quand on y pense. Le principe fondamental était que ces vecteurs parallèles pouvaient enregistrer photographiquement les impulsions électriques à partir d'un microphone, impulsions qui étaient ensuite restituées sous forme d'ondes sonores quand le film était projeté. Imaginez un peu : un enregistrement photographique à partir d'un micro. Remarquable.

Hoffner comprit qu'il n'était pas au bout de ses peines. Il n'y avait rien d'autre à faire que d'acquiescer.

— Comprenez-vous où cela nous mène ? demanda Vogt d'une voix enthousiaste. À la possibilité de passer un film avec le son. Il suffisait que le film défile au travers d'un capteur à l'intérieur du projecteur, capteur qui convertissait les images reçues sous forme d'ondes sonores en impulsions électriques retransmises par l'intermédiaire d'un haut-parleur, comme dans le cas d'un phonographe.

Que tout cela passât au-dessus de la tête de son visiteur semblait être le dernier souci de Vogt.

— La beauté de la chose était de pouvoir reproduire simultanément le son et l'image. Génial. Sauf qu'il n'y est jamais parvenu. La synchronisation, c'était ça la clef du problème, mais De Forest ne l'a pas trouvée.

Hoffner devina que Vogt attendait un commentaire.

— C'est malheureux pour lui.

— Oui. Mais voilà que trois Allemands très brillants, d'une intelligence exceptionnelle, ont proposé un moyen de parvenir à une synchronisation véritable.

Vogt se dirigea vers le bureau, fouilla dans plusieurs piles et lui lança un objet de petite taille.

— C'est un « modulateur lumineux avec régulateur sonore », énonça Vogt.

Il haussa les sourcils, comme pour dire : « impressionnant ».

— Ce petit mécanisme en forme de volant que vous tenez à la main, c'était ça, la clef. La pellicule a tendance à se dérouler plus vite ou plus lentement quand elle tourne dans le projecteur et, si cela se produit, le son devient confus, il arrive même qu'il s'interrompe. Ce petit objet assure une vitesse de déroulement constante et prévient donc toute distorsion sonore. La synchronisation est parfaite.

— Dieu merci, nos trois Allemands ont réussi !

— Absolument.

— Et combien de temps vous a-t-il fallu pour le proposer ?

Vogt s'accorda un petit sourire bonhomme.

— Deux ans à peu près. Mais, à ce moment, nous étions déjà occupés avec le son-sur-pellicule depuis un moment. Depuis 1919 pour être précis, date à laquelle nous avions développé notre propre procédé. C'est bizarre, ne trouvez-vous pas ? L'année même où De Forest a fait sa découverte.

Il y avait un côté rageur dans la voix de Vogt, et Hoffner en fut heureux, cela redonnait un peu de mordant au personnage.

— Si je vous ai bien compris, les Américains vous ont piqué le truc ?

Vogt haussa les épaules, se pencha vers le tiroir du bas de son bureau et en sortit une liasse de papiers. Il y dénicha une feuille qu'il donna à Hoffner. Il s'agissait d'un brevet, imprimé à Berlin, estampillé et signé en date du 7 février 1919.

— Le deuxième paragraphe, dit Vogt.

Hoffner lut ceci : « Le procédé Tri-Ergon fonctionne à partir d'une cellule photoélectrique qui convertit les vibrations sonores en formes d'ondes électriques pour les transformer ensuite en formes d'ondes lumineuses. Celles-ci sont alors enregistrées optiquement sur le bord de la pellicule grâce à un procédé photographique qui permet d'obtenir une "bande sonore". »

— C'est mon apport, déclara Vogt. « Bande sonore », c'est très bon. Net. Précis.

De la tête il incita Hoffner à poursuivre sa lecture.

— « Une autre cellule photoélectrique est alors utilisée pour convertir chaque forme d'onde de la pellicule en forme d'onde électrique durant la projection. »

— Vous suivez ? demanda Vogt.

— De Forest a donc volé les plans mais il a oublié de prendre le petit volant, de sorte que ça n'a pas fonctionné ?

— À moins qu'il ne l'ait trouvé seul. Comment savoir ? Leibniz et Newton ont découvert le calcul infinitésimal pratiquement ensemble. De Forest est peut-être le prochain Newton ? À moins qu'il n'ait tout simplement pas saisi l'intérêt du petit volant ?

Hoffner lui renvoya le compliment.

— Je vous trouve plutôt cavalier à ce sujet.

— Phonofilm a fait faillite l'année dernière. Je présume que M. De Forest a d'autres soucis, dorénavant.

— Vous ne les aimez guère, les Américains…

— Vous les aimez, vous ?

— Pour l'instant, ils ne m'ont rien volé.

— Question de temps.

Vogt finit son verre et le reposa.

— J'imagine que ce n'était pas la première fois qu'ils vous empruntaient quelque chose, avança Hoffner.

Un instant, le visage de Vogt sembla se vider de toute expression. Un lourd silence suivit, et ses yeux étaient encore rétractés dans leurs orbites quand il se remit à parler.

— D'ici à quelques mois, ils vont changer le monde, en octobre, crois-je savoir. Ça s'appelle *The Jazz Singer*[1], avec Mr. Al Jolson qui chante, danse et parle, et parle, parle. Un film parlant, sauf…

— Sauf que ce n'en est pas un, l'interrompit Hoffner.

Le regard de Vogt se ralluma.

— Non. En effet.

— Il faudrait le prévenir, Mr. Jolson.

Vogt tenta à nouveau de sourire.

— Ils sont persuadés qu'ils ont maîtrisé le problème. Alors qu'ils n'utilisent même pas le bon procédé.

1. *Le Chanteur de jazz*, film musical américain d'Alan Grosland sorti en 1927, est considéré comme le premier film parlant. (*N.d.T.*)

— Encore un truc à vous ?

— Pff…

Il secoua la tête.

— Souvenez-vous, tout repose sur la synchronisation, monsieur l'inspecteur, et ce n'est pas un domaine que les génies de la Western Electric sont capables de comprendre pleinement. Ils ont réussi à développer un système absurde – Vitaphone. Même le nom est ridicule. Il suffit qu'on éternue et tout le machin se déglingue. Mais ça correspond à ce que voulaient les grands esprits de la Warner Brothers, eh bien, ils l'ont.

Vogt remarqua la confusion de Hoffner et se mit à tourner l'index comme s'il avait devant lui un vieux cylindre de cire.

— *The Jazz Singer*, c'est du son-sur-disque. Le projecteur est relié à un disque équipé d'une aiguille et on l'actionne en même temps que défilent les images. Deux éléments complètement autonomes, de sorte que si le déroulement du film ralentit ou accélère, le disque ne suit plus, et adieu la synchronisation. Une réussite !

— Ce qui ne semble pas vous contrarier plus que ça, dit Hoffner. Mais pourquoi vous inquiéter ? Si ça ne marche pas, c'est aussi bien pour vous.

— Oh, mais ils réussiront à le faire marcher ! Ce sont des Américains. Le plus rageant c'est que ça aurait dû être à nous ! Le procédé Tri-Ergon. Le son-sur-pellicule. Il aurait suffi que l'UFA ait un minimum de cran et aucun de tous ces gens-là, Mr. Jolson, pas plus que votre comptable mort, aucun n'aurait été un obstacle. Mais l'UFA n'a pas levé le petit doigt. Et voilà le résultat.

L'amertume et la frustration étaient perceptibles dans la voix de Vogt et Hoffner, même s'il devait absolument comprendre le rapport entre les studios et le comptable, fut certain qu'il y avait d'autres choses à découvrir, quelque part ailleurs.

— Dans ce cas, les Américains, qu'est-ce qu'ils vous ont volé exactement ?

Dépit, apitoiement, impuissance, le visage de Vogt trahit autant de sentiments, pour ne plus montrer qu'une résignation silencieuse – non dénuée peut-être de soulagement.

— Ce n'est pas aussi insignifiant que ça, monsieur l'inspecteur.

— Ça ne l'est jamais.

Vogt demeura sur sa chaise à contempler son bureau. Un instant, ses yeux plongèrent vers le sol. Soudain, il se dressa et attrapa le verre de Hoffner.

— 1925, dit-il en reposant le verre. C'est cette année-là qu'a été créé le premier long métrage parlant, inspecteur. Ça vous dirait de le voir ?

Les marches de l'escalier menant à la cave étaient plutôt usées et une seule ampoule l'éclairait. Hoffner suivit Vogt dans un sous-sol qui servait de remise. Parvenu au bout, il remarqua que l'odeur de désinfectant et de mort-aux-rats contrastait fortement avec une autre, plus douce.

— Elle cultive du tabac, expliqua Vogt qui écarta quelques balais à franges et un chevalet de scieur de bois sur lequel était posé en équilibre un pot de peinture à moitié plein.

— Fräulein Edelbaum. Elle le roule elle-même, quoique je ne comprenne pas comment elle arrive à le faire pousser ici. Il est un peu bizarre, cela dit, mais on le lui achète, et si elle peut grappiller trois sous…

Il y avait une ouverture dans le mur du fond – plutôt qu'une porte, un passage fait à coups de marteau dans la brique – et Vogt pénétra dans une seconde pièce. Une autre ampoule s'alluma, révélant un local plus grand que le premier, dont le plafond bas les força à se courber. Dressé contre le mur le plus éloigné se trouvait un meuble haut, en métal. Vogt tira un trousseau de clefs de sa poche et l'ouvrit.

Moins de cinq minutes plus tard, Hoffner était assis devant un petit écran et Vogt continuait à charger une bobine dans le projecteur. Quand il eut terminé, il alla éteindre la lumière et revint sur ses pas dans le noir. Un claquement très fort retentit et l'écran s'illumina.

Une fille est debout au coin d'une rue parmi le tourbillon des voitures et du trafic, le va-et-vient des passants, les coups d'avertisseur.

« Allumettes, achetez mes allumettes ! »

Sa voix continue à retentir alors que la scène se déplace, un père Noël guidant une enfant dans le marché de Noël. Quelque part, on entend jouer un orgue – d'autres sons, d'autres voix – jusqu'au moment où l'enfant pénètre dans un champ couvert de neige et se dirige vers une statue en bois de Marie et la crèche.

Troublé par le crissement de la neige sous les chaussures, Hoffner sentit sa main se porter vers l'écran, comme pour le toucher, mais la voix de Vogt le retint :

— Vous croyez qu'elle est vraie, n'est-ce pas ? Que vos doigts pourraient sentir le froid. Incroyable ce qui se passe avec le son.

L'enfant a atteint la statue. Elle frappe doucement sur le bois – qui sonne parfaitement creux – et une vieille femme apparaît. Elle parle avec l'enfant, quelques secondes, semble-t-il, mais, désormais, l'écoulement du temps n'a plus d'importance. D'autres personnages surgissent, d'autres conversations, des scènes entières, mais on n'entend que les mots, les bruits, le bruissement de la vie, et la question s'impose d'elle-même : comment cela est-il possible ? Il y a un flash soudain, l'écran devient blanc, puis noir. Silence.

Assis dans l'obscurité, Hoffner était certain de continuer à percevoir ces bruits. La lumière revint.

— C'est la première bobine, expliqua Vogt. Il y en a encore cinq.

Hoffner était maintenant terriblement conscient du silence.

— Oui.

Il ne put dire autre chose.

— Ce que vous avez vu est mille fois meilleur que tout ce que pourrait faire Mr. Jolson. Il a quelques chansons enregistrées sur un disque, à la rigueur deux ou trois lignes de dialogue çà et là, mais rien de la sorte, rien de continu, de permanent – d'un son dont la reproduction soit parfaite.

Hoffner hocha la tête, ses yeux fixant l'écran vide tandis qu'il essayait de faire le point. La nuit précédente, les extraits aperçus au *Trap* avaient été trop brefs, les images trop violentes. Il se souvenait des hurlements de la fille, mais rien de plus. Ce qu'il venait de voir, en revanche, était porteur d'une vérité qui, dans sa simplicité – grâce à elle, peut-être –, permettait qu'il la fasse sienne. Et c'était cela qui donnait à ce film un pouvoir d'évocation bien supérieur aux cris, même à des cris d'angoisse.

— Sans le son, ajouta Vogt, vous n'avez que de l'ombre et de la lumière. C'est plat, sans âme, inintéressant. Le son est la troisième dimension. Le son donne du grain au film. Il rend les choses réelles.

Hoffner finit par se tourner vers lui.

— Dans ce cas, pourquoi n'en ont-ils pas voulu ? Pourquoi ne pas le prendre ?

Vogt était occupé à retirer la bobine.

— Parce qu'il était plus avantageux de le détruire.

Hoffner hésita.

— Pourtant vous avez le film, ce projecteur ?

— Mais pas la chose en elle-même. Pas la technique.

Vogt glissa la bobine dans sa boîte.

— L'idée. Cela suffisait.

Il rabattit le couvercle et regarda Hoffner.

— Et c'est cela, monsieur l'inspecteur, qu'ils m'ont volé.

— L'idée ? répéta Hoffner qui cherchait à comprendre.

Vogt entreprit de répondre, mais il avait du mal à trouver ses mots.

— On nous avait demandé de faire un film, parvint-il enfin à expliquer. Pour l'UFA. Ils étaient au courant de nos découvertes en 1919. Ils avaient vu une projection que nous avions organisée en 22 – une série de courts métrages, montrés à l'Alhambra. C'était une avancée considérable. En 23, ils nous ont demandé encore mieux. Une sonorisation continue, scène par scène, pour un long métrage. Bien entendu, nous étions enthousiastes, mais voilà qu'ils nous ont imposé de travailler sous les ordres de quelqu'un de chez eux – un dénommé Guido Bagier, superviseur musical ou je ne sais quoi. Nous n'avons pas apprécié du tout. Nous avions l'habitude de travailler seuls. Or il se trouve que Guido était un véritable artiste, le seul de l'UFA qui comprenait ce que nous cherchions à faire. Il nous a laissé carte blanche. Si nous avions besoin de cabines insonorisées à cent pour cent, il nous les créait. De nouveaux microphones, il engageait les techniciens. Des gens capables de développer les films, on les avait aussitôt. Tout ce qu'il voulait – il n'a jamais exigé autre chose –, c'était quelques bobines. Quelques bobines parfaites.

— Où est ce Bagier à l'heure qu'il est ?

Vogt ignora la question.

— Guido était devenu notre principal allié. Même quand les idiots d'en haut lui mettaient la pression, il arrivait toujours à les tenir à distance. Vous n'imaginez pas comme ça a dû être difficile. Et, en 25 – octobre ou début novembre, je ne sais plus –, c'était dans la poche. Six bobines. *La Petite Fille aux allumettes*. Pas la plus brillante des histoires ou des mises en scène, mais extraordinaire par tout le reste. Bien sûr, nous ignorions à l'époque que tout était en train de partir à vau-l'eau.

Il suffit à Hoffner de plisser les yeux pour obtenir une explication.

— L'UFA. Tout ce temps, on nous avait dissimulé la réalité. Ils n'avaient pas pris la peine de nous dire que les studios étaient au bord de la faillite. Ah ça, non… Personne n'était au courant, alors – et personne aujourd'hui ne le sait –, mais l'UFA perdait de l'argent depuis des années… Elle avait tellement dépassé ses budgets que des registres couvrant une comptabilité de plusieurs mois avaient tout bonnement été jetés à la poubelle. J'imagine qu'on en est réduit à ça quand on veut rivaliser avec les Américains. Bien sûr, on comptait sur nous pour sauver les meubles. On avait ce qu'il fallait. Le film parlant. L'UFA était devant, et même les Américains devraient attendre leur tour et passer à la caisse.

— Mais ils étaient déjà au courant.

Pour la première fois depuis une demi-heure, Hoffner eut une vision claire des choses.

— Exact.

— Et il n'était pas question pour eux d'attendre leur tour.

— Bien sûr que non… mais ils ont été plus malins que ça. L'UFA était au bord du dépôt de bilan. Il lui fallait de l'argent. La sonorisation paraissait être la solution, mais si vous l'éliminiez… si vous en éliminiez même l'idée… vers qui devrait-elle se tourner pour se faire renflouer ?

C'était à cela que Vogt voulait en venir depuis le début.

— Vers les Américains.

— Exact. Il est établi que les studios avaient commencé à négocier avec la Paramount et la Metro dès septembre 1925 – pour l'octroi d'un prêt de quelques millions de marks. Les Américains voulaient que l'UFA leur cède la majorité de ses droits de distribution en Europe. Ils exigeaient les trois quarts du marché pour leurs propres films, mais l'UFA les laissait patienter, attendant de voir si notre procédé les sauverait. Et cela aurait réussi, si nous n'avions pas été victimes d'un sabotage.

— Vous ne les aimez vraiment pas, les Américains, n'est-ce pas ?

Hoffner profita du silence de Vogt.

— Vous êtes certain que c'était un sabotage ?

Le mutisme de Vogt fit place à de l'incrédulité.

— Non, je suis assis ici avec vous dans un sous-sol humide… je vous montre quelque chose auquel vous avez encore du mal à croire… et pourtant, peut-être… peut-être, rien de plus… que ça n'a pas fonctionné. Bien sûr, on avait fait des tests. Pendant des jours, des semaines. Chaque fois, ça marchait à la perfection. Les six bobines. Tout le matériel de la sonorisation. Tout. Mais, quand nous arrivons à l'UFA – le grand jour, dans la Mozartsaal –, voilà que les batteries n'ont plus de courant et que les statophones se mettent à produire cette espèce de ronflement insupportable. Voilà que le potentiomètre n'affiche plus qu'un son ridiculement faible, même à son maximum. Est-ce que cela – *un seul* de ces incidents même – s'était déjà produit ? Jamais. Et là le public se moque, siffle, tandis que les pontes de l'UFA, humiliés, s'esquivent discrètement et nous abandonnent à…

Le souvenir lui restait en travers de la gorge.

— Quatre jours plus tard, ils ont signé leur accord avec les Américains. Du moins l'ont-ils annoncé. L'idée de nous donner une deuxième chance ne les a pas effleurés. Pour moi, l'encre du contrat était déjà sèche avant que nous ne quittions la salle.

Vogt hocha la tête pour souligner son propos.

— Est-ce que j'en suis sûr ? Oui, monsieur l'inspecteur. Certain.

Hoffner admira sa sincérité.

— Les Américains se sont donc emparés d'un morceau de l'UFA et ont du même coup éliminé un rival pour leur procédé de son-sur-disque.

— Très futés, ces Américains. Un de ces jours, ils sauveront le monde.

Vogt avait commencé à replier le projecteur.

— Qu'il faille ou non le sauver…

— Pour un homme maintenu dans l'ignorance depuis si longtemps, vous en savez beaucoup.

Vogt glissa le projecteur dans sa boîte et se dirigea d'un pas lent vers l'armoire métallique.

— Oui, c'est vrai.

Il plaça le projecteur sur une étagère et s'approcha de l'écran.

Il l'avait enroulé à moitié quand Hoffner lui posa une autre question.

— Bien, vous avez toute mon attention : pourquoi agir de la sorte ?

— Si on vous avait volé six années de votre vie, ne chercheriez-vous pas à savoir pourquoi ?

— Le vouloir et le savoir vraiment sont deux choses très différentes. Je présume qu'ils ne vous ont pas invité pour vous expliquer quelle raison ils avaient de vous arnaquer.

— Eh bien, vous avez tort.

L'écran à la main, Vogt alla le ranger dans l'armoire, sur l'étagère du haut.

— C'était une façon de vous menacer ou juste de se montrer cruels ?

— Ils n'avaient pas besoin de nous menacer. Ils savaient que nous voulions toujours travailler pour le cinéma. Une accusation aurait tout flanqué par terre. Et je ne pense pas qu'ils étaient assez subtils pour voir une quelconque cruauté dans leur démarche.

— Alors, pourquoi ?

— Parce qu'ils ne nous avaient rien dit… à l'époque.

Vogt finit d'empiler les boîtes.

— Dans le cas contraire, je me serais acheté une arme et je les aurais descendus jusqu'au dernier avant de me faire justice. Je pense qu'ils le savaient.

Il ferma l'armoire.

— Non, ils ont attendu jusqu'à ce que, il y a trois mois, Gerhard Thyssen – oui, ce même Gerhard Thyssen – vienne nous demander de créer quelque chose d'encore meilleur pour l'UFA. Afin que les Américains soient obligés de payer. Je crois que M. Thyssen est mort lui aussi.

Hoffner dut s'accorder un moment de réflexion.

— Ce qui explique que vous ne souhaitiez pas la présence de la police.

— Mes partenaires sont en Suisse, monsieur l'inspecteur. Ils m'ont conseillé de les rejoindre. L'affaire est devenue énorme : la mort du comptable la semaine dernière, hier Thyssen, la disparition de Fräulein Volker. Il semble que les Américains jouent désormais un jeu beaucoup plus dangereux.

— Bon, mais comment avez-vous su pour Thyssen et la fille ?

Hoffner trouva la réponse au bout d'un moment.

— Bagier ?

— C'est un bon ami.

— Est-il impliqué ?

— Non. Vous avez ma parole.

Hoffner avait besoin d'y voir plus clair.

— Trois mois. Ce n'est pas très long pour proposer un nouveau procédé.

— Nous n'avons jamais cessé de travailler. Les gramophones nous permettaient simplement de rester à flot.

— Et les films cochons ?

Question que Vogt aurait préféré ne pas entendre. Il regarda Hoffner, puis détourna les yeux vers le mur du fond.

— Ah, ça…

— Oui, ça.

— Vous attendez que je vous dise que ce n'était pas mon idée ? C'est le cas, mais ça ne compte pas, n'est-ce pas ?

— Non.

Vogt accepta le reproche.

— Il vous faut comprendre à quel point nous devions être prudents, et nous protéger, en particulier après le sabotage et le désastre en 25. Thyssen estimait qu'il nous fallait une autre couverture que celle offerte par les gramophones, quelque chose qui nous permettrait de tester les nouveaux procédés sans que personne ne s'avise d'y mettre son nez. Par rapport aux Américains, le sexe était idéal – ils en ont une peur panique même quand ils meurent d'envie de se rincer l'œil. À peine ont-ils flairé un spectacle pornographique qu'ils détalent en poussant des cris d'orfraie. En plus, l'UFA nous payait pour ces films.

Thyssen lui aussi avait besoin d'être couvert. Oh, que oui ! L'UFA était prête sans sourciller à mettre de l'argent dans des films cochons. Mais, et ça leur ressemble, ils voulaient garder un œil sur les comptes pendant toute la durée du projet. D'où votre comptable. Ce qu'ils ignoraient, c'est que nous utilisions ces films pour perfectionner notre nouveau procédé.

— Pourtant, il n'y a pas de marché pour ces films. Pourquoi l'UFA les aurait-elle financés ?

Il était clair que Vogt ne s'était jamais vraiment posé la question.

— Les gens veulent des films cochons, répondit-il, guère convaincu.

— Pas à une telle échelle, et pas aussi violents. Et où pourrait-on les montrer ?

Il était de plus en plus hésitant.

— Je... je ne sais pas.

Hoffner non plus. Inutile, cependant, d'insister sur ce point.

— Vous n'étiez donc pas gêné par leur contenu ?

Vogt plissa les yeux, à nouveau concentré sur son sujet.

— Bien sûr que si ! Que voulez-vous que je vous dise ? Que je pensais que Thyssen faisait fausse route, qu'en fait, il portait un intérêt réel à ce genre de films ? Parfait. Oui. Il a trouvé une équipe – il a même pu se servir de la fille dans un des films, qui sait ?

Vogt se caressa la barbe du revers de la main.

— Je voulais prouver que notre procédé fonctionnait et leur montrer qu'ils avaient fait une terrible erreur en nous traitant de la sorte. Je voulais que les gens de l'UFA qui nous avaient trahis comprennent quels idiots ils avaient été. Et mettre les Américains à genoux devant mon nouveau procédé. C'est peut-être à cause de cela. Que tout éclate au grand jour. L'UFA distributrice de films cochons ! En fin de compte, j'aurais eu mon système… quelque chose de tellement supérieur à ce que vous venez de voir que je me serais moqué du genre de films que nous faisions.

Hoffner donna à Vogt le temps de recouvrer son calme.

— Et vous l'avez fait ?

— Fait quoi ? Me moquer du contenu des films ?

Le regard de Vogt erra sur le sol. Il n'avait rien à répondre.

— Non… votre système, est-ce que vous l'avez mis au point ?

Le regard de Vogt se figea. Presque imperceptiblement, il commença à hocher la tête.

— C'est Thyssen qui l'avait, devina Hoffner.

Vogt lui jeta un coup d'œil. Il hocha à nouveau la tête.

— Les plans ou l'appareil ?

Les regrets de Vogt étaient presque palpables.

— Les deux, bien sûr. Nous nous apprêtions à faire une démonstration. Thyssen m'avait dit qu'il lui fallait le tout. Je ne suis pas quelqu'un de très malin.

Inutile de l'enfoncer un peu plus.

— Vous devriez être en Suisse.

— Je viens de vous le dire, je ne suis pas très malin.

Hoffner se leva.

— Ça dépend de ce qu'est capable de faire votre nouvel appareil.

Vogt laissa échapper un rire nerveux.

— Inutile de vous inquiéter, inspecteur.

— Est-ce que la fille saurait s'en servir ?

— Impossible.

— Quelqu'un à l'UFA ?

Il secoua la tête.

— Je me suis déjà posé la question. L'UFA n'est même pas capable d'en approcher l'idée.

— Il est aussi extraordinaire que ça ?

Vogt tenait les clefs du meuble à la main et il se mit à les balancer doucement au creux de la paume. Soudain, il les projeta contre le mur du fond. Il y eut un bruit métallique contre la brique et les clefs tombèrent sur le sol.

Vogt attendit que le silence revînt.

— Voilà !

Hoffner secoua la tête.

— Le son se déplace, inspecteur, expliqua Vogt. Il est ici, puis là. Un train au loin, une voix derrière vous. Même avec la technique du son-sur-pellicule, ça reste fixe. Placez le haut-parleur près de l'écran, et le son restera là. Mais si vous trouvez un moyen d'enregistrer le son en mouvement – alors vous avez la quatrième dimension. Le passage du temps au travers du son. Il n'y a pas de plus grande réalité que celle-ci.

La conviction qu'affichait cet homme faisait presque envie.

— Et vous avez réussi ?

Il suffit à Hoffner de plonger dans les yeux de Vogt pour avoir la réponse.

— Vous devriez vous installer en Suisse, *mein Herr*.

— Et vous, monsieur l'inspecteur, vous devriez récupérer mon appareil.

Dès qu'il fut dehors, Hoffner alluma une cigarette. Pour la première fois depuis des jours et des jours, le ciel semblait clément, bien que toujours aussi vide.

Quand il se remémora l'heure qu'il venait de vivre, il tenta de se convaincre que les choses s'étaient éclaircies, sauf que Vogt avait surtout soulevé de nouvelles interrogations. Que s'était-il donc vraiment passé au sein de l'UFA pour que Thyssen s'empresse de dissimuler les recherches en cours ? Vogt semblait certain que les Américains étaient revenus dans le jeu, mais pour quelle raison ? Un an et demi auparavant, ils avaient réussi un coup superbe en obtenant cet accord sur la distribution contre un prêt, et le film avec Jolson allait rendre indispensable leur procédé de sonorisation. Qu'avaient-ils à gagner en détruisant un nouveau procédé – aussi remarquable fût-il – que de toute façon personne n'utilisait ? Et pourquoi l'UFA avait-elle accepté de financer des films cochons quand il n'existait pas de marché pour ce genre-là ?

Pourtant, Thyssen était mort et la Volker avait disparu – ce qui ramenait Hoffner à son point de départ.

Il tira sur sa cigarette. Au moins avait-il réussi à convaincre Vogt de prendre le premier train qui quittait Berlin. Il était aussi en possession d'un plan de l'appareil qui, curieusement, ressemblait, tant par l'aspect que par ses dimensions, à une lampe à kérosène. Hoffner plia la feuille et la glissa dans sa poche. Elle se recourba contre le livre de comptes et il la ressortit avec celui-ci. Alors qu'il y plaçait la feuille, il s'immobilisa.

Le petit livre absorba soudain toute son attention. Il le fixa, refaisant son itinéraire à l'envers – de Vogt au comptable, puis au *Trap* – quand il comprit soudain à quel moment il s'était laissé abuser. C'était le livre de comptes qui l'avait conduit là, livre qui avait été abandonné délibérément là où il l'avait trouvé – or cela n'avait aucun sens. Si Vogt était filé, même de loin, personne ne se serait montré assez stupide pour le laisser traîner. C'était un leurre parfait pour envoyer quelqu'un sur une piste.

Autrement dit, il lui fallait retourner parler à Leni.

Quand Hoffner finit par obtenir la communication, Ritter fut trop content de lui passer un gentil savon : et de lui servir un couplet sur les hommes importants qui avaient des choses importantes à faire, bien plus importantes que de perdre leur temps à attendre un inspecteur de police. Ritter se permit même de lui lancer une pique à propos de Georg, et d'évoquer sa déception autant que sa surprise. Hoffner ne broncha pas et répliqua que peut-être un double homicide à Prenzlauer Berg (personne n'était mort dans ce quartier, ce jour-là) avait sans doute la priorité sur l'embarras dans lequel s'étaient trouvés ces hommes si importants. Le silence de Ritter au bout du fil permit à Hoffner d'introduire Leni dans la conversation.

— Une rencontre avec Fritz Lang, inspecteur ? dit Ritter.

— Oui, *mein Herr*. La Fräulein a-t-elle précisé si elle avait rendez-vous ?

— Avec Lang ? Je… oui. Je crois que oui. Lang est en ville aujourd'hui. Je peux vous donner son adresse et son téléphone.

Vingt minutes plus tard, Hoffner se tenait devant l'immeuble où vivait Lang, un immeuble de Wilmersdorf, tout en hauteur, très cher et très protégé. Juste au cas où les fenêtres fermées, le blanc de porcelaine de la pierre ou même le caniveau vierge de tout papier ne suffisaient pas à faire comprendre aux ignorants qu'ils étaient dans le Berlin des riches, les portiers au long de la rue trahissaient le standing de ceux qui vivaient derrière ces murs. Nez cassés, articulations des doigts gonflées, cous à la peau terne et abîmée, telles étaient les séquelles d'années sans gloire sur le ring. Hoffner se demanda combien de ces types il avait pu croiser dans une bagarre d'estaminet du côté de Rixdorf, les hasards d'un combat contre un Diener ou un Walter Neusel, ou même la nouvelle terreur, Schmeling : souvenirs qui faisaient monter à ses narines une odeur de sang et d'ammoniaque. Hoffner était au *Sportpalast* cette nuit d'août 1924 où Breitenstrater – Blond Hans – avait fracassé la mâchoire d'un Italien, faisant voltiger des dents et des débris osseux sous les flashes et les quolibets. Aujourd'hui, on aurait pu remplir deux cabinets dentaires avec les molaires que les Berlinois prétendaient avoir ramassées au bord du ring cette fameuse nuit.

Cependant, aucun de ces hommes n'avait réussi à sortir de l'anonymat. C'étaient des gars tout en chair et en muscles, assez carrés pour faire régner l'ordre dans la rue, guère plus. Un insigne de police suffisait à les amadouer.

— Et comment je peux vous aider aujourd'hui, commissaire ? demanda un des anges gardiens de Lang, d'une voix maussade, le débit heurté à force d'avoir attrapé tant de coups.

— Herr Lang, répondit Hoffner.

Devant le manque de conviction de l'homme, Hoffner crut bon de préciser :

— J'imagine que la jeune dame est déjà là-haut ?

Il lui laissa le temps d'enregistrer.

— Je suis là pour le film, ajouta-t-il. C'est moi qui apporte le parfum de la « vraie vie », si vous me suivez.

L'homme hocha la tête, même s'il n'avait pas encore fini de tout décrypter.

— Ça fait un moment qu'elle est montée.

Hoffner sourit.

— Il leur faut toujours du temps avant d'en arriver au vrai truc. Le type qui l'a vécu. Ça fera encore quelques marks pour ma pomme. « La réalité au-delà de la vérité. »

Hoffner haussa les sourcils et l'homme approuva plus vigoureusement de la tête. Celle-là, il l'avait déjà entendue.

— Ah, que oui ! fit-il. Herr Lang aussi il me demande pour des tuyaux.

Ses mains se levèrent et il balança quelques swings lourdauds.

— *Mabuse*. La petite scène dans le casino. C'est moi qui lui a montré.

Hoffner rit et se dirigea vers l'ascenseur.

— Quel étage ?

— Tout en haut, sixième.

Hoffner appuya sur le bouton et regarda les derniers directs disparaître tandis que la porte se fermait.

Le domestique de Lang se montra plus méfiant, mais l'insigne fit son effet. Hoffner fut escorté jusqu'au seuil d'un profond living-room.

— Un policier, *mein Herr*, annonça l'homme, moqueur.

Trois têtes se tournèrent avec un bel ensemble – celle de Lang, celle de Leni et celle d'une femme que Hoffner ne connaissait pas. Assise sur un canapé, près de la fenêtre, c'était une vraie blonde dont les traits semblaient manquer de caractère. Tout n'était que pâleur et rondeur chez elle : même ses yeux auraient mieux correspondu au physique de l'homme qu'il venait de quitter. Le ton sarcastique avec lequel elle répondit en fut d'autant plus surprenant.

— Ce doit être notre cher inspecteur Hoffner qui s'introduit en douce chez nous, dit-elle en levant sa cigarette en manière de salut. Thea von Harbou. La seconde Mme Lang. Il m'a gardée un peu plus longtemps que la dernière.

L'endroit était un capharnaüm d'objets d'art africain, de sculptures modernes et le mobilier rappelait la même angularité idiote qui donnait à l'appartement de la Volker son aspect cellulaire, mais ici la vanité des locataires ne s'étalait pas sur les murs – elle était cantonnée à un bureau long et étroit qui occupait un grand côté de la pièce. Lang s'y tenait, devant des carnets de notes et de dessins éparpillés, et l'œil était aussitôt attiré par une grande feuille qu'il montrait à Leni. Debout à son côté, elle semblait soulagée, comme si elle avait fait de son mieux pour survivre à l'hospitalité des Lang.

— M. l'inspecteur ne s'introduit jamais en douce, déclara-t-elle, les yeux tournés vers Hoffner. Ce n'est pas avec lui qu'on risque d'être surpris.

Von Harbou se pencha en riant pour écraser sa cigarette.

— Est-ce qu'elle se moque de vous, monsieur l'inspecteur ?

Hoffner prit une cigarette dans son paquet et s'avança.

— C'est une Américaine, alors j'imagine que oui.

Von Harbou sourit et reprit sa position initiale.

— Vous êtes là pour examiner notre baignoire ?

Une certaine dureté se mêlait toujours à ce type d'intelligence, remarqua Hoffner, à croire que ceux qui estimaient en savoir plus que les autres se permettaient de jouer avec les usages. Il avait déjà rencontré ce genre de personnage, qui lâchait en riant un mot cruel, ou qui, confronté à une vraie sensibilité, affichait son mépris des sentiments. Qu'un homme fût mort importait peu. Après tout, von Harbou n'y était pour rien.

— J'en ai vu une ce matin, madame, répondit Hoffner avec le sourire. Mais j'y penserai à l'occasion, merci.

— Elle veut savoir si vous avez résolu l'affaire, intervint Lang. Elle pourra vous la piquer pour son prochain scénario.

— *Notre* prochain scénario, corrigea von Harbou. Je vous sers quelque chose, inspecteur ?

Hoffner remarqua un masque de bois dressé sur une étagère, un visage brun foncé aux traits africains étirés, le nez très aplati.

— Non, merci.

— Ils n'ont pas vraiment cette tête-là, en Afrique, avança Lang. Du moins me l'a-t-on dit. Je n'y suis pas allé. Je me souviens de Noirs à New York qui y ressemblaient un peu. Pas les traits aussi étirés, tout de même, mais il y avait quelque chose.

— Quoi qu'il en soit, lança von Harbou en se levant, ça n'a rien de très séduisant ! Brandy, inspecteur ? Ou whisky ?

Hoffner se dirigea vers le bureau.

— Non, rien, merci.

Elle parut presque déçue.

— J'étais en train de montrer à Fräulein Coyle, reprit Lang, les dessins que j'ai faits lors de mon séjour là-bas. Très stimulant, New York.

La feuille était couverte de croquis au crayon gris de gratte-ciel et de ponts avec, au premier plan, des milliers de petits points.

— Et ça ? demanda Hoffner en les désignant.

— Les gens, répondit Lang qui balaya un cheveu égaré.

— C'est ainsi que Fritz se représente l'humanité, inspecteur.

Von Harbou se servait un autre verre.

— Des petits grains qu'il faut éliminer de la page d'une chiquenaude. Plutôt décourageant, ne croyez-vous pas ?

Lang considéra son dessin avec une saine jubilation.

— C'est là que j'ai eu l'idée de mon *Metropolis*. L'isolement sans espoir dans ce monde plein de vitalité. Le monde moderne détruisant l'homme intérieur.

Hoffner lui accorda quelques secondes avant de poser sa question.

— La fille ne vous a pas contacté, n'est-ce pas ?

Lang continuait à fixer le dessin.

— La fille… ?

Il leva le nez.

— Oh, la fille.

Il regarda derrière Hoffner.

— Quelqu'un a appelé ?

Von Harbou secoua la tête.

— Vous avez votre réponse, inspecteur. J'en déduis que votre affaire n'est pas résolue.

Quelle étrange réponse !… Lang avait eu besoin qu'on l'aide à se souvenir.

— Je pensais que Fräulein Coyle aurait déjà posé la question.

Lang regarda Leni avec un sourire hésitant.

— Êtes-vous aussi dans la police, Fräulein ? Première nouvelle.

Mais il n'était pas de taille face à Leni.

— M. l'inspecteur m'accorde trop d'importance, *mein Herr*. Je suis là uniquement pour essayer de vous débaucher. Pour la Metro et une petite somme d'argent.

— Une obscène petite somme d'argent, rétorqua Lang.

— Oui, admit-elle. Au cas où vous vous laisseriez tenter par l'idée de tourner votre prochain film avec nous. Vous ne semblez pas très enthousiaste…

Le haussement d'épaules de Lang trahit l'indifférence étudiée de l'homme qui meurt d'envie d'être adulé.

— C'est qu'on l'adore tellement, notre Fritz, murmura von Harbou d'une voix traînante.

— Il se trouve qu'on a reçu un appel de la fille, reprit Hoffner. Bref, angoissé. Elle a raccroché avant qu'on puisse en savoir plus. Elle a dû penser qu'un policier n'était pas la solution à ses problèmes.

Hoffner jouit pleinement de la métamorphose sur le visage de Leni.

— Je pensais qu'elle serait revenue vers ce qu'elle connaît le mieux. Il semblerait que non.

Il regarda Leni en face.

— Herr Ritter, Fräulein. Il a eu la gentillesse de me dire où vous trouver. J'ai pensé que vous auriez voulu le savoir au plus vite.

Elle était passée maître dans l'art de mettre fin à une discussion : quelques rires à propos d'un sujet futile, la cigarette spontanément écrasée, le brusque rappel d'un rendez-vous, une dernière supplication doucereuse à von Harbou pour qu'elle laisse son mari tenter l'aventure hollywoodienne, et de se rapprocher de la porte, de son manteau, de son écharpe…

— Est-ce que c'est votre direction, inspecteur ?

On aurait pu croire qu'elle venait d'y penser.

Hoffner la laissa mariner avant de répondre.

— Peut-être…

— Et si galant, par-dessus le marché, dit von Harbou, de retour sur son canapé.

Son après-midi à boire avait commencé à la priver du peu de charme dont elle avait hérité : naturelle, l'esprit délié, elle montrait une certaine allure ; banale et tendue, elle devenait laide.

— Si je finis au fond d'une baignoire, inspecteur, je m'arrangerai pour vous envoyer chercher.

Lang était déjà à la porte. Les années lui avaient appris à écourter le plus possible les rencontres avec sa femme.

— Prévenez-moi quand la fille réapparaîtra.

Hoffner suivit Leni dans le couloir, abandonnant Lang à ses problèmes.

Dès qu'ils furent sur le trottoir, elle glissa son bras sous le sien.

— Par égard pour le portier, expliqua-t-elle alors qu'ils marchaient. Il vous regarde déjà d'une manière différente.

— Vous êtes tellement demandée ?

— Vous avez vraiment l'intention de continuer dans cette voie ?

— Un peu trop fréquentée, j'imagine.

Elle sourit.

— Là, vous êtes méchant. L'art de la séduction à l'allemande, je suppose. Et ça marche ?

— Aucune idée. Je n'ai jamais essayé.

— Quand a-t-elle appelé, la fille ?

Elle était tombée dans le panneau avec une facilité qui ravit Hoffner.

— Elle ne l'a pas fait.

Il sentit sa main se desserrer légèrement sur son bras.

— Qui vous a donné le livre de comptes ? demanda-t-il.

Il s'attendait plus ou moins à un autre signe d'hésitation, mais elle était trop fine pour se trahir.

— Ritter, dit-elle. Comment l'avez-vous su ?

— Pourquoi ?

Elle chercha une cigarette dans son sac.

— Pour la même raison qui m'a fait vous le donner. Il pensait que ça m'aiderait à trouver la fille.

Elle attendit qu'il lui donne du feu.

— Vous étiez donc au courant pour les films avant la nuit dernière.

Elle expira un long jet de fumée, sans répondre.

— Bien joué.

— Pas vraiment. Je ne les avais jamais vus auparavant.

— C'est une justification ?

— On devrait trouver un bar, suggéra-t-elle en fourrant ses cigarettes dans sa poche. Un qui vend du whisky américain. J'en ai ma claque de cette bibine pleine d'eau.

Elle se tourna, en quête d'un taxi, mais Hoffner lui saisit le bras.

— C'est un peu tôt pour moi.

— C'est faux.

— Ça ne me semble pas être une priorité, si ?

— Ne me dites pas que vous en faites une affaire personnelle, répondit-elle, l'air intimidé. J'en serais vraiment déçue.

— Que lui voulez-vous, à la fille ?

Elle plissa les paupières, comme si elle cherchait l'origine de son trouble.

— On en a déjà discuté. La Metro voudrait…

— Non, fit-il d'un ton égal.

Il se surprit à lui tenir toujours le bras.

— Pourquoi chercherait-elle à avoir ce qu'elle possède déjà ?

Elle continuait à fouiller son regard.

— Qu'est-ce qu'il y avait, dans ce livre de comptes ?

— Ce que j'étais censé y trouver, je pense.

Sa main retenait fermement son bras.

— Pourquoi avez-vous besoin de la fille ?

Son incertitude se mua en un sentiment plus inconfortable et elle recula. C'était la dernière chose à laquelle il s'attendait – de la vulnérabilité, une incapacité à se défendre. Cela la rendait encore plus difficile à cerner.

— Vous me lancez des hameçons, protesta-t-elle. Ce n'est pas très agréable.

— Toutes mes excuses.

— Alors tâchez de mieux dissimuler votre plaisir.

Elle jeta sa cigarette et l'écrasa sur le trottoir.

— Vous étiez au courant pour la Metro et la Paramount, poursuivit Hoffner. La Parufamet, cette société de distribution commune, ça vous dit quelque chose ?

Leni s'arrêta de marcher mais refusa de le regarder.

— L'UFA était aux ordres. Il suffisait aux Américains de passer un simple coup de téléphone et la fille aurait pris le premier vol pour Los Angeles. Mais ils n'en ont rien fait, n'est-ce pas ?

— Oui… c'est vrai.

— L'histoire de la future star, ça ne tenait donc pas debout ?

Elle leva les yeux vers lui.

— Non, c'est vrai.

— Alors pourquoi cherchez-vous cette fille ?

Il vit qu'elle tentait de se maîtriser. Elle fouilla dans son sac, en quête d'une cigarette.

— Pourquoi ? répéta-t-il.

— L'homme, dit-elle après avoir trouvé une cigarette, *les hommes*, qui m'ont envoyée, voulaient cette fille-là en particulier.

— Pourquoi ?

— Parce qu'elle était avec Thyssen. Parce qu'ils voulaient la petite amie de Thyssen.

Hoffner comprit : Vogt avait été on ne pouvait plus clair. Mais il voulait l'entendre de sa bouche.

— Et qu'avait donc fait Herr Thyssen pour mériter cette attention ?

Elle alluma sa cigarette.

— Peut-être qu'il en avait marre de casquer et qu'il a décidé de se servir des films comme moyen de pression.

— Dans quel but ?

— La distribution, un autre prêt… qu'est-ce que j'en sais ? Hollywood n'est pas exactement peuplé de types sympathiques.

Elle piqua sur sa langue une miette de tabac et l'expédia d'une chiquenaude sur le sol.

— Rappelez-leur qu'ils contrôlent le business le plus influent du monde et ils estimeront pouvoir imposer ce qui leur plaît à qui bon leur semble. Et ils sont toujours prêts à payer.

Hoffner cessa de la questionner. Elle suivait la mauvaise piste – celle du sexe, non pas celle du son, et cela n'avait aucun sens étant donné que Vogt avait considéré le premier comme une simple couverture.

— Mais alors, pourquoi tuer la poule aux œufs d'or ?

— Je l'ignore… peut-être que Thyssen devenait trop gourmand ?

Ou il cachait un autre œuf dans son panier. Il y avait pourtant un hic : pourquoi Leni ne savait-elle rien ? Hoffner se demanda si Thyssen n'avait pas cherché à protéger ses arrières, se servant des films comme autre chose qu'une simple couverture. Mais pourquoi ? Et pourquoi Leni ignorait-elle tout du Tri-Ergon et des systèmes de sonorisation ? Cela dit, le lui demander leur aurait fait courir un trop grand risque à tous les deux.

— Ritter était donc d'accord pour lâcher la fille sans protester ?

— Il est avocat, répondit-elle. Je ne crois pas qu'ils aiment mourir plus que les autres.

Elle tira sur sa cigarette.

— Et c'était le message que vous étiez censée lui transmettre ?

Comme elle se taisait, il ajouta :

— Et la fille, s'il vous arrive de la retrouver… j'imagine que ce n'est pas follement excitant de l'attendre.

— Ça ne m'inquiète pas vraiment.

— J'ai entendu dire que Los Angeles n'était que plage et soleil.

— Je suis meilleure sous les climats froids.

— Je commence à m'en apercevoir, oui.

Elle le regarda droit dans les yeux. Il resta silencieux et elle se mit à secouer la tête. Elle tira sa dernière bouffée et jeta sa cigarette – elle avait le chic pour ne pas les terminer.

— Tout vous était servi sur un plateau, dit-elle, et vous avez encore besoin que je vous mette les points sur les « i ». Après vous pensez que c'est *moi* qui n'ai pas de cœur.

Elle leva les yeux.

— Ils ne m'ont pas laissé le choix, voilà pourquoi.

C'était un cliché, ramassé dans trop de mauvais romans, qui soulignait pourtant sa fragilité.

— Cela ne vous ressemble pas.

Elle soutint son regard. Son expression s'adoucit : plus aucune morgue dans ses yeux, mais une franchise à laquelle il ne se serait jamais attendu.

— À vous non plus, répliqua-t-elle. Et vous n'êtes pas dans une meilleure situation que moi. On fait des proies plutôt faciles, non ?

— Bon, dit-il, comment ils vous tiennent ?

Son rire était à la fois dédaigneux et pitoyable.

— « Comment ils me tiennent… » À vous entendre, ils posséderaient une enveloppe quelque part – des photos intimes, un message compromettant, l'acte de propriété de la ferme familiale. Vous ne croyez pas vraiment que ça marche comme ça, n'est-ce pas ?

Hoffner était toujours ébahi par la faculté qu'avaient les femmes de rebondir. Elle venait de se fracasser devant lui et n'en montrait aucune trace, pas même un bleu. Un homme lui aurait mis sous le nez ses plaies à vif, aurait exigé qu'il reconnaisse la douleur et le dégoût de soi qu'il avait dû vaincre pour s'exhiber. Les hommes avaient besoin de cette sorte d'admiration pour triompher de leur impuissance. Elle, elle trouvait la force de transcender ses faiblesses.

— Pourquoi, alors, ne pas laisser tomber ? proposa-t-il. Leur dire qu'elle a disparu et disparaître vous-même.

— Pour faire quoi ?

Sa stupeur confinait au mépris.

— La fille dans le bar… que vous avez si justement remarquée hier… Quitter ce milieu n'est en rien plus difficile que d'y revenir. Croyez-moi.

Et voilà. Elle l'avait dit, très naturellement, et il en fut frappé – et quelle stupidité d'avoir raté ça. « Y revenir. » Son année de désintoxication à Los Angeles, elle n'avait pas fini d'en pâtir. Elle était toujours présente, comme gravée au fer rouge sur le front. C'était tellement américain. Au moins, ce roman-là, il l'avait lu.

— Qu'est-ce que ça peut leur faire ? demanda-t-il.

— Alors, c'est que vous ne les connaissez pas.

Elle continua à le fixer et, une fois encore, il n'eut d'autre choix que de ne pas l'attirer contre lui.

— Pour votre whisky, il faut retourner dans le quartier est, finit-il par dire.

Il ramena une cigarette de sa poche.

— Dans le coin, ils n'ont pas l'estomac assez bien accroché.

Un taxi surgit au bout de la rue et il lui fit signe.

Ils passèrent une heure à boire, parlant de tout et de rien, puis il insista pour la déposer à son hôtel. Par chance, elle était trop pompette et ne protesta pas sérieusement. Une demi-heure s'était écoulée depuis son départ.

Maintenant, Hoffner marchait dans cette atmosphère sombre qui laisse un goût aigre à la bouche, sous un ciel gris-noir presque trompeur, à croire que le jour continuait à se cacher : si seulement il savait où il avait disparu. Depuis quand n'avait-il pas autant bu sur le coup de 6 heures du soir ? Le seul moyen de s'en sortir était de continuer. Au moins ne respirerait-il plus son haleine.

Pimm se tenait au bord d'un quai, devant la Spree. Quelques-uns de ses hommes, à l'autre bout, chargeaient des caisses sur une barge. Les mains dans les poches de son manteau, Pimm observa Hoffner qui venait vers lui.

— Deux fois en une semaine, le salua Pimm.

— Et tu n'attends même pas qu'il fasse vraiment nuit, répondit Hoffner qui faisait de son mieux pour ne pas perdre l'équilibre. Rien à foutre…

— Ça me coûte assez cher. Tu t'es fait asperger de schnaps ou quoi ?

— La journée a été longue.

La rivière dessinait une vaste étendue plate et seules quelques poches de lumière permettaient de situer l'autre rive. Cela dit, le paysage n'avait rien de séduisant. L'odeur qui montait de la Spree laissait cependant deviner qu'elle coulait loin vers l'est. Ici, c'était l'odeur du pain en train de cuire qui flottait sur l'eau, car des péniches remplies de blé étaient amarrées jusqu'au pont d'Oberbaum. Haut et sinistre, le silo dominait l'horizon : même pendant la journée, la saleté de ses murs lui donnait cet aspect noirâtre et rebutant. En cet instant, à l'approche du crépuscule, il ressemblait à une grande carcasse vide sous un ciel trop bas.

— Il y a combien jusqu'à l'autre rive ? demanda Hoffner.

— Pourquoi ? Tu penses qu'un petit plongeon te remettrait les idées en place ?

— Si ma mémoire est bonne… tes péniches, tu y mets quoi, de la coke ou du charbon de contrebande ?

Pimm s'adressa d'une voix forte à ses hommes :

— Deux autres camions arrivent ! Faites de la place !

Un flacon surgit dans sa main et il le tendit à Hoffner.

— Ça ne se boit pas. Tu t'en mets sur le visage et le manteau. Rends-nous service.

Hoffner huma le contenu : lavande et talc. C'était la seconde fois ce jour-là qu'on l'agressait avec ça.

— C'est vraiment pour les hommes ?

— S'ils empestent comme toi, oui. Tu peux le garder.

On entendit un splash à l'autre bout du quai.

— Qu'est-ce que c'est ?

Il s'apprêtait à aller voir quand une silhouette émergea de l'ombre. Même dans le demi-jour, Hoffner reconnut l'allure dégingandée de Zenlo Radek. L'homme semblait ne jamais vieillir. Les traits aigus de son visage étaient figés sous un fin masque de peau – si tendu qu'on avait l'impression qu'il en manquait un peu.

— C'est rien, dit Radek.

Son accent d'Europe orientale avait lui aussi quelque chose de crispé, et Hoffner se demanda si Pimm savait de quel pays venait Radek.

— Rien ? répéta Pimm. Je ne les paye pas pour perdre…

— Le truc, poursuivit Radek avec un bref coup d'œil à Hoffner. Ce dont on parlait. Combien avant le prochain camion ?

Bien qu'il fût dans le brouillard, Hoffner ne put s'empêcher de ricaner dans sa barbe.

— Je ne veux pas savoir de quoi ou de qui il s'agit, d'accord ?

— De qui, lui répondit Pimm.

L'espace d'un éclair, Hoffner crut déceler autre chose dans ses yeux. Pimm se mit à rire.

— Bien vu. Je vais balancer un corps au fond de l'eau, d'autant plus que je profite du courant hivernal, c'est ça ? Je ferais mieux de le livrer à l'Alex. C'est tout ce que tu penses de moi ?

— Le problème, c'est que je pense trop à toi et que je finis par tout oublier.

Pimm se tourna vers Radek.

— Un quart d'heure. Dis-leur d'en fumer une.

Radek acquiesça de la tête et rebroussa chemin.

— Je n'ai rien trouvé, dit Pimm.

Il avait promis de passer quelques coups de fil : un excentrique à Luna Park, le chef projectionniste du cinéma burlesque Hugo Geller et deux types de Londres qui dirigeaient une boîte de strip-et-masturbation dans les combles du *Barrister's Bonn* – d'abord nommé le *Barrister's Bone*[1] (ces finauds d'Anglais !), mais les types avaient commandé l'enseigne au gaz par téléphone, oubliant de confirmer l'orthographe. Qu'est-ce que les fantasmes d'un avocat à propos d'une ville de l'ouest de l'Allemagne avaient à voir avec un salon des plaisirs, cela demeurait un mystère. Quant aux affranchis, ils y trouvaient une raison supplémentaire de s'en moquer. Cela dit, les deux loustics n'avaient pas leurs pareils à Berlin pour inciter les gens à se faire filmer dans le plus simple appareil.

Le dernier sur la liste de Pimm était un pharmacien de Treptow. Outre son activité professionnelle – vendre des traitements qui soulageaient l'arthrite ou la vessie de sa clientèle de pauvres au bord de la tombe –, il passait pour le meilleur développeur de films

1. *Barrister's Bonn* : Bonn de l'avocat ; *Barrister's Bone* : L'Os de l'avocat. (*N.d.T.*)

cochons de la capitale. En fin de compte, personne n'était au courant de rien.

— Et les Américains ? demanda Hoffner.

— Quoi, les Américains ?

Comme Hoffner restait coi, Pimm reprit la parole.

— Je ne fais pas beaucoup d'affaires dans ces milieux-là.

— Tu es contre ?

— Non, répondit Pimm sans se troubler. Cela n'a rien à voir. La manière dont les gens mènent leurs affaires, ce n'est pas à moi d'en juger. Ce qui est plutôt bizarre, c'est qu'ils ne roulent pas autant les mécaniques que tous les autres. On aurait pu penser le contraire, mais non. Les Français, par contre – couteaux, coups de poing et coups de genou, rien n'y manque. Peut-être parce qu'ils s'imaginent qu'ils ont vraiment gagné la guerre. Quelle raison aurais-je de m'intéresser aux Américains ?

— Il y a une fille…

— Ah, si tu parles de filles, les rouleurs de mécaniques ne sont pas loin.

— Une Allemande, précisa Hoffner. Elle s'est procurée un appareil que certains Américains pourraient vouloir récupérer.

— Et elle est au courant ?

Pimm hocha la tête, songeur.

— Là, il y a toujours matière à s'inquiéter. Tu es certain qu'elle n'est pas morte ?

— Je devine qu'ils n'ont pas seulement besoin de son appareil.

Pimm hocha une fois encore la tête.

— Les films cochons. Quelqu'un a besoin d'une nouvelle star.

« Quel esprit remarquable ! » se dit Hoffner. Pour un homme qui avait passé les dix premières années de sa vie à tuer des chiens errants afin de ne pas mourir de faim, Pimm faisait preuve d'un discernement qui jurait avec sa brutalité naturelle. Mais c'était peut-être cette faculté qui l'avait maintenu en vie.

— Je verrai ce que je peux faire, promit-il. Tu n'aurais pas besoin de bacon ?

Son regard scruta la péniche.

— De bacon ?

— Danois. Excellent à cette époque de l'année.

Hoffner sourit.

— Non. Pas de bacon. Merci.

— C'était juste pour savoir.

Le soir offrait toujours un répit à Wedding. Quelle que fût la misère qu'on observait dans les rues pendant la journée, l'approche de la nuit apportait au moins un répit temporaire à l'humiliation. Il est vrai que le quartier n'avait pas encore atteint l'état de décrépitude qui caractérisait Prenzlauer Berg ou Mitte : ici, les ouvriers continuaient fièrement à transporter leur repas dans une gamelle ou à porter des costumes du dimanche taillés pour des corps plus jeunes de vingt ans. Il était cependant difficile de s'en sortir quand on savait combien ce serait pire pour ses enfants, et pire encore pour ses petits-enfants. Même la violence, quand elle éclatait dans le noir, trahissait une sorte de rage impuissante.

Hoffner gravit quatre à quatre l'escalier du métro et émergea dans la tranquillité pesante d'une petite place déserte : les habitants savaient qu'il valait mieux rester chez soi quand la salle du Pharus ouvrait ses portes. On n'entendait que le filet d'eau d'une fontaine et Hoffner se souvint brusquement qu'il avait la gorge desséchée. Il s'approcha et avala plusieurs lampées au creux de la main. L'eau avait un goût de pierre et de rouille, mélange qui sembla le ranimer.

Manque de chance, quand il se mit à marcher, le paysage se révéla beaucoup moins revigorant. Des immeubles locatifs aux façades de plâtre brun se suivaient sans discontinuer dans un silence qui faisait douter de la présence d'êtres vivants à l'intérieur. Les bruits ponctuant ces existences sordides restaient confinés à l'intérieur des cours où l'odeur de chou bouilli et de lessive flottait dans l'air tel le souffle sale de la misère. Rien ne permettait de distinguer un immeuble de l'autre, hormis parfois un numéro défraîchi sur la porte d'une loge.

Dès qu'il s'engagea dans Müllerstrasse, Hoffner entendit les premiers grondements de la foule, et le brouhaha était considérable comparé à ce qu'il connaissait. Une lumière crue inonda soudain la rue et les silhouettes qui se dirigeaient vers l'entrée semblèrent jaillir du halo jaunâtre des lampadaires. De nombreux camions, ouverts à l'arrière, étaient rangés le long du trottoir, le chauffeur assis au volant. Hoffner se demanda s'ils étaient envoyés par le commissariat local – mieux valait savoir qu'on était sous la menace d'une descente –, mais il s'agissait de véhicules privés. Peut-être que les camarades des quartiers de Rummelsberg et d'Erkner avaient décidé d'organiser une petite excursion afin d'apporter un peu de réconfort à leurs frères citadins. Est-ce que le mot « excursion » appartenait au vocabulaire des communistes ? Il n'arrivait toujours pas à s'expliquer pourquoi Sascha était censé se montrer.

Quelques cris se firent entendre et Hoffner se mêla à la foule. Il ne pouvait penser qu'à Georg et au fait que lui-même n'était pas équipé pour affronter cette nuit. Non pas que les rouges soient toujours portés à la bagarre, mais, en cela, ils se distinguaient à peine de toutes les autres bandes de gros bras berlinois qui accompagnaient les politicards dans leurs déplacements. Ces types se contentaient d'abreuver leurs prétendus fidèles de discours aussi répétitifs qu'incompréhensibles. La perplexité de Hoffner n'avait pas diminué : comment des ouvriers ou des cordonniers pouvaient-ils trouver une quelconque motivation dans ces diatribes interminables – œuvres de chevelus débarqués de quartiers moins agités de la ville où les discussions sur les contraintes économiques semblaient avoir plus de sens autour d'une excellente tasse de thé noir au cassis accompagnée d'un beignet collant.

Il cherchait Georg et scrutait les visages – traits durs d'hommes aux yeux creusés par la boisson et la défaite. Ils se rassemblaient dans le vain espoir de trouver une nouvelle raison de se battre. Parler d'inspiration aurait été excessif mais, pour des jeunes qui n'avaient jamais rien connu de meilleur, peut-être valait-il encore la peine de croire à ces réunions.

On lui fourra une brochure dans les mains et Hoffner la glissa dans sa poche tout en continuant à fendre la foule. À cause de la chaleur et du bruit, l'atmosphère devenait étouffante, empestant la sueur et le tabac. Certains dans le public étaient assis, d'autres s'agglutinaient en essayant de progresser vers l'estrade où des petits groupes se tenaient de chaque côté. Un homme aboya des ordres destinés à un personnage invisible ; un deuxième tournait rapidement les pages de ce qui semblait être un discours très bavard. Les autres considéraient la foule et consultaient leur montre avec une régularité étonnante. On ressentait une impression de fragilité dans cette salle, comme si un seul verre se brisant au sol risquait de mettre fin à cette réunion, et, bizarrement, Hoffner n'en était pas conscient. Son attention s'était fixée vers le deuxième individu, sur la droite. Le visage était un peu arrondi, le torse plus large, sinon, le temps semblait n'avoir pas eu de prise sur lui.

Sascha, vingt-quatre ans à peine, était encore trop mince, et son regard sans concession trahissait toujours sa vision du monde. Même quand il souriait il paraissait inaccessible à la pitié.

Hoffner sentit une bourrade dans le dos. Derrière lui, on se moquait bien de la présence de son fils. Il s'écarta, se faufila vers le mur du fond et continua à observer.

Ces huit années, se demanda-t-il, de quoi étaient-elles faites ? Juste avant, il aurait pu les reconstruire avec un semblant de cohérence – pas forcément un sens – en leur trouvant au moins quelque chose proche d'une évolution. Or il n'en restait que des moments épars et Sascha n'apparaissait nulle part. Même le son de sa voix lui était devenu étranger – c'était peut-être le plus curieux –, alors qu'il regardait de loin son fils parler, essayant de saisir les mots, et n'entendant que le garçon qui parlait dans son souvenir.

— Ça alors, je ne le crois pas !

Hoffner se tourna : Georg se frayait un passage dans sa direction.

— Alors tu es venu !

Georg s'arrêta et Hoffner s'approcha pour l'embrasser. Ce n'était pas différent de ce qui se passait dans la salle : des hommes se donnaient l'accolade à coups de grande claque dans le dos, manifestations excessives de camaraderie. Entre ces deux-là, cependant, il s'agissait d'autre chose : Hoffner sentit le manque de conviction de son fils et le libéra.

Georg recula, partagé entre l'amusement et la confusion.

— Eh, ça me fait plaisir aussi de te voir, Papa !

De la tête, il désigna l'estrade.

— Tu l'as repéré ?

Hoffner confirma du geste. Il ne quittait pas Georg du regard et celui-ci comprit soudain ce qui venait de se passer entre eux. Lui non plus n'était pas très doué, le sourire trop grand, le tapotement de la main sur l'épaule paternelle, trop démonstratif pour dissimuler sa maladresse dans cet élan d'affection. Tous deux savaient qu'il ne fallait rien en attendre.

— Je te l'avais dit qu'il allait bien, continua Georg. Il est le secrétaire personnel, enfin, un truc comme ça, de celui qui va parler. On devrait y aller.

— Il m'a l'air occupé, objecta Hoffner. Je ne voudrais pas gêner.

— Le type est connu pour n'être jamais à l'heure. C'est ce que m'a dit Sascha. On a tout le temps.

Georg se glissa dans la cohue et Hoffner dut suivre. Les hommes autour d'eux tenaient plus de la racaille que Hoffner ne l'avait imaginé dehors. D'habitude, les communistes présentaient mieux. On se serait cru dans une brasserie de troisième ordre.

Ils étaient près de l'estrade quand Sascha distingua Georg – il leva la main et offrit son habituel sourire crispé. Juste après, il remarqua Hoffner.

Malgré sa raideur, son expression ne manquait pas d'assurance, et cela annihila tout ce qui aurait pu subsister de leurs rapports.

— Georgi ! s'exclama Sascha en descendant les marches.

Hoffner crut entendre sa propre voix.

— Et Nikolaï Hoffner. Finalement, certains ici ne manquent pas de courage.

L'intonation semblait avoir été trop souvent employée, mais Hoffner ne releva pas. Après tant d'années, un garçon de vingt-quatre ans avait bien le droit de porter le premier coup.

— Et te voilà donc à Wedding.

Hoffner n'avait rien trouvé d'autre à répondre.

— Je suis plutôt surpris.

— En plein sur leur territoire, dit Sascha. C'est l'essentiel, non ?

Hoffner approuva de la tête, ignorant le sens de cette phrase et s'en moquant.

— Tu as l'air en forme, Alexander.

— Les vivants continuent à vivre, pè...

Il se reprit, baissa les paupières et s'en tira en portant un autre coup.

— Tu ne sembles pas avoir beaucoup avancé.

Hoffner fit une petite révérence, manière de signifier qu'il était d'accord.

— Les vieux deviennent plus vieux.

Il y eut un silence embarrassé et Georg s'y jeta avec une fougue exagérée.

— Papa enquêtait sur une affaire dans les studios, et j'en déduis que c'est réglé, mais il a été drôlement bon sur ce coup-là.

— Ça ne m'enthousiasme pas vraiment qu'il ait séché l'école, lança Hoffner se voulant au diapason du ton léger de Georgi.

Essai plutôt misérable.

— Tu n'en mourras pas, rétorqua Sascha.

Les coups pleuvaient, de plus en plus précis. Hoffner regarda derrière Sascha, cherchant un répit dans le spectacle des allées et venues sur l'estrade.

— Et on est donc venu pour... ? Georg ne m'a pas encore tout expliqué.

— Un meeting. Comme tous les autres.

Une fois de plus, il avait trop soigneusement choisi son intonation.

— L'homme avec qui je travaille...

Non pas « pour », mais « avec », nota Hoffner.

— ... il a quelques idées vraiment fortes. Et il n'a pas peur de les balancer à la gueule des rouges. Bien entendu, nous répondrons s'il le faut à n'importe laquelle de leurs provocations.

C'était à l'évidence une sorte de défi qui dépassait le cadre habituel de l'action politique. Sinon, à quoi serviraient quelques bras cassés et visages tuméfiés ? La police du coin interviendrait, jetterait au trou pour la nuit les pires éléments et offrirait à ceux qui s'étaient le moins mouillés une auréole de martyrs victorieux. Au prochain discours du prochain meeting, on commencerait par faire applaudir les noms de ces héros… C'était un jeu stupide que Berlin tolérait depuis trop longtemps.

— Kurtzman !

Un des hommes appelait Sascha depuis l'estrade. Hoffner avait fait de son mieux pour ne pas relever ce petit détail : prendre le nom de jeune fille de sa mère avait été le dernier acte de rébellion de Sascha. Ou le premier ? Hoffner n'avait jamais pu trancher.

— Il est arrivé ! aboya l'homme avant de disparaître dans les coulisses.

Sascha se tourna vers Georg.

— Tu dois le rencontrer. Il est d'un abord très facile.

Pour la première fois, il y avait autre chose que du dédain dans le regard qu'il adressa à son père :

— Toi aussi tu peux venir, si ça te dit.

Hoffner les suivit dans l'escalier menant à l'estrade et plus avant. Un homme donna à Sascha une écritoire à pince et les mena vers une porte, au fond. Elle donnait sur une ruelle. Le claquement d'une portière mit Sascha en alerte. Il s'éclaircit la gorge et attendit.

Un homme de petite taille, qui venait de dépasser la trentaine et portait un long manteau de cuir, apparut sur le seuil. Son chapeau mou semblait trop grand par rapport à l'étroitesse de son visage bien que le nez fût proportionné au rebord. Il y avait quelque chose du petit Juif en lui et Hoffner se demanda jusqu'où ces huit années avaient conduit son fils.

L'homme remarqua Sascha et leva sa petite main. Hoffner comprit d'où provenait la raideur gestuelle de son aîné.

— Kurtzman, dit l'homme en approchant.

Il boitait et chacun semblait prendre soin de l'ignorer.

— Parfait. Pas de troubles ?

— La police a barricadé la place il y a une vingtaine de minutes, déclara Sascha avec une autorité retrouvée. Je dirais que les deux tiers de la salle sont des rouges. Ça fait bien une demi-heure qu'ils attendent.

— Voilà qui m'oblige à y aller carrément, n'est-ce pas ?

— Ce n'est peut-être pas la meilleure…

La main se leva et l'homme sourit.

— Affrontement direct. C'est tout l'intérêt, pas vrai ? Et à qui ai-je l'honneur ?…

Sascha fit un pas en arrière.

— Oh, oui. Georg Hoffner.

Les deux se serrèrent la main.

— Et son père.

Hoffner serra cette main menue, aux doigts frêles, mais la poignée était ferme.

— Herr Docktor Joseph Goebbels, déclara Sascha. Commissaire du district de Brandebourg.

Hoffner remarqua alors l'insigne au revers de son manteau, une aigle, ailes déployées, perchée sur une couronne de feuilles. Ce n'était pas une décoration militaire qu'il connaissait.

— Vous avez vu cette foule, *mein Herr* ?

Goebbels s'adressait à Hoffner comme à un vieil ami.

— Ambiance plutôt électrique, n'est-ce pas ?

— C'est une description pertinente, *mein Herr*, répondit Hoffner. Pas de doute.

Le sourire de Goebbels avait l'onctuosité de l'huile.

— Il ne faut donc pas les décevoir.

Il se tourna vers Sascha.

— Accordez-moi deux minutes pour traverser la salle, puis Daluege pourra annoncer le début du meeting. Ça devrait chauffer.

Il posa la main sur l'épaule de Sascha.

— Ne prenez pas cet air soucieux. Ce n'est pas pire que monter à l'assaut d'une tranchée, et je sais de quoi je parle.

Il tapota joyeusement la joue du garçon et se dirigea vers la porte.

Hoffner attendit que Goebbels fût hors de portée de voix.

— On dirait qu'il t'aime bien.

Sascha continuait à suivre Goebbels des yeux.

— Oui.

— C'est tout bon pour toi, non ?

— Oui.

Hoffner avait espéré au moins un regard, mais Sascha gardait les yeux rivés sur le petit homme : pouvait-on mieux signifier à quelqu'un qu'on l'avait effacé de sa vie ?

— Il n'a pas vraiment l'air d'appartenir aux Freikorps, avança Hoffner.

Sascha se retourna vers son père et son regard était toujours aussi indifférent.

— National-socialiste, c'est le nom de notre parti. Il nous arrive d'employer d'anciens membres des corps francs, mais seulement pour montrer notre force. Aujourd'hui, c'est un parti pour intellectuels.

Hoffner se souvint d'avoir entendu parler de ces idéologues, quelque part dans le Sud. Bien sûr, ils visaient de plus grosses proies.

— Je vois. Il est étonnamment vif, surtout qu'avec sa…

— Exact, l'interrompit Sascha. C'est une des choses remarquables chez lui. Il a pris quatre balles dans le mollet, sur la Somme. On disait qu'il ne marcherait plus.

Hoffner comprit pourquoi il avait été invité. Le culte naissant du héros adoucissait toujours la brûlure des anciennes trahisons : il était si facile de tendre le rameau d'olivier à ceux qui n'avaient plus rien à réclamer ! Cela dit, c'était toujours son fils et il avait besoin d'être protégé.

— Ce n'était pas une balle, répliqua Hoffner.

Sascha sembla momentanément perturbé. Il faisait de son mieux pour que les choses se passent bien entre eux et voilà que son père trouvait encore le moyen de tout ficher en l'air.

— Tu as raison. Quatre balles.

— Pas la moindre balle, insista Hoffner, renonçant à faire semblant. Il n'a jamais connu la guerre.

Les yeux du garçon retrouvèrent leur froideur ordinaire et se plantèrent dans ceux de son père.

— Ah oui ?

— Sa chaussure. Elle date d'avant la guerre. Ce genre de vieux cuir usé et de bois, j'en ai vu pas mal. Elles ont eu le temps de s'améliorer, depuis le temps. Il fallait bien. Trop de gars sont revenus amputés. J'imagine que Herr Goebbels est né avec cette difformité.

Le ton de Sascha, comme son regard, demeura le même.

— T'es vraiment un sacré type, hein ?

Il y eut un silence.

— C'est quoi ton boulot, en fin de compte ? dit alors Sascha. Passer ta vie avec des assassins et des voleurs, te creuser les méninges pour essayer de connaître les raisons qu'ils ont d'agir et découvrir des choses qu'ils ne voient pas ? Et tellement arrogant avec ça que tu as même fait tuer ta propre femme.

Il n'y avait dans ses yeux ni gêne ni venin, pas même du mépris – rien que de la précision.

— Mais tu avais deviné qu'ils allaient la tuer, n'est-ce pas ? Et tu t'es servi de ce petit détail pour t'assurer que tu avais vu juste. Elle est morte, et nous, les garçons, on n'a plus de mère, mais toi tu as gagné. Et maintenant tu as remarqué ça. Une godasse. Je ne vais même pas mettre en doute ton coup d'œil. Félicitations.

Hoffner le gifla, c'est à peine si le garçon broncha.

On entendit soudain des sifflets dans le public, suivis de huées : « Chien ! », « Assassin des travailleurs ! » Sascha, qui regardait toujours son père, consulta sa montre et se tourna vers l'homme près du rideau.

— Il est dans la salle. Tu peux l'annoncer.

Il revint à Hoffner.

— Si tu veux écouter le discours, tu es le bienvenu. Il y a des places aux premiers rangs.

Il s'adressa à Georg.

— J'ai une place pour toi sur l'estrade. J'espérais t'avoir près de moi.

Georg hocha tranquillement la tête. Il fut incapable de regarder son père.

Sur l'estrade, l'homme annonça l'ouverture de la réunion et une voix solitaire lança un cri moqueur : « Nous sommes ici pour remettre de l'ordre ! » Aussitôt, toute l'assemblée reprit le slogan : « Nous sommes ici pour remettre de l'ordre ! Nous sommes ici pour remettre de l'ordre ! »

Pour la première fois, une lueur inquiète s'alluma dans les yeux de Sascha. Il s'approcha du pied de l'estrade.

— C'est le moment ! hurla-t-il à l'homme au-dessus de lui. Dis aux gars de virer les rouges !

Hoffner remarqua que Goebbels avait fait son apparition. Le manteau en désordre, sans chapeau, le visage illuminé, comme s'il n'attendait que cet instant. Une chope vola et de la bière l'atteignit en plein visage avant que le verre ne se brise derrière lui. L'instant d'après, la salle entière s'embrasa.

— Georg ! s'écria Hoffner au-dessus du bruit. Par ici !

Il se dirigea vers l'allée qui menait à la sortie. Georg regarda son père d'un air vague, avant d'emboîter le pas à son frère.

Hoffner envisagea d'aller le chercher, mais ça ne servirait à rien. Ne lui restaient que le silence derrière la porte et le morne espoir de la distance entre eux.

Quelques heures plus tard, la double porte d'un ascenseur s'ouvrit et c'est un Hoffner persuadé de sentir bon – le muguet ou la rose – qui en sortit. Pourtant, son haleine empestait encore le whisky.

Il avait trouvé un bar près de la salle, puis un autre, plus près du centre, et le dernier, un rade aux environs de la Linienstrasse. Bien entendu, il avait croisé une fille en route, échangé quelques paroles choisies avec son protecteur plutôt enveloppé – des menaces, dans un passage – suivies d'un taxi et d'un tram, et la dernière partie du périple à pied. À sa grande surprise, cette demi-heure de marche lui avait fait beaucoup de bien.

Tout ce qui s'était passé auparavant avait été rejeté dans la grisaille – l'ultime destination, se plut-il à croire. De sorte que cette nuit n'avait pas été vaine.

Il s'arrêta devant la porte et frappa. Il attendit, frappa encore. Il entendit un bruit de pas.

— Oui ? fit une voix hésitante.

— C’est moi… Nikolaï.

La porte s’entrouvrit. Leni portait une longue robe de chambre cintrée à la taille. Une seule lampe était allumée dans la pièce.

— Je vous ai apporté des cigarettes, dit-il, tapotant son manteau à la recherche du paquet.

— Vraiment ? J’ai comme l’impression qu’un café aurait mieux fait l’affaire.

— Ouais, admit-il en hochant lentement la tête.

Elle continuait à l’observer.

— Pas très romantique, n’est-ce pas ?

— Je ne suis pas vraiment d’humeur.

Elle laissa filer quelques secondes, puis ouvrit en grand et l’invita à entrer.

3

Phoebus

La lumière de la lampe effleurait le bas des rideaux. Hoffner se réveilla avec une douleur à la base de la nuque. Il avait le dos humide à cause de la couette en plumes d'oie dans laquelle il était enroulé mais l'oreiller était frais – l'odeur fétide de la taie en soie provenait de son haleine. Il essaya sans succès de déglutir, sa gorge était bloquée.

— Il y a un verre d'eau sur la table de chevet.

Assise dans un fauteuil au pied du lit, la robe de chambre fermée sous le cou, les genoux repliés sur la poitrine, Leni souffla dans une tasse contenant un liquide brûlant.

— Quelle heure est-il ?

— Un peu plus de 5 heures. Pourquoi ?

— Tu n'aimes pas dormir ?

— J'ai toujours eu du mal.

Hoffner aurait pu dire de même – c'était un insomniaque notoire –, il se sentait les jambes et le dos lourds. Il avait dormi comme une brute.

— À quelle heure j'ai débarqué ?

— Ça pourrait servir d'avoir une montre.

— Sans doute.

Elle but une gorgée.

— Minuit, dans ces eaux-là.

Il avait réussi à s'offrir quatre heures de sommeil. Il appréciait toujours autant cette petite comptabilité quotidienne. Elle lui donnait un aperçu de ses limites. Ces quatre heures lui en offraient quinze à vivre. Ce soir-là, vers 21 heures, il ne serait plus bon à rien. Il se mit sur son séant et prit le verre.

— Tu n'es pas du tout comme je l'imaginais, dit-elle.

Il but et voulut hocher la tête, mais la douleur l'en empêcha. Il n'avait jamais été très doué au petit jeu qui consistait à boire pour oublier qu'on buvait.

— Ça ne t'intéresse pas plus que ça ? poursuivit-elle.

Il posa le verre.

— Je suis ravi de ta surprise. Il vaut sans doute mieux que j'en ignore la cause. Ce n'est pas du café, n'est-ce pas ?

— De l'eau très chaude… Thé blanc, selon les Chinois. Très reconstituant.

— Du thé blanc ? J'ignorais.

— Je ne couche pas avec tout le monde. Contrairement à ce que prétend la rumeur.

Il vit son pantalon sur le tapis, près de la porte de la salle de bains : aucune chance de l'attraper pour l'instant.

— Ma foi, je ne couche pratiquement avec personne, répliqua-t-il. Ça nous met dans la bonne moyenne.

Elle sourit et avala une autre gorgée.

— C'est l'aspect politique qui cloche, quoique je n'aie jamais été très bon juge en la matière.

Hoffner se répéta cette dernière remarque pour être sûr d'avoir bien entendu.

— Pardon ?

— Les attaques contre les Juifs. Ce n'est pas mon affaire. Et ça ne m'intéresse pas vraiment. Mais ça me paraît bizarre, voilà.

— Les attaques contre… ?

Il la vit ramasser une brochure posée sur un bras du fauteuil. Celle qu'on lui avait donnée pendant le meeting. Elle jeta un coup d'œil à la dernière page.

— Même dans le noir, c'est d'une lecture fascinante.

— Ce n'est pas à moi, dit-il en balançant ses jambes hors du lit.

Il fut soulagé de n'être pas complètement nu. Elle attrapa son pantalon et le lui lança.

— Juste pour t'éviter d'avoir à demander.

— C'est à mon fils, si tu veux savoir.

Il commença à enfiler une jambe.

— Pas celui qui bosse à l'UFA. Celui qui me reproche la mort de sa mère, quoique maintenant ils doivent s'être associés. Va savoir… Apparemment, il déteste aussi les Juifs. Tu n'as pas vu mes cigarettes ?

Son sourire réapparut au-dessus de sa tasse.

— Il paraît qu'on leur apprend ça à la maison.

— Il n'est plus à la maison depuis belle lurette, dit-il en cherchant sa chemise.

Elle lui jeta le paquet.

— Et donc, tu es un grand défenseur des Juifs ?

— Je ne savais pas qu'ils avaient besoin qu'on les défende.

Il alluma une cigarette et découvrit sa chemise, sous son fauteuil.

— Il y a un rasoir et de la crème dans la salle de bains. Je les ai fait monter.

— Mais pas de café ?

— Je ne savais pas quand tu te lèverais.

Ce n'était pas grand-chose, mais il était toujours sensible à ces petites attentions. Elle avait retardé le moment de commander du café de peur qu'il ne le boive froid.

Il s'agenouilla et tira la chemise vers lui : il sentit qu'elle l'observait. Aucune plainte dans ses yeux, pas d'affection soudaine. Sans réfléchir, il posa la main sur sa joue et y fit glisser le pouce. Nul besoin d'en faire plus. Il se redressa et se dirigea vers la salle de bains.

— Est-ce que les communistes ne sont pas en majorité des Juifs ? remarqua-t-elle de son fauteuil.

Il se regarda dans le miroir et découvrit une douceur nouvelle en lui. Avec une femme comme Maria, il s'était arrangé pour la rejeter, sans même y penser. Ici, à cet instant, elle lui donnait le sentiment d'être au bout du rouleau.

— C'est ça le pire pour eux, dit-il, qu'on en fasse les alliés des rouges.

Il trouva la crème à raser et tourna le robinet.

— La plupart des Juifs sont de braves citoyens qui s'occupent de leurs petites affaires et cherchent à se faire oublier.

Il était en train de s'enduire le visage quand elle apparut sur le seuil.

— Pourtant, si déjà avant on s'en méfiait…

— Tu prends donc le problème au sérieux ?

— Pas vraiment.

— Ah, je suis plus que soulagé.

Il mouilla la lame et attaqua le cou.

— Cela dit, soyons prudents…

Sous le menton, à un endroit particulièrement rugueux, il ajouta de la crème.

— Historiquement, en Allemagne, la haine des Juifs est un sentiment toujours sous-jacent. C'est en nous, comme l'arrogance est partie intrinsèque du caractère américain. Seule différence, on n'a jamais été assez stupide pour faire de l'arrogance une idéologie politique.

— Est-ce que tu te rends compte que tu es dans une situation très vulnérable ?

Debout près de lui, elle suivait le mouvement de la lame sur sa gorge.

— Et si tu estimes que l'arrogance n'est pas une idéologie…

— Ouais, mais on n'en a pas encore fait le sujet d'un pamphlet, jusqu'à présent.

Il posa sa cigarette sur le bord du lavabo, remplit d'eau le creux de sa main et s'en humecta la bouche. Puis il se rinça le visage. Elle lui donna une serviette.

— Bon, tu vas finir par la trouver, cette fille ? demanda-t-elle.

Il tendit le bras derrière elle pour attraper sa chemise et sentit la soie de son peignoir l'effleurer.

— On verra bien.

— J'imagine que tu n'as pas besoin de moi, pour l'instant, mais…

— Non… pas pour l'instant.

Il enfila les pans de la chemise dans son pantalon et retourna dans la chambre. Ne restaient plus que la veste, le manteau et le chapeau…

Elle n'avait pas quitté le seuil de la salle de bains, adossée à un montant : pour une fois, elle avait fait durer sa cigarette.

— Si je comprends bien, depuis le début tu m'as considérée comme une pauvre fille sans défense. Honnête, mais inutile. Sinon, ça n'aurait pas été aussi séduisant.

— Je ne crois pas que tu aies jamais été cette pauvre fille sans défense. Et tu n'es certainement pas inutile.

— Tu en es sûr ?

Sous une couverture, il découvrit son manteau. Le flacon de Pimm dépassait d'une poche.

— Au fait, ce truc est vraiment abominable. Sauf si tu as l'intention de vendre des dessous féminins. Dans ce cas, c'est l'idéal.

Il prit le manteau et le flacon.

— Ce n'est pas à moi.

— Le slogan du jour.

Il trouva sa veste sous son manteau et l'enfila avant de s'enquérir :

— Qu'est-ce que tu vas faire, maintenant ?

Elle eut un petit rire tranquille, comme pour se moquer d'elle.

— Ça, on peut dire que tu es inquiet…

Elle s'approcha et lui tint son manteau ouvert pour l'aider à passer les bras.

— Eh bien, je suppose que je vais rester ici à attendre que tu m'appelles.

Il se tourna, songeant qu'il était encore tôt. Pourquoi était-il déjà habillé ?

— Tu ne vas pas me serrer bien fort dans tes bras, n'est-ce pas ? dit-elle.

Elle le regardait par-dessous et le col entrouvert de sa robe de chambre révélait son cou tout entier.

— Je n'en avais pas l'intention.

— Je veux bien te croire.

Il posa la main au creux de ses reins et l'attira vers lui. Ses lèvres avaient un goût de menthe et de poudre.

— Je me doutais que tu étais un menteur, ajouta-t-elle ensuite.

Son chapeau était suspendu à la patère près de la porte. Il avait mystérieusement réussi à se nicher là au moment où il s'était dépouillé de ses vêtements.

— Il y a un nouvel *Aschinger* sur la Friedrichstrasse, dit-il. En général, vers 13 heures, je vais y casser une croûte.

— Vraiment ?

Il saisit son couvre-chef.

— C'est un peu loin de ma chambre, observa-t-elle.

Hoffner finit de boutonner son manteau.

— Tout est loin de ta chambre.

Il ouvrit la porte et sortit dans la lumière blanche du couloir.

Le concierge l'accueillit avec un petit sourire fuyant. La seule manifestation de sympathie que pouvait offrir la réception, il fallait la chercher dans le regard fatigué du portier, inquiet de voir qu'on s'aventurait dehors à une heure si matinale. Avant le lever du soleil, le froid était insupportable à Berlin. Même en été, cette première gifle frigorifiante que vous assenait la ville ne s'oubliait plus, comme si la nuit avait le droit de défendre sa solitude. En février, le vent vous mordait jusqu'à l'os.

Hoffner s'en accommoda plutôt bien, malgré ses yeux humides et l'élancement qu'il ressentit soudain dans la bouche. Il n'y pouvait rien, sinon avaler du café bouillant – il avait toujours accordé beaucoup de vertus à la chaleur pour lutter contre la douleur –, mais, hormis dans la cuisine de l'*Adlon*, il savait qu'il ne trouverait pas son bonheur avant longtemps. Quant à boire de l'alcool, son estomac s'y refusait.

Debout dans la rue, seul, il était persuadé qu'une voiture ou des voix approcheraient bientôt, mais tout était d'un calme qui le perturbait. Il avait déjà marché pendant de longues périodes de silence semblables à celle-ci, s'enfonçant loin dans la moitié ouest et l'air raréfié de Schöneberg ou Charlottenburg. Savoir tous ces riches endormis dans leurs sombres résidences, aux pelouses impeccables, procurait une sorte de réconfort. Dans ce décor, le meurtre et le viol devaient apparaître avec plus de brutalité – à cause de leur rareté, imaginait-il –, mais le calme qui s'instaurait après le passage des lumières aveuglantes des voitures de police, sans oublier les interrogatoires musclés, émoussait la terreur et l'incrédulité qu'on éprouvait derrière ces murs. Par contre, dans la moitié est, les meublés avaient tendance à propager la peur et le dégoût de soi qui, sans qu'on y prenne garde, ne vous quittaient plus de taudis en taudis, et annihilaient même l'espoir d'une respiration normale.

Quand on sortait de l'*Adlon*, on ne connaissait pas semblables distractions. Le confort et le désespoir attendaient aux franges lointaines de l'avenue, alors que sur place les arbres effeuillés semblaient se raccrocher à une vie réduite au minimum. Tout baignait dans l'hébétude, sauf sa dent, qui était douloureuse, et Hoffner s'efforçait de la calmer du bout de la langue. Quand enfin il trouva un taxi, il avait un goût de sang dans la bouche.

Le type au volant n'était pas ravi de prendre la direction de l'est. Les boîtes à sexe qui fermaient le plus tard, celles du moins dont les clients arrivaient en taxi, se trouvaient du côté ouest, sur le Ku'damm[1] et la Kleiststrasse. Elles avaient à peine plus d'attraits que le *Trap* ou le *Cozy Corner*, malgré tout, n'importe quel chauffeur savait reconnaître les touristes capables de supporter un stade plus avancé de décadence morale. Les travelos se pavanaient avec plus d'aisance, le sexe oral était moins dissimulé – sous la table, parfois sur la banquette –, mais les prostituées continuaient à arborer nattes et rubans de cuir, accoutrement révélateur d'un cruel manque de goût et de caractère. D'ailleurs, allez savoir si chacune d'elles n'était pas un homme… Cela dit, personne ne l'igno-

1. Le Kurfürstendamm, les « Champs-Élysées » berlinois. (*N.d.T.*)

rait, la plus belle fille de la rue c'était encore et toujours Conrad Veidt[1].

Du côté est, c'était tout à fait autre chose. Les charmants visiteurs de la ville ne sauraient jamais rien de ce qui se passait dans les greniers des rues Fröbel ou Moll. Hoffner s'était toujours étonné que les actes les plus vils se déroulent non pas au fin fond de grottes éclairées à la bougie ou de sous-sol humides mais bien au-dessus du niveau de la rue, là où leurs auteurs pouvaient considérer la cité derrière des rideaux de gaze, comme pour l'asperger de leur propre déchéance. Affublées des masques du plaisir et de l'oubli, violence et drogue invitaient les morts tout autant que les vivants à participer à la ronde, et, dans la morgue de l'Alex, il ne manquait jamais de place pour accueillir une femme arrivée au terminus ou un garçon pas plus épais qu'un rail, de douze ans à peine. Hémorragie, asphyxie étaient les causes les plus fréquentes de décès – les cadavres avaient été abandonnés dans des ruelles avec l'espoir qu'une bonne âme aurait pitié et leur offrirait un ultime séjour.

À cette heure-ci, l'escalier était jonché de fioles vides et encombré de visages à moitié conscients. Dès 7 heures, le grand ménage serait fait par un proprio guère différent de ses locataires. Pour l'instant, la nuit avait encore une demi-heure devant elle : on ne pouvait éluder le risque que certains ici ne reviennent jamais plus.

Sous la dernière porte de la salle on distinguait un rai de lumière, et des bruits, raclements de pieds ou murmures de conversations interrompues, rien de plus. Rarement des rires étranglés ou des gémissements : cela exigeait trop d'énergie. Le seul lien avec

1. L'acteur (1893-1943) était réputé pour ses rôles de pervers et de fous criminels et son jeu expressionniste. (*N.d.T.*)

un monde plus apprivoisé – quel qu'il fût – était l'aiguille du phonographe qui tournait, prisonnière de ses sillons.

Une fois la porte ouverte, Hoffner fut frappé par l'odeur du formol, substance très employée dans les drogues bas de gamme. Le long du mur du fond, des formes avachies, nues – hommes ou femmes, c'était difficile à déterminer –, se vautraient sur des canapés et des divans dans une sorte de langueur douloureuse qui semblait lutter sans espoir contre la venue du sommeil. Hoffner n'eut pas de mal à imaginer les cauchemars qui les guettaient. Mieux valait s'accrocher à un reste de lucidité – presque disparue – que s'abandonner aux terreurs de la nuit. À nouveau, il fut sensible à l'odeur de formol. Ces gens-là en étaient plus proches qu'ils ne le croyaient.

Il avança et faillit renverser la béquille d'un homme courbé contre le mur. Il n'avait guère senti sa présence, quant à le voir… La lumière des ampoules était juste assez puissante pour distinguer le scintillement de leurs filaments. Hoffner s'attendit à ce que l'autre le frappe ou l'invective. Rien, sinon un bruit de patin en caoutchouc qui reculait : la béquille avait sa propre vie, fallait-il s'en étonner ?

C'est quand il essaya de scruter de plus près le personnage que Hoffner repéra l'œil unique qui le fixait. Il lui fallut encore quelques secondes pour comprendre que l'homme dormait, et que son visage avait été déchiqueté par des éclats de grenade. On lui avait laissé une demi-paupière, suffisante pour protéger l'œil, sans pour autant le cacher. Les points de suture posés sur la bouche ne valaient guère mieux, formant un trou dont les commissures se retroussaient et autour duquel les lèvres tendues s'incurvaient contre les gencives. Quelques dents inférieures – ébréchées bien que remarquablement préservées – ajoutaient la touche finale à cette figure démoniaque, si cruelle que manifester de la pitié aurait semblé méprisant. Aucune somme d'argent n'aurait incité une demoiselle du Ku'damm à faire l'aumône d'une passe à cette créature.

L'œil s'ouvrit et scruta Hoffner. Il était évident que l'homme avait pris l'habitude de se réveiller quand on l'observait. Lentement, il souleva la béquille et la posa contre le torse de l'intrus, puis donna une légère poussée. L'homme continua à regarder dans le dos de l'inspecteur, hochant deux fois la tête avant d'abaisser sa béquille. Hoffner suivit son regard et découvrit un trio de femmes assises sur un des canapés. La plus grande, et aussi la plus maigre – côtes saillantes et petits seins affaissés –, se leva et entreprit de les rejoindre. Elle ne portait que des bas et on pouvait se demander comment ils ne glissaient pas sur des jambes si grêles. Ses chaussures avaient conservé leur bleu foncé d'origine – qui s'accordait aux rubans de ses nattes – et, bien que la pointe fût écornée, elles étaient d'une hauteur suffisante pour offrir une certaine cambrure à sa taille. Elle se planta devant lui. Il remarqua les petites marques laissées par la syphilis sur son visage, les traces de piqûres le long de ses bras, et les lignes bleues des veines s'entrecroisant par endroits avec de minces bandes de peau. « Héroïne », se dit Hoffner. C'était la drogue la plus facile à se procurer, et, sous sa forme la plus dégradée, le mieux était de se l'injecter. Il se souvint de réclames, pas très anciennes, pour des pastilles et des comprimés – sels d'héroïne, élixirs –, cure miraculeuse contre l'asthme, la bronchite et la phtisie. Les chimistes géniaux de la Bayer AG avaient affirmé que leurs produits ne provoquaient pas de dépendance. C'était devenu le nouvel opium. Même l'image sur l'emballage, Hoffner ne l'avait pas oubliée : un lion et un globe. On allait sauver le monde, disaient les génies de la chimie. Hoffner se demanda lequel d'entre eux accepterait de se faire accompagner par cette femme au gala qui suivrait la réception de son prix Nobel.

Elle fouilla dans le manteau du Cyclope et en tira quelques pièces. Il secoua la tête. Elle laissa retomber la moitié des pièces dans la poche. Il secoua à nouveau la tête et elle lui montra une seule pièce. Il fit signe que oui. Elle laissa glisser les autres et sa main se faufila dans sa braguette.

— On va parler un peu pendant qu'il est en forme, confia-t-elle à Hoffner.

Basse et sensuelle, sa voix lui fit un choc. Elle aurait pu avoir trente ans. Elle aurait pu en avoir cinquante. Quand elle ouvrit à nouveau la bouche, il eut l'impression que ses dents s'entrechoquaient en dansant.

— Il ne peut pas parler, plus de langue, mais il aime qu'on le lui fasse comme s'il n'était pas là.

Une sorte de gargouillement sourd monta dans la gorge de l'homme et Hoffner s'efforça de l'ignorer.

— J'ai d'autres talents, tu sais, dit la femme. Même les instruments, si ça te tente. Tu m'as l'air d'avoir les moyens.

Dans ces quartiers oubliés, personne ne reconnaissait un flic. Personne ne s'inquiétait de savoir qui entrait et ce qu'il cherchait. Hoffner essaya de ne pas imaginer à quoi correspondaient les « instruments ».

— Il va en redemander. Et comme il devra raquer, je n'aurai pas le temps de t'écouter, alors dis-moi ce que tu veux. Tu ne trouveras pas mieux. Tu n'aurais pas une cigarette ?

Hoffner chercha dans sa poche et lui tendit le paquet.

Elle le regarda, effarée.

— Pas le paquet, idiot. Tu veux que je me fasse buter ?

Elle ricana.

— Une fille avec un paquet entier… Et où est-ce que je vais le planquer ? Ils m'arracheraient les bras, s'ils savaient. Tu la coupes en deux et tu me l'allumes.

Hoffner s'exécuta.

Une seule inhalation suffit presque à la fille.

— T'es pas venu pour acheter, toi ?

De la fumée montait des coins de sa bouche.

— Tu aimes regarder. Ça aussi ça se paye.

Hoffner remit la main dans sa poche mais le visage de la femme se déforma, terrifié.

— Pas à moi, souffla-t-elle, excédée, essayant de ne pas le regarder. Espèce d'abruti. Je veux plus te parler. Dégage !

Hoffner la vit poser son visage contre la poitrine de l'homme. Sa main continuait à s'activer mais il eut l'impression que la femme aussi avait disparu.

Il s'éloigna. Même ici, il fallait respecter une certaine hiérarchie. Qu'y avait-il de surprenant ?

À l'autre bout de la pièce, un type avait suivi la scène : apparemment, c'était vers lui que l'argent remontait. Vêtu d'un vieil uniforme de soldat, il s'encadrait sur le seuil d'une porte qui menait aux autres pièces de l'appartement. Le haut de son manteau était boutonné et les jambes de son pantalon de laine disparaissaient dans des bottes d'ouvrier. Lui donner un âge n'était pas facile non plus. Il avait le cheveu ras, comme une jeune recrue, mais son nez bulbeux marinait dans l'alcool depuis trop longtemps pour s'accorder à cette coupe. Cela dit, à cette distance, il semblait être entier.

Hoffner se dirigea vers lui. L'espace derrière eux était encore plus sombre.

— Tu es nouveau, devina l'homme.

Le grain de sa voix trahissait la quarantaine bien sonnée.

— Je ne te le ferai pas regretter. À l'avenir, tu t'adresses à moi. On a tout ce qu'il faut. Filles, garçons, pilules, aiguilles.

— Je cherche quelqu'un.

— Tant mieux pour toi.

Le bonhomme avait besoin qu'on le secoue un peu. Hoffner voulut prendre son insigne dans sa poche mais l'homme l'arrêta d'un rire dédaigneux.

— Ça va changer quoi, ici ?

Il renifla et cracha de côté.

— Tu es de quelle taule… Kripo, Polpo ? Un de vos commissaires, tous les mardis, c'est son jour : il aime frapper une fille avant de l'enculer. Ça veut dire qu'il me faut deux ou trois filles à faire tourner, mais j'ai mieux… Le commandant qui veut que je lui présente des garçons qui le frapperont jusqu'au sang. Deux fois, ils ont failli le tuer. Mais pas de coups sur les mains. Ils n'ont pas le droit de les toucher. Il en a besoin pour peloter les petits garçons. Des gosses sans poils. Et tu crois m'impressionner ?

Hoffner lui envoya son poing dans l'abdomen et le regarda se plier en avant pour reprendre son souffle. Il se pencha vers lui.

— Je ne cherche pas à t'impressionner, je cherche quelqu'un.

Puis il remonta la tête et lui balança une droite au menton. Il ressentit aussitôt une violente douleur dans la main. Il n'avait jamais été un grand bagarreur – cette soudaine éruption le surprit d'autant plus – et il dut continuer à jouer des poings. Ses jointures étaient rouges de sang et il n'en menait pas large quand une brûlure soudaine lui vrilla les reins. L'homme avait repris du poil de la bête et le frappait comme un sourd, dans les côtes et plus bas. Hoffner essaya d'abord de surmonter l'assaut, mais il ne tarda pas à sentir qu'on lui tirait les bras. Il dut baisser la tête, et quand l'autre le fit tomber, sa joue frappa le sol froid et râpeux tandis que son adversaire redoublait de coups.

Il y eut une brève accalmie et une haleine désagréable flotta au-dessus de ses narines.

— Tu l'as trouvé celui que tu cherchais, Kripo ?

Hoffner sentit l'odeur du sang sur les lèvres de l'homme.

— Je parie que non.

Hoffner se prépara à recevoir une dernière volée.

— Ça suffit ! cria une voix quelque part dans leur dos.

Hoffner essaya de savoir d'où elle venait, mais il faisait trop sombre.

— Tu t'es bien amusé. Maintenant, écarte-toi. C'est moi qu'il est venu voir.

Un mélange chaud de sang et de crachat s'écrasa près de l'oreille de Hoffner avant que les jambes ne s'éloignent. Trente secondes s'écoulèrent et une seconde paire de jambes apparut.

— Pas très malin de ta part, Nikolaï.

L'homme s'accroupit. Hoffner souleva la tête du mieux qu'il put et découvrit le visage émacié de Zenlo Radek.

— Il te suffisait de demander.

Hoffner sentit une main sous son bras. Pour quelqu'un d'aussi maigre, Radek était d'une force surprenante. Il conduisit Hoffner vers un des canapés et s'assit près de lui.

— Ce genre de raclée, d'habitude, c'est payant.

Hoffner promena sa langue dans son palais. Il avait reçu un coup au visage et quelque chose bougeait, vers le fond. Une dent lui resta entre les doigts. Il l'examina. Il pouvait oublier son rendez-vous chez le dentiste, c'était déjà ça de gagné. Il jeta la dent et s'adossa.

— Tu n'es pas un homme heureux, Nikolaï, pas vrai ?

— Te voilà philosophe, maintenant.

— Freudien. J'aime bien tous ces Juifs autrichiens.

Hoffner vérifia s'il n'avait rien de cassé.

— Qu'est-ce que tu as pu faire pour mériter ça ? demanda Radek. Tu savais bien qu'il allait cogner.

Il aurait mal aux côtes, et aux reins, mais pour le reste ça irait.

— Je le savais ?

— Inconsciemment, Nikolaï. Inconsciemment. C'est la raison pour laquelle je suis un être aussi mauvais. Personne ne m'a aimé.

Un garçon, nu hormis un short moulant, surgit de l'arrière-salle. Il s'appuya d'un mouvement paresseux au mur et regarda Radek qui l'ignora.

— Ça ne marche pas trop mal pour toi désormais, dit Hoffner.

— Ce n'est pas de l'amour, Nikolaï. C'est quelque chose de bien plus pragmatique.

Hoffner n'était jamais certain que Radek comprenait vraiment le sens des mots qu'il utilisait et sa manière de les avaler leur donnait un petit côté désagréable.

— Pimm ne doit pas trop apprécier, n'est-ce pas ?

— C'est vrai.

— Mais il ferme les yeux. Ce n'est pas de l'amour, ça ?

Radek émit un petit rire.

— Tu sais, j'aurais pu laisser notre ami le soldat te tuer.

— D'accord… mais, ensuite, tu aurais dû le tuer de tes mains, et ça peut s'avérer compliqué.

— Il est plus résistant que tu ne le crois.

— Les macs sont des macs. Aussi mortels que toi et moi.

L'index de Radek, anormalement long, fit le tour de la pièce, s'arrêtant sur chaque épave de chair et d'os, comme s'il désignait les paragraphes d'une page.

— Toutes celles-là, il les a sauvées. Ça ne lui a pas coûté grand-chose, mais il les a sauvées.

— Mes excuses, alors. C'est un héros.

— Amer et malheureux. Voilà un mélange fort peu séduisant, Nikolaï.

Hoffner se pencha pour cracher un grumeau sanglant.

— Tu n'as aucune idée de qui sont ces filles, n'est-ce pas ? demanda Radek.

Hoffner cracha encore.

— La plupart – pas toutes – étaient des prostituées qui travaillaient sur le front. À un kilomètre peut-être des pilonnages d'artillerie. De gentils petits bordels, des maisons en ruine, des veuves, des jeunes filles tombées enceintes, ou violées, et rejetées par leur famille, même quand les types qui étaient responsables avaient promis de réparer très convenablement. Tu n'étais pas au courant, Nikolaï ? Cela m'étonne…

Hoffner s'appuya contre le dossier du canapé et essaya de déglutir à plusieurs reprises pour faire disparaître le goût du sang de sa bouche.

— Les gars sont morts, bien sûr, continua Radek… qu'est-ce qu'ils auraient pu faire d'autre… puis les bébés.

— Je sais ce qu'a été la guerre.

— Oui ? Pas celle-là. Ces filles n'ont rien à voir avec tes putains de Paris ou de Berlin. Pas de charme, chez elles. On ne peut même pas les comparer à ces filles que l'inflation obligeait à lever leur jupe pour payer le loyer. Celles-ci, au moins, avaient une certaine classe. Celles que tu vois là, c'étaient des filles de la campagne. Trop grosses, trop maigres, trop bêtes. Et les types avec qui elles couchaient étaient ceux qui s'étaient arrangés pour ne pas mourir – dans tous ces hostos en première ligne… Dans quel but, nul ne le sait. Pour ça, peut-être… pour que dans l'obscurité une fille se dépatouille avec tout le barda de courroies et de métal qui leur emprisonne les bras, les jambes et les couilles et leur donne un peu de plaisir. C'est ton mac qui les a ramenées ici. Une fois la tuerie achevée. Sans doute qu'elles ne pensaient pas rester vivantes, mais si. Ce qui explique peut-être qu'elles donnent tellement l'impression de souffrir dans leur boulot.

Hoffner se mit à espérer que Radek avait quelque chose à boire. Il n'avait rien.

— Il gagne donc son fric avec des morts-vivants. Ce qui m'impressionne encore plus.

Les mâchoires de Radek se durcirent.

— On est à l'autre bout de la ville, Nikolaï. On le sait tous les deux. Ici, on vit de ses besoins.

— Ou en meurt.

Radek sourit, pour une raison inconnue.

— Comme tout le monde.

Il passa le doigt sur le pointillé qui courait sur son bras.

— Ça fait un bail que j'attends, mais ce n'est jamais le jour.

— Il y a des moyens plus faciles.

— Aucun aussi prometteur.

Des années auparavant, et la chose lui avait paru étrange, Hoffner avait trouvé du réconfort auprès de Radek, oui, cela avait quelque chose de très étonnant. C'était juste après la mort de Martha et il n'était donc pas exclu que Herr Freud ait mis le doigt sur quelques vérités. Aux yeux de Hoffner, Radek avait joué le rôle divertissant du nihiliste qui n'avait pas perdu espoir.

Mais voilà qu'il y avait du nouveau. Radek devenait impatient. Les greniers et l'héroïne servaient à accélérer le processus.

— Quand tu penses à toute cette crasse, là-bas, dans les quartiers ouest…

Radek n'était jamais en manque de venin.

— Ils s'imaginent que tout le monde n'a que ça en tête, être le premier, passer devant, toujours devant…

Hoffner leva le menton. Un rien suffisait à relancer Radek.

— Toutes ces libertés dont ils ne savent que faire, leurs night-clubs et leur vie si excitante – et surtout, leur facilité à se laisser joyeusement corrompre. Mais il n'y a pas une once de véritable souffrance, chez eux. Et ils tomberaient en poussière s'ils devaient l'admettre.

Radek regarda autour de lui.

— Ils veulent savoir où va Berlin ? Avoir un aperçu de la suite ? Berlin ne va nulle part… ça a toujours été comme ça. Berlin penche du côté où on pousse.

Hoffner jeta un coup d'œil vers l'homme à la béquille. Son affaire faite, il s'était joint à un groupe qui se repassait une bouteille. Hoffner hocha la tête dans sa direction.

— Il semble tenir le coup.

Radek suivit son regard.

— Tu es un connard si tu vois le moindre espoir là-dedans.

— Je n'y crois pas vraiment, mais si ça lui plaît d'en voir, est-ce que ce n'est pas ce qui compte ?

Radek tira un luger de son ceinturon et se leva. Il marcha vers le groupe, appuya le canon de l'arme contre le front de l'homme et libéra le cran de sûreté. L'homme attendit en le regardant.

Pendant de longues secondes, il ne se passa rien. C'est à peine si les bruits dans la pièce avaient changé. Lentement, Radek abaissa son arme. Il mit quelques marks dans la main de l'homme et retourna s'asseoir près de Hoffner.

— Là, il a connu un moment d'espoir, Nikolaï. Ne va pas t'imaginer qu'il s'agissait d'autre chose.

Hoffner sentit les premiers élancements dans ses mains raides et il s'efforça de plier les doigts.

— Ce qui te rend encore plus salaud, non ?

Radek regarda vers le groupe.

— Ça lui occupera l'esprit.

Il inspira longuement. La leçon était terminée.

— Je n'aurais jamais pensé que tu te pointerais ici.

— J'ai dû rater toutes ces conversations qui réchauffent le cœur.

— Les bars te réussissent mieux, Nikolaï.

— Il y a un instant, j'aurais dit la même chose de toi.

— Qu'est-ce que tu veux ?

On entendit rire une femme – un son guttural, artificiel. Plus loin, l'aiguille du gramophone trouva un vieux chant guerrier et une voix juvénile commença à crachoter : « De là-bas monte un appel comme le grondement du canon… »

— Les films cochons.

Radek eut un de ses rires nonchalants.

— Pimm t'a dit qu'il n'avait rien trouvé.

— Je sais ce qu'il m'a dit. Il croit aussi que l'ordre règne encore dans le monde. Toi et moi, on sait que c'est faux.

— Je le lui répéterai.

Hoffner sortit une cigarette de sa poche. Ses mains étaient très douloureuses.

— Il devrait être mieux avisé, non ? Et ça t'ennuie.

Il alluma sa cigarette.

— Balancer des trucs dans l'eau pour son compte, des trucs qu'il ne veut pas voir. Mauvais signe.

Le visage de Radek se ferma.

— Il sera toujours plus malin que tu ne l'imagines. Fais-moi confiance.

Hoffner se contenta d'exhaler un peu de fumée.

— Je pense que tu aimerais bien le croire.

Radek continuait à regarder droit devant lui.

— Je te l'ai déjà demandé : que veux-tu ?

Hoffner comprit qu'il était allé trop loin.

— Les films. C'est l'argent des studios, mais pas leur talent. J'ai besoin de savoir où ils trouvent leurs acteurs, leurs cameramen, et tout le nécessaire.

— N'importe quelle gonzesse sur le Ku'damm est prête à écarter les jambes pour se retrouver dans un film.

— Ce n'est pas ce genre de filles qu'ils cherchent. Le genre plus désespéré, c'est ça qu'ils veulent.

— Ou plus facilement jetables, fit Radek, amer.

Il alla trouver le maquereau. L'homme les avait écoutés et il se mit en branle. Radek continuait à parler à Hoffner.

— Il n'y a aucune raison de prendre une de ces filles pour un film, Nikolaï. Qui voudrait les regarder ?

— Alors disons des filles entre celles-ci et celles du Ku'damm. C'est un terrain que Pimm ne connaît pas. Ou qu'il ne veut pas connaître.

L'homme s'immobilisa en silence. Hormis une coupure au-dessus de l'œil et la lèvre inférieure fendue, il paraissait indemne.

— Qu'est-ce que tu sais de ces films, les films cochons ? demanda Radek.

L'homme parut tout aussi prêt à balancer son poing vers Hoffner qu'à fournir une réponse.

— On peut pas se faire du fric avec ça, dit-il.

— Ouais. Et les films vraiment durs ?

La précision parut le troubler. Il lança un coup d'œil à Hoffner. À l'évidence, il l'appréciait de moins en moins.

— Y a de la flicaille qui aurait des problèmes dans ce business ?

— Que sais-tu ? insista Radek.

L'homme continuait à fixer Hoffner et celui-ci leva les mains, moqueur, comme s'il se rendait.

— Mes excuses, *mein Herr*. C'était ma faute. Il est évident que j'avais besoin d'une raclée. Je vous remercie.

Paroles qui ne firent qu'ajouter à la confusion.

— La ferme, Nikolaï ! s'énerva Radek, sans quitter l'homme des yeux. Les studios mettent de l'argent dans ces films. Je te connais. Que sais-tu ?

L'homme haussa les épaules et le col de sa vareuse s'enfonça dans son cou épais.

— On a entendu des rumeurs, des types avec des caméras et une mise de fonds. Le fric ne venait pas de Berlin.

— Ça passe par l'UFA, s'impatienta Hoffner. Je suis au courant.

L'homme, c'était évident, connaissait ceux qui étaient derrière les films, et où cela se passait. Il regarda Hoffner, puis secoua la tête.

— L'UFA ne se mêlerait jamais de ce genre de truc.

Hoffner s'appuya au dossier, dépité.

— Alors, c'est que tu n'es pas aussi bien informé que tu le penses.

Il était clair qu'avec le temps l'homme avait appris à se contenir ; cette réplique eut apparemment le don de le rendre inoffensif. Il se tourna vers Radek :

— S'il en sait tellement, qu'est-ce qu'il a besoin de demander ?

Hoffner ne disant rien, l'homme s'adressa à lui.

— Je veux bien te jeter un os à ronger, Kripo. À cause de Herr Radek, ici présent. Phoebus leur sert de façade. J'ignore pourquoi et je m'en fiche. Ils ne m'ont pas causé d'ennuis, ni à moi ni à mes protégées, alors ce n'est pas mon affaire. Débrouille-toi avec ça.

Après un hochement de tête destiné à Radek, il s'éloigna.

— En fait, tu sais pourquoi, affirma Hoffner.

L'homme s'arrêta, le regard fixé devant lui.

— Le soleil se lève, annonça-t-il enfin. Faut pas rater ça.

— Et si jamais ils s'en prenaient à tes protégées ?

L'homme continua à regarder ailleurs.

— Alors j'en apprendrais un peu plus.

Il laissa passer quelques secondes avant de partir.

Hoffner voulut lui courir après mais il sentit la main de Radek sur son bras. Presque sans bouger, Radek secoua la tête.

— Il a raison. Faut que tu voies le soleil se lever, Nikolaï.

— Pourquoi ne veut-il rien dire ?

— Parce qu'il ne sait rien, répondit tranquillement Radek. Et que ça l'ennuie.

Son regard se porta au-delà de Hoffner.

— C'est vraiment un joli spectacle.

Sur ce, Radek se leva et s'éloigna.

Ce fut à ce moment que Hoffner se rendit compte que tout le monde dans la pièce était debout – ou se tenait sur ce qui servait à chacun pour se mouvoir – et se regroupait derrière les fenêtres. Tel un chœur muet surgi de zones d'ombre, une seule masse de gens voulant remplir le vide créé par la lumière. Hoffner se redressa et suivit le mouvement.

D'une fenêtre à l'arrière, il vit les premières lignes roses se dessiner. Il n'y avait là rien de très impressionnant. Le lever de soleil à Berlin commençait comme partout ailleurs, dans un silence respectueux de la grisaille qui disparaissait. Pourtant, ici, les couleurs qui suivirent se fondirent trop vite dans le lavis des immeubles aveugles et des rues désertes. Et si le soleil ne tarda pas à briller dans toute sa violence, son apparition apporta une pesanteur dont, étrangement, la nuit ne semblait pas accablée. Un seul sentiment prédominait : l'absence de joie.

Malgré tout, cela suffit à redonner un semblant de courage au masque grotesque avec sa moitié d'œil et ses demi-lèvres, aux visages hagards, plissés par des bouts de sourires. Rien d'enfantin ou de vivant – personne n'aurait été assez stupide pour appeler cela une lueur d'espoir –, pourtant, l'espace de quelques instants, chacun parut revendiquer une appartenance, une identité qui céda bientôt la place au sentiment que, peut-être, ce jour-là serait celui où tout s'achèverait.

Le garçon en short vint trouver Radek et se blottit près de lui. Radek posa un bras sur ses épaules et, ensemble, avec les autres, ils regardèrent. Hoffner faillit dire quelque chose, mais cette scène lui était aussi étrangère que toute manifestation d'affection paternelle.

L'aiguille du gramophone se remit à gratouiller. Hoffner quitta la fenêtre et se dirigea vers la sortie.

Le Hasenheide

— Vous êtes sûr de ne pas vouloir de glace, même pour les mains ?

L'homme derrière le comptoir posa un autre pot de café et prit la pièce dans la soucoupe devant Hoffner. Celui-ci secoua la tête.

— C'est trop tard maintenant, ça ne servira à rien.

L'homme hocha la tête en direction des grandes vitres du café et jeta la pièce dans un tiroir.

— Comme je vous l'ai dit. Tous les matins. C'est lui le premier.

Hoffner se retourna pour voir un jeune homme – un garçon, en fait, à peine plus âgé que Sascha – qui passait dans la rue. Il portait un smoking, un nœud papillon défait et un long manteau ouvert.

— Même dégaine. Même sourire idiot. C'est comme ça depuis trois semaines, ou à peu près.

Hoffner se força à avaler une demi-tasse de plus tout en continuant à observer.

— Chez moi, il prend toujours un thé léger et des petits pains de la veille. On s'attendrait à ce qu'il commande quelque chose de plus tonique – un verre de mousseux, ou des sardines. Je crois qu'il rêve de devenir comptable.

L'homme risquait d'être surpris s'il apprenait quelle vie menaient les comptables, ces temps-ci.

— Et les autres, quand les voit-on ? demanda Hoffner.

— Le genre artiste ? Plus du tout depuis que Beau Sourire a commencé à venir. Ne me demandez pas pourquoi. Avant, sur le coup de 10 heures, on les voyait arriver et c'était café, schnaps, tout ce que je proposais, ils étaient partants, et un jour, plus un chat. Une sacrée ribambelle de jolies guibolles et de regards en coin qui a changé de crémerie.

— Vous ne seriez pas un peu poète ?

— Mouais… Je vais vous dire, si je trouvais le moyen de mettre quelques-unes de ces paires d'yeux et de guibolles dans mon plumard, je me ferais un plaisir de leur servir des petits pains bien frais le matin.

Hoffner ramassa son chapeau et ajouta quelques pièces sur le comptoir.

— Alors, je passe mon tour.

L'homme lui rendit la plupart des pièces.

— C'est trop.

Hoffner vida sa tasse de café.

— C'est ma contribution pour la chasse au gros gibier.

La Friedrichstrasse montrait des signes éclatants de bonne santé. Dans cette partie très méridionale de la ville, l'avenue offrait une excursion rapide chez le peuple des faubourgs. Bien après 7 heures, premiers commis, dentistes, petits bureaucrates pouvaient abandonner leurs foyers estampillés classe moyenne et poursuivre leur journée ici en ayant, vers 8 heures, déjà épluché le *BZ*, le *Morgenpost* ou quelques pages du *Börsen-Courier* pour ceux qui se rêvaient hommes d'affaires. On avait là de braves ouvrières qui tentaient de percer les secrets d'articles abstraits, des conversations à l'heure du repas sur les accords commerciaux et la réévaluation des devises, tout ce fatras. Plus généralement, il suffisait, pendant un aller en tram, de se plonger dans le *BZ* et les détails sordides d'un fait divers qui avait vu une femme succomber aux coups de son mari, « … *le dernier acte de ce drame advint, raconte un voisin, quand l'homme "lui coupa définitivement le sifflet"* ». Le public était toujours friand de crimes de sang. Et voilà qu'on était de nouveau mercredi, jour où le *Morgenpost* publiait sa « Chronique hebdomadaire du rentier Mudicke[1]» et personne n'allait se priver de flanquer quelques

1. Personnage de Berlinois au langage savoureux, dont le franc-parler vengeait les lecteurs des travers de la société. (*N.d.T.*)

bonnes claques à la bande de gros richards qui faisaient désormais la pluie et le beau temps.

Il était donc assez surprenant de tomber sur le siège de la Société cinématographique Phoebus dans un quartier aussi ordinaire, encore plus de découvrir tous ses studios, magasins de costumes et accessoires, ateliers et entrepôts à l'étroit dans le seul immeuble de six étages, au numéro 225. Vingt ans auparavant, on se contentait de quelques caméras et de la même dizaine de costumes pour les quatre ou cinq tournages en cours, n'importe quel jour de la semaine. Les choses avaient bien changé – dès 1912, l'UFA, pressentant ce qui se dessinait, avait acheté le terrain de Neubabelsberg –, mais Phoebus avait préféré maintenir ses coûts le plus bas possible. Certes, la nature de sa production ne réclamait pas un tel type d'expansion. Un film d'horreur pimenté par la présence d'une actrice délurée, on pouvait le tourner à peu près partout. Pourtant, il planait sur l'endroit une impression de désespoir ou de rejet aussi forte que la morne certitude d'avoir échoué, inscrite dans la pierre sale de la façade.

Hoffner surprit son image dans une vitrine quand il traversa la rue. Son chapeau dissimulait les traces de coups autour des yeux mais rien ne masquait l'ecchymose de son menton. Plus haut, les coupures de ses lèvres avaient formé un réseau de lignes de sang séché qui menaient vers la joue. Au moins ses gants cachaient-ils les jointures gonflées de ses mains.

Une femme portant des verres épais sortit d'une boutique et son regard s'attarda trop longtemps sur lui. Elle aurait sans aucun doute mille choses à raconter aujourd'hui.

Il arriva devant Phoebus – du *P* et du *H* ne subsistaient qu'une empreinte dorée – et appuya sur la sonnette. Sans réponse, il recommença. C'est alors qu'il remarqua que la clenche de la serrure ne maintenait pas la porte fermée. Il poussa doucement.

L'endroit semblait avoir été évacué à la hâte. Dans un vaste espace nu, des bouts de fils épais jaillissaient des quelques murs encore debout. Hoffner put voir où se situaient les studios et les bureaux, mais il n'en restait que des gravats de plâtre et de brique sur le sol. Le seul élément debout était l'escalier le long d'un mur proche. Tenant la rampe, dont la fermeté l'étonna, il gravit les marches.

Le dernier étage, comme les autres, ne comportait aucune cloison, mais ses fenêtres s'ouvraient largement au soleil. Quelque chose de grand et de blanc dépassait vers le milieu – cela ressemblait plutôt à un morceau de décor qu'à un objet de valeur. Un bureau, l'unique preuve de l'existence d'une pièce réservée aux tâches administratives, occupait le coin opposé, garni d'une dizaine de classeurs, de deux chaises et d'un canapé sur lequel était étendu Herr Smoking, dans les bras de Morphée, semblait-il. Hoffner fit de son mieux pour heurter du pied quelques plâtras en approchant, mais la position de la tête du dormeur suggérait que même un orchestre de cuivres aurait peu d'effet. Hoffner décida de lui secouer l'épaule.

Le garçon ouvrit et referma plusieurs fois les yeux, comme s'il ne savait plus où il se trouvait. Il parvint à garder l'œil ouvert et se frotta le nez.

— Mais qu'est-ce que vous… Hé, les gars, d'habitude vous commencez jamais avant 10 heures ! C'est pas 10 heures, non ?

— Ça te donne le temps de roupiller ?

Le jeune homme s'abrita les yeux de la main.

— Quoi ?

— Il n'y a pas cinq minutes, tu étais dans la rue. Tu peux pas être déjà dans le coaltar.

Le garçon se mit sur son séant et se frotta la nuque.

— Il est quelle heure ?

Hoffner montra son insigne.

— L'heure de se lever.

Il se dirigea vers le bureau et ouvrit le tiroir du haut.

— Et donc, qui vient effectivement sur le coup de 10 heures ?

Les dernières trente secondes repassèrent dans les yeux du garçon avant qu'il ne s'éclaircisse la gorge et pointe le doigt vers Hoffner.

— Montrez-moi votre truc encore une fois.

Hoffner lui lança l'insigne et continua à fouiller parmi les trombones épars et les cigarettes à moitié consumées. Il saisit deux ramettes de cartes postales publicitaires, une pour un film appelé *La Reine de pique*, l'autre pour un *Train fantôme*, tout aussi menaçant. Il les posa sur le bureau.

— La Kripo, dit le garçon.

Il continua sans raison apparente à fixer l'insigne.

Hoffner finit d'inspecter les tiroirs.

— Bon, qui est-ce qu'on attend ?

Le garçon le regarda et lui retourna son insigne.

— Qui est-ce que… ? Oh, les maçons. Ils refont tout. D'habitude ils commencent sans me déranger.

— Sans te déranger dans un travail d'une importance capitale…

Un rire mourut dans la gorge du garçon. Il grimaça et déglutit.

— Ça doit faire trois semaines, en gros, que les filles ne se montrent plus, je me trompe ? questionna Hoffner.

Le garçon le regarda tout en s'étirant.

— Bravo ! Suis-je censé être impressionné ?

Dix ans plus tôt, un type dans son genre aurait pissé dans son froc à la vue d'un insigne de la Kripo. Aujourd'hui, il bâillait et faisait de l'esprit.

— Tu as un admirateur dans le café en face. Que s'est-il passé il y a trois semaines ?

Hoffner ne s'attendait pas du tout à l'entendre rire.

— J'ai été viré. Au moins, maintenant, j'ai mon après-midi peinard.

Le port du smoking disait assez avec quelle joie le garçon avait accueilli cette liberté récente.

— Ton habit aurait besoin d'un bon nettoyage.

— Pourquoi ? Je ne pourrai pas me payer une petite virée nocturne avant une semaine… à quoi bon gaspiller du fric ? D'ailleurs, personne ne s'en rend compte.

On crachait même sur l'élégance, se dit Hoffner, et ce n'était pas une question de débauche. Non, on n'avait pas envie de faire un effort, et les jeunes gens comme celui-ci y avaient renoncé. Et quel intérêt de vivre dans une époque de déclin moral si un peu de panache n'en adoucissait pas la fin ? Là-bas, du côté est, les morts-vivants s'efforçaient encore de porter un nœud papillon propre et de rouler correctement leurs bas sur leurs cuisses.

— Et comme ça on t'a viré alors même qu'on commençait à tout détruire ici ? reprit Hoffner. Quelle coïncidence !

— Pas vraiment.

Le garçon se leva et se dégourdit les jambes.

— Il faudra quelques mois avant qu'on puisse à nouveau y travailler. C'est le moment rêvé pour se débarrasser de quelques jeunots. Faire maigrir la bête et tout ça.

— Ça ne semble pas t'embêter outre mesure.

L'autre haussa les épaules.

— Je suis jeune, je retomberai sur mes pieds. Et d'ailleurs, ça pue dans cette boîte.

Il ramassa une des cartes publicitaires et secoua la tête.

— *Le Train fantôme* ! Je suis sûr que vous mourez d'envie de voir ce chef-d'œuvre.

Il jeta la carte sur le bureau.

— Ils ont réalisé quelques films de montagne – l'alpiniste et skieur émérite plein de noblesse –, mais à part ça… Moi, je cherche du sérieux. Vous savez, le genre artiste – Murnau, Pabst. Toutes ces histoires pleines de nichons à l'air et de goules hurlantes n'ont pas vraiment d'avenir, si vous voulez mon avis.

Il le regarda avec attention.

— Enfin, sauf si c'est votre truc. J'imagine qu'il y a un public. Ça peut toujours amuser un…

Il cherchait ses mots.

— … type du genre lourdaud-de-flic-de-la-Kripo-classe-moyenne-et-dur-à-la-détente ?

Hoffner le laissa patienter un peu avant d'être plus explicite.

— Les goules hurlantes, ce n'est pas vraiment ma tasse de thé non plus. Bref, pourquoi on te garde ?

— Aucune idée. Pour que je veille peut-être à ce que rien ne disparaisse pendant le déménagement ?

— Tu fais le magasinier ?

Une fois encore, il haussa les épaules.

— On ne m'a rien dit.

— Ils ont donc décidé de tout boucler. Ça va leur coûter pas mal d'argent.

— Encore faudrait-il qu'ils en aient gagné.

Pour la première fois, Hoffner se laissa aller à rire.

— Je ne comprends vraiment pas pourquoi ils t'ont viré.

— C'est vrai. Je suis un grand admirateur de cette boîte. Mais bon, qu'est-ce que la Société cinématographique Phoebus peut faire pour la Kripo ?

Question à laquelle Hoffner n'avait pas encore répondu.

— Où est-ce qu'ils expédient tout leur matériel ?

Il répondit par son geste préféré : il haussa les épaules. Pourtant, sa nonchalance parut moins convaincante.

— Et donc tu n'as pas dû apposer ta signature ? demanda Hoffner.

Le garçon se fit hésitant.

— Est-ce que je devrais contacter quelqu'un à ce propos ?

— Ah, dit Hoffner, une petite crise soudaine de loyauté.

Le garçon se remit à rire. Par son attitude il faisait beaucoup plus que son âge. Hoffner dut admettre que Phoebus savait choisir ses sentinelles.

— Je vois que vous ne connaissez rien au milieu du cinéma. Je me trompe, inspecteur ? J'ai vraiment envie de travailler ailleurs. Et, à supposer que certaines informations sortent d'ici, et que ces informations soient embarrassantes pour Phoebus, et qu'on remonte jusqu'à moi... vous me suivez, n'est-ce pas ?

Il avait tort. Hoffner connaissait ce milieu. Petits escrocs et codes non écrits étaient les mêmes partout, peu importaient les sommes d'argent mises en jeu. Il sortit son calepin de sa poche.

— Et Lang ?

Son interlocuteur réagit avec un temps de retard.

— Pardon ?

— Lang. Fritz Lang. C'est assez bon pour toi ?

Une fois encore, il laissa passer quelques secondes.

— Évidemment. Bien sûr que oui.

— Bon. Passe-moi un téléphone.

Hoffner fit le numéro et tint le récepteur levé entre eux. Une voix masculine répondit.

— Bonjour, ici la résidence de M. Lang.

Hoffner reconnut le charme glacial du majordome. Il regarda le garçon.

— Oui… Ici l'inspecteur principal Hoffner. Pourrais-je parler à M. Lang ?

— Je suis désolé, il vient juste de partir, monsieur l'inspecteur principal.

Hoffner ne quittait pas le jeune homme des yeux.

— Il m'avait demandé de lui téléphoner, aujourd'hui.

— M. Lang passera toute la journée au théâtre, *mein Herr*. Vous pouvez l'y joindre par l'intermédiaire de la secrétaire de M. Reinhardt. Je vous donne le numéro.

Peu après, Hoffner raccrocha.

— Ça te semble une raison suffisante ?

Herr Smoking n'avait pas fini de faire le point.

— Vous pouvez m'avoir un rendez-vous avec Lang ?

— Je peux lui suggérer de t'employer, si tout se passe bien.

Tous deux savaient qu'il mentait, mais Hoffner avait fini par reconnaître le rôle crucial que jouait l'exagération dans ce milieu-là.

Le jeune homme étudia l'expression de l'inspecteur – premier signe de son manque d'expérience – et sourit.

— De toute façon, ici c'est foutu.

— Oui, tu l'as déjà dit.

Il hésita encore un peu.

— Le parc Hasenheide. Tout ce qui est parti allait à une adresse là-bas.

— Et les dossiers ?

Le garçon tendit la main.

— Je crois que j'aurais besoin de la carte et du téléphone de Lang.

Hoffner s'exécuta et le jeune homme sortit un trousseau de clefs de sa poche.

— Vous ne trouverez qu'un tas de vieux contrats, mais je vous en prie.

Il attrapa son manteau.

— Thé léger et petit pain ? dit Hoffner.

Le garçon se tourna vers lui.

— Commande des sardines, suggéra Hoffner. Tu te feras un ami.

Le garçon sourit.

— Je peux vous laisser une heure.

Il enfila son manteau et se dirigea vers l'escalier. À mi-chemin, il s'arrêta et fit volte-face.

— Je veux bien croire qu'il existe encore un flic honnête à Berlin. Je ne dois donc pas m'inquiéter si vous vous êtes déjà fait abîmer le portrait de bon matin, n'est-ce pas ?

Hoffner avait presque oublié ses bobos.

— Je laisserai les clefs sur le bureau.

Le garçon hocha la tête et s'en alla.

— Essayez de ne pas mettre du sang partout.

En moins de trois quarts d'heure, Hoffner remplit deux pages de son calepin, sans avoir pratiquement rien appris. Le jeune homme avait raison. Contrats, bordereaux d'expédition, documents concernant l'exploitation de films, certains datés de 1908 – bref, le contenu des classeurs témoignait de l'habituelle méticulosité de l'organisation germanique. Quand, enfin, il trouva la chemise contenant le dossier Hasenheide – étiqueté à tort CORRESPONDANCE : 1924 – il crut avoir affaire au même genre de paperasse jusqu'au moment où il atteignit la dernière feuille. Après avoir lu les signatures au bas de la page, il éprouva le besoin de s'asseoir.

D'après les premières pages, Phoebus avait acheté, pour une période prolongée, deux entrepôts du côté nord du Hasenheide, trois mois plus tôt, grâce à une aide financière. Le cosignataire, Ostara KG, bénéficiait d'un partenariat limité. Hoffner n'était pas familier du jargon juridique, mais il lui apparut que la compagnie Ostara avait prêté à Phoebus des fonds sur la « base d'une durée étendue et non résiliable ». En d'autres termes, aucun remboursement n'était prévu. Rien n'indiquait non plus que Phoebus avait l'intention de restituer les biens immobiliers à une date proche.

Le reste du document établissait brièvement, dans un style évasif et encore plus alambiqué, que « toutes les parties intéressées » pourraient espérer faire des profits grâce aux nouvelles acquisitions. L'information, déjà très intéressante, devenait troublante quand on découvrait l'identité des signataires : W. LOHMANN, T. VON HARBOU, J. GOEBBELS, K. DALUEGE. Thea von Harbou, l'actuelle Mme Lang, était le lien visible avec l'UFA. Goebbels et Daluege se trouvaient dans la salle du Pharus. Même le nom de la société, Ostara, touchait une corde sensible. Lohmann demeurait le seul patronyme inconnu.

De tels moments sont en général gratifiants – même si la question du pourquoi restait sans réponse –, mais, cette fois-ci, la satisfaction parut insignifiante à Hoffner. La présence de Goebbels et de Daluege signifiait que Sascha était d'une manière ou d'une autre impliqué. Consciemment ou non, son fils avait posé le pied sur une scène qui dépassait de loin la vision des petits politicards de droite. Hoffner sentit naître en lui le besoin de le protéger, ou de le battre comme plâtre. Et de se reprocher de ne pas avoir commencé dès la soirée précédente.

Il ferma son calepin et lança les clefs sur le bureau. Le dossier dans la poche de son manteau, il se dirigea vers l'escalier.

La morgue de l'Alex ressemblait plus à une salle d'autopsie qu'à un espace véritablement dédié à la conservation des cadavres, même si, au cours de ces dernières années, elle s'était enrichie de divers appareils et plateaux qui lui permettaient de rivaliser avec les autres établissements berlinois du genre. Les corps n'étaient plus disposés en gradins sur les plates-formes de bois à l'intérieur de chambres réfrigérées ; chacun disposait désormais d'un compartiment privé. L'odeur, bien sûr, demeurait une nuisance. Des effluves d'ammoniaque et de soufre avaient tendance à se répandre dans la cage d'escalier. Dès qu'on apercevait les portes battantes au bout du couloir, on était saisi par l'odeur pestilentielle. Certes, ça aurait pu être pire. Un an plus tôt, les employés utilisaient encore une sorte de mélange à base de chlorure quand, un jour, le poumon d'un de leurs pensionnaires s'était vidé sur deux des armoires métalliques. Une semaine durant, les lieux avaient été contaminés et il avait fallu transporter au troisième étage – dans des baignoires remplies de glace – nombre de corps « témoins » dans des dossiers peu urgents. Naturellement, c'est une odeur d'une autre nature qu'il avait fallu supporter. Voilà pourquoi Hoffner n'était pas mécontent de retrouver la puanteur familière quand il poussa les portes.

Cela dit, c'était le dernier endroit où il pensait se retrouver vingt minutes plus tôt. À ce moment-là, il projetait une rapide entrevue avec Lang – quelques questions à propos de sa surprenante épouse – lorsque, à quelques rues du théâtre, il se souvint de la règle d'or qui donnait accès à la vérité des documents officiels : ce n'était jamais leur contenu qui importait, mais ce qui n'apparaissait pas. En dépit de toutes ses révélations, le dossier Hasenheide péchait par la seule signature qui lui aurait donné un sens.

Un homme en manteau d'agent était assis derrière le bureau, le visage enfoui dans les résultats des courses de moto de la veille. Le grincement des gonds lui fit lever le nez. Il glissa aussitôt le journal dans un tiroir et adopta une expression plus conforme à sa fonction. Quand Hoffner s'arrêta devant lui, il se mit à gribouiller.

— Burggaller a réussi à rester en selle, ce coup-ci ?

Hoffner guettait son regard, mais le bonhomme continuait à écrire.

— Troisième à Essen. Les Italiens font un et deux.

— Dommage, dit Hoffner. S'ils avaient été aussi adroits au tir, qui sait, on aurait peut-être gagné la guerre ?

Le bonhomme leva les yeux.

— Bon, qu'est-ce que je peux faire pour la Kripo ?

Personne ne demandait jamais sa mutation à la morgue. Ceux qui y aboutissaient finissaient par être contaminés par une sorte de désinvolture quasi professionnelle : il ne fallait pas attendre d'eux le moindre respect.

— Thyssen, annonça Hoffner. Gerhard Thyssen. Il est arrivé il y a deux jours. Suicide, à première vue.

L'homme ouvrit un autre tiroir et en sortit un bloc-notes à pince qu'il feuilleta.

— Numéro 11. Les effets personnels sont dans le casier 6. Qu'est-il arrivé à votre bouche ?

Hoffner considéra le visage inexpressif.

— Il n'aurait pas été plus simple de les mettre dans le casier 11 ?

— Il n'y a pas de casier 11.

Hoffner songea à répondre mais l'homme, puisqu'il avait été relégué dans ce bureau, devait se débrouiller avec sa propre incompétence. Pourquoi le rendre responsable du fonctionnement de tout un département ?

Une minute plus tard, Hoffner vidait le contenu d'un petit sac sur un plateau. Bien évidemment, il y avait eu un temps où le sieur Thyssen avait été autre chose que cette dépouille nue… Un étui à cigarettes en argent, un briquet et une montre Patek Philippe raclèrent bruyamment le métal.

— Je ne vois pas de costume !

Hoffner avait parlé assez fort pour être entendu du bureau.

— Où est-il passé ?

Le fonctionnaire abandonna à contrecœur son journal et fit surgir un autre bloc-notes du tiroir. Cette fois-ci, Hoffner ne put se contenir :

— Vous ne croyez pas qu'il vaudrait mieux tout garder ensemble ?

L'autre continua à feuilleter les pages.

— Objets personnels. Les familles aiment jeter un coup d'œil à la paperasse. Pour être sûres qu'il ne manque rien. Nous préférons ne pas les laisser en voir plus que le nécessaire. Est-ce que cela vous semble une explication satisfaisante, Herr Kriminal-Oberkommissar ?

Docile, Hoffner sut demeurer impassible en attendant une réponse à sa question.

— Pas de costume… La plupart des affaires se trouvaient sur son lieu de travail ou dans son bureau. Le reste provient des poches d'un pantalon qui était dans un placard. Pantalon conservé dans le casier numéro 4.

Hoffner préféra ne pas insister. L'autre lui tendit son bloc-notes tout en se penchant vers son journal.

— Vous pouvez vérifier, si ça vous dit.

— Non. C'est bon.

Les pages retombèrent sur le bureau et Hoffner s'intéressa de nouveau à son plateau.

Drôle d'assortiment : cartes professionnelles, reçus, programme d'une exposition à la galerie Cassirer, en août de l'année précédente. Il y avait aussi l'anneau de son université – la Louis-et-Maximilien, à Munich –, une boucle d'oreille, trente marks environ en billets, mais rien ayant un rapport avec Phoebus ou Ostara. La logique nébuleuse de ces choix prouvait assez que le Kriminal-Assistent qui avait rassemblé cette collection était bien parti pour atterrir à la morgue.

Hoffner remettait tout dans le sac quand il remarqua un insigne entre les feuilles du programme. Ce n'était pas plus gros qu'un ongle et, lorsqu'il le retourna, il vit une aigle aux ailes déployées, perchée sur une couronne de feuilles. Celle-ci entourait deux lettres, de l'alphabet runique apparemment.

Sa première pensée fut pour Goebbels et sa minuscule médaille, mais Hoffner reconnut autre chose – seul ennui, il ignorait absolument de quoi il s'agissait. Il continua donc à fixer les symboles.

Une minute avait dû s'écouler lorsqu'une voix venue du bureau le surprit.

— Tout va bien ?

Hoffner leva les yeux. L'homme l'observait.

— Pardon ?

— Votre respiration… On l'entend jusqu'ici… Vous avez un problème ou quoi ? Qu'est-il arrivé à votre visage ?

Hoffner sortit de sa rêverie.

— Non, pas de problème.

L'homme attendit un peu avant de retourner à son journal.

Ce fut grâce à cette interruption que Hoffner comprit. Quand il regarda à nouveau l'insigne, il trouva l'explication de la présence de l'anneau universitaire dans le sac ainsi que de la liste de noms au bas de la feuille du document qu'il gardait dans la poche de son manteau, et il sut qu'il avait eu raison de rendre visite à feu Herr Thyssen. Il suivit du regard l'alignement des tiroirs de la pièce et se dirigea vers le numéro 11.

Le cadavre de Thyssen, d'une pâleur chimique, glissa doucement vers lui. Cependant, Hoffner ne s'attarda pas sur l'expression figée du visage. Serrant le biceps gauche, il écarta peu à peu le bras du torse. Dans l'espace ainsi créé – la rigidité du corps entravait son geste – il repéra les contours de deux symboles gravés dans la chair molle du dessous du bras, au niveau des côtes supérieures, identiques à ceux de l'insigne.

L'idée qui surgit dans son esprit lui gonfla la poitrine : Hoffner avait déjà vu ces symboles, il les avait étudiés. Les savoir actuellement enfermés dans un dossier, quelque part dans son bureau, ne fit qu'aviver le goût acide qui lui montait à la gorge.

Rosa

C'était comme si huit années s'étaient effacées en l'espace de quelques minutes.

Assis à son bureau, Hoffner ne comprenait pas comment il avait pu oublier cet emblème. Les mêmes doutes lancinants, le même aveuglement qui, à l'époque, s'étaient parés des couleurs du succès revenaient se manifester sous la forme de dix feuillets jaunis étalés sous ses yeux.

Il chercha la bouteille de brandy dans son tiroir et commença à lire :

Réunions de la Société de Thulé, période du 4 décembre 1918 au 18 janvier 1919. Notes prises par Stefan Meier, Kriminal-Bezirkssekretär[1], *Kriminalpolizei, Munich.*

4 décembre : première réunion hors de la brasserie. Nous nous retrouvons dans la maison d'Anton Drexler, serrurier employé dans les dépôts de matériel du chemin

1. Littéralement : responsable de district, soit brigadier-chef. (*N.d.T.*)

de fer. Drexler est un petit homme maladif qui parlera pendant plus d'une heure de « l'abâtardissement » du peuple allemand et de la corruption du régime socialiste. Pour évoquer certains membres du gouvernement, il dit le « Juif Eisner » et le « Juif Scheidemann ». Nous sommes neuf. Je crois que nous constituons seulement une des nombreuses cellules d'« Initiés » à se réunir dans la ville ce soir-là. Au contraire d'Eckart, Drexler est un piètre orateur. Pour la prochaine réunion, on nous demande d'apporter des documents prouvant notre ascendance aryenne.

9 décembre : nouvelle rencontre chez Drexler. Après examen de nos documents, quatre parmi nous seulement seront autorisés à rester. Deux autres membres de la Société sont présents mais on ne dévoile pas leurs noms. L'un d'eux est médecin. Il fait une prise de sang à chaque participant. On nous distribue ensuite des exemplaires de deux ouvrages écrits par Guido von List (*L'Indomptable* et *Le Secret des runes*), des magazines publiés par Jorg Lanz von Liebenfels (*Prana* et *Ostara*), un annuaire des organisations pangermaniques et antisémites signé Philipp Stauff (*Das deutsche Wehrbuch*[1]) et le manifeste de la religion armaniste, émanation d'une organisation qui se fait appeler l'Ordre teutonique Walvater du Saint-Graal, rédigé par Hermann Pohl. Un extrait du numéro 69 de l'*Ostara I*, de Liebenfels, donne un aperçu des pensées qui se cachent derrière tous ces écrits : « Le Saint-Graal est un symbole électrique relevant des pouvoirs panpsychiques de la pure race aryenne. La quête du Graal par les Templiers était une métaphore des strictes pratiques eugénistes en vigueur dans cet ordre et destinées à créer une race divine. »

1. *Manuel de défense allemand.* (*N.d.T.*)

13, 18, 24, 29 décembre : nous nous retrouvons dans la maison du journaliste Karl Harrer (fondateur du Cercle politique des travailleurs et président du Parti ouvrier allemand – voir ci-dessous). Il n'est pas meilleur orateur que Drexler et, durant quatre soirées, il nous détaillera l'histoire de la Société (voir ci-dessous), les rituels de la Renaissance et de l'Ordre (voir ci-dessous), l'Engagement du peuple pangermanique (voir ci-dessous) et la hiérarchie des races (voir ci-dessous). Chacun de nous doit réciter de longs passages de *L'Indomptable*, et faire la preuve de son endurance physique et de sa force en supportant pendant de longs moments des objets lourds posés sur la poitrine.

5 janvier : on nous conduits dans une maison en lisière de la ville où, pour la première fois, nous découvrons les rites d'initiation. Chacun doit se mettre nu, accepter que, sous la partie inférieure du bras gauche, on pratique l'incision de deux symboles runiques, se soumettre à l'imposition des mains par un homme que nous devons appeler Tarnhari. On nous dit qu'il est la réincarnation du dieu-guide de la tribu germanique préhistorique des Wölsungen. On nous demande alors de réciter de mémoire des passages de *L'Indomptable* et de faire un vœu pour honorer la pureté de notre sang.

9, 14, 15 janvier : les rituels se poursuivent dans la maison de Rudolf Freiherr von Seboottendorf, où nous rejoignent sept autres Initiés. Seboottendorf est un mystique qui a pratiqué la méditation soufie. Trois nuits durant, il dirige une séance rituelle censée nous mettre en contact avec les Anciens de la civilisation perdue de l'île de Thulé. Seboottendorf est le seul parmi nous à entrer en contact.

18 janvier : nous voici dans une loge de la Seitzstrasse où on nous présente aux membres de la Société de Thulé. Nous sommes, selon les estimations, environ soixante-dix. Je parviens à retenir une vingtaine de noms à peu près (voir ci-dessous).

L'agent qui avait infiltré la Société de Thulé, et rédigé le rapport en 1919, fut retrouvé mort dans son appartement trois jours plus tard – on conclut à un suicide. Jusqu'à aujourd'hui, les amis de Hoffner à la Kripo de Munich étaient restés sceptiques – à juste titre. Hoffner rabattit la couverture et effleura l'étiquette du pouce : DEMANDES DE CONSTRUCTION D'UN ÉGOUT – DOSSIER D'URBANISME – 1906.

Comme les gens de Phoebus, Hoffner s'était quelque peu trompé en classant ses dossiers. Encore maintenant, l'affaire Rosa Luxemburg était trop brûlante pour lui permettre de ranger définitivement les documents la concernant. Rosa la Rouge – la « Diablesse juive » – avait été retrouvée dans un canal, huit années plus tôt, et si on continuait à se poser des questions sur sa disparition, sa mort avait marqué l'interruption fracassante de la révolution de 1919.

Pendant des semaines, Berlin avait été livré aux soldats qui occupaient les rues et avait été le théâtre de batailles rangées le long de la Siegesallee, sur le pont du château des Hohenzollern, on avait vu des ouvriers armés décidés à détruire tout ce qui leur tombait sous la main – et puis, deux balles tirées dans la nuque avaient suffi à éliminer Rosa Luxemburg et Karl Liebknecht. Privés de leurs chefs, les communistes avaient été vaincus.

Mais qu'étaient devenus les corps ? Celui de Liebknecht réapparut le lendemain matin – piétiné, massacré, ensanglanté – « un inconnu » victime des combats de rue. Mais pas celui de Rosa. Il restait introuvable.

Deux mois s'écoulèrent et tout le monde se posait la question : où était-elle ? N'avait-elle pas survécu ? Ne s'était-elle pas réfugiée chez les bolcheviks, où elle préparait son retour, avec l'appui des camarades Lénine et Trotski ? Devait-on s'attendre à revivre un tel cauchemar ? Enfin, grâce à Dieu, le petit cadavre était remonté à la surface – gonflé, défiguré. Pendant tout ce temps, il était dans l'eau. C'est du moins ce que voulurent croire les Berlinois[1]. La ville pouvait de nouveau respirer. Il n'y avait jamais eu d'affaire Luxemburg. La Kripo et la Polpo n'avaient jamais été obligées de se défendre de certaines accusations. On pouvait juste parler d'une foule en colère qui avait tué, non sans raisons, une communiste fanatique. Les Berlinois s'empressèrent d'oublier la menace qu'avait représentée Rosa.

Et voilà que Hoffner se retrouvait avec son dossier sur les bras. Le document concernant la Société de Thulé était déjà assez effrayant mais, au-delà de la découverte du corps pendu du brigadier, c'était plutôt l'arrière-plan de cette affaire qui l'inquiétait – notamment les événements survenus pendant les huit semaines au cours desquelles Berlin retenait son souffle en espérant la réapparition du cadavre de Rosa : on pouvait s'interroger sur la nature des liens complexes entre les Thuléens et un tueur en liberté qui agissait toujours selon le même cérémonial. Qu'en était-il des manœuvres qui avaient installé dans l'âme de la foule une peur panique du bolchevisme ? Enfin, que penser de la mort de Rosa et du fait que son corps, récupéré la nuit

1. En mai 2009, Michael Tsokos, directeur du département de médecine légale de l'hôpital de la Charité à Berlin, annonçait la découverte, dans les sous-sols de l'Institut, du corps d'une femme aux caractéristiques physiques fortement similaires à celles de Rosa Luxemburg. (*N.d.T.*)

même de sa mort, avait été dissimulé par la Polpo jusqu'au moment où il pourrait servir à accroître l'angoisse de la population ? Tout cela était l'œuvre des Thuléens et ces gens ne poursuivaient qu'un seul but : faire chuter un gouvernement fébrile et inexpérimenté dans l'espoir d'imposer leur propre idée de l'ordre et de la pureté : une renaissance s'inspirant du mythe aryen, à jamais gravée dans la chair sous l'aspect de ces minuscules symboles runiques.

Sascha avait été conquis par l'idéologie de ces hommes. Fichte avait été trahi par eux et Martha avait perdu la vie. Désormais, ces Thuléens, qui s'étaient servis de Rosa Luxemburg – et d'Hoffner lui-même – avant d'être obligés, contraints par leur échec, de retourner pendant huit années dans la clandestinité, refaisaient surface à Berlin.

En 1919, Hoffner avait eu de la chance, assez de chance pour trouver dans l'enchevêtrement des événements un certain nombre de détails qui lui avaient permis d'agiter la menace de les dénoncer. Le prix payé avait été trop lourd et c'était peut-être pour cela qu'il avait choisi de tout oublier.

Il se versa un autre verre et décrocha le téléphone. Sans dévoiler leur visage, les membres de la Société de Thulé avaient trouvé une vitrine pour leur message. Quant à savoir pourquoi ils s'aventuraient dans le monde du cinéma, du son et du sexe, c'était une autre affaire.

— Allô, dit Hoffner quand il eut la ligne. Kriminal-Kommissar Nikolaï Hoffner.

La femme à l'autre bout du fil parut s'animer à l'annonce de son grade.

— J'aimerais parler à quelqu'un de la rédaction politique. Quelqu'un qui connaît bien les partis, les organisations… Berlin, Munich… Oui. Merci.

Une demi-heure plus tard, Hoffner souligna une date – octobre, 1926.

— C'est très aimable à vous, Herr Wenkel… Non, je n'aurai pas besoin d'un abonnement gratuit… Bien entendu, si je tombe sur quelque chose d'intéressant, le *Tageblatt* sera le premier informé… Parfait.

Il raccrocha le téléphone et considéra ses notes. Tout cela semblait si simple quand c'était en ordre sur une feuille de papier. On tirait quelques flèches entre les dates et on passait directement de l'arrière-salle d'une brasserie munichoise au Pharus :

1917 : création du Cercle politique des travailleurs →

1918 : des membres du Cercle créent le Parti ouvrier allemand →

1919/1920 : achat par le Parti ouvrier du *Völkischer Beobachter* (quotidien publié par Dietrich Eckart) →

1920 : nouvelle direction et changement de nom : Parti national-socialiste des travailleurs allemands →

1923, novembre : échec du « putsch de la brasserie », à Munich (réplique à l'occupation de la Ruhr par la France, conséquence du non-paiement par l'Allemagne des dommages de guerre ; les meneurs sont le général Erich Ludendorff et un caporal inconnu, Adolf Hitler) →

1923, décembre : mort d'Eckart (crise cardiaque) →

1924, avril à décembre : chefs des putschistes emprisonnés à Landsberg (Ludendorff acquitté) →

1925 : douze sièges gagnés au Reichstag →

1926, octobre : Joseph Goebbels à Berlin.

C'était un beau sujet d'enquête pour un journaliste désireux de se faire un nom. Non pas que l'homme du *Tageblatt* soupçonnât le moins du monde le lien entre la Société de Thulé – branche active du Cercle politique des travailleurs – et le groupe qui avait désormais pris le nom de Parti national-socialiste des travailleurs allemands. De même, il n'aurait pu deviner que l'inspecteur qui lui demandait des tuyaux avait assisté à une soirée plutôt intéressante, en 1919, dans une de ces tavernes munichoises, à écouter les vitupérations ivres d'un Thuléen, feu Eckart. Vu les quantités de schnaps que le bonhomme ingurgitait, Hoffner estima que l'arrêt cardiaque qui avait provoqué sa mort relevait d'un diagnostic bénin.

C'est le lendemain matin qu'il avait reçu le dossier qu'il avait sous les yeux. Si l'on considérait les noms des membres et des publications, il devenait évident que les Thuléens avaient bénéficié de fonds secrets dès 1919. Pourtant, selon le journaliste du *Tageblatt*, le nouveau parti national-socialiste criait misère. Bien entendu, divers coups d'État ratés, assortis de condamnations judiciaires, avaient asséché ses caisses. Le parti attirait aussi des gens très différents. Il n'était donc peut-être pas si surprenant d'entendre la dernière incarnation thuléenne le considérer comme un « parti pour intellectuels » – dont le représentant typique était un intellectuel au chômage, fauché, marginalisé, chasseur de Juif et anticommuniste – mais comptant assez de membres pour utiliser la violence sans l'aide des vieux complices qu'avaient été les Freikorps.

Malgré tout, les Thuléens avaient réussi à trouver de quoi financer l'achat par Phoebus de l'immeuble du Hasenheide. Finalement, la première intention de Hoffner ce matin-là – aller parler à Lang – tombait à pic.

On avait lavé la moquette de l'entrée la nuit précédente et c'est par une odeur de laine mouillée et de lessive que Hoffner fit connaissance avec le Deutsches Theater. Il avait échappé au pire. Il aurait pu entendre chanter derrière le mur de portes.

Le théâtre était sombre quand il y pénétra. Les rangées de sièges ressemblaient à des légions de nains silencieux se préparant à l'assaut. La seule chose qui les retenait d'envahir la scène était la présence d'une ampoule nue dont la lueur créait des ombres menaçantes jusqu'à la fosse d'orchestre. L'effet était sans doute assez sinistre pour les veuves joyeuses et les princes studieux, mais peut-être y avait-il là matière à conversation pendant les pauses-déjeuners.

À l'entrée, le responsable de la sécurité lui avait dit de se rendre dans le Kammerspiele, le petit théâtre, où on répétait et jouait les vraies pièces. Il passa rapidement sous le balcon, contourna l'aile gauche de l'armée des nains et franchit une porte qui donnait sur un escalier. Très vite, il reconnut le phrasé caractéristique des acteurs. Il tira une autre porte et se retrouva sous le feu d'une vingtaine de paires d'yeux, dans un silence absolu. La scène était juste à sa droite, à moins d'un mètre. Devant lui, une quinzaine de rangées s'élevaient vers les ombres du mur, au fond. La plupart des yeux formaient de petits groupes, de-ci, de-là. Chacun demeura figé jusqu'à ce qu'un homme se dresse.

— C'est une répétition à huis clos, *mein Herr*. Je vous prierai de sortir.

Pour la seconde fois ce jour-là, une voix quelque part dans l'obscurité prit la défense de Hoffner.

— C'est ma faute, Max.

C'était Lang.

— Par ici, Nikolaï.

Une lueur se refléta sur un étui à cigarettes, côté mur. Hoffner s'orienta dans ce sens.

Cette fois-ci, Lang occupait un siège de la dernière rangée.

— Froussard, dit Hoffner.

Amusé, Lang eut un rire grave et lui offrit une cigarette.

— Pour les films, inspecteur. Nous sommes au théâtre. Plus on est loin, mieux on voit.

Hoffner accepta la cigarette et s'assit.

— Et qu'est-ce qu'on regarde ?

— Des acteurs.

— Vous ne paraissez guère enthousiaste.

— Que je doive les utiliser ne m'oblige pas à les aimer.

— Cela dit, les actrices…

— C'est très différent, bien entendu.

Les trois hommes sur scène reprirent le texte qui les occupait. L'un d'eux, perché sur une échelle, tenait un grand seau à deux mains.

— Aimez-vous Brecht, inspecteur ? demanda Lang.

— Je ne vais pas souvent au théâtre.

— La plupart des gens qui l'aiment ne vont pas souvent au théâtre. Ceux qui n'y vont jamais l'adorent.

Hoffner alluma sa cigarette.

— Le gars avec le seau est-il censé laver le plafond ?

— Aucune idée, et ça fait près d'une heure que je le regarde. Que puis-je pour vous, inspecteur ?

Hoffner posa son chapeau sur le siège entre eux.

— Vous allez recevoir un coup de téléphone d'un jeune producteur. Il vient d'être congédié par Phoebus.

Hoffner attendait au moins un signe prouvant que Lang avait écouté, mais celui-ci continua à fixer la scène sans lui offrir même un battement de cils.

— On raconte qu'ils ont des problèmes, commença Lang. Maintenant, est-ce si étonnant avec…

— Oui, l'interrompit Hoffner. Avec toutes ces histoires pleines de nichons à l'air et de goules hurlantes. Je suis au courant.

Lang hocha la tête et grimaça quand le seau tomba par terre à grand fracas.

— Ça lui arrive à peu près toutes les dix minutes. Je crois qu'il en a marre. Maintenant, c'est peut-être dans l'histoire. Allez savoir. Et pourquoi devrais-je recevoir un coup de fil de ce producteur ?

— Il m'a rendu service.

— Il vous a présenté une de ses jeunes amies ?

— Il m'a donné accès à certains dossiers précieux.

Les yeux de Lang suivirent le seau quand il regagna le haut de l'échelle.

— Très gentil de sa part. Et maintenant vous voulez que je fasse travailler ce petit salopard. Je serais heureux de l'aider.

L'homme parvint au sommet.

— Au fait, dit Lang, à propos de jeunes femmes, avez-vous retrouvé la vôtre ?

— La vôtre, pas la mienne, répondit Hoffner. Le nom de votre femme se trouvait dans un des dossiers.

Le regard de Lang demeura impassible.

— Leur aurait-elle écrit un scénario, inspecteur ? Ce serait une rupture de contrat. Vilain, ça, très vilain.

Hoffner en avait assez du charmant Fritz Lang.

— Elle leur a prêté de l'argent. Beaucoup d'argent, à mon avis. Serait-ce le vôtre, monsieur Lang ?

Les traits du réalisateur se durcirent, mais il continua à regarder la scène.

— Je crois que vous faites des films plutôt risqués.

— Moi ?

— Et que vous utilisez de pauvres malheureuses.

— Vous me voyez perplexe, monsieur l'inspecteur.

— Je n'en crois rien.

Pour la première fois, Lang se tourna vers lui. La froideur de son regard ne constituait pas une surprise pour Hoffner.

— Eh bien, vous vous trompez.

Dire les choses franchement n'était pas une réaction naturelle chez Lang et il en devenait d'autant plus fascinant.

— Qu'est-il arrivé à votre bouche ? demanda-t-il.

— Déjeuner !

À peine le mot avait-il claqué dans la salle que les acteurs avaient déserté la scène ; l'un d'eux remontait l'allée vers Lang, trop vite pour son petit corps mince et emprunté.

— Fritz ! lança-t-il dès qu'il se glissa dans la rangée où ils se tenaient.

— Celui-là, vous allez l'apprécier, inspecteur, souffla Lang avant de se retourner. Bourré de talent, mais ne lui montrez pas que vous le savez.

Lang lui fit face, tout sourire.

— Comme c'est gentil de venir me dire un petit bonjour !

— Tu as regardé ?

— Bien sûr. Dis à Klaus de mieux tenir son seau.

Le petit homme eut l'air confus puis ravi et son visage se ratatina comme s'il n'était plus composé que de pommettes.

— Très drôle. D'accord, je le lui dirai.

Lang fit un geste vers Hoffner.

— Un ami, Nikolaï Hoffner.

— Vous n'êtes pas acteur, n'est-ce pas ? demanda l'homme.

— Non.

— Bien. J'ai cru un moment que Fritz vous donnait mon rôle. Fritz, tu n'as pas l'intention de lui confier mon rôle ?

— *Ton* rôle ? Je ne crois pas t'avoir donné un rôle, inutile de t'inquiéter. Nikolaï, je vous présente Peter Lorre. Peter Lorre, Nikolaï Hoffner.

Les deux hommes se serrèrent la main.

— Vous pourriez être acteur, dit Lorre. Votre regard est très intéressant. Le genre amoché qui ferait des merveilles.

— Je le prends comme un compliment.

— Surtout pas, rétorqua Lang.

— Et donc vous, Herr Lorre, vous êtes bon dans ce genre ?

— Oh, non ! fit Lorre en souriant. Je suis un petit Juif pas beau du tout. Je fais rire. Qu'est-ce que je pourrais faire d'autre ?

— Tu pourrais leur faire peur, Peter. Les Juifs sont très bons dans ce registre.

Lorre se fendit d'un sourire malicieux.

— C'est que j'aime jouer à contre-emploi. Quelle excuse as-tu trouvée, Fritz ?

Lang parut surpris par son propre rire.

— Tu me trouves si effrayant que ça ?

— Tu te dis seulement à moitié juif, reprit Lorre. Tu n'es peut-être donc pas si effrayant, mais je ne te crois pas. Pour moi, tu es juif à cent pour cent. C'est Nikolaï ici qui ne l'est qu'à moitié. Est-ce que je me trompe, Nikolaï ?

L'expression de Hoffner suffit à encourager Lorre.

— Tu vois, Fritz. C'est ça un acteur. Il lit derrière les masques.

Il regarda Hoffner.

— Votre mère ?

Hoffner attendit un peu avant de répondre.

— Bien vu.

— C'est à cause du nom, Hoffner. Pas très juif.

— Pas comme Lorre, dit Lang.

L'acteur se mit à rire.

— Touché. Ce n'est pas demain la veille qu'on verra un László Löwenstein à l'affiche d'un film de Fritz Lang.

— Ni un Peter Lorre, d'ailleurs, s'amusa Lang.

Lorre sourit à Hoffner.

— Il essaye d'être cruel, mais il n'est pas très bon à ce petit jeu.

Il fouilla dans sa poche et en sortit une page de journal pliée en deux.

— Tu connais, bien sûr, Fritz ?

Sans attendre de réponse il déplia la page et lut : « Seule apparition remarquable, celle du jeune Peter Lorre, qui, quel que soit son rôle, fût-il le plus mince, le plus stupide, ne cède pas à la routine mais nous offre un portrait grotesque de la condition humaine. Ce talent de comédien, le plus fort peut-être et le plus original de la troupe du Kammerspiele, mérite d'être chaudement encouragé et soigneusement mûri. »

— C'est toi qui l'as écrit ? demanda Lang.

— Je n'aurais pas su être aussi subtil, admit Lorre. Tu n'as pas vu *Jeunes filles sur un canapé*, n'est-ce pas ?

— Pas au théâtre, dit Lang.

Une voix appela près de la scène. Lorre se détourna et agita la main.

— On n'a qu'une demi-heure pour déjeuner, s'excusa-t-il auprès de Lang. Vous serez là à mon retour ?

— Sans doute pas.

— Mais tu auras quelque chose pour moi bientôt ?

— Pense à la peur, Peter, souffla Lang. Pense à ce que tu pourrais en faire.

Le rictus de Lorre était un peu forcé.

— La mienne ou celle de quelqu'un d'autre ?

— Est-ce qu'il y a une différence ?

Lang retira son monocle et entreprit de l'essuyer sur son revers.

— Bien… tu fais rire les gens. Tant mieux pour toi. Entre les faire rire et les terrifier, il n'y a presque rien…

À présent Lorre avait le visage grave.

— Tu crois que je l'ignore, Fritz ?

— Regarde-toi un peu… Le problème c'est qu'ils veulent rire dès que tu apparais. Ils ont *besoin* de rire. Et tu t'en contentes, parce que, dans le cas contraire, tu devrais leur montrer la facette de ton personnage qui te fait si peur.

Lorre lança un coup d'œil à Hoffner. Il rit, mal à l'aise.

— Fritz me connaît tellement bien !

— Vois-tu, ajouta Lang. Même en ce moment tu ne le supportes pas.

Il remit son monocle en place et sourit.

— Et c'est cela qui te rend si particulier, Peter.

Lorre fit de son mieux pour s'en amuser avec naturel, mais chacun se sentit quelque peu embarassé. Il finit par se tourner vers Hoffner.

— Ça m'a fait plaisir de vous rencontrer, Nikolaï. Fritz…

Il regagna l'allée d'une démarche tout aussi gauche que la première fois.

— Il va changer la manière dont les gens regardent les films, déclara Lang. Mais il n'en sait rien.

Hoffner termina sa cigarette et l'écrasa dans le cendrier de son siège.

— Vous êtes donc juif. En voilà une surprise !

Lang suivait Lorre du regard.

— Je n'en fais pas mystère.

— Vous ne vous en vantez pas non plus.

— Ceux qui ont intérêt à ce que je le sois, en bien ou en mal, le font pour moi. C'est ça, être allemand.

Il se tourna vers Hoffner.

— Et il semblerait que vous aussi le soyez, si je ne m'abuse.

— Mais pas votre femme.

Lang scruta Hoffner avant de répondre.

— Non, pas ma femme.

Si Fräulein von Harbou s'était montrée indiscrète, peut-être que les Thuléens n'avaient pas sourcillé. Cependant, il était désormais inutile d'envisager l'implication directe du Juif Lang.

— Quand même... dit Hoffner. Tout cet argent. C'est à se demander où elle le trouve.

Hoffner guettait un autre regard glacial. Au contraire. Le visage de Lang ne lui avait jamais paru aussi ouvert.

— Réfléchissez un peu, inspecteur. Je ne suis pas stupide. Peu importe dans quelle activité Thea s'est lancée, cela n'a rien à voir avec moi, mes fréquentations ou mes projets. Je suis le seul à gérer mes comptes. Thea a pu gagner quelque argent avec un de ses livres, bien que ça ne rapporte guère, et n'allez pas vous imaginer que j'ignore l'usage qu'elle fait du moindre pfenning. Souvenez-vous, monsieur l'inspecteur, que ma réputation aussi est en jeu et ce n'est pas quelque chose que je prends à la légère. Autrement dit, à partir de maintenant, j'aurai besoin de savoir jusqu'où vous mènera votre enquête. Je suppose que, tous les deux, tant qu'elle durera, nous allons garder un œil sur ma femme.

Son regard s'adoucit.

— Bref, beau travail, inspecteur, déclara-t-il, détendu.

Il se leva.

— Peter ! appela-t-il.

Lorre se trouvait au pied de la scène.

— Ne disparais pas en douce. Je t'invite à dîner la semaine prochaine et je te montrerai un scénario. Ça te convient ?

Lorre eut un sourire contraint puis invita l'ami qui l'accompagnait à le précéder.

Lang regardait toujours devant lui.

— C'est ce que je disais. La réalité au-delà de la vérité. Maintenant, vous allez y être confronté.

Il considéra Hoffner.

— Un terrain inconnu pour vous, monsieur l'inspecteur, et qui m'est très familier.

Metropolis

Elle occupait une des tables près de la fenêtre. Il y avait deux tasses, dont l'une face à la chaise vide.

— Je t'ai commandé un café, dit-elle, sans lever les yeux.

Hoffner s'assit et entoura sa tasse d'une main. Elle était glacée.

— Désolé, je suis en retard.

Elle leva la main et un serveur approcha.

— Deux autres cafés. Et la carte.

L'homme emporta les tasses et Hoffner prit une cigarette dans son paquet. C'est alors seulement qu'elle remarqua l'état de son visage.

— Mon Dieu ! Qu'est-ce qu'il t'est arrivé ?

— Je suis tombé.

— Combien de fois ?

Il sourit.

— Ta matinée s'est bien passée ?

Elle n'était pas d'humeur.

— Ça a été pénible… Ritter m'a appelée pour savoir si tu avançais dans ton enquête.

— Vraiment ?

Hoffner alluma sa cigarette.

— Qui d'autre a-t-il mis sur l'affaire ?

Hoffner n'avait pas encore envisagé cette possibilité, mais cela lui parut assez évident.

— Aucune idée.

Cette réponse, en revanche, était d'une logique douteuse.

Le serveur arriva et Leni versa une grande cuillerée de sucre dans son café.

— Et donc, tu laisses Ritter tenir les rênes ?

Elle continua à agiter sa cuiller.

— Que suis-je censée comprendre ?

— Le livre de comptes. L'appartement de Thyssen.

Il regarda le serveur.

— Je prendrai un sandwich au fromage.

L'homme s'éloigna.

— Tu fais ce que Ritter te dit de faire, et il ne te tient au courant de rien, déclara Hoffner.

Il cherchait à la provoquer et c'était réussi.

— Avoir couché avec moi la nuit dernière t'a rendu suspicieux, c'est ça ?

— Je voulais juste m'assurer que la femme blessée de ce matin n'était plus qu'un souvenir. Elle ne faisait guère avancer les choses.

Elle continuait à le fixer.

— Ta bouche, avec cette cicatrice, elle est mieux.

— Pas difficile…

— Qui joue à la bonne femme blessée, maintenant ?

Il sourit et se versa de la crème.

— Ritter ne veut pas que cette histoire s'ébruite, reprit-elle. Il ne montre pas son jeu. Il se contente d'accéder à la demande de la Metro et de la Paramount.

— Plutôt rester discret que chercher à la retrouver.

— Exactement.

— Pourquoi, dans ce cas, impliquer la police criminelle de Berlin ? observa-t-il, l'air de rien.

Quelque chose dans les paroles de Lang – sa remarque sur le « terrain inconnu » – avait touché juste. Le meurtre déguisé en suicide était un truc vieux comme le monde. Ce matin-là, Ritter aurait facilement pu tout nettoyer sur les lieux du drame

– enlever le corps de la baignoire, inventer une histoire d'amour malheureuse, peaufiner quelques détails rendant vraisemblable un fait divers banal : ce genre de mise en scène, Hoffner en était familier –, or Ritter n'avait touché à rien. Il savait que Hoffner serait amené à contacter Lang, qu'il partirait à la recherche de la Volker et qu'il finirait par aboutir dans l'appartement de Thyssen, où il tomberait sur Leni. Quelle meilleure façon de manipuler un homme que de le lancer sur un chemin inconnu en jalonnant ses pas de quelques traquenards déjà éprouvés !

— Thyssen était mort, dit Leni. Qui d'autre voulais-tu qu'ils appellent ?

— Qu'est-ce que j'en sais ?... C'est ton affaire.

Il nota la petite lueur familière dans ses yeux avant d'entendre sa réponse.

— Tu penses que je te cache quelque chose.

— Je pense que tu as décidé de ne pas voir certaines choses. Ce sont tes amis qui ont fait assassiner Thyssen.

— Non, ce ne sont pas eux.

Elle y avait mis tant d'assurance qu'il lui fallut un moment pour trouver une réplique.

— Qu'en sais-tu ?

— Parce qu'ils veulent toujours que je retrouve la fille.

Et voilà, l'évidence même : et, une fois de plus, ça lui avait échappé. Plus important, il avait besoin que Leni comprenne exactement la portée de cet aveu.

— Et pourquoi le voudraient-ils ?

Elle ne répondit pas tout de suite.

— Qu'est-ce que ça change ?

— Parce que tu as dit qu'ils voulaient retrouver la petite amie de Thyssen pour une seule raison : remonter jusqu'à lui. Ils ne vont pas t'expédier à Berlin dans le seul but de ramener un jouet sexuel.

C'était Thyssen, la cible. Lui mort, pourquoi continuer à chercher la fille ?

Elle hésita et baissa furtivement les yeux vers sa tasse.

— Ce n'est pas à moi de m'en préoccuper, lâcha-t-elle enfin. Ils veulent que je le fasse. Je n'ai pas le choix.

— C'est ce qu'ils t'ont dit ?

— Oui.

— Tu leur as parlé directement ?

— Tout se fait dans la discrétion, Nikolaï, répondit-elle d'un ton presque agressif. Ils contactent Ritter, qui me prévient à son tour.

Elle avait élevé la voix et, pour la première fois, il surprit une hésitation dans son regard.

Il la laissa s'installer entre eux avant de répondre.

— Très pratique, n'est-ce pas ? Pour Ritter, du moins.

Hoffner devinait le cheminement de ses pensées. Il suffisait de lui donner un coup de pouce.

— Si tu ne fais pas ce que les Américains t'ont demandé, où cela va-t-il te mener ?

Le doute dans ses yeux se mua en un sentiment plus sombre. Le serveur arriva avec le sandwich au fromage, mais Leni était déjà debout et attrapait son manteau.

Dans un bruit de gravier projeté contre le plancher, Hoffner gara la voiture sur un des emplacements vides devant la Grosse Halle.

Elle n'avait pas dit un mot depuis leur départ et elle continuait à regarder par la fenêtre. Sa cigarette était presque consumée.

— Tu vas te brûler, l'avertit Hoffner en coupant le contact.

Elle regarda sa main, écrasa le mégot dans le cendrier et, sans un mot pour Hoffner, ouvrit la portière et se dirigea vers les studios.

Le trajet dans l'ascenseur fut tout aussi charmant et le liftier eut la bonne idée de se concentrer sur la flèche qui scintillait entre les numéros.

L'antichambre de Ritter était déserte, hormis une secrétaire trop blonde et un garçon assis sur une chaise, une enveloppe à la main. Leni se dirigea vers le bureau avec un entrain surprenant.

— Bonjour, Fräulein ! lança-t-elle. Quelle jolie broche vous avez !

La fille lui décocha un sourire plus que réservé.

— Oui, merci, madame. M. Ritter est en réunion. Puis-je prendre un message ?

— Il veut me parler, assura Leni, très à l'aise. Pourquoi ne l'appelez-vous pas ?

La fille saisit son stylo et un bloc.

— Quel message dois-je noter, madame ?

Le beau visage de Leni se figea.

— Prenez votre téléphone, Fräulein, ou je crois que vous allez passer votre après-midi dans un sous-sol à ranger de vieux costumes. Ne vous inquiétez pas. M. Ritter trouvera bien le temps de vous baiser. Sans même éprouver le besoin de vous dire un gentil petit merci.

Hoffner remarqua le sourire finaud du garçon.

La fille laissa passer quelques secondes avant de soulever son téléphone.

— Monsieur Ritter… Oui, il y a là une…

— Fräulein Coyle, annonça Leni.

— Fräulein Coyle qui désire vous voir… Oui, monsieur.

La fille reposa le combiné, recula sa chaise, se leva, contourna le bureau et ouvrit la porte du bureau de Ritter.

— En voilà une bonne fille, dit Leni en passant devant elle.

Hoffner s'efforça de calmer le jeu d'un hochement de tête gêné.

Ritter était debout derrière son bureau.

— Fräulein ! s'exclama-t-il, affable. Et monsieur l'inspecteur… Nous n'avions pas rendez-vous, n'est-ce pas ?

— Vous vouliez être informé sans délai au cas où nous aurions du nouveau sur la fille. J'espère que je ne dérange pas ?

— Bien sûr que non… Asseyez-vous, je vous prie, les pressa-t-il en donnant l'exemple.

— Dites-le-moi encore une fois, commença Leni, l'air dégagé. Pourquoi devons-nous chercher cette fille, monsieur Ritter ?

L'embarras de Ritter fut très bref.

— Qu'avez-vous trouvé, Fräulein ?

— On pourrait peut-être appeler Los Angeles, pour leur apprendre les nouvelles.

Une fois de plus, Ritter hésita et consulta sa montre. Il hocha lentement la tête.

— Neuf heures de décalage… Ce qui nous donne, quoi, un peu moins de sept heures du matin ?

Il la regarda.

— Vous ne pensez pas qu'il est un peu tôt, Fräulein ?

— Je pense qu'ils y trouveront leur intérêt.

— Croyez-vous ?

Il scruta Hoffner.

— Vous faut-il parler à quelqu'un, en Californie, monsieur l'inspecteur, ou êtes-vous là pour faire acte de présence ?

Hoffner ne répondit pas. Il valait mieux attendre de savoir à quoi Leni voulait en venir.

— Qu'est-ce que vous espérez vraiment de la Volker ? reprit-elle.

Ritter demeura silencieux.

— Ne voulez-vous pas vous asseoir, Fräulein ? dit-il enfin.

— Et pourquoi donc ?

Ritter eut un sourire décontracté.

— Voyez-vous, chaque jour, j'ai une ou deux actrices qui débarquent en trombe, hystériques, et c'est mieux quand elles prennent un siège. Rien, Fräulein, n'est jamais aussi tragique qu'il y paraît.

— Personne n'a parlé de tragédie, monsieur Ritter, juste de vérité.

Ritter ne sourcilla pas.

— Je n'attends rien de cette fille. Ce sont vos amis de Los Angeles qui semblent ne pas pouvoir se passer d'elle.

— Thyssen est mort, coupa-t-elle. Ils ont eu ce qu'ils voulaient.

Hoffner se demanda s'il était jamais arrivé qu'une des actrices de Ritter présentât les choses d'une manière aussi froide et cruelle. Il fut forcé d'admirer l'imprudence de Leni.

Ritter lança un coup d'œil à Hoffner.

— C'est cela qu'ils voulaient ? Alors, j'aurai été mal informé.

— Vous pouvez tout arrêter, Ritter. Il est au courant. Il l'était avant moi.

Demi-vérité, mais Hoffner appréciait sa manière de mener sa barque. Que le flic paraisse plus malin qu'il ne l'était. Les avocats détestaient perdre le fil d'une argumentation, ça leur donnait des sueurs froides.

— Elle n'est pas aussi jolie que ça, d'ailleurs, continua Leni. Quoi qu'elle ait voulu faire dans le cinéma, mes gars de Hollywood n'auraient pas perdu une seconde après la sortie de scène de Thyssen.

Hoffner comprit que, loin de bouder, elle avait profité du trajet pour pousser assez loin sa réflexion. Elle avait su rassembler suffisamment d'éléments et voir au-delà de l'aspect sexuel. Qu'elle n'eût aucune idée de ce dont il retournait n'était pas une raison de l'empêcher de continuer à bluffer.

— Il est possible que vous ayez raison, admit Ritter. Il est possible que nous devions appeler Los Angeles, après tout.

Il avança la main vers le téléphone. C'est alors que Hoffner intervint :

— Est-ce que les Américains sont au courant pour M. Vogt, *mein Herr*, ou est-ce un détail que vous leur avez caché ?

Ritter interrompit son geste et dévisagea Hoffner.

— Pas de meurtres à Prenzlauer Berg pour vous retenir, cet après-midi, inspecteur ?

— Rien qui mérite mon attention.

— Comme hier, non plus, crois-je savoir.

Hoffner ne releva pas cette pique.

— Cela a dû être un sacré choc pour vous d'apprendre que la fille avait disparu au moment où Vogt allait mettre au point son appareil. Thyssen devait être dans un drôle d'état quand il vous l'a annoncé.

Ritter saisit son étui à cigarettes. Il en choisit une et l'alluma. Son silence n'était pas moins dépourvu de naturel que son charme.

— Où pensiez-vous que le livre de comptes m'aurait conduit ? finit par dire Hoffner.

Ritter chercha un cendrier.

— Ah, le livre de comptes, acquiesça-t-il d'un hochement de tête. Bien sûr. Voilà pourquoi vous êtes ici.

Tout en parlant, il se mit à faire des volutes dans le cendrier avec la fumée de sa cigarette.

— Je pense que vous êtes très bon dans votre travail, monsieur l'inspecteur, mais peut-être devriez-vous poser cette question à mademoiselle.

Leni avait essayé de suivre. À sa confusion succéda un air méfiant qui manquait de conviction.

— Rien ne prouve qu'il me l'aurait donné, mais quelle différence cela fait-il ?

— Aucune, apparemment, dit Ritter dont le regard ne quittait pas le cendrier.

Leni continuait à fixer Hoffner.

— Quel appareil ? De quoi parlez-vous ?

Hoffner dut se rappeler qu'ils étaient venus demander des comptes à Ritter. La manière dont elle avait réussi à s'inviter dans son bureau avait peu d'importance. Il décida d'insister.

— Elle a posé la question cruciale, *mein Herr*, n'êtes-vous pas d'accord ?

Ritter avait trop d'expérience pour trahir une émotion, mais Hoffner ne le lâchait pas du regard.

— Le son, Fräulein. Nous parlons du son. Du cinéma parlant.

Il lui fallut un moment pour réagir.

— Et vous étiez au courant, hier soir ?

Hoffner songea à répondre, sauf qu'il ne pouvait rien révéler. Le silence la rendit plus agressive.

— Mais ça n'y change rien non plus, pas vrai ?

— Bon, quand a-t-elle disparu ? demanda Hoffner.

— Il y a environ une semaine, déclara Ritter. Dans ces eaux-là.

— Et Thyssen vous avait dit que l'appareil et le plan étaient entre ses mains ?

— Quel salaud vous faites, Nikolaï ! s'exclama Leni.

Hoffner réussit à l'ignorer.

— Quand vous l'a-t-il dit ?

Ritter posa sa cigarette sur le cendrier.

— Il n'avait pas besoin de me le dire vu que la fille avait disparu.

Hoffner commençait à y voir plus clair.

— Les Américains ont voulu savoir où elle était et ils vous ont appelé.

— Ils attendaient un nouveau film auquel elle participait. Il n'est jamais arrivé. Ils l'aimaient beaucoup, c'est vrai.

— Mais pas pour les mêmes raisons que vous.

— Non, je l'avoue.

— Pour eux, seul le sexe comptait.

— Oui, admit Ritter d'un ton froid. Rien que le sexe.

Entendre cette confirmation de la part de Ritter n'était pas négligeable.

— Un peu risqué, alors, d'utiliser Fräulein Coyle pour trouver votre appareil une fois Thyssen mort, dit Hoffner.

— Fräulein Coyle cherchait une actrice de cinéma cochon, monsieur l'inspecteur. Vous l'avez déclaré vous-même, à l'instant. La Volker n'était rien d'autre pour les Américains. Pourquoi Fräulein Coyle l'aurait-elle considérée différemment ?

— Et si elle l'avait retrouvée ?

— Alors elle me l'aurait amenée. Fini l'aspect sexuel. Je peux vous assurer qu'Ingrid Volker n'aurait jamais fait la moindre allusion à un appareil de sonorisation devant un Américain.

— Sauf si elle comptait le leur vendre.

Ritter balaya l'objection de la main.

— C'est une supposition absurde, monsieur l'inspecteur.

— Pensiez-vous réellement que les Américains n'avaient aucune idée de vos activités ?

Ritter lui répondit d'un ton un peu aigre.

— Les Américains cherchent à racheter l'UFA, monsieur l'inspecteur. S'ils avaient eu vent de l'existence de M. Vogt et de ses avancées, nous ne serions pas en train de tenir cette conversation. Nous ne serions pas dans ce bureau. Les Américains auraient racheté les studios avant même que nous ayons utilisé le nouveau procédé de sonorisation. Et, si j'étais très chanceux – et les Américains très généreux –, j'aurais encore du travail, je chercherais à récupérer l'appareil de Vogt pour leur compte. Avec bien peu de chances de le retrouver.

Sous le coup de ces révélations, Hoffner n'en mesura pas immédiatement la portée. Sans la haine qu'il lisait dans ses yeux, Hoffner n'y aurait sans doute pas cru. Mais Ritter voulait se montrer franc. Seul ennui, cela n'avait pas de sens.

— Les Américains sont déjà maîtres des studios, rétorqua Hoffner. Il y a deux ans que cela a été réglé, par la création de la Parufamet.

— Croyez-vous ? répondit Ritter. Être maître de la distribution ne signifie en rien qu'on est propriétaire de la société, inspecteur. Oui, c'est un point important, mais ils sont encore loin d'avoir atteint leur but.

— Pourquoi, dans ce cas, n'ont-ils pas pris ce qui les intéressait ?

— Parce que, avant l'achèvement de *Metropolis*, le génial monument de M. Lang, nous arrivions à nous en sortir. Difficilement, mais on y arrivait. Les Américains patientaient, comptant sur notre désespoir pour dicter leurs conditions. Et voilà que Lang a sorti son chef-d'œuvre, et le ciel nous est tombé sur la tête.

Cette fois-ci, Ritter disait des inepties.

— Difficilement ? *Metropolis* rapporte une fortune.

— C'est ce que vous a raconté Lang ?

Hoffner n'éprouva pas le besoin de répondre.

— Bien sûr… Je pense même qu'il le croit sincèrement. Dites-moi, monsieur l'inspecteur, avez-vous vu le grand œuvre ? C'est incompréhensible. Et ennuyeux.

Mortellement ennuyeux. Encore, je suis gentil. C'est un exploit peu courant, d'arriver à concilier les deux, mais Lang est vraiment doué.

Soudain les choses allaient trop vite.

— Et les Américains étaient au courant ?

— Qu'on allait vers la catastrophe ? Bien sûr.

— Ça vous a coûté combien ?

— Au départ ? J'estime à deux millions de marks le dépassement du budget. Là, on approche de quatre.

Hoffner fut abasourdi par l'aisance avec laquelle Ritter lançait de tels chiffres.

— Et ça suffit à vous jeter au fond du désespoir ?

— Oh, bien au-delà, inspecteur !

Ce qui n'expliquait pas les films cochons.

— Vous êtes en train de me dire que votre seul recours était le sexe ? Ridicule.

Ritter hocha la tête, guère impressionné.

— Je ne pouvais plus laisser passer.

Pour la première fois depuis un bon moment, Ritter tint compte de la présence de Leni.

— Vos amis à Hollywood ont des goûts assez particuliers, n'est-ce pas, Fräulein ?

Elle ne put faire autrement que de le regarder.

— Des goûts auxquels vous étiez très heureux de vous conformer.

— Ah bon ?

Ce n'était pas la réponse qu'elle attendait.

Ritter récupéra sa cigarette.

— Ces films me révoltent autant que vous ! protesta-t-il.

— Vraiment ?

Ritter se fit plus cassant.

— Je me permets de vous rappeler, Fräulein, qu'on vous a envoyée ici pour ramener une fille censée se livrer à des actes innommables pour vos amis américains et voilà que vous m'accusez ? Je vous en prie !

— Pourquoi les produire, dans ce cas ? demanda-t-elle.

— Il se trouve que je ne les ai pas produits.

Ritter inspira longuement et Hoffner se demanda si les choses pouvaient rester claires plus de quelques secondes.

— Il va falloir que vous vous expliquiez, dit Hoffner.

Ritter inhala une dernière bouffée.

— Vraiment ?

Il écrasa sa cigarette.

— Essayons de vous présenter les choses simplement, monsieur l'inspecteur. Il y a encore environ deux mois de cela, je parlais deux ou trois fois par jour au téléphone avec les Américains. J'essayais de les convaincre que leurs informations sur *Metropolis* étaient inexactes, que nous étions en bien meilleure posture qu'on ne le prétendait. Bien sûr, ils savaient que ce n'était qu'une question de temps. Ils se préparaient à faire une offre et à terminer le travail commencé deux années plus tôt avec le contrat de distribution. Naturellement, plus les choses se présentaient mal pour *Metropolis*, plus leur prix baissait. Et ça n'arrêtait pas de baisser… J'allais être acculé à dire oui quand, un jour – comme ça –, j'ai cessé de recevoir des propositions. Après ça, ils ont changé leur fusil d'épaule : ils cherchaient désormais le moyen de produire en s'associant avec nous. Ils avaient de nouveau foi en la puissante UFA. Et je n'arrivais pas à me l'expliquer.

— C'est arrivé alors même que les films cochons commençaient à être produits ? demanda Hoffner.

— Le jour même.

— Thyssen travaillait donc en solo ?

Ritter essuya la cendre qu'il avait sur les mains.

— Manifestement.

— Et quand a-t-il décidé de vous mettre au parfum ?

— Quand il a eu besoin de plus d'argent.

Hoffner décida de porter un coup à sa façon.

— Vous avait-il informé du contenu des films destinés aux Américains ?

— Oui, concéda Ritter au bout d'un moment.

— Ce qui vous a consterné.

— Ne prenez pas cet air suffisant, inspecteur. Peu importe ce qui a permis de calmer les Américains, cela nous a donné un répit. Je sais que ce n'est guère courageux, mais je n'allais pas me soucier des moyens mis en œuvre pour gagner du temps.

— Donc, à cause de quelques scènes ignobles, ces hommes d'affaires américains si futés renoncèrent subitement à prendre le contrôle total de l'UFA, désireux qu'ils étaient de lui offrir un second souffle ? C'est… remarquable.

Hoffner surprit la première fissure dans l'armure arrogante de Ritter.

— Ce sont des Américains, inspecteur. Ils n'expliquent pas les raisons de leurs actes. Et ils sont assez particuliers quand il s'agit de sexe.

Hoffner se montra tout aussi désinvolte.

— En fait, vous vous en moquiez. Que cela ait un sens ou non.

— Oh, mais cela en avait un ! affirma Ritter, retrouvant toute son assurance. Ils avaient des exigences précises : taille des seins, forme des pieds et des fesses, positions. Ils savaient ce qu'ils voulaient, sans aucune pruderie.

Hoffner essaya d'oublier la présence de Leni.

— Je me répète : vous vous en moquiez.

— Oui, admit Ritter. Je m'en moquais.

— Même si vous n'ignoriez pas que Vogt se servait de ces films pour améliorer son procédé ?

Ritter marqua un temps d'arrêt.

— Voyez-vous, à cette époque-là, *j'ignorais* que Herr Vogt était impliqué. Il me semble que Herr Thyssen n'estimait pas nécessaire de me mettre au courant.

Une fois de plus, Hoffner dut faire un effort pour suivre.

— Vous l'ignoriez… qu'est-ce que ça veut dire ?

Ritter ne répondant pas, Hoffner insista :

— Vous affirmez que vous ne saviez rien pour Vogt ?

Ritter secoua la tête.

— Non, pas à ce moment-là.

— Quand alors ?

— Quelques semaines plus tard, déclara Ritter, très à l'aise. Je l'ai découvert de la même manière que vous. Quand je suis tombé sur le livre de comptes. J'en avais eu assez souvent entre les mains, voyez-vous. Je savais ce qu'il fallait y chercher. Et, quand j'ai déniché le Tri-Ergon – et nos trois amis, Vogt, Massolle et Engl –, il ne fut guère difficile de comprendre ce que Thyssen manigançait. Une série de films muets pour répondre aux désirs des Américains, et une série de films sonores pour nous – afin de nous en sortir et de remettre l'UFA sur de bons rails. Thyssen estimait peut-être qu'il valait mieux me tenir dans l'ignorance. À l'évidence, il avait raison. Ce qu'il savait a provoqué sa mort.

Hoffner réfléchit quelques instants avant d'enchaîner.

— Combien voulait-il ?

— C'était bien le problème. Une somme supérieure à ce que nous pouvions offrir sans mettre la puce à l'oreille des Américains.

— Mais alors, comment l'a-t-il obtenu ?

Ritter sourit.

— Très bonne question, inspecteur. Je n'en ai aucune idée.

Comme toujours, les questions essentielles n'avaient pas été posées. Thyssen avait mené en bateau tout son petit monde. Et si ce n'étaient pas les Américains qui l'avaient éliminé, le rôle des Thuléens et de leur société Ostara redevenait soudain encore plus d'actualité.

Leni avait patiemment supporté ce dialogue.

— Bon, finit-elle par dire, il semblerait désormais que les Américains ne vont pas tarder à savoir que quelque chose se prépare, n'est-ce pas ?

Ritter se tourna vers elle.

— Sans blague ? Et pourquoi donc, Fräulein ?

Son regard s'éteignit soudain.

— Vous estimez pouvoir les informer ? poursuivit-il en secouant la tête. Vous êtes bonne à jeter, voilà pourquoi ils vous ont envoyée. Vous avez le chic pour ce genre d'affaires. Dès qu'on trempe dans la fiente et la crasse, vous excellez à vous en dépatouiller. Ce sont leurs propres mots, pas les miens. Je vais vous donner le fond de ma pensée : si vous étiez un peu plus jeune, ils auraient envisagé de vous demander tout ce que Fräulein Volker était censée faire. Mais vous n'avez plus l'âge.

Le visage de Ritter laissa brièvement entrevoir un peu de pitié.

— Considérez un peu votre situation, Fräulein. Est-ce donc ces hommes-là que vous voulez aider ?

Hoffner remarqua la pâleur soudaine de Leni, juste avant que Ritter ne montre un peu de remords.

— Trouvez-moi la Volker, Fräulein… trouvez-moi cet appareil… et je convaincrai vos amis en Amérique de vous laisser travailler avec l'UFA. Inutile de leur fournir des explications. Ils vous rendront votre liberté et nous oublierons ce qui vous a amenée ici.

Leni demeura immobile, le regard lointain.

— Quant à moi, je vais nager, déclara Ritter.

Il contourna son bureau et se dirigea vers Hoffner.

— J'en ai pour une heure, en général.

Il lança un coup d'œil derrière lui, vers Leni.

— J'imagine qu'à ce moment-là vous l'aurez raccompagnée.

Ritter le dépassa et franchit la porte, emportant avec lui le peu d'air qui restait dans la pièce.

Leni inspira, le regard perdu derrière la fenêtre.

— C'est une chose de savoir qu'on ne vaut rien, une autre de se l'entendre dire.

Elle se tourna, dans un geste faussement naturel.

— Je veux bien une cigarette.

Hoffner mit la main dans son manteau.

— Non, une de celles-là. Les tiennes sont... Celles-là. Il a laissé le paquet sur le bureau.

Hoffner s'approcha, en prit deux dans le paquet et lui en tendit une – il l'alluma en premier.

— Des films parlants, murmura-t-elle, hébétée.

Elle souffla un long jet de fumée.

— Moi qui pensais que c'était déjà fait...

Hoffner posa le briquet sur le bureau.

— Tu peux toujours aller trouver les Américains et leur dire ce que fabrique Ritter, utiliser ce que tu sais.

Il y croyait à peine lui-même.

— Tu n'es pas sérieux, n'est-ce pas ?

Elle n'attendit pas de réponse.

— C'est tellement horrible d'être confrontée à sa propre faiblesse, tu sais... Pourtant, les hommes, ça semble les attirer. Tu fais partie de ceux-là, Nikolaï ?

— Je n'y ai jamais beaucoup pensé.

— C'est un mensonge, mais au moins c'est une réponse. Je te donne la meilleure : « Non, bien sûr que non. Et tu n'es pas faible, ma chère Leni. Tu es pleine d'énergie, pleine de ressources », et tout le tremblement. C'est tellement pathétique de se retrouver dans un bureau vide à se demander qui va venir vous sauver.

Hoffner ne put s'empêcher de se poser la question : pourquoi finissait-il toujours par connaître de tels moments ? La pitié qu'il avait éprouvée pour des femmes dans le passé n'avait jamais été dégradante. Elle ressemblait plus à un sentiment de tristesse et ce n'était pas parce qu'elles en avaient fini avec lui – réaction trop infantile. Elles avaient décidé : le choisir lui n'était pas de nature à gagner sa compassion. Non, c'est de leurs espérances qu'il avait pitié, cela n'avait aucun rapport avec sa personne. Pourtant, il avait été bouleversé de les voir s'évertuer à creuser en sachant qu'il n'y avait rien à trouver. Martha avait été la pire de toutes. C'était peut-être dû à la venue des enfants.

— Tu es sans doute de ces hommes qui se disent désolés pour leur femme.

Hoffner se ressaisit.

— Le pire c'est qu'elle devait penser que ça la rendait plus forte, ajouta Leni.

N'importe où ailleurs, Hoffner aurait répliqué. Protéger les morts ne demandait rien d'autre qu'un peu de colère et il savait ne jamais en manquer. Cependant, pour une raison inconnue, il n'en éprouva aucune.

— La force, c'est l'arme de ceux qui n'ont plus d'espoir, dit-il. Il suffit de s'apitoyer un peu sur soi-même.

Elle abandonna sa cigarette et l'écrasa.

— Tu avais si peu d'estime pour elle ?

— Tu n'as pas à savoir ce que je pensais d'elle. Et maintenant, que comptes-tu faire ?

Elle lâcha sa cigarette.

— Tu n'y attaches pas vraiment d'importance, n'est-ce pas ?

— Si tu crois te faciliter les choses !…

L'amertume de son sourire le prévint de s'attendre au pire.

— Inutile d'essayer de me sauver, Nikolaï. Nous savons tous les deux que ce rôle ne te convient pas. C'est ce que te reprochent tes garçons, j'imagine.

Hoffner sentit le goût acide remonter dans sa gorge.

— Bon, que vas-tu faire ?

— Tu te répètes.

— Oui.

Elle attendit.

— Chercher cette fille.

— Et pourquoi ?

— Parce que tu ne l'as pas trouvée. Je fais ce qu'on m'a demandé de faire, au moins je l'aurai fait.

C'était de l'arrogance, mais se raccrocher à cette bouée donnait une impression de force.

— Ça ne me paraît pas très sensé, dit-il.

— C'est vrai, mais pour ce que ça change…

Elle se mit en mouvement et il lui attrapa le bras. Tandis qu'il la retenait, il sentit la chaleur de sa joue.

— Non, dit-elle sans le regarder.

Il chercha une échappatoire.

— C'est mon problème, c'est ça ?

S'il avait été quelqu'un d'autre, il aurait pu faire montre de chaleur. Au lieu de quoi, il desserra lentement la main et la suivit hors de la pièce.

Habituellement, le mercredi à 16 h 30 on trouvait Georg en train de classer des films dans quelque sous-sol perdu. Mais on était le deuxième mercredi du mois et, à en croire l'homme responsable du troisième étage, il faisait de l'escrime à la *Fechtschule* Liechtenauer, jusqu'à 19 heures. Savoir que le garçon brandirait un sabre lors de leur prochaine rencontre était à peine plus ennuyeux que la pensée de devoir lui parler.

Le retour vers la ville fut un peu moins sinistre que l'aller. Leni, qui n'avait pas prononcé un mot, remarqua l'éclat soudain des réverbères – ils arrivaient alors dans les faubourgs de Wilmersdorf. À 17 h 45, Hoffner s'arrêta devant l'immeuble et essaya de ne pas se souvenir des lointaines terreurs que lui inspiraient les leçons qu'il prenait là, à une autre époque. Comme il avait pu détester cet endroit ! Il le détestait toujours, même si, imitant en cela son père, il y avait conduit ses garçons chaque semaine jusqu'à l'âge de quatorze ans afin qu'ils développent eux aussi un talent qui, croyaient-ils, les rapprocherait de lui. Ce fut un échec proportionnel au fossé qui séparait leurs générations.

— Ne te sens pas obligé d'y aller à cause de moi, dit Leni alors qu'ils suivaient la rue.

— Tu n'y es pour rien.

C'était un immeuble de quatre étages dont la pierre avait été grise. Noircie par le temps, elle mettait en valeur le blanc éclatant des marches de l'entrée que deux siècles de régime prussien avaient inégalement usées. L'endroit ressemblait plus désormais à un club qu'à une école. Aussitôt qu'il eut franchit les portes, Hoffner fut sensible à l'atmosphère de raideur militaire qui régnait à l'intérieur. Les salons de l'immense salle principale sentaient un peu trop le vieux cuir et le brandy, et les portraits grandeur nature d'hommes parés de tous leurs atours affichaient un dédain de circonstance sous la pâle lumière jaune des lustres. Dans un coin, quelques escrimeurs à peine descendus des étages plastronnaient dans leurs tenues blanches, heaume dans une main, verre dans l'autre.

Deux ou trois regards soupçonneux se tournèrent vers l'entrée quand l'un d'eux héla les intrus.

— Oui, vous là-bas ! cria la voix.

Hoffner s'arrêta au pied du grand escalier. L'homme l'avait déjà rejoint.

— Nikolaï Hoffner, dit l'inspecteur en s'obligeant à sourire. Je suis un de vos adhérents, *mein Herr*.

Les jambes arquées de son interlocuteur trahissaient le cavalier. À voir la coupe de sa moustache, et l'âge de son propriétaire, il avait tout du colonel.

— Bien sûr, monsieur Hoffner.

Il était clair que le colonel avait à peine saisi son nom.

— Vous connaissez donc notre règlement.

Leni eut droit à une grimace qui se voulait un sourire, mais, à cause de la subtile ordonnance de la moustache, le doute était permis.

Jamais Hoffner n'était venu en compagnie d'une femme, l'idée ne l'aurait d'ailleurs pas effleuré.

Il regarda Leni avant de répondre.

— Je suis l'inspecteur principal Hoffner, colonel. De la Kripo. Oui, le règlement. Bien sûr. Je viens rendre visite à mon fils, Georg. La Fräulein peut-elle m'attendre dans la grand-salle pendant que je vais le chercher ?

Fréquenter la gent policière avait le don de hérisser les militaires de carrière. Hoffner n'avait pas encore décidé s'il s'agissait d'une simple question d'amour-propre – l'honneur de défendre le pays mis sur le même plan que les tâches peu ragoûtantes du maintien de l'ordre ! – ou la conséquence de l'humiliation et de l'impuissance symbolisées par cet interminable entracte pacifique. Si l'on considérait que la guerre avait déjà ébranlé les fondations de la société, au bout de neuf ans, il était un peu tard pour espérer encore une attitude critique envers soi-même. Le bonhomme semblait trop assuré de sa position pour éprouver autre chose que le sentiment de son importance. La perte de quelques doigts aurait pu justifier un peu plus le souci qu'il avait de ses prérogatives, mais le colonel était en possession de toutes ses extrémités. Bien que non touché dans sa chair, il avait conservé son humeur ricaneuse, c'était à porter à son crédit.

— Certainement, monsieur l'inspecteur principal. Quel âge a votre garçon ?

— Seize ans.

— Il doit donc être au quatrième.

— Oui, colonel, je sais.

Hoffner se tourna vers Leni.

— J'en ai pour quelques minutes. Je suis sûr que le colonel s'occupera bien de toi.

L'homme conduisit Leni vers un des salons et Hoffner se lança dans l'escalier.

L'odeur devenait plus humaine à l'approche du quatrième, et, à mesure qu'il percevait mieux le ferraillement des lames, ses pas semblaient adopter un rythme à la précision toute militaire. Deux grandes portes de chêne ouvraient sur le couloir. Au-delà, en heaume et tenue blanche, on s'affrontait deux par deux, menant des attaques ripostes avec plus ou moins d'habileté. Impossible de distinguer Georgi. Au fond de la salle, un garçon semblait dans une forme exceptionnelle, mais il était trop grand. Un autre, qui faisait preuve d'une souplesse du poignet et du coude peu commune – *mano di ferro, braccio di gomma* (main de fer, bras de caoutchouc) –, était handicapé par son jeu de jambes. Hoffner n'eut d'autre choix que de se placer au milieu de la salle et d'attendre que Georgi le découvre.

Il n'était pas exclu que son fils l'eût déjà repéré. Vu la façon dont les choses avaient tourné la nuit dernière, Hoffner se dit qu'il risquait d'attendre un bon moment.

— Tu sais encore comment on s'en sert ?

Hoffner pivota : il se trouvait à quelques mètres, le heaume sous le bras. Il donnait l'impression d'avoir espéré sa venue. Comme très souvent avec Georgi, Hoffner s'était trompé. Inutile de poser des questions.

Georg s'immobilisa et lui tendit le sabre – assez lourd et bien équilibré.

— Au cas où tu penserais que ça pourrait m'être utile, suggéra Georg.

Hoffner essaya de déceler une trace d'humour sur son visage, mais il n'y en avait pas. Il lui rendit l'arme.

— Ça fait longtemps que je n'en ai plus touché.

— Tu es meilleur à mains nues, maintenant ?

En fin de compte, l'apparition rapide de son fils montrait qu'il ne lui en voulait pas. Se faire réprimander par un enfant de seize ans, c'était une souffrance d'un autre ordre.

— Ouais, dit Hoffner. Quant à ce dont tu…

— Tu ne vas pas commencer à te justifier, non ? C'est ça qui serait bizarre.

Dans de tels moments, son garçon ne ressemblait à personne. Même les petites déceptions, à six, sept ou dix ans – un meeting aérien manqué, l'oubli d'une promenade dans le parc –, il les avait supportées avec une compréhension sincère. Non pas que Georg eût toujours pardonné les mauvais traitements, ou n'eût pas éprouvé une profonde tristesse, mais il savait voir au-delà des apparences. Si son père avait agi de telle manière, cela ne prouvait nullement qu'il était un homme imparfait. C'était dans sa nature, voilà tout. Inutile de manifester du ressentiment ou de vouloir changer les choses. Et, chaque fois qu'une occasion de le vérifier se présentait, tous deux s'étonnaient sans doute que ce soit encore Hoffner le premier surpris.

— N'empêche, reprit-il, j'ai été un peu violent.

— Au moins, tu étais en bonne compagnie.

Ça aussi, c'était inattendu.

— Tu as traîné dans le coin ?

— Jusqu'à l'arrivée des Schutzis. Sascha a pensé qu'il valait mieux ne pas se faire arrêter, cette fois.

— Cette fois ?

Le garçon détourna brièvement les yeux.

— Ne t'inquiète pas, Papa. Cette haine qu'ils affichent, je ne la partage pas. Je n'en dirais pas autant de Sascha, quoique je ne pense pas que ça l'enchante, mais il semble être pris dans un engrenage.

« Quelle maturité chez ce garçon ! » pensa Hoffner, bien supérieure à celle de Sascha au même âge – voire à la sienne. En fait, ce n'était pas une question d'âge. À seize ans, ce garçon était un homme meilleur qu'ils ne le seraient jamais, Sascha aussi bien que lui – sentiment que Hoffner entretenait précieusement et qui lui valait d'éprouver quelque chose qu'il tenait pour de la fierté.

— Il faut que je le voie.

Georg ne répondit pas tout de suite.

— C'est pour ça que tu es venu…

— Non, s'empressa de répondre Hoffner.

Il continua à secouer la tête.

— Pas vraiment. Je…

Il regarda Georg.

— Je dois le voir. Et je ne crois pas qu'il acceptera si tu n'es pas là.

— On pourrait manger ensemble ? proposa Georg.

— Bien. Parfait.

— Non, ce soir. Maintenant. Toi et moi.

Il y avait toujours un prix. Hoffner y fut d'autant plus sensible qu'il aurait dû être heureux à l'idée de le payer. Il approuva de la tête.

— D'accord.

— Il savait que tu le frapperais, dit Georg. C'est pour ça qu'il t'a provoqué.

Hoffner ne réagit pas.

— Je vais récupérer mes affaires et me changer.

— J'ai quelqu'un qui m'attend en bas, précisa Hoffner, qui fit de son mieux pour encaisser le regard de Georg. Elle nous accompagnera. Tu n'y vois pas d'inconvénient ?

Georg eut besoin de quelques secondes avant d'acquiescer.

— Ça va.

Chez lui, la déception, si elle devait apparaître, se manifestait toujours discrètement.

— Je te retrouve en bas.

Deux heures et demie plus tard, Hoffner avait l'impression d'avoir bu pour trois. Il n'en ressentait pourtant pas les effets alors qu'il marchait et la fraîcheur de l'air n'y était pour rien. Simplement, il y voyait clair, et cela lui pesait.

Georg s'était montré cordial, charmant même, et avait plutôt réussi à mettre Leni en valeur. Ces deux-là avaient beaucoup ri en mangeant leur veau aux pommes de terre pendant que Hoffner cherchait dans son assiette quelque chose qui ne fût pas trop cuit.

— Je me demande bien comment tu t'es débrouillé pour l'avoir, celui-là, lança Leni.

Cela faisait une demi-heure qu'ils avaient laissé Georg au bas de son appartement. Elle lui avait pris le bras, ce qui était abuser de la situation, car elle s'était contentée d'un demi-verre de très mauvais vin français.

— Il devrait être d'accord avec toi, dit Hoffner.

— Est-ce que tu te rends compte au moins qu'il t'adore ? répliqua-t-elle.

— J'en doute.

— Tu es aussi lâche que ça ?

D'habitude, Hoffner encaissait sans réagir ces coups de sonde perspicaces dans les arcanes sombres et maussades de son ego. Ce que les femmes décidaient de voir – et qu'elles éprouvaient le besoin de dire – apparaissait au grand jour sans qu'il y soit pour rien. Mais cette journée lui avait laissé un arrière-goût aigre dans la gorge, qu'il ne s'expliquait pas – l'alcool n'avait-il pas finalement réussi à contaminer son organisme ?

— Suis-je censé me précipiter chez lui pour admettre que je le comprends parfaitement ? Est-ce la prochaine scène du drame ?

Il s'attendit à ce qu'elle retire son bras.

— Tu sais, c'est maladif, chez toi, répliqua-t-elle.

Il n'y avait plus aucune légèreté dans sa voix.

— Tout ce mépris et ce sentiment de vide.

Il l'avait cherché. Il aurait pu laisser tomber, lui accorder le dernier mot et la victoire. Qui sait si elle ne les méritait pas ? Cependant, après la matinée et l'après-midi qu'il avait vécus, il y avait trop de tumulte dans son crâne pour donner une chance à la gentillesse.

— La journée de demain risque d'être moins drôle, déclara-t-il quand ils arrivèrent devant son immeuble.

L'idée de revoir Sascha le mettait mal à l'aise.

— Vraiment ? Il faut dire qu'aujourd'hui, on a été gâtés…

Il chercha à s'en tirer de la façon la moins pénible.

— Je crois que tu as besoin d'une bonne nuit de sommeil.

Elle le fixa dans les yeux avant de s'abandonner à un petit rire.

— Tu n'as aucune idée de ce dont j'ai besoin… Parce que… tu vas me proposer de me trouver un taxi, à cette heure-ci ? D'ailleurs, est-ce qu'ils viennent dans ce quartier, quand il fait nuit ?

Bien vu. La rue était déserte. Deux ou trois réverbères à son extrémité ne marchaient plus. Mieux valait ne pas imaginer ce qui se passait dans les ténèbres.

— Tu ne serais pas contre l'idée de me laisser t'accompagner demain, n'est-ce pas ? demanda-t-elle. Une sorte d'acte de contrition, disons ? Ça ne devrait pas te poser trop de problèmes…

Il n'avait qu'une envie : dormir un peu. Oublier pendant quelques heures les films, Ritter, Sascha. Seul, il lui serait presque impossible de trouver le sommeil, mais la simple pensée de la savoir allongée près de lui l'épuisait à l'avance.

Il lui prit le bras et la conduisit vers l'escalier. Il savait déjà que le soleil ne se lèverait jamais assez tôt.

4

Hugenberg

Vers 3 heures du matin il avait fait de son mieux. Le calme qui régnait au cœur de la nuit lui donnait en général une vision plus claire de ses dossiers. Pourtant, cette fois-ci, hormis quelques lueurs soudaines, certains détails mis en relief, il ne parvint pas à se former une image cohérente de la situation. Il était évident que la perspective de rencontrer Sascha assombrissait sa faculté de raisonnement, et en avoir conscience n'était pas d'un grand secours.

Quand il mit le nez dehors, Hoffner baignait encore dans la tiédeur de son lit. Peu importait le moment de la journée, le quartier de Prenzlauer Berg n'avait rien pour plaire. Ce n'était pas très charitable mais c'est pour cela qu'il l'avait choisi. Il pouvait toujours prétendre qu'il se situait plus près de l'Alex, qu'il était bon marché, qu'aucun flic n'y habitait – et pourquoi ne pas se vouloir le seul policier du coin ? –, une chose était sûre, sans doute la plus importante : on se moquait éperdument de ce qu'il était. La laideur de l'environnement garantissait l'anonymat.

Quelque part du côté de la Rosenthaler Platz, il se rendit compte que le dos de sa chemise était humide. Il se trouvait maintenant à la lisière du Berlin nocturne.

Le *Swaying Palm*, un bar pour hommes, était encore ouvert face à la station de métro. À quelques portes de là se trouvait son concurrent direct, le *Fat Gerda*, établissement moins attirant devant lequel paradaient quelques adolescentes de quatorze ans portant queue-de-pie, monocle et moustache tracée au crayon noir. *Gerda* n'était plus tellement dans le coup – à Paris, le style garçonne délurée était passé de mode depuis deux ans – mais, pour les touristes qui débarquaient, le frisson était toujours assuré. La fermeture survenait aux alentours de 4 heures et chaque fois on avait droit au même spectacle réjouissant : deux groupes se mesuraient sur le trottoir, ceux qui s'affichaient sans remords et ceux qui n'en avaient pas encore le courage. Le concert nocturne ne variait guère – « Bites molles ! Pines de lapin ! » –, mais le morceau qui marchait le mieux était un passage tiré d'une chanson de cabaret fort populaire parmi le milieu étudiant homosexuel :

Qu'est-ce que tu ressens, Moritz, Moritz, Moritz ?
Plutôt froid ou chaud en dedans, Moritz, Moritz, [Moritz ?
Tu ne réponds pas, tu ne dis ni oui ni non.
T'es si beau mon gars et si cruel avec ça !

Quatre fêtards le braillaient à tue-tête quand Hoffner arriva sur la place. Il remarqua que deux des garçons brandissaient une bouteille de champagne et portaient un toast pour rire, les autres lançant des morceaux de sucre vers des cibles invisibles.

S'il y avait un peu réfléchi, Hoffner aurait pu s'étonner de la tournure que prenaient les choses désormais. Des homosexuels impénitents se moquant de leurs caricatures, voilà qui était assez nouveau, même à Berlin. Apparemment, les liens qui unissaient crime et faux-semblant s'étaient reconstitués différemment.

À court de munitions, un des garçons, qui marchait à la traîne de ses camarades, retourna sur ses pas pour s'approvisionner. Son visage couvert de sueur avait quelque chose d'incongru en ces lieux mais tout s'expliqua lorsque apparurent ses trois dernières victimes. Leurs insultes n'avaient rien d'un jeu, et l'échange fut bref avant que le plus grand des trois ne s'empare de la bouteille de champagne et ne la fracasse contre le mur. Hoffner s'arrêta sous l'auvent d'un magasin et observa les garçons qui se défiaient en silence, conscients de l'issue inévitable.

Sans trop savoir pourquoi, Hoffner s'intéressa aux morceaux de sucre en équilibre sur un des chapeaux des nouveaux venus. Le bord en était rabattu, et les petits cubes blancs semblaient témoigner d'une bataille de boules de neige entre gamins. Un des chanteurs essaya de fuir, mais Morceaux de Sucre le rattrapa aussitôt et le projeta contre le mur. Le garçon leva un bras, réussissant seulement à faire tomber le chapeau de la tête de son agresseur – celui-ci répliqua en le frappant au visage du revers de la main.

C'était comme si Hoffner avait lui-même reçu le coup, car, sous la lumière du réverbère, le visage qu'il distingua était celui de Sascha, empourpré par l'ivresse et dont les yeux étaient plongés dans ceux du garçon recroquevillé.

La scène suivante se déroula dans un silence presque absolu et Hoffner s'étrangla quand il vit Sascha enchaîner les coups. Ses amis agissaient de même, chacun frappant son homo, mais Sascha se distinguait par ses gestes précis et rageurs, d'autant plus brutaux. Quand le garçon resta collé contre le mur et que Sascha s'interrompit pour reprendre son souffle, Hoffner crut que l'affaire était entendue, mais voilà que son fils saisit la mâchoire de sa victime et l'attira vers lui. Les deux se mesurèrent du regard. Soudain, dans un geste stupéfiant de tendresse, Sascha se pencha et l'embrassa.

Puis ce furent des baisers frénétiques… Sascha se jeta sur le garçon, une main lui agrippant les hanches, l'autre lui entourant les testicules. Celle-ci se glissa ensuite dans son pantalon et commença à s'agiter, mue par un besoin irrépressible. La douleur du garçon se transforma en une violence d'une autre nature, le dos et les fesses saisis de spasmes, son visage ensanglanté éperdu de soulagement. Il retomba contre le mur et Sascha lentement essuya sa main contre le visage de sa victime. Puis il le repoussa, se détourna et vomit.

Le regard de Hoffner ne pouvait se détacher de la silhouette de son fils dont le corps courbé en deux laissait échapper un filet de salive sur le trottoir. Il le savait, il aurait dû ressentir quelque chose, entendre un millier de questions se bousculer sous son crâne, mais rien ne lui vint de plus banal et de plus pragmatique que celle-ci : depuis combien de temps cela durait-il, et que savait exactement Georg ? Quant à s'interroger sur les tourments éventuels de Sascha, le mépris dans lequel il se tenait, ou son bonheur, qui sait, cela passait au-dessus de sa tête. Jamais auparavant il n'avait cherché à comprendre les craintes ou les joies de son enfant. Pourquoi aurait-il dû s'en soucier aujourd'hui ?

Sascha se redressa et appela ses amis. Le plus petit urinait sur le corps effondré de celui qu'il venait de tabasser. L'autre fumait une cigarette. Sascha récupéra son chapeau et s'en essuya la bouche. Un morceau de sucre tomba sur le sol. Il le ramassa et le lança à toute volée vers le garçon. En un rien de temps le trio avait disparu.

Hoffner attendit avant de se montrer. La partie humide de sa chemise était glacée. Il s'emmitoufla dans son manteau et s'accorda un répit, le temps de se calmer. Peu à peu, il comprit qu'il avait besoin de marcher.

Qu'il ait été témoin de cette scène par hasard n'avait aucune importance. Il avait vu ce qu'il avait vu. Quelle conclusion en tirer ? Sascha était un étranger, il l'avait toujours été. Non pas que la scène à laquelle il venait d'assister fournît une explication – si c'était bien de ce côté-là qu'il fallait chercher – car les dix dernières minutes n'avaient rien changé. Il aurait été si commode de tout mettre sur le compte d'une perversion réprimée, mais qui pouvait revendiquer semblable excuse ? Une seule certitude l'habitait : lui et Sascha n'avaient rien en commun et, en fin de compte, cela atténuait ce qu'il y avait de terrifiant dans son comportement. Peut-être que le destin avait eu la bonté de le lui rappeler.

Il enjamba les rails du tramway et entendit les voix des garçons qui se remettaient debout, derrière lui. Il n'avait aucune raison de se retourner. Ils retrouveraient leur chemin sans lui, se réconforteraient les uns les autres et se convaincraient que c'était ainsi que la vie valait la peine d'être vécue.

Dans la Torstrasse, le Marquee surgit comme une agréable surprise – un soulagement aussi. Hoffner avait les jambes lourdes et le seul cinéma ouvert toute la nuit – récent coup de génie des pontes de l'UFA – offrait la solution idéale. Les derniers vrais spectateurs étaient partis depuis deux bonnes heures – imités par le pianiste – et le public de 4 heures se montrait suffisamment paisible pour que l'on puisse sommeiller. Il suffisait d'un chapeau incliné qui vous protégeait les yeux des scintillements de l'écran. Que l'endroit servît de petit salon chauffé aux vagabonds fortunés de Berlin – ceux qui pouvaient débourser trois pfennigs – n'avait sans doute pas échappé aux manitous des studios. Ils gagnaient de l'argent avec le sommeil des Berlinois, même s'ils devaient investir un peu dans le désinfectant.

Hoffner s'installa à une vingtaine de rangées de l'écran. Alors qu'il rabattait son chapeau, il surprit des images familières : cette multitude, ces buildings interminables, il les avait découverts dans la salle de projection de l'UFA.

Metropolis, se dit-il. Il regarda quelques secondes puis se couvrit le visage de son chapeau. Désormais, il pourrait affirmer à Lang qu'il avait vu son film.

Environ trois heures plus tard, il faisait la queue devant les toilettes des hommes à cause d'un très sémillant *Stromer* [1] qui prenait son temps pour peigner sa moustache. Son costume et ses chaussures laissaient deviner l'homme aisé, mais le souci qu'il prenait de ses bacchantes paraissait déplacé une fois qu'on avait remarqué l'accroc à son pantalon, derrière, juste au-dessus du genou, et ses lacets noués à mi-hauteur de la languette (n'en avait-il donc pas de plus longs ?). Hoffner se rinça la bouche et se passa de l'eau sur la nuque. Il se sécha avec une serviette déjà humide et sale, mais ce n'était rien en comparaison des relents de crème pour cheveux.

Dehors, la journée brillait déjà d'un éclat aveuglant ; pourtant, la nouveauté du phénomène commençait à lasser. La tension était palpable dans les rues. Chacun avait ajouté à son chapeau la visière d'un journal plié en deux. On le tenait devant le front, comme si l'arrivée du matin ressemblait à un jeu qui aurait transformé les passants en pirates lancés dans une mystérieuse chasse au trésor. D'autres se contentaient

1. Vagabond. *(N.d.T.)*

de baisser la tête, victimes promises aux bousculades et aux coups d'épaule. Le simple fait de marcher relevait du parcours du combattant.

Le café se trouvait à l'endroit exact indiqué par Georg. Coquet et petit, il proposait en terrasse deux tables et une lampe chauffante à ceux qui auraient eu la stupidité de croire qu'un coin charmant pouvait rivaliser avec ce ciel en fusion. Hoffner vit son garçon derrière la grande vitre. Il lisait un journal, à une table du fond. Une clochette tinta quand la porte s'ouvrit.

— Tu manques de sommeil, ces jours-ci, non ? remarqua Georg au moment où Hoffner se plantait devant lui.

Il glissa son journal dans son cartable.

— La barbe de deux jours, c'est pas mal.

D'instinct, Hoffner se passa la main sur la joue. Il sentit plutôt des croûtes que des poils. L'odeur de la serviette lui collait encore à la peau.

— Tu es bien rentré ?

Étrange question. Georg leva la main pour appeler le serveur.

— Bon, comment tu veux qu'on fasse, Papa ? Il sera là dans deux minutes.

Hoffner posa son chapeau sur une chaise inoccupée et s'assit.

— Il sait que je suis venu ?

— Non.

— C'est gentil de ta part.

Le serveur se présenta. Hoffner commanda deux cafés et des pains aux raisins.

— Tu es resté en contact avec lui ? demanda-t-il. De manière régulière, j'entends.

Il découvrit une tache sur la table et se mit à la nettoyer avec sa serviette.

Georg eut l'air embarrassé.

— Euh, oui, on peut dire ça… Tu as vu ses lettres.

— Et ça lui plaît, la manière dont ça se passe ?

Hoffner en terminait avec la tache.

La perplexité de Georg était toujours aussi grande.

— Entre vous deux ?

Hoffner leva les yeux.

— Entre… ? Euh, non… Le fait que…

Il essaya de sourire.

— Les choses étant ce qu'elles sont, je me demandais s'il était…

— Heureux ?

Question plus étrange encore. Georg fit attendre sa réponse, et son père ne semblait guère mieux préparé que lui à discuter de cette idée.

— Papa, on parle de Sascha. Avec lui, on est toujours entre l'extraordinaire et le catastrophique. Être heureux, je ne crois pas qu'il soit vraiment doué pour ça.

Hoffner approuva de la tête, comme s'il estimait cette remarque justifiée.

— Oui, tu as raison, c'est sûr.

— Est-ce qu'il aurait des ennuis ?

La clochette retentit et tous deux regardèrent vers la porte pour voir Sascha entrer. Le halo de lumière autour de lui n'adoucissait en rien l'image que Hoffner avait gardée de lui. Au contraire, la dépravation de son fils paraissait accentuée.

Sascha attendit quelques secondes avant de fermer la porte et de venir vers eux. Hoffner se dit que l'orgueil avait été le plus fort.

— Est-ce que je suis le seul à dormir, ici ? lança Georg, dans un effort méritoire pour détendre l'atmosphère. Tu as une tête épouvantable.

Sascha lui adressa un sourire sincère.

— Bien joué, Georgi, mais je suis sûr que Nikolaï dirait lui aussi que ça fait un peu réchauffé, ces sentimentalités.

Il regarda son père.

— Je ne savais pas que tu venais.

— L'idée n'était pas de Georg mais de moi, précisa Hoffner.

Sascha se donna un moment pour répondre.

— Je doute alors que ce soit une question de sentiment.

— Puisque tu es là, pourquoi ne pas t'asseoir ?

— Je note que quelqu'un n'a pas encaissé tes coups avec autant de gentillesse que moi. Il leur arrive de répliquer, pas vrai ?

Hoffner attendit que le serveur revienne avec le café et les petits pains.

— Je suis sûr que tu es rentré tard, dit Hoffner. Prends au moins quelque chose.

Ce fut au tour de Sascha de se sentir gêné. Il regarda Georg et se tourna vers le serveur.

— Apportez-moi la note du jeune homme, quand nous aurons fini. Et un autre café avec une assiette de fromage.

L'homme se retira et Sascha prit une chaise.

— Le petit déjeuner de Georg est pour moi.

Hoffner hocha la tête comme si cette décision permettait d'entrevoir un armistice.

— Alors… Ça ne marche pas trop mal ? reprit-il.

Il sortit une flasque d'une poche de son manteau et en versa copieusement dans son café.

— Assez pour payer un café et un petit pain à mon frère ? répondit Sascha. Oui, je n'ai pas à me plaindre.

Hoffner but.

— J'ai été impressionné par ton meeting.

— C'est faux. Ces choses-là te paraissent ridicules. Ça ne date pas d'hier.

— Mon grand défaut, j'imagine.

— Je n'ai pas envie de discuter.

— Alors pourquoi m'avoir invité ?

Sascha regarda son frère.

— On peut toujours espérer, n'est-ce pas ?

Hoffner eut un petit rire tranquille et avala une autre gorgée.

— Encore un de mes défauts.

La commande de Sascha arriva. Il posa un morceau de fromage sur le pain et le porta vers sa bouche. Hoffner remarqua sa légère hésitation. Il lui sembla que des bribes de souvenirs de la nuit repassaient dans les yeux du garçon et Hoffner eut l'impression de plonger dans la saleté morale de son fils. Sascha se leva.

— Je dois aller aux toilettes, déclara-t-il en se dirigeant vers le couloir du fond.

— Tu sais, dit alors Georg, il n'a pas de quoi payer.

Hoffner prit un morceau de petit pain et hocha la tête. Les raisins secs avaient durci.

— N'essaye pas de payer. Il trouverait que…

— Oui, rétorqua Hoffner. Je sais. Là où il vit, c'est correct ?

— Ça dépend de ce que tu entends par là. Il loue un appartement avec deux types de l'autre soir. Dans le genre taudis, mais ils n'ont pas l'air de s'en préoccuper. Je ne suis pas certain que Sascha les apprécie beaucoup.

— Et pourquoi donc ?

Hoffner connaissait la réponse : plonger de temps en temps les mains dans la boue ce n'est pas la même chose qu'y vivre au quotidien.

Georg haussa les épaules.

— Le jour où je les ai rencontrés, ils n'ont parlé que de politique. Ça devient vite barbant.

Hoffner finit sa tasse.

— Sauf si tu n'as rien d'autre.

Il leva sa tasse à l'intention du serveur.

— Il ne t'a pas encouragé à te joindre à la grande cause, n'est-ce pas ?

— Au début. Il sait maintenant que ce n'est pas mon truc.

Le serveur déposa le pot de café sur la table.

— Les choses risquent de prendre une drôle de tournure dans cette ville, Georgi. Je ne veux pas que tu y sois mêlé… d'accord ?

Le serveur se retira au moment où Sascha réapparut dans le fond de la salle.

— S'il a des ennuis, Papa…

— Tu t'es débarrassé de l'odeur sur tes mains ? demanda Hoffner quand Sascha fut à leur table.

— C'est à cause de la voiture d'un ami, répondit-il sans sourciller. Il est tombé en panne en rentrant de la forêt de Grunewald, la nuit dernière. C'est la plaie pour enlever l'odeur d'essence.

— Essaie avec des morceaux de sucre, proposa Hoffner. Tu les écrases et tu t'en saupoudres les mains. C'est un vieux truc de mécano. Efficace contre un tas d'odeurs.

Un instant, Hoffner crut retrouver l'enfant qu'avait été Sascha à dix ans, dans ces moments où son attention était retenue par un geste ou un mot qui le heurtaient. Tout aussi brièvement, les traits du garçon se durcirent. Une coïncidence, rien de plus. C'est du moins ce que Hoffner préféra lui laisser croire.

— Vraiment ? dit Sascha en s'asseyant. Faudra que j'essaie.

Hoffner prit vingt marks dans son portefeuille et les posa sur la table – ce qui jeta aussitôt un froid entre eux tous.

— J'ai dit que je paierais, rappela Sascha.

— Ce n'est pas pour le petit déjeuner.

— Je m'en tire très bien.

— Oui. Je n'en doute pas… Bosser avec une bande de piliers de bars excités qui n'ont pas un rond en poche. Je me suis laissé dire qu'ils connaissent bien la prison. Ça doit les placer très haut dans leur estime. Prends ça.

Pour Sascha, l'occasion était trop belle.

— Tu te rends compte à quel point tu es ridicule de jouer au père affectueux ? Même la somme est grotesque.

— Tu aurais préféré cinquante ?

Hoffner fit réapparaître son portefeuille.

— Je t'en prie, persifla Sascha.

Il n'était plus seulement méprisant, il se moquait maintenant.

— On se croirait dans un opéra italien minable. Nous savons tous les deux que tu t'en moques éperdument… à moins que tu n'envisages de chanter. Là, je veux bien rester pour entendre ça.

Hoffner apprécia l'arrogance du garçon. Cela rendait les choses moins difficiles.

— Tu ne me feras pas croire que tu n'en as pas besoin. Mais si tu n'en veux pas, à ta guise.

Le portefeuille réintégra sa poche.

— Considère ça comme un don pour la grande cause, si tu préfères.

Sascha eut un petit rire satisfait et regarda Georg.

— Dis-moi, Georgi, l'autre nuit, est-ce qu'on donnait l'impression d'être en manque de fonds ?

Georg préféra ne pas s'impliquer. Sascha s'adressa alors à son père.

— Il nous a suffi de quatre jours pour tout organiser, et dans la cour des rouges. Ce n'est pas un hasard.

Hoffner joua les indifférents.

— Très bien.

— Tu te crois toujours le plus malin, pas vrai ?

Hoffner se remplit une autre tasse.

— Écoute, je suis content que tu te sois trouvé un petit groupe, Sascha, mais ils sont ce qu'ils sont et j'en ai trop connu pour changer d'avis.

Sascha ne put s'empêcher de mordre à l'hameçon.

— Combien tu crois que ça a coûté ? Tout compris ? Combien ?

Il attendit.

— La salle, les camions, la bière, les livreurs de journaux ?… Tu n'as pas une idée ? Je peux te dire qu'ils ne viennent pas uniquement pour les discours. Faut les motiver, et ça coûte un peu plus que vingt marks sur un coin de table !

Hoffner hocha la tête, comme s'il était bien d'accord.

— Oui. Tu as raison. Beaucoup plus.

Il se tourna vers Georg.

— Tu veux un autre pain aux raisins ?

— Tu n'en as aucune idée, hein ? insistait Sascha.

Il attendit d'avoir l'oreille de son père.

— Alors, combien ?

Hoffner savait qu'il avait tort de se servir ainsi de Sascha, et, dans le cas contraire, cela n'en trahissait pas moins un esprit aussi corrompu que celui du garçon. L'ennui, c'est qu'il n'avait pas le choix.

— Tu as quelques riches amis qui aiment gaspiller leur argent ? suggéra-t-il. Parfait. Je suis très impressionné. Il en va de même pour tous les autres groupuscules bavards de Berlin. Les rouges ont les Juifs, dont les poches sont drôlement profondes. Moi, je me méfierais.

Il regarda une nouvelle fois Georg.

— J'en prends un autre. Tu peux partager avec moi si tu veux.

Hoffner leva la main à l'adresse du serveur. Le ressentiment de Sascha était de plus en plus fort. Le jeune homme avait cependant appris à ne pas le montrer, c'était à mettre à son crédit.

— Eux, ils n'ont pas un allié comme le nôtre, fit-il d'un ton glacial.

Hoffner savait que le moment de demander son nom n'était pas venu. Il préféra appeler le serveur.

— Je n'en doute pas.

Tous trois demeurèrent silencieux.

— Un autre petit pain, dit Hoffner quand le serveur se présenta.

— Ce sera tout ? fit l'homme. Parce que, pendant que j'y suis… J'ai d'autres tables, vous savez…

— Ah, oui ? répliqua Hoffner, avec une certaine agressivité. On ne voudrait pas vous empêcher de travailler, n'est-ce pas, les garçons ? Un seul pain, ça ira.

L'homme s'éloigna et Hoffner déclara, à voix assez haute pour être entendu :

— N'oublie pas de lui donner un bon pourboire, Sascha. Il estime qu'il le mérite.

C'était sans doute excessif, mais l'effet fut celui qu'il cherchait.

— Est-ce que tu sais que tu es devenu complètement ridicule ? lança Sascha. Le fric, la boisson, te moquer d'un serveur et, pour couronner le tout, le type qui connaît les secrets de la politique. Tes rouges sont en train de se faire écraser la gueule et tu ne t'en aperçois même pas.

C'était une théorie que Sascha n'avait cessé de proclamer et Hoffner s'étonna de l'entendre une fois de plus dans sa bouche. Mais s'il voulait qu'on le lui répète, pourquoi pas ?

— Je me fous des rouges comme de ma première chemise, Sascha, et ça a toujours été le cas.

— Exact. Essaie de t'en convaincre. Parce qu'ils auront bientôt disparu de la circulation.

— Mais pas votre grand bienfaiteur, dit Hoffner, acerbe.

Si la cible n'avait pas été Sascha, Hoffner aurait peut-être pris du plaisir à ce petit jeu.

Étriller son père avait donné au jeune homme une assurance qui pouvait s'avérer dangereuse chez quelqu'un comme lui, peu préparé à en user. Il ne put s'empêcher de fanfaronner.

— Les vendeurs de journaux ne nous ont pas coûté le moindre pfennig. Certains sont venus d'eux-mêmes. Leur patron le leur avait recommandé, en fait. Il aurait été très déçu autrement.

Nous y voilà, se dit Hoffner, en plein dans le mille – et presque sans demander.

Il sortit une cigarette de son paquet.

— C'est donc un patron de presse. Très bien. Un de ces marchands de torchons de Munich avec des idées plein la tête, je n'en doute pas.

Il alluma sa cigarette.

— Préviens-le qu'il risque de déchanter.

— Sans blague ? répliqua Sascha tout aussi provocant. Tu crois qu'Alfred Hugenberg publie des torchons ? Je le lui dirai de ta part. Sûr que ça va lui en mettre un coup d'apprendre qu'une nullité de flic n'aime pas les journaux qu'il publie.

Hoffner fit de son mieux pour ne pas se trahir. Pour une nouvelle ! S'il y avait un nom auquel il ne s'attendait pas ! Hugenberg était trop berlinois, trop puissant, et son ombre commençait à grandir si démesurément au-dessus de la droite qu'il se moquait bien de la bande de vantards et de démagos qui s'agitaient dans les provinces. Il était l'un des représentants de l'oligarchie financière prussienne et tout le monde savait quelle fortune il avait amassée depuis des décennies – grâce à son passage à la tête de la division armement du conglomérat Krupp. Mais la guerre s'était terminée – et les clauses du traité de Versailles imposaient de sévères restrictions aux affaires. Du jour au lendemain, les canons, les bombes et les grenades ne furent plus en odeur de sainteté. Par chance, le grand Hugenberg avait su anticiper. Il réinvestit sa fortune – estimée à la somme presque immatérielle de trente millions de marks – dans une autre sorte d'entreprises à forte capacité de nuisance : Der Hugenberg Konzern contrôlait à ce jour deux des plus grands empires de presse du monde, Scherl Verlag et Vera GmbH – sociétés produisant des centaines de journaux et de magazines. Et, de crainte que sa voix ultranationaliste ne portât suffisamment loin, Herr Alfred avait aussi racheté la Telegraph Union, troisième agence d'information en Europe. Inutile de dire que rien de ce qui se publiait en Allemagne n'échappait à l'œil de Hugenberg. Enfin, un siège au Reichstag comme membre du Parti national populaire lui permettait aussi de veiller à ce qu'on ne néglige pas les valeurs traditionnelles germaniques, et que son sens affirmé des affaires y trouve son compte.

Mais à supposer qu'il eût d'autres intentions ? L'image du petit volant de Vogt surgit soudain dans l'esprit de Hoffner. Si Hugenberg décidait de financer le retour sur la scène politique des nouveaux Thuléens, pourquoi n'irait-il pas également voir ailleurs ? Pourquoi ne pas donner à Thyssen l'argent nécessaire pour jouer avec le son, lui offrir le moyen de créer des films de propagande parlants visibles dans tous les cinémas du pays ? D'accord pour Pabst, Lang ou Murnau – mais occupons-nous en premier lieu de défendre la pureté de la race germanique. Alors se posait la question suivante : pourquoi Hugenberg se serait-il adressé directement à Vogt ? Pourquoi ne pas se contenter de financer les recherches ? Et Hoffner se retrouva incapable d'expliquer quel intérêt il y avait pour un homme tel que Hugenberg à s'associer avec ces Freikorps du « parti pour intellectuels ».

Cela ne l'empêcha pas de hocher docilement la tête – acte de contrition destiné au garçon.

— C'est bon pour toi, dit-il en saisissant sa tasse.

— Oui, répondit Sascha. C'est bon pour nous tous.

Il ramassa les vingt marks et les glissa dans sa poche.

— Maintenant, toi et Hugenberg, vous avez des intérêts communs. Bien que lui soit un peu plus concerné.

Hoffner s'apprêtait à répondre quand il vit Leni, debout derrière Sascha. Était-elle entrée depuis longtemps ? Il avait dû manquer le tintement de la clochette.

— Bonjour tout le monde, lança-t-elle. Suis-je en retard pour le petit déjeuner ?

Les garçons se retournèrent et les trois hommes se levèrent à l'unisson. Georg avança une chaise prise à une table.

— Non, non, affirma Hoffner qui cherchait à masquer sa surprise. Ce n'est que ma deuxième tasse. Je te présente mon aîné, Alexander. Tu as croisé Georg, hier soir.

Chacun sacrifia aux politesses d'usage – salutations, sourires, mots vains – et finit par se retrouver assis, hormis Sascha.

— Je regrette, Fräulein, expliqua-t-il en attrapant son chapeau, mais je dois assister à un meeting. Ce fut un plaisir de vous connaître, bien que trop bref.

Il lança un regard à son frère.

— Georg.

Il amorça même un geste de la tête destiné à son père.

Quelques secondes plus tard, on entendit la clochette saluer son départ.

— Il est vraiment bel homme, admira Leni. Tu me l'avais caché.

— Mouais... dit Hoffner, absent. Je n'avais pas compris que tu devais nous rejoindre.

— Oh !

Sa façon de s'étonner ne parut guère convaincante.

— En fait, tu avais mentionné l'endroit, la nuit dernière. Je pensais te laisser avec tes garçons, mais bon, si je dérange...

La délicatesse n'était pas sa qualité première.

— Non, intervint Hoffner. Ne sois pas stupide. Je ne me souviens pas de la dernière fois où j'ai mangé et pris le petit déjeuner avec les mêmes personnes. Ça fera un changement bienvenu.

Vingt minutes passèrent. Profitant que Leni se rendait aux toilettes, Hoffner régla l'addition.

— Ne t'inquiète pas, Georgi, le rassura-t-il tandis que le serveur cherchait de la monnaie. C'est d'abord moi que vise Sascha. Toi, tu es tranquille.

L'homme lui rendit des pièces.

— C'est pour vous, monsieur ! déclara Hoffner.

Cela représentait près de la moitié du prix total des consommations et l'homme tiqua légèrement.

— Je vous avais prévenu que je ne vous oublierais pas.

Une fois le serveur parti, Georg ne put se retenir :

— Sacré numéro que tu lui as fait...

La déception perçait, plus forte que la critique.

— C'était prévisible, non ?

— Pas pour Sascha. Tu as le renseignement que tu voulais ?

Où le garçon était-il allé chercher ça ? Jusqu'à quel point pouvait-il deviner les pensées des gens ? s'interrogea Hoffner. Cette sorte d'empathie contribuait habituellement à adoucir les liens, mais pas avec Georg. Il ne s'était pas montré soucieux de protéger son frère. Il réservait la primeur de ses réflexions à son père et Hoffner n'avait rien à répondre.

— Au fait, ajouta Georg, je l'ai déjà vue, dans les studios.

— Qui ?

— Fräulein Coyle.

Hoffner sortit un cure-dent de sa poche.

— Rien d'étonnant…

Quelque chose s'était logé dans le vide laissé par la disparition de sa dent.

— Elle travaille avec Ritter.

— Je le sais bien. Elle m'en a parlé hier soir. C'est juste qu'elle faisait partie des gens que j'ai aperçus à cette réunion tardive, dans le bureau de Thyssen.

Il attrapa son cartable.

— Mais tu devais le savoir.

Hoffner cessa de fourrager entre ses dents. Voilà un petit déjeuner qui avait apporté son lot de surprises. Il s'efforça de demeurer imperturbable pendant que Georg débouclait son cartable et en sortait son journal. Puis il se leva et Hoffner continua à regarder : Georg fit passer son cartable au-dessus de sa tête et le suspendit à son épaule par la courroie.

— Non, bien sûr… Enfin, oui, répondit Hoffner. C'était quel jour, déjà ? demanda-t-il d'un ton brusque en se levant.

Georg ajustait la courroie.

— Je ne sais plus… À Noël, ou le jour de l'An ?

Hoffner hocha la tête, comme s'il venait de se souvenir.

— Oui, c'est ça.

— On y va ? proposa Leni dès son retour.

Hoffner s'obligea à sourire. Il lui prit le bras et suivit Georg vers la sortie.

Trente minutes plus tard, il songea à s'excuser pour l'état dans lequel se trouvait son bureau, mais l'important était ailleurs : par où commencer ? Il préféra débarrasser une chaise et accrocher son chapeau à la patère.

— C'est très chaleureux, ironisa-t-elle. Le mur vide est d'une gaieté folle.

Hoffner s'assit. Il se pencha, mains serrées devant la poitrine.

— Bon… à combien de soirées tardives avec Thyssen as-tu participé ?

Elle était très douée pour soutenir un regard.

— Pardon ?

— Les réunions. Hors de l'UFA. Thyssen en organisait régulièrement.

Son visage demeura impénétrable.

— Georg est un garçon intelligent.

— Il a une bonne mémoire.

— Je savais que j'avais une excellente raison de ne pas aimer les bureaux de police.

Elle attendit qu'il parle. Devant son mutisme, elle se décida.

— Je l'ignore. Trois ou quatre. Comment aurais-je pu me procurer les films, sinon ?

Hoffner hocha la tête pour lui-même.

— Tu servais donc de coursier. On ne les envoyait pas directement aux États-Unis.

— Beaucoup trop dangereux. Tu le sais. La discrétion, c'était le maître mot.

— Exact. Ça me revient, maintenant. La discrétion, ça les obsède.

Et, sans lui laisser le temps de répondre :

— Tu es donc à Berlin depuis quand… six, huit semaines ?

— Qu'est-ce que tu insinues, Nikolaï ?

Il secoua la tête, l'air détendu.

— Rien, mais que les choses soient claires.

Son regard n'était pas moins pénétrant.

— Vois-tu, je t'ai croisée après la disparition de la fille. Après que tes amis américains eurent découvert qu'elle s'était évaporée. Et longtemps après que Herr Vogt – c'est l'expert en sonorisation – eut commencé à travailler sur son nouvel appareil. Et voilà que tu m'annonces que tu étais à Berlin bien avant. C'est très différent, n'est-ce pas ?

Elle sortit son paquet de cigarettes.

— Quel rapport avec tout cela ? Je ne crois pas avoir précisé la date de mon arrivée à Berlin.

— Exact. Je ne fais que des suppositions.

Il l'observa quand elle alluma sa cigarette.

— Qui, exactement, assistait à ces réunions ?

Elle haussa les épaules et souffla un nuage de fumée.

— Aucune idée. Pas des gens des studios, à mon avis.

— Tu n'aurais pas retenu un nom ?

— Je n'en ai jamais entendu prononcer un seul.

Une fois encore, Hoffner hocha lentement la tête.

— Ouais… Ça aurait été vraiment trop charitable, n'est-ce pas ?

Elle choisit le regard étonné :

— Ai-je fait quelque chose de mal, Nikolaï ? Ce que tu peux être cachottier…

— Je *suis* cachottier.

Il sourit et se leva.

— Je te reconduis à ton hôtel ?

Elle ne bougea pas.

— Je pensais que nous allions passer quelques coups de fil.

— Eh bien, non.

Comme si elle jouait un rôle, l'étonnement fit place à un sentiment de culpabilité.

— Nikolaï, si j'ai fait quelque chose…

— Ça va comme ça. Je ne suis de toute façon pas prêt à te croire, et peu importe tes explications !

— Tu es terriblement injuste, dit-elle en continuant à le regarder droit dans les yeux. Je ne sais même pas ce que j'ai fait. Je n'étais pas à ces réunions. Il faut me croire. J'ai eu l'occasion, une fois – une fois ! – de croiser deux ou trois personnes qui en sortaient, par hasard encore. C'est arrivé lors de ma dernière visite. J'ai dû arriver vingt minutes en avance. J'ignore pourquoi. Je ne crois pas que ça change beaucoup de choses. Thyssen était toujours seul. Ce jour-là, il ne l'était pas, et il a été furieux. Trois jours plus tard, il était mort et j'ai été prise de panique. Je pensais que si je te disais m'y être trouvée… je ne sais pas.

Il était impossible d'évaluer si elle était aussi vulnérable qu'elle apparaissait. Chaque fois qu'elle était confrontée à un nouvel élément crucial, sa fragilité se manifestait avec juste la bonne dose de désespoir. Le pire, c'est que tout cela prenait un sens.

— Qu'est-ce que tu ne savais pas ? demanda-t-il. Que j'aurais pu penser que tu l'avais tué ? Allons donc, tu es bien trop intelligente pour le croire.

— Je ne traite pas tous les jours avec des morts, Nikolaï.

— Non, tu traques les vivants pour les remettre à des gens qui en prendront soin.

Quelques secondes s'écoulèrent avant que son visage ne se ferme. Alors, elle donna l'impression qu'elle allait dire quelque chose, au lieu de quoi elle se leva.

Il fut incapable de supporter le silence.

— Oui ?

Elle avait déjà écrasé sa cigarette dans le cendrier.

— Je veux bien que tu me raccompagnes à l'hôtel.

Il résista au besoin de lui saisir les bras et de la secouer.

Il avait beau détester son côté vulnérable, il en avait désespérément besoin. Il continua à la regarder.

— Très bien, et il se demanda à quel moment il allait finir par craquer.

Nos amis les Français

Une odeur de carton mouillé et de poussière flotta dans la pièce quand Hoffner ouvrit un autre volume de la pile posée sur la table devant lui. La reliure en cuir de ces ouvrages massifs était déjà craquelée à cause de l'humidité. C'était à se demander quel petit génie avait décidé d'entreposer ces archives dans de telles conditions. Le bâtiment n'avait pas même l'excuse de l'âge. La Handelskammer – la chambre de commerce – de Berlin existait depuis moins d'un quart de siècle et occupait trois étages aux plafonds voûtés d'un palace de style italien, dans la Dorotheenstrasse. Quelqu'un avait cependant eu assez de bon sens pour installer une énorme cheminée de marbre devant les portes de la salle de lecture. Si personne n'avait songé à y faire du feu, l'espoir était encore permis.

Moustache grise et lunettes donnaient à l'homme derrière le bureau placé au pied d'un mur d'étagères la touche exacte qu'on attendait d'un locataire des lieux : chemise au col cassé et raide, habit à queue de pie, nœud papillon impeccable sur un gilet rayé. Depuis une vingtaine d'années, sa manière de s'habiller n'avait pas changé d'un iota et il en allait de même de sa posture. Droit comme un piquet, il griffonnait quelques mots dans un volume, lançant parfois un regard vers la demi-douzaine d'hommes assis devant l'alignement des tables. D'après leurs serviettes, deux d'entre eux étaient de jeunes avocats auxquels on avait confié les tâches les plus ingrates, mais rien ne transparaissait sur leurs visages. Un troisième montrait tous les stigmates du chercheur dévoré d'ambition et plongé dans une thèse ayant pour sujet l'évolution du code de la propriété à Berlin entre les années 1906 et 1911 – travail fascinant, cela va sans dire.

Hoffner laissa lourdement retomber la couverture de son ouvrage. L'homme du bureau étant immunisé depuis longtemps devant ce rappel à la vie, et l'universitaire immergé dans un autre monde, seuls les deux avocats levèrent les yeux, plutôt enclins à excuser une seconde de distraction.

— C'est la seconde fois, murmura Leni.

Elle occupait la chaise en face de lui, près d'une pile d'ouvrages à peine entamée.

— D'ailleurs, ils n'arrêtent pas de jeter des coups d'œil.

Une heure auparavant, le trajet entre l'Alex et l'*Adlon* avait été l'occasion d'une nouvelle bouderie jusqu'à ce qu'elle se tourne vers lui et le gifle. Nul dommage à déplorer cependant, car il était déjà garé devant l'hôtel. Il avait cru que ce serait le dernier geste de la grande scène avant qu'elle ne quitte la voiture, mais elle était restée assise, le regard braqué devant elle. Et d'éclater soudain de rire :

— Un peu excessif, quand même, non ?

— Non, avait-il répondu. Je l'avais mérité. Une fois par jour, ça me paraît une bonne moyenne.

— Tu devrais avoir confiance, vois-tu ?

Hoffner avait continué à regarder au travers du pare-brise.

— Vraiment ?

Il ne manquait pas de raisons de tendre la main et de lui ouvrir sa portière. Il n'en avait qu'une de demeurer sur son siège. Il avait mis le contact.

— Plus de surprises, d'accord ? avait-il dit avant de démarrer.

Pour l'heure, après un nouveau petit voyage en voiture et l'étude de plusieurs volumes, ils n'avaient pas progressé d'un pouce. Il lui avait demandé de vérifier si dans les contrats de société passés au cours des trois derniers mois n'apparaissait pas le nom d'Alfred Hugenberg. À en croire les archives municipales, Hugenberg n'était pas resté inactif. Leni n'avait trouvé que quatre références à ajouter aux trois qu'il avait notées. Aucune n'était véritablement prometteuse.

— On en a pour la journée, se plaignit-elle alors que son index parcourait une page du haut en bas. Et tu ne veux pas m'expliquer ce qui justifie cette corvée ?

— Pour doucher ce bel enthousiasme ? C'est du pur travail de police, voilà ta récompense.

— Rien de plus chic. Et quand va-t-on se mettre à tirer sur les gens ?

— Eh bien, tu pourrais commencer par le prof là-bas, mais il m'a l'air plutôt vif. Remarque, c'est peut-être à cause de son tic.

L'homme du bureau leva le nez et s'éclaircit la gorge, ce qui suffit à provoquer un hochement de tête d'excuse de la part de l'inspecteur.

Deux heures avaient passé et il en était au sixième volume – et à la douzième citation du nom de Hugenberg. Elle concernait sa participation au conseil d'administration de la société Mentor Bilanz. Une fois de plus, les noms qui y figuraient ne lui furent d'aucune utilité. Il se préparait à tourner la page quand il distingua une petite marque derrière le nom de la société. Le signe lui parut d'abord appartenir au « z » mais, en se penchant, il vit qu'il s'agissait d'une croix minuscule. Examinant le bas de la page, il distingua – glissée juste au-dessous de la dernière ligne du texte – une croix identique suivie par une suite de mots presque indéchiffrables. Le nez contre le papier il put lire « affiliée IvS, les soussignés capitaines W. Canaris, W. Lohmann ».

Hoffner évalua cette phrase un bon moment avant de sortir son calepin et de consulter ses notes sur les dossiers de la société cinématographique Phoebus. Il retrouva la liste des signatures qui apparaissaient sur l'acte d'achat des entrepôts du Hasenheide. Il sut aussitôt qu'il avait eu raison d'ouvrir son carnet. Les trois premiers noms étaient cochés :

T. VON HARBOU, J. GOEBBELS, K. DALUEGE.

Seul le dernier était flanqué d'un point d'interrogation :

W. LOHMANN.

Le lien avec Hugenberg se renforçait de minute en minute.

Hoffner repoussa tranquillement sa chaise et se dirigea vers le bureau. Son occupant leva les yeux.

— J'ai trouvé le nom d'une seconde société, *mein Herr*, annonça Hoffner. Je voudrais savoir s'il ne renvoie pas à d'autres noms.

Environ deux heures et demie auparavant, Hoffner avait essayé – en vain – de découvrir un lien quelconque avec la société en partenariat limité Ostara KG, citée également dans le document Hasenheide. L'homme prit le bout de papier et fila vers une porte interdite au public, au bout de la salle. Dix minutes plus tard il revenait en brandissant quatre fiches.

Sa voix n'était qu'un murmure à peine audible :

— Dois-je vous rappeler, Herr Kriminal-Oberkommissar, qu'il s'agit d'une information à laquelle personne ne doit avoir accès en dehors du Polizeipräsidium, sauf si ces noms figurent sur les fiches elles-mêmes ou qu'ils aient un titre juridique, ce qui nécessiterait de vérifier auprès des tribunaux ?

Son regard divergea soudain vers Leni.

— Oui, confirma Hoffner quand le regard revint sur lui. Je me souviens que vous me l'avez déjà dit tout à l'heure, *mein Herr*.

L'homme inclina la tête et tendit les fiches à Hoffner.

De retour à son bureau, celui-ci les étala devant lui. La première concernait la compagnie affiliée, IvS, autrement dit l'Ingenieurkantoor voor Scheepsbouw, société hollandaise à première vue. Il fit le pari qu'il s'agissait d'un bureau d'ingénieurs travaillant pour une entreprise de construction navale, mais quel était son rôle en l'occurrence ? Mystère. La carte faisait état de bureaux à Cadix, Espagne, et Istanbul, Turquie. La deuxième fiche concernait la Caspar-Luftfahrt-Werke[1] qui disposait de bureaux d'études à Lidingö, Suède. Sur la troisième on ne lisait que ces trois mots : The LA Company. Aucune adresse et rien sur la nature de ses activités. Ces sociétés faisaient référence à Mentor Bilanz, mais le lien n'était pas clairement établi entre elles. La dernière

1. Usines aéronautiques Caspar. (*N.d.T.*)

carte et la seule concernant une entreprise allemande portait le nom d'une banque privée, la Berliner Bankverein, dont le président était un certain capitaine de la marine de guerre allemande, Walther Lohmann.

Un entrepreneur naval hollandais, le bureau d'études d'une entreprise suédoise construisant des avions, une société californienne qui semblait aimer le secret, le tout financé par l'argent allemand. À première vue, le monde du cinéma ne se refusait aucun partenariat. Hoffner se demanda dans quelle mesure les amis hollywoodiens de Leni l'avaient informée de leurs relations d'affaires.

Elle voulut jeter un coup d'œil aux fiches et il s'empressa de les faire disparaître.

— Intéressant ? demanda-t-elle.

Il finit de prendre des notes et ramassa les fiches.

— Plus rien ne nous retient ici, déclara-t-il.

Devant le bureau, Hoffner remarqua que le professeur suivait des yeux Leni qui se dirigeait vers la sortie. Cela ne dura que l'espace d'un éclair, assez pour rendre un semblant de flamme à ce long visage cireux.

Les bureaux de la Berliner Bankverein se situaient quelque part au milieu de la Spree. Hoffner s'en était douté et voilà pourquoi Leni patientait dans la voiture tandis que lui-même attendait au quatrième étage d'un gigantesque bâtiment de pierre blanche, le Bendlerblock, juste au sud du parc du Tiergarten. Aussi massif qu'impotent, le monstre hébergeait le ministère de la Défense, l'état-major et les bureaux du personnel de la Marine.

Comme à l'ordinaire, son insigne dut s'élever de main en main jusqu'à ce qu'un gradé aux cheveux blancs, ayant rang de Fregattenkapitän, accepte de le recevoir.

— Une maladie de cœur, Herr Kriminal-Oberkommissar.

Le Fregattenkapitän feuilletait un dossier étonnamment mince.

— Voilà pourquoi Herr Kapitän Lohmann a pris sa retraite anticipée en mars 1923.

— Et avant cette date ?

L'homme continua à tourner les pages.

— Il s'agit bien d'une enquête de routine, Herr Kriminal-Oberkommissar ?

Dès qu'il avait franchi le seuil, Hoffner s'était fait une idée précise du Herr Fregattenkapitän. Sa poitrine constellée de décorations et son teint buriné trahissaient le vrai loup de mer. Loin d'être une récompense, son affectation à Berlin ressemblait à un blâme, mais l'homme avait su rester digne dans le ressentiment.

— Le Kapitän avait été cité comme témoin dans une vieille affaire, mentit Hoffner. Un cambriolage, en 1921. Le prévenu ayant achevé sa peine il y a un mois, la loi nous oblige à en informer toutes les personnes concernées. Malheureusement, nos fichiers ont été endommagés. Des choses qui arrivent, comme vous le savez bien. Nous avions le nom du Kapitän, rien de plus. Vous voyez, simple routine.

— Et sa carrière dans la marine ? C'est aussi de la routine, Herr Kriminal-Oberkommissar ?

Pour la première fois depuis plusieurs minutes, le Herr Fregattenkapitän leva les yeux.

— Ces bureaucrates, fit Hoffner avec un hochement de tête lourd de sous-entendus. Pas moyen d'y échapper. J'ai perdu quatre heures à remplir leurs fiches et leurs formulaires. Je regrette, Herr Fregattenkapitän, ce n'est pas moi qui fais les règlements.

L'homme avait repris le dossier. Lui aussi se mit à agiter la tête.

— Ni personne d'entre nous, Herr Kriminal-Oberkommissar. Certains, parmi ces gens-là, semblent prendre un malin plaisir à rester derrière un bureau plus longtemps que nécessaire.

Il tourna la première page.

— Essayons d'y voir clair et vous pourrez reprendre le cours de vos activités habituelles.

Le Herr Fregattenkapitän lut les états de service de Lohmann : affecté dans une unité de logistique – non combattante – pendant la guerre ; membre d'une sous-commission en 1918-1919 chargée de négocier la mise à disposition de la flotte marchande et l'acheminement de cargaisons alimentaires d'urgence vers l'Allemagne ; négociateur en chef en 1919-1920 pour le retour des prisonniers de guerre allemands ; enfin, rattaché au commandement de la division du transport naval, en octobre 1920.

Le capitaine s'interrompit soudain.

— Vraiment ? laissa-t-il échapper, plus pour lui que pour Hoffner. Je n'étais pas au courant.

Il regarda son visiteur.

— Je n'étais pas en poste à Berlin avant 24. Il semblerait que votre Kapitän était le roi des bureaucrates.

Il leva aussitôt la main pour s'excuser.

— C'est très important, bien sûr. La marine ne pourrait pas fonctionner sans eux. Mais ce n'est pas un marin. Le cœur, j'imagine. Sur un pont, on ne saurait admettre un tel handicap, n'est-ce pas ?

— La division du transport naval ? répéta Hoffner. Ça ne me dit rien.

L'homme dodelina de la tête, comme s'il s'y attendait.

— Et c'est assez normal, inspecteur. Cela existe depuis peu.

Il se mit en devoir d'expliquer :

— Cette division est une création récente, rendue nécessaire par les restrictions du traité de Versailles. Tous ces navires qu'on nous a interdit de conserver... Une fois acceptée la possession de douze destroyers, six vieux cuirassés et six croiseurs légers, il nous restait pas mal de bâtiments à flot.

Ces chiffres, à l'évidence, accaparaient souvent les pensées du Herr Fregattenkapitän.

— Bien sûr, pas de sous-marins. Remercions la générosité des Anglais et des Français. La division est plus une entreprise commerciale et civile qu'une véritable marine de guerre. Vous seriez surpris de la quantité de pommes de terre qu'on peut amasser dans un vieux transport de troupes.

— Au moins ces bateaux naviguent...

— On peut le voir comme ça, dit-il avant de se replonger dans le document.

Arrivé à la dernière page, il sembla une nouvelle fois perplexe.

— Oui ? demanda Hoffner.

L'officier tourna la page – aucun doute, il s'attendait à autre chose, mais il ne trouva que le plat verso cartonné.

— Hum, fit-il, étonné.

Hoffner attendit qu'il lève les yeux.

— Quelque chose qui ne va pas ?

L'homme referma le dossier et le déposa dans le tiroir du haut.

— Non, non. D'habitude, il y a une lettre ou une fiche. Rien d'important.

— Une fiche ? répondit Hoffner, comme saisi d'effroi. J'espère que mes ronds-de-cuir à l'Alex ne m'en voudront pas.

Le Herr Fregattenkapitän sourit avec raideur.

— Une lettre qui justifie le déclassement de l'officier. La plupart du temps, elle est absente.

Hoffner le gratifia d'un regard complice.

— Vos ronds-de-cuir seraient aussi inefficaces que les nôtres ?

Le soulagement de l'officier était bien réel.

— Je ne vous le fais pas dire, Herr Kriminal-Oberkommissar. Le monde actuel est dirigé par des gosses de onze ans. Je peux demander à quelqu'un de faire des recherches.

— Pas la peine, déclara Hoffner en se levant. J'en ai plus qu'assez de cette paperasse. Je vous remercie pour votre coopération.

À l'entrée du poste de garde, Hoffner demanda à un jeune Oberleutnant l'adresse de la division du transport naval. Le bureau principal se trouvait au troisième étage. Mais, si le Herr Kriminal-Oberkommissar s'intéressait aux affrètements, le bureau était à l'extérieur – dans la même rue que la Berliner Bankverein, apprit Hoffner quelque peu surpris. Il devina alors que l'adresse devait se situer juste au-dessus de l'eau.

Quand Hoffner ouvrit la portière, Leni lisait le journal. Il tenait à la main deux brioches au chocolat.

— Tous ces étages hyper gardés rien que pour de la pâtisserie ? se moqua-t-elle au moment où il se glissa sur le siège. Et française, avec ça ! Incroyable !

Il lui en donna une dans laquelle elle mordit à pleines dents.

— Dans ce pays, on ne plaisante pas avec les gâteaux, répondit-il en attrapant du bout de la langue un peu de chocolat sur ses lèvres.

— Tu ne crois pas qu'elles se gèlent dans leurs petits costumes ?

Elle faisait allusion à l'annonce d'un prochain spectacle au Friedrichstadtpalast – « Grand événement culturel : quatre nuits de danse sur glace avec la troupe Cassvan », lut-elle. Elle orienta la photo vers lui. Une bonne dizaine de femmes levaient haut la jambe, en patins, veste d'argent échancrée et soutien-gorge, un drôle de casque en soie sur la tête. Belle collection de gambettes et de décolletés.

— J'imagine que *petit* événement culturel veut dire *petits* chapeaux ? Ça vaut le coup ?

Hoffner appuya sur le démarreur.

— Ça vaut toujours le coup.

Elle replia le journal.

— Et donc… la Handelskammer et le quartier général de la Reichswehr, dit-elle. Soit Thyssen faisait des films d'un ennui désopilant, soit le cinéma a pris une orientation bizarre.

Il tourna vers Potsdamer Platz et fourra le reste de brioche dans sa bouche.

— Je croyais qu'à Berlin on attaquait l'après-midi avec de la charcutaille. Un gentil *Brötchen* avec des cornichons, et un oignon ou deux ?

— Tu as faim ?

— Comment as-tu deviné ?

Il roula jusque derrière le dôme de la *Haus Vaterland*, au milieu de la place, là où les statuettes lui rappelaient toujours une basilique Saint-Pierre kitsch, les croix et la foi ayant été écartées au profit d'un solide café noir et de quelques chopes de mauvaise bière. Entre le *Kaffee Kempinski* et l'entrée du métro, la foule grouillait encore, preuve qu'on avait à peine dépassé l'heure du repas. Inutile de s'arrêter.

— On avisera, décida-t-il en filant devant un tram qui tournait vers le centre-ville.

Das Marinetransport-Abteilung Wegewahl-büro – le Bureau des affrètements de la division du transport naval – n'avait rien de l'aspect grandiose du Bendlerblock. L'endroit rappelait plutôt les locaux d'une entreprise de deuxième ordre : quelques étages au style fonctionnel aménagés dans un immeuble sans âme de verre et d'acier, planté au milieu des autres bâtiments de la rue. « Affrètements » indiquait sobrement une plaque en argent égarée parmi d'autres où on relevait les noms des Assurances Roepke, du Tailleur Bieberback et des Guides de voyage Ebbinghaus. Voilà à quoi en était réduit la marine de guerre allemande après le traité de Versailles – elle avait quand même hérité des derniers étages.

— Est-ce que Hugenberg s'est lancé dans l'édition de brochures touristiques ? demanda Leni après avoir consulté les plaques.

— J'aurai besoin d'un nouveau costume, dit Hoffner.

— Ah bon ? J'ai un certain talent pour les choisir.

Il ramena quelques pièces du fond d'une poche.

— Il y avait un restau du côté de la dernière rue. Il semblait convenir. Pas surpeuplé.

Il lui tendit les pièces.

— Je prendrai une saucisse-nouilles. Blanche, la saucisse. Avec une bière, juste fraîche.

Elle continuait à le fixer.

— Tu ne m'avais pas dit que tu avais faim ?

— Et pendant ce temps tu vas t'acheter un nouveau costume ? fit-elle, impassible.

— Si on veut.

Elle accepta l'argent.

— Tu sais que tu es bon pour une autre claque ?

— Bon, alors espérons que ça pourra attendre dix, quinze minutes.

Ce qui lui valut un demi-sourire dont il profita :

— Continuer à bosser à l'UFA, après notre affaire… Ce ne serait pas si mal, non ?

Il l'avait prise au dépourvu, et lui aussi par la même occasion. Cela dit, ça faisait du bien de poser la question.

Quand elle eut retrouvé tous ses moyens, ce fut à son tour de l'interroger :

— Serais-tu en train de me dire que tu aimerais que je reste ?

C'était sans doute son désir, précisément, mais pourquoi semer le trouble en se trahissant ?…

— Quelle bonne raison as-tu de rentrer ?

— Ce matin, tu étais prêt à m'abandonner à l'hôtel.

— Il y a trois jours, j'ignorais tout de toi.

« Elle pourrait quand même prendre mon bras », songea-t-il. Au lieu de quoi il eut droit à un éclair fugace au fond de ses yeux avant qu'elle ne glisse les pièces dans son sac.

— Bière et saucisse blanche, dit-elle. J'essaierai le jambon. Plus traditionnel.

— Ça fait plaisir de l'entendre.

D'un geste machinal, elle lui effleura la joue. Il n'y avait aucune raison d'en faire plus avant qu'elle ne quitte la voiture.

Il s'attendait à ce qu'on lui réponde qu'il n'y avait personne de ce nom dans le bureau : Lohmann – non. Mentor Bilanz – non. Berliner Bankverein – non. Détail remarquable, Hoffner n'eut même pas besoin de mentionner ces deux derniers noms. On le mena dans un couloir étroit, flanqué de bureaux, et on le pria d'attendre sur l'unique chaise de la dernière pièce. Le capitaine Lohmann serait à lui dans un instant. Pour un homme qui avait été rayé de la liste du personnel de la marine, Lohmann se montrait fort accommodant.

Trois minutes s'écoulèrent et une femme sortit d'un bureau. Elle traversa d'un pas vif le couloir, frappa à la porte de Lohmann, tourna la poignée et s'écarta pour inviter Hoffner à entrer.

— Le capitaine va vous recevoir, monsieur l'inspecteur.

Hoffner eut l'impression d'être chez le dentiste. Il se leva, s'inclina brièvement devant la femme et entra.

Assis derrière son bureau, Lohmann tenait un livre d'inventaire volumineux qu'il cherchait à poser entre les piles réparties sur la moquette, les chaises ou les étagères. Une seconde porte était coincée entre deux étagères. Hoffner se sentit aussitôt chez lui.

— Monsieur l'inspecteur principal, dit Lohmann qui finit par choisir une pile un peu branlante.

Il se leva et tendit la main.

— Capitaine Walther Lohmann. Ce bureau est un véritable foutoir. Veuillez m'excuser.

Lohmann portait l'uniforme, même si sa veste était accrochée dans un coin et s'il avait remonté les manches de sa chemise.

— Désirez-vous boire quelque chose ?

Hoffner serra la main offerte.

— Je vous dérange sans doute, capitaine, c'est à moi de m'excuser.

— Non, non, pas du tout, répondit le capitaine, affable, et il désigna la seule chaise à peu près disponible.

— Que puis-je faire pour la Kripo, inspecteur ?

Hoffner débarrassa la chaise d'une rame de papier et prit place.

— Capitaine, êtes-vous au courant que la marine vous considère à la retraite ?

— À la retraite ? fit Lohmann, surpris et amusé. Ma foi, je devrais voir ma solde doublée chaque mois, n'est-ce pas ? Ce qui ne me maintiendrait d'ailleurs pas à flot.

Il leva la main en riant.

— Vieille blague de marin. Pardonnez-moi.

— Vous ne faites plus partie du personnel depuis mars 1923.

Devant les yeux en boules de loto du capitaine, Hoffner se demanda si cet homme n'était pas le plus expressif qui ait jamais appartenu à la marine.

— Extraordinaire ! s'exclama Lohmann.

Il pressa un bouton sur son bureau.

— Fräulein Zeck, pourriez-vous contacter le service du personnel de la marine et leur demander où en est mon dossier de retraite ? Merci.

Lohmann ôta le doigt du bouton sans lui donner le temps de répondre.

— Maintenant, je ne vois pas en quoi cela concerne la Kripo, monsieur l'inspecteur.

— Quelques questions de routine à cause d'un dossier qui m'est passé entre les mains.

— De routine ? Vraiment ? Et vous vous déplacez alors même que je ne semble pas exister, si l'on en croit la marine ? Vous ne me cachez rien ?

Lohmann se présentait comme un adversaire autrement difficile que les garçons du Bendlerblock.

— Disons, un peu plus que la routine, capitaine.

Hoffner fit apparaître son calepin : ponctué par quelques secondes de silence, ce petit rituel avait le don de favoriser l'attention. Hoffner s'expliqua tout en tournant les pages.

— Il s'agit d'une société, la Mentor Bilanz. Fondée par… où est-ce… voilà, la Berliner Bankverein.

Il regarda Lohmann.

— Des noms qui vous sont familiers, capitaine ?

Lohmann n'eut aucune hésitation :

— Je suis le *président* de la Bankverein. Quant à l'autre… je ne doute pas de la justesse de vos renseignements. Il faut que je vérifie dans mes dossiers. Quelle est son activité ?

Avec le capitaine, Hoffner allait de surprise en surprise. Jamais il ne se serait attendu à une telle franchise.

— Navigation, dirais-je.

— Un peu trop vague.

Hoffner hésita.

— Hollandaise ou suédoise ?

Lohmann se leva et examina les livres de comptes d'une étagère proche de son bureau.

— Capitaine, dit Hoffner, sauriez-vous, par hasard, pourquoi l'adresse de la Bankverein se situe quelque part au milieu de la Spree ?

Le doigt de Lohmann passait lentement sur le dos des livres.

— C'est normal, monsieur l'inspecteur, répondit le capitaine, l'esprit ailleurs. De même pour le Bureau des affrètements.

Il tira un livre et le remit aussitôt en place.

— J'ai l'impression d'avoir été la victime d'un de ces bureaucrates.

— Oui, confirma Hoffner.

Inutile de se montrer pressant.

— Et pourquoi un capitaine de la marine de guerre est-il président d'une banque ?

Lohmann hocha la tête sans cesser de chercher parmi ses livres.

— Excellente question, inspecteur.

Il pencha la tête pour mieux lire une inscription sur une des étagères du bas.

— Vous aurez compris que pas grand-chose dans cette pièce ne concerne la marine…

Il s'accroupit.

— En fait, il n'y a plus grand-chose dans la marine de guerre allemande qui ait encore un rapport avec la marine, si l'on excepte, bien entendu, ces gentils vieillards et ces jeunes pousses qui se traînent autour du Bendlerblock en recopiant des informations fausses dans leurs dossiers.

Lohmann fit volte-face et balaya la pièce de la main :

— Nous sommes dans les affaires, désormais. L'Allemagne essaye de devenir le plus gros transporteur de fret du continent.

Il se remit à chercher.

— Avions, bateaux, chemin de fer… Nous ne serons jamais à la hauteur des Anglais – cela leur ferait trop de peine et, à cause des réparations et de nos ennuis habituels avec nos amis français, ce n'est pas exactement ce que nous voulons.

Il tira un autre livre et, cette fois-ci, il consulta la première page avant de secouer la tête et de le remettre à sa place.

— Le commandement aérien était placé sous l'autorité du commandement naval, pendant la guerre. Donc, d'un point de vue technique, nous décidons encore de la destination des vols. Le chemin de fer, c'est complètement différent et, grâce à Dieu, dans ces bureaux, nous ne nous en occupons pas. Les Russes…

Il leva la main.

— Pardon… les *Soviets*… s'imaginent qu'ils vont gérer toutes les voies ferrées européennes. Quand on sait comment fonctionne leur système, c'est grotesque ! Nous n'avons par ailleurs aucune raison de faire découvrir la réalité aux bolcheviks.

Il enjamba deux piles et s'agenouilla pour examiner une série de dossiers éparpillés en tas près de la porte.

Hoffner avait sous-estimé Lohmann : cet homme était en réalité le personnage le plus expressif du monde des affaires allemand.

— D'où la banque, capitaine ?

— La banque, répéta Lohmann et il confirma de la tête tout en inspectant les dossiers. Si nous opérons dans le secteur privé, inspecteur, il nous faut aussi disposer de fonds privés. Le gouvernement ne saurait être responsable d'échecs dans lesquels nous serions impliqués. C'est une question de sécurité.

Il lança un coup d'œil à son visiteur.

— Pour l'exprimer avec simplicité : la marine tente d'obtenir de la farine à partir de sacs de charbon.

Il repoussa de côté la pile et dénicha un fin volume dissimulé derrière.

— L'Angleterre, la France, la Russie… Leurs navires sont intacts. Aux vainqueurs les dépouilles… Ce qui signifie qu'ils continuent à les utiliser dans des buts militaires.

Il se mit à feuilleter le volume.

— Nous avons… nous avions… un nombre important de navires en cale sèche qui attendaient d'être désarmés une fois que les restrictions du traité de Versailles entreraient en vigueur. Et voilà que quelqu'un a eu la brillante idée de tirer profit de cette flotte inutile. D'aménager les navires et de leur faire importer de la dentelle de Belgique, des pommes de terre d'Ukraine, et soudain l'Allemagne est devenue le grand carrefour européen du commerce.

— Et ce quelqu'un, c'était vous.

— Je suppose.

Il referma le volume.

— Pas de chance, j'en ai peur.

Il le rangea et considéra une dernière fois les étagères.

— Si je ne me trompe, vous ne m'avez pas dit pour quelle raison je devais chercher cette société, inspecteur ?

— En effet.

Lohmann hocha la tête et sourit.

— Question stupide, j'imagine.

Il détailla Hoffner de la tête aux pieds.

— D'autres noms que je pourrais chercher ?

Hoffner n'espérait pas de résultat. Il secoua la tête.

— Et vous faites de bonnes affaires, capitaine ?

— *L'idée* est bonne, monsieur l'inspecteur. Les affaires, ça prend un peu de temps avant de repartir.

— Savez-vous que votre nom figure dans les archives officielles à côté d'autres signataires d'un contrat avec cette compagnie, Mentor Bilanz.

— Je n'en doute pas.

Lohmann revint vers sa chaise.

— En six mois, j'ai dû apposer ma signature sur pas moins d'une cinquantaine de contrats. Nous cherchons des marchés un peu partout, pas seulement dans le fret maritime.

Alors que Lohmann réintégrait son siège, Hoffner remarqua, de-ci, de-là sur les étagères, des bateaux en modèle réduit, des pages de réclame encadrées, publiées dans différents journaux et magazines, et même quelques prix saluant certaines productions – preuve s'il en fallait que l'esprit d'entreprise n'était pas mort.

— Vous est-il arrivé de recevoir des financements extérieurs ? demanda Hoffner.

Il n'espérait pas entendre le nom de Hugenberg, mais il ne pouvait en faire l'impasse.

Lohmann se laissa aller en arrière.

— C'est arrivé.

— En rapport avec le cinéma ?

Lohmann réfléchit.

— Pas que je sache, non, mais…

Lohmann s'interrompit.

— Y a-t-il un problème, inspecteur ?

Hoffner avait les yeux braqués sur une des réclames encadrées, au-dessus de la tête du capitaine. Elle lui avait échappé. Maintenant, il ne pouvait en détacher les yeux. C'était écrit en anglais :

OUBLIEZ DANEPAK, CHOISISSEZ DANEBRAND… LE GOÛT EN PLUS !

— Inspecteur ?

— Du bacon, murmura Hoffner, songeur.

Lohmann se tordit le cou pour voir derrière lui. Il sourit.

— Oh, oui… C'est un de nos projets. Je le connais très bien. On en attend beaucoup.

Hoffner détailla la page : emballage d'un blanc immaculé, nom de la marque d'un bleu étincelant et, au-dessous, des œufs au plat accompagnés de quelques tranches d'un rouge appétissant – on avait l'impression que l'assiette était servie par des mains de femme.

— C'est la Berliner Bacon Company, déclara Lohmann, pas peu fier. On a commencé l'année dernière. Savez-vous qui sont les plus gros mangeurs de bacon dans le monde ? Les Anglais. Et, pour une raison ou une autre, ils raffolent du bacon danois. Comme les Danois n'arrivent pas à en produire assez, on leur a acheté toute leur production afin de faire pression sur le marché. Et attendez la meilleure : on a mis au point un bacon allemand, cuit d'une façon absolument différente, rien que pour les palais anglais. Moi, je ne l'aime pas trop, mais les Anglais qui l'ont goûté l'ont trouvé parfait. On l'a appelé Danebrand. Il n'y a pas de mal à profiter d'une marque à consonance danoise.

Hoffner n'avait écouté que d'une oreille. Deux jours auparavant, Pimm chargeait du bacon danois sur les quais. Il acquiesça.

— Cela va de soi, capitaine.

Il était devenu évident que Lohmann ne représentait qu'une signature au bas d'une page. Sa stratégie commerciale avait tout du tir de mitraillette : arroser dans tous les coins en espérant atteindre quelques cibles. C'était à se demander s'il connaissait les liens de Hugenberg avec Phoebus.

Pimm, lui, jouait un jeu autrement futé. Mais ce n'était pas à cause du bacon qu'il fallait voir en lui le cœur de toute cette affaire. Hoffner dut s'avouer qu'il n'aurait même pas fait le rapport sans un événement beaucoup plus récent – interprété de manière absolument erronée – et qui remettait le nom de Pimm au centre du débat.

La LA Company.

La fiche consultée à la chambre de commerce dans la matinée n'avait rien à voir avec Hollywood, Leni ou ses amis californiens. Et bien sûr il n'y avait aucune adresse. Ni produits. N'importe qui dans le syndicat savait immédiatement ce que signifiaient ces initiales : Little Alderman.

Et la Little Alderman Company ramenait à Pimm.

Hoffner était debout avant que Lohmann ait pu répondre.

— Vous m'avez été très utile, capitaine. Je ne voudrais pas abuser de votre temps…

Lohmann ne comprenait plus.

— Vous êtes sûr que…

Il se tut et se leva.

— Eh bien, dans ce cas… J'espère vous avoir rendu service.

Il tendit sa main à Hoffner qui la lui serra.

— Bonne chance avec le bacon.

La salle était loin d'être remplie mais, pour une raison connue d'elle seule, Leni s'était perchée sur un tabouret, au bar. Elle disait quelque chose au barman, lequel s'écarta dès qu'il vit entrer Hoffner.

— Il l'a gardée au chaud dans le four, dit-elle. Tu peux…

— Tu aurais deux pfennigs ? demanda-t-il. Je t'ai donné toute ma monnaie.

Sans poser de question, elle fouilla dans son sac à main et lui donna les pièces.

Hoffner se dirigea vers l'arrière-salle.

— Dis-lui de ne pas la sortir. Je dois téléphoner.

Près des toilettes, l'odeur d'ammoniaque et de tabac froid avait un côté familier. Il n'y avait pas de cabine et Hoffner dut retourner au comptoir. Le barman avait posé devant lui une assiette et un téléphone.

Hoffner mis la main dans la poche pour prendre son insigne mais l'homme secoua la tête.

— Pas la peine. La Fräulein m'a prévenu. Appelez qui vous voulez.

Il s'écarta, avant d'ajouter :

— Oh… le repas est pour moi, en plus.

Hoffner prit le récepteur et composa le numéro de l'Alex. Deux minutes passèrent avant qu'il n'entende la voix d'un stagiaire.

— … Oui, oui… Écoutez-moi un peu, coupa Hoffner pour faire taire son correspondant. Votre supérieur comprendra. Maintenant, allez dans mon bureau et appelez-moi au numéro que je vous ai donné… Oui, je ne manquerai pas de le mentionner dans mon rapport.

Hoffner raccrocha et avala une bonne fourchetée de nouilles.

— Ça devient chaque jour plus insupportable. Celui-là doit avoir vingt ans, avec de la chance.

Il regarda le barman.

— Vous auriez du sel ?

L'homme lui apporta une salière.

— Et je prendrai une Engelhardt, et une pour la dame. Ne vous inquiétez pas. C'est moi qui règle.

L'homme remplit deux verres sans protester. Leni se montrait d'une patience inhabituelle. Tous deux buvaient leur bière quand le téléphone sonna. Hoffner décrocha.

— Oui… Respirez calmement, inspecteur… Oui, vous avez le droit de vous asseoir…

Hoffner posa le récepteur contre sa poitrine.

— C'est un vrai crétin qu'ils m'ont collé…

Il entendit la voix du garçon et posa l'écouteur contre son oreille.

— Comment ?… Oui, à l'endroit que je vous ai indiqué, dans l'armoire aux dossiers… Non, non… Immertreu, à la lettre « i », ça doit être assez épais… Bien. Vous devriez trouver un classeur au nom d'Alban Pimm… Vous l'avez ? Parfait. Cherchez un onglet qui devrait s'appeler « Horaires » ou « Rendez-vous »… ou, oui… « Calendrier hebdomadaire ». Regardez maintenant à jeudi.

Il couvrit le microphone.

— Notre crétin fait des progrès.

Le garçon revint en ligne.

— … Oui… excellent. Et après 14 heures ?… Quoi ?

Le visage de l'inspecteur se ferma.

— Merde ! Bien sûr… Non, non, pas vous, mon ami. Grunewald. J'aurais dû m'en souvenir.

Hoffner réfléchit.

— Et après 19 heures ?… Une des chambres à l'étage au… Oui, je sais où ça se trouve… Quoi ?

Cette fois-ci, le visage de Hoffner s'assombrit.

— Redites-moi ça ? Qu'est-ce que vous voulez dire, sur mon bureau ? Combien y en a-t-il ?

L'autre fit de son mieux pour se montrer sûr de lui.

— Quatre, monsieur l'inspecteur principal. Reçus par le standardiste et déposés à votre bureau.

— Et chacun de ces messages est de mon fils ?

— De la part de Georg Hoffner, monsieur l'inspecteur principal. Toutes les heures, à l'heure pile, si j'en crois le relevé de chaque page.

— Qu'est-ce qu'ils disent ?

Un bruit de papier froissé précéda la voix du correspondant.

— « Contacte-moi… » Rien de plus, monsieur l'inspecteur principal. Hormis l'heure de réception… comme je vous l'ai dit.

Hoffner consulta l'horloge murale. Il était 14 h 56, donc, si Georg restait fidèle à sa façon de procéder, il appellerait très bientôt.

— Très bien. Écoutez-moi : je veux que vous restiez à mon bureau jusqu'au prochain coup de téléphone… Oui. Il arrivera d'un moment à l'autre et il devrait être de mon fils…

Hoffner se sentait de plus en plus frustré.

— Oui, inspecteur. De Georg Hoffner. J'ai besoin que vous lui disiez d'appeler le numéro que je vous ai donné afin qu'il puisse me contacter. Est-ce que vous avez compris ?… Non, non, pas un mot sur M. Pimm ou les calendriers… Exact… Oui… Oui.

La voix de Hoffner était de plus en plus aiguë.

— Raccrochez maintenant, inspecteur.

Hoffner fit de même et avala une longue gorgée de bière.

Le sandwich entamé de Leni occupait son assiette. Elle attendit qu'il ait fini de boire.

— Il y a un problème ?

Hoffner piqua sa fourchette dans son plat.

— Non.

Il porta ses nouilles à sa bouche.

— Peut-être. Je n'en sais rien. On va le savoir.

Il avala presque sans mâcher.

— Et Grunewald ?

Elle but une gorgée de bière.

— L'homme que je cherche…

— Pimm… Tu as un dossier sur ses activités. Pas un type recommandable, j'imagine.

Hoffner ingurgita une autre portion.

— Assez recommandable, je dirais. Il va chasser chaque jeudi à Grunewald. J'aurais dû m'en souvenir.

Il avala une bouchée.

— Pour le plaisir ?

— Le sanglier. C'est une habitude de jeunesse. À l'époque, c'était pour manger. Maintenant…

— Il aime tuer.

Hoffner n'avait jamais envisagé les choses sous cet angle-là, mais il faut dire qu'il ne s'était jamais posé beaucoup de questions sur Alby.

— On peut le voir comme ça, dit-il.

— Et il sera de retour après 19 heures ?

Hoffner arracha un morceau de pain à la miche et le plongea dans la sauce. Il le jeta dans sa bouche tout en hochant la tête.

Leni essaya de finir son sandwich. Ils restèrent silencieux jusqu'au moment où elle s'essuya la bouche avec sa serviette.

— Ce Pimm… Il sait où se trouve la Volker ?

C'était dit de manière si tranquille, comme si cela tombait sous le sens… Hoffner but une autre gorgée et posa sa chope.

— C'est une idée qui ne te plaît guère, n'est-ce pas ? observa Leni.

Il continua à planter sa fourchette dans les nouilles, sans un mot.

— Bon, reprit-elle. Si j'ai bien compris, nous sommes libres jusqu'à 19 heures. Je me demande si les patineuses ont une séance à 16 heures.

Hoffner finit par couper un morceau de saucisse. Il le porta à sa bouche et l'examina.

— Elle n'a pas l'air terrible, pas vrai ?

— Il m'a prévenu qu'elle risquait d'être desséchée.

Hoffner goûta.

— Bien vu.

Il l'avala et coupa un autre morceau.

— Je lui ai dit que tu voulais de la blanche.

— C'est ma faute…

Le téléphone sonna et Hoffner décrocha.

— Oui ?

— Papa ?

Georg avait l'air calme, en forme. Hoffner déglutit.

— Qu'est-ce qui se passe, Georgi ?

— Tout va bien.

— Oui, mais tu es têtu, répondit Hoffner.

— Est-ce que tu es seul ?

Il remarqua le ton un peu forcé de Georg.

— Non.

— C'est Fräulein Coyle ?

Hoffner s'obligea à ne pas la regarder.

— Exact.

Il attendit que Georg reprenne la parole.

— Il vaut mieux que ce soit moi qui parle, d'accord ?

Hoffner ramassa ses dernières nouilles d'un coup de fourchette.

— Oui, oui. C'est parfait.

— Ce matin, au petit déjeuner, commença Georg… Tu ignorais qu'elle était arrivée à Berlin avant Noël, pas vrai ?

Ce gamin l'épatait, vraiment. Il lança un coup d'œil à Leni, qui haussa les sourcils, comme pour poser une question muette. Il secoua la tête en souriant.

— Tu fais fausse route, Georgi.

— C'est à prendre comme un compliment, j'imagine.

— Oui.

— J'ai décidé de fouiner à gauche et à droite.

— Un peu risqué, non ?

— Tiens, je me demande où j'ai pris cette habitude…

Hoffner posa sa fourchette.

— Je t'écoute, Georgi.

— Les listes des visiteurs. Ils sont très pointilleux là-dessus, dans cette boîte. Personne n'entre ou ne sort sans avoir signé un papier. Y compris ton amie américaine.

Ces derniers jours, Hoffner avait eu trop souvent l'occasion d'apposer sa signature au bas d'un document pour qu'il soit utile de le lui rappeler.

— Il en va de même avec chaque département, continua Georg. Chacun dispose de sa propre feuille de présence. Je leur ai dit que je cherchais une actrice, à la requête du bureau de Herr Ritter. Ils m'ont aussitôt ouvert leurs registres. J'ai presque tout consulté en remontant jusqu'à novembre.

— Dans une cabine de développement ? demanda Hoffner. Très ingénieux, Georgi.

Un long silence s'installa.

— Pardon ? finit par dire Georgi.

— Non, je comprends Georgi. Ou plutôt, tu as des noms ? Ça pourrait être utile.

Une fois de plus, Leni se pencha vers lui et Hoffner mit sa main en cornet autour du microphone pour être sûr que Georgi puisse l'entendre.

— C'est une fille, murmura-t-il à Leni. Une histoire entre eux parce qu'ils se trouvaient dans un lieu où ils n'auraient pas dû. Je suis certain que Ritter pourra arranger ça.

Il replaça l'écouteur contre son oreille.

— Bon, je t'écoute.

— C'est tout ce que tu as trouvé ? se plaignit Georg. Une histoire de fille ? De quoi j'ai l'air, moi ? Merci bien.

— Aucun problème, rétorqua Hoffner. Bon, tu as quelques noms ?

Il fallut encore un moment à Georg pour réagir.

— Les noms des gens qu'elle a rencontrés ?

— Oui, oui. Exactement. Et je ne peux pas imaginer qu'ils risquent de te virer à cause de cette histoire, surtout si la fille était jolie. Elle était jolie, n'est-ce pas ?

Hoffner entendit Georg tourner plusieurs pages d'un carnet. Il rit, sans raison.

— Le 9 décembre, dit Georg, elle a rencontré Teicher, à la compta. Le 10, Sterne, aux relations publiques. Le 10 également, Pieck, à la documentation. Le 11 décembre, Bagier, responsable de la musique. Et le 13 décembre, Krause, responsable des décors.

— Vraiment ? l'interrompit Hoffner.

Il faisait tout son possible pour parler d'une voix normale et garder les yeux fixés sur son assiette. Bagier avait été le contact de Vogt à l'UFA, l'homme qui s'occupait de la sonorisation.

— Alors ça doit coller, dit Hoffner.

— Krause ?

Hoffner s'efforçait de respirer lentement.

— Non, non. Il vaudrait peut-être mieux que j'intervienne, en fin de compte. Ça faciliterait les choses.

— Bagier ? demanda Georg.

— Voilà. Alors tu m'attends. Inutile de bouger avant mon arrivée, d'accord ?

— Tu veux que je te retrouve au département musique, c'est bien ça ?

— Excellent.

Hoffner regarda Leni et hocha la tête avec le sourire d'un père qui s'inquiète d'un faux pas de sa progéniture.

— Et, je te le répète, insista-t-il, ne fais rien, Georg. Tu m'as bien compris ?

— À tout à l'heure, Papa.

Georg raccrocha et Hoffner conclut :

— Excellent. *Bye-bye*.

Jamais, en vérité, Hoffner n'avait dû intervenir pour réparer une bêtise de l'un ou l'autre de ses fils. Il aurait fallu pour cela qu'il existât entre eux une sorte de lien organique. L'attitude du père complice et affectueux lui était aussi étrangère que ce petit mot, *bye-bye*. Néanmoins, Leni avait paru convaincue.

— Finalement, tu ne t'en tires pas trop mal, non ?

Hoffner hocha la tête, l'air sûr de lui.

— Je te l'avais dit, qu'il t'adorait. Sinon, il n'aurait pas appelé.

Hoffner ne la démentit pas.

— Eh bien, dit-elle, c'est une chance que nous ayons jusqu'à 19 heures. On aura tout le temps d'y aller et de revenir si ça roule.

Hoffner essayait de se faire à cette nouvelle friandise empoisonnée : plus de deux mois auparavant, elle avait rencontré Bagier. Il mourait d'envie de lui balancer la nouvelle, mais savait qu'il n'aurait pas l'énergie de supporter une nouvelle explication, une nouvelle accusation ou sa façon de se dénigrer. Pis, il n'écouterait que ce qu'il voudrait bien entendre et cela lui retournait le couteau dans la plaie plus cruellement que n'importe quelle trahison.

— Il avait l'air gêné. Se faire coincer avec une fille… C'est rare qu'il perde les pédales.

— Tu vois ? Tu le connais mieux que tu ne le penses.

— Possible… Écoute…

Il esquissa un geste, en bon père soucieux.

— Je me demandais… S'il se trouve que… Je veux dire, s'il se sent un peu idiot…

Elle hocha la tête.

— Ma venue risquerait de le mettre encore plus mal à l'aise ?

Elle sourit et ramassa son sac.

— Finalement, tu commences à savoir y faire.

Elle se pencha et l'embrassa sur la joue.

— Je serai à l'hôtel. Passe me prendre à ton retour.

Il aurait pu résister à l'envie de la regarder s'éloigner s'il en avait eu la ferme intention, mais ce n'était pas gagné d'avance. Il appela le barman.

— Vous auriez un rasoir ?

L'homme acquiesça.

— Et un savon potable ?

Cette fois, il fit signe que non.

— Ça ira, dit Hoffner en se levant pour se diriger vers les toilettes.

Hoffner tourna en direction des studios. L'air était lourd, chargé d'odeurs d'essence et de résine de pin. Sous un ciel moins crayeux, il se serait attendu à de la pluie. Même la poussière se soulevait péniblement.

Le gardien à l'entrée semblait tout aussi rongé par l'ennui. Hoffner signa la feuille d'entrée et suivit les indications de l'homme. Il se retrouva au fin fond du bâtiment et il lui fallut dix bonnes minutes avant d'apercevoir Georg qui attendait devant une bâtisse à peine visible. L'endroit était particulièrement isolé du reste, hormis trois grands entrepôts à quelques centaines de mètres plus loin. Au-delà, il n'y avait rien, à part des champs déserts.

— Tu peux laisser la voiture ici, dit Georg. Ça ne dérangera personne.

Hoffner descendit et l'accompagna sur un chemin de terre qui s'arrêtait devant une porte.

— Un peu paumé, non ? remarqua Hoffner, les yeux rivés sur l'horizon.

— C'est sûr.

— La présence de la Fräulein, me semble-t-il, n'était pas ton premier souci. Tous ces détours dont tu as usé…

Georg lui aussi se mit à regarder au loin.

— Il n'y avait pas trente-six façons de faire… Et ce n'était pas pour elle que je m'inquiétais.

Si ce n'était pas de l'adoration, Hoffner fut sacrément ému. Il aurait voulu répondre quelque chose mais rien ne lui vint. Il posa alors sa main sur l'épaule de Georg et la pressa – n'obtenant aucune réaction, il suspendit aussitôt son geste.

Ils marchèrent en silence jusqu'à la salle d'attente du bâtiment. L'odeur de peinture fraîche était omniprésente.

— C'est tout neuf, expliqua Georg et il montra un trou dans le plafond. Il reste encore des trucs à installer.

Derrière une vitre, le bureau de la réception était vide. Georg appuya sur un bouton qui déclencha une sonnerie, quelque part. Il attendit, recommença et la porte du fond s'ouvrit. Un jeune homme en nœud papillon vint vers eux à grandes enjambées.

— Guido Bagier, annonça Hoffner. Dites-lui que Hans Vogt veut lui parler.

L'homme tourna la tête de gauche à droite, comme un oiseau, regardant d'abord Georg puis Hoffner.

— Herr Bagier est dans le studio d'enregistrement, *mein Herr*. On ne doit pas le déranger.

Si Hoffner avait compris de quoi il retournait, il aurait pu trouver une réponse. Au lieu de quoi il sortit son insigne et le lui mit sous le nez.

— Vous n'êtes pas Hans Vogt, dit le jeune homme après y avoir jeté un coup d'œil.

— Non, intervint Georg. Ce n'est pas lui. Et arrêtez de nous faire perdre notre temps. Quel studio ?

Le jeune homme hésita.

— Le 1, mais…

— Montrez-nous, déclara Georg.

Les mouvements de tête reprirent de plus belle.

— Je n'ai pas le droit de quitter mon bureau.

— Vous n'y étiez pas quand nous sommes arrivés, objecta Georg avec ce qu'il fallait de contrariété. Il n'y a personne dans le bâtiment. Nous le savons tous les deux. Vous passez votre temps là-bas derrière à lire des magazines. Je me demande pourquoi vous ne pouvez pas le faire ici, mais bon, c'est votre problème. Et si vous aviez mieux regardé l'insigne, et pas seulement le nom, vous sauriez qu'il s'agit de la Kripo. Kriminal-Oberkommissar, voilà ce qui est marqué ! Alors maintenant vous vous écartez et vous nous conduisez jusqu'à la salle d'enregistrement numéro 1, et puis vous pourrez revenir lire tous les magazines que vous voulez. C'est clair ?

Dehors, le jeune homme les précéda de plusieurs mètres. Ils se dirigeaient à travers la pelouse vers le plus grand des bâtiments. Les enjambées du jeune homme lui donnaient la démarche d'un échassier en colère.

— Bien joué, souffla Hoffner.

— Merci, répondit Georg. Il suffit de s'imaginer dans un des premiers films de Lang. Je crois bien qu'il a cru que j'allais le gifler.

— Il était aux toilettes… C'est sans doute là qu'il préfère lire. Mais la plupart des magazines étaient posés sur une chaise derrière le bureau.

— Bon sang ! s'écria Georg en souriant. On aurait pu drôlement rigoler !

Le *Schall-Stadium Eins* ressemblait à une boîte gigantesque d'une hauteur de quatre étages et d'une longueur peut-être deux fois supérieure. Rien ne le distinguait des autres entrepôts hormis la façade : recouverte d'un gigantesque placage métallique, elle semblait ne former qu'un seul bloc, sans la moindre soudure. Une partie du mur, tout au bout, rompait l'uniformité du lieu : là se trouvait une large porte sur rail qui s'élevait le long de deux étages prévus pour recevoir des décors et autres matériels de scène. Pourtant, même de près, la porte se fondait dans l'ensemble et il était difficile d'en distinguer les contours. « Magnifique prouesse technique », dut admettre Hoffner.

Leur guide les mena à la petite entrée découpée dans la grande porte. Dès qu'il eut ouvert, Hoffner découvrit un espace douillet, conçu pour rester hermétique au monde extérieur. Le côté intérieur de la porte était entièrement tapissé de caoutchouc – l'ouverture de la petite porte avait produit un chuintement.

Le jeune homme demeura dans l'herbe.

— Herr Bagier se trouve dans la cabine d'isolation. C'est à l'arrière du dernier étage. Il y a un escalier, je suis sûr que vous le trouverez sans problème. Il faut que je retourne au bureau, maintenant.

— Ne vous inquiétez pas, dit Georg qui suivit son père à l'intérieur. Nous ne révélerons pas que c'est grâce à vous que nous sommes entrés.

La porte se referma mollement dans leur dos et ils se laissèrent happer par l'immensité des lieux. La seule source de lumière brillait à une vingtaine de mètres au-dessus d'eux, là où une cabine vitrée occupait un des murs les plus éloignés. Elle était assez forte pour révéler la présence d'une série de câbles noirs suspendus au plafond telles des toiles d'araignées. Des spots étaient accrochés à de longs poteaux mais, à quelques mètres de hauteur, tout devenait grisâtre. Au niveau du sol, on ne distinguait que diverses formes immobiles. Il aurait été impossible de se déplacer sans le secours de l'ampoule fixée à un escalier, dans un angle de l'entrepôt. Pourtant, Hoffner et Georg longèrent de très près le mur pour atteindre le premier angle, puis le deuxième, et le suivant, juste avant l'escalier. Le plus remarquable était le silence absolu qui avait accompagné leurs pas.

Les dernières marches les menèrent vers une trappe qui ouvrait sur une succession de passerelles. Ici, un bruit s'était immiscé dans le silence. D'abord, Hoffner pensa au bourdonnement d'un appareil électrique. Peu après, il comprit qu'il s'agissait d'un fredonnement. Ce qui lui permit de s'orienter et de gagner une porte derrière laquelle fredonnement et intensité de la lumière s'accrurent. Il entra.

Une silhouette de grande taille était penchée audessus d'une console sur laquelle s'alignaient des dizaines de cadrans et de jauges. Par terre et plus haut se trouvaient des amplificateurs dans leurs caissons et, à l'arrière-plan des murs de verre, un espace d'un gris obscur.

— Herr Bagier ? s'enquit Hoffner.

L'homme faillit sursauter. Il regarda le reflet de son visiteur dans le mur avant de se retourner. Sa confusion se mua en hostilité.

— Qui êtes-vous ? Que voulez-vous ?

Hoffner leva une main qu'il voulait rassurante.

— Je travaille pour la Kripo, *mein Herr*. Hans Vogt m'a conseillé de vous contacter.

Son front dégarni et les montures noires de ses lunettes accentuèrent l'air méfiant de Bagier.

— Je suis armé !

Hoffner montra son insigne.

— Alors, vous avez l'avantage sur moi, *mein Herr*.

Bagier prit l'insigne et, sans lever les yeux, demanda :

— Qui c'est, lui ?

Hoffner l'observa un moment.

— Mon fils, dit-il à la fin. Il travaille dans les studios. Comme…

Il n'en avait pas la moindre idée, il venait de s'en rendre compte.

— Documentaliste.

Bagier hocha la tête, comme si cela évoquait quelque chose à ses yeux. Ce n'était pas le cas.

— Hoffner… Je me demandais quand vous passeriez me voir.

Il rendit l'insigne.

— L'appareil n'est pas là, si c'était à cela que vous pensiez.

— Pas du tout, affirma Hoffner. Mais je vous remercie. Pourquoi êtes-vous armé ?

— Question assez stupide, non ?

— Ça dépend d'où vient la demande.

Tous deux se défièrent.

— Inspecteur, dit Bagier, je n'ai pas l'habitude d'être confronté à ce genre d'affaires. Veuillez me pardonner. La semaine a été dure.

— Je regrette pour vous.

L'intérêt que Hoffner lui manifesta ne sembla guère réconforter Bagier. Il indiqua une chaise et suivit Hoffner des yeux quand il la tira vers lui.

— Je n'ai que ces deux-là, ajouta Bagier. Excusez-moi encore.

Il s'assit.

— On a manqué de temps, voilà… Ils auraient pu nous laisser dans les anciens locaux jusqu'à ce que tout soit réglé, mais *The Jazz Singer* les a rendus hystériques et ils ont tellement hâte que ça fonctionne qu'ils nous ont collés ici.

Le son de sa voix parut l'apaiser un peu.

— C'est à peine si on a ce qu'il faut comme tables ou chaises… Je vous aurais bien offert un verre d'eau, mais…

Il secoua la tête, assez écœuré.

— Malgré ces conditions déplorables, on devrait être prêts vers la fin de l'année.

— Prêts à quoi ? demanda Hoffner.

De nouveau, le visage de Bagier trahit sa confusion.

— À nous lancer dans la sonorisation totale, inspecteur. C'est pour cela que vous êtes venu, non ?

Question logique, à laquelle, précisément, Hoffner n'avait pas de réponse.

— Pas vraiment, *mein Herr*.

Il sortit une cigarette de son paquet.

— Je peux ? Ce n'est pas dangereux, ici ?

Bagier sembla enfin se détendre.

— C'est du matériel électrique, inspecteur. Pas des explosifs. Je vous en prie.

— C'est à cause d'une femme, dit Hoffner en allumant sa cigarette. Il y a deux mois environ, elle est venue vous voir. Une Américaine.

— Fräulein Coyle, confirma Bagier.

Et d'ajouter, devant la surprise de Hoffner :

— Je ne risque pas de l'avoir oubliée, celle-là, pas vrai, inspecteur ?

Il jeta un coup d'œil à Georg.

— Je vois que le jeune documentaliste a d'autres talents…

— J'en déduis donc, poursuivit Hoffner, que vous n'avez pas oublié non plus la raison de sa visite.

— Bien sûr que non. Elle voulait connaître l'état de nos recherches sur la sonorisation. Les studios, le matériel, ce genre de choses. Quel rapport avec Hans ?

— Et ça ne vous a pas gêné de lui montrer tout ça ?

Bagier comprit qu'il était censé répondre aux questions et non pas en poser.

— Une partie seulement.

— Pas la totalité.

— Non.

— C'est très aimable à vous de montrer à une Américaine de la Metro l'arrière-cuisine de l'UFA.

La main de Bagier ressortit de sa poche avec une blague à tabac et une pipe qu'il commença à bourrer.

— Inspecteur, les Américains ont ici des gens qui passent l'essentiel de leur temps à nous espionner. Ils aiment garder un œil sur leurs investissements.

Il tassa le fourneau et l'alluma.

— Par conséquent, ne pas me montrer charmant avec la charmante Fräulein risquait de les rendre très suspicieux, chose que je tenais à éviter, sachant sur quoi travaillait Hans, n'est-ce pas ?

Il décocha un nouveau regard à Georg.

— Vous êtes sûr que le garçon ne devrait pas attendre dehors ?

— Faites-moi confiance, le rassura Hoffner, il s'y connaît beaucoup plus que moi. Vous saviez donc ce que Vogt préparait ?

— Plus ou moins.

— Et vous étiez au courant pour Thyssen ?

— Bien sûr.

— Y compris pour les films ?

Bagier confirma.

— C'est vous que j'aurais dû venir voir en premier, dit Hoffner. Ça aurait simplifié les choses.

— Non. L'appareil ne serait toujours pas entre nos mains et vous n'auriez pas mieux avancé dans l'enquête sur la mort de Thyssen. Je ne suis pas sûr de bien comprendre le lien avec la Fräulein…

Question bizarre quand la réponse semblait si évidente.

— Les Américains sont aussi désireux que nous de trouver cet appareil. Plus peut-être. Vous ne pensez pas que cela nous oblige à nous interroger sur la Fräulein ?

— Non, affirma Bagier sans hésitation. Pas du tout.

— Et pourquoi donc ?

— Parce que, comme tous ces Américains, elle en ignorait l'existence.

Version défendue par Vogt et Ritter.

— Vous en êtes certain ?

Bagier tira longuement sur sa pipe.

— Elle voulait connaître le nombre de salles d'enregistrement que nous comptions installer – les deux autres n'étaient pas encore opérationnelles… Et combien coûteraient les travaux d'insonorisation, les caissons cylindriques, l'isolation phonique des sols, les microphones, les cabines d'appoint, etc. Radinerie typiquement américaine. Par ailleurs, même aujourd'hui, les Américains n'ont aucune idée de ce que préparait Hans. Comment auraient-ils pu désirer obtenir ce dont ils ignoraient l'existence ?

— S'est-elle trouvée seule, à un moment, dans votre bureau, *mein Herr* ? demanda Georg.

Hoffner et Bagier se tournèrent vers lui. Bagier prit son temps :

— Flic et documentaliste, double casquette.

Il s'adressa à Hoffner.

— Vous préparez son avenir, inspecteur ?

Hoffner fit tomber la cendre de sa cigarette.

— Bien… s'est-elle trouvée seule dans votre bureau, oui ou non ?

Bagier se concentra. Il secoua la tête.

— Non. Je ne crois pas.

— Vous ne « croyez pas »… Vous ne pouvez l'affirmer.

— C'était il y a deux mois, inspecteur. Non, je n'en suis pas sûr, mais même si tel a été le cas, qu'est-ce qu'elle aurait trouvé ?

— Il n'y avait rien qui lui aurait permis de faire le rapport avec Vogt ?

— Non.

— Pas de lettres, d'adresses, de notes sur la conception du projet ?

— Non, non et non. Franchement, vous êtes la première personne qui vient me parler de ça. Il doit bien y avoir une raison, n'est-ce pas ? Ne serait-ce pas parce qu'il n'existait aucune preuve que j'étais en contact avec Hans ?

— Ou peut-être parce que vous n'aviez rien d'autre à leur proposer ? intervint Georg.

Hoffner lança un regard en coin à Georg. Non qu'il n'ait pas exprimé mot pour mot ce que lui-même pensait, mais ces interruptions n'étaient pas forcément du goût de Bagier, qui avait déjà assez de mal à plaider sa cause.

— Elle n'aurait rien pu trouver, insista l'ingénieur.

— Pourtant, vous êtes là avec une arme, constata Hoffner.

Bagier demeura coi et Hoffner passa à autre chose.

— Est-elle entrée ici, dans cette cabine ?

— Oui, admit Bagier.

— Quelle partie de l'équipement s'y trouvait, à l'époque ?

Une fois de plus, Bagier eut un geste de dénégation.

— Elle ne s'y connaissait pas en électronique, inspecteur. Elle venait de la comptabilité.

— C'est ce qu'elle a prétendu ?

— Oui. Je vous le répète, ils sont toujours fourrés chez nous.

— Quelle partie de l'équipement ? réitéra Hoffner.

Bagier hésita un peu.

— Presque tout.

— C'était prêt pour le nouvel appareil ?

Bagier parut ne pas comprendre.

— La cabine. A-t-elle été conçue en fonction de l'appareil de Vogt ? Pouvait-on l'y installer ?

Bagier le regardait d'un air obtus. Il était clair qu'il cherchait une réponse.

— Personne n'était au courant à part moi, dit-il enfin. Personne.

— Elle était donc conçue pour s'adapter à l'appareil ?

— Oui.

Et il éprouva le besoin de s'expliquer en détail :

— Là où Hans a eu un coup de génie, c'est qu'il suffisait d'une légère modification dans l'égaliseur de l'alimentation. On établit le contact avec les lampes phoniques de la caméra, on les relie au convertisseur, puis à la cabine, et on branche dans l'appareil ici…

Il pointa du doigt un espace vide sous la table où quelques fils pendouillaient.

— … et le tour est joué. Nul ne l'aurait remarqué, même en tombant dessus par hasard, et je parle pour un spécialiste. Alors vous pensez bien, votre Fräulein, inspecteur, comptable ou pas…

Puis, d'un ton plus détaché :

— Bien sûr, petite précision, il vous faut aussi ce qu'on appelle une salle d'enregistrement pour que tout fonctionne. Quelques milliers de mètres carrés. Écoutez, la femme n'est pas restée ici plus de trois minutes. Je ne l'ai jamais quittée. Idem dans mon bureau. D'ailleurs, ces supputations n'ont aucun sens puisque *personne* n'était au courant pour l'appareil. Et ça, je peux vous l'assurer !

Hoffner hocha lentement la tête, songeur.

— Sauf Thyssen, dit-il. Lui était au courant.

Bagier repoussa le moment de répondre.

— Oui, vous avez raison.

Il se montra plus agressif.

— Aucun doute, inspecteur. Thyssen savait ! Et vous êtes en train de supposer qu'il en aurait parlé à cette femme ?

Soudain, Hoffner perdit le fil. Dès novembre, Leni, se faisant passer pour une petite employée de la comptabilité, était venue mettre son nez dans il ne savait trop quelle affaire au juste. Il était impossible d'affirmer qu'elle avait découvert quelque chose. Pourquoi avait-elle agi de la sorte ? La question était encore plus troublante. Peut-être qu'elle avait vraiment été envoyée ici dans le but de vérifier les comptes ? Peut-être qu'après la disparition de la fille, la Metro s'était aperçue qu'elle avait déjà quelqu'un à Berlin pour s'occuper du sale boulot ? Peut-être que c'était aussi simple que ça ? Peut-être, peut-être pas.

À moins que Hoffner ne préférât entendre la voix de Leni plutôt que d'écouter la sienne, et les propos de Bagier ne risquaient pas d'apaiser ses inquiétudes.

— Non, j'ai du mal à imaginer que Thyssen aurait fait ça, *mein Herr*.

Bagier parut heureux de cette petite victoire.

— Alors votre jeune dame nous conduit dans une impasse, déclara-t-il.

Il n'y avait plus rien à apprendre ici.

— Je suis sûr que vous avez raison, dit Hoffner, et il se leva. Je peux vous envoyer un agent, si vous voulez. Inutile de venir avec votre arme.

— Et attirer l'attention sur moi ? s'insurgea Bagier. Il est possible que nous manquions de chaises ou d'eau à boire, inspecteur, mais c'est très agréable de travailler si loin du monde. Les gens ont tendance à nous oublier. Non, venez me voir quand tout sera réglé.

Il désigna Georg de la tête et sourit.

— La présence du jeune inspecteur stagiaire me rendrait plus soucieux.

Sous la console, sa main manœuvra un levier et tout l'espace au-delà et en contrebas des parois de verre s'illumina. Le fouillis qui, vingt minutes auparavant, ressemblait à une jungle impénétrable se révélait n'être qu'un bizarre assortiment de lampes à pied, de chaises cassées, de micros, plus quelques dizaines de rouleaux de fil électrique – et tout cela paraissait minuscule à cause du gigantisme des lieux.

— Je préfère être sûr que vous n'allez pas vous casser la figure, là en bas.

Hoffner hocha la tête, compréhensif – désormais, cependant, toute la lumière du monde ne servirait à rien.

Sur un signe de Georg, Hoffner rangea sa voiture le long d'un bâtiment.

— Bon, dit-il. Ce repas entre nous, on pourrait se l'offrir bientôt. Juste toi et moi.

Georg dodelina de la tête.

— Parfait.

— Ça m'a beaucoup aidé. Je te remercie.

Une fois encore, le garçon agita la tête.

— J'en suis ravi.

Il laissa passer un moment.

— Et maintenant, qu'est-ce que tu comptes faire avec elle ?

Ils s'étaient arrangés pour ne pas évoquer le sujet. Il existait quand même une limite à la complicité de Georg.

— Franchement, je ne peux pas faire grand-chose, non ?

— Ou tu ne *veux* pas…

Hoffner tomba des nues.

— Pardon ?

— Écoute, Papa : Bagier refuse de le voir, mais, cette Fräulein, on ne peut pas avoir confiance en elle, si ?

— Ce n'est pas vraiment le plus important.

— Au contraire, il n'y a rien de plus important.

Hoffner tenait désespérément à préserver ce moment entre eux.

— Je vais te dire, Georgi : tu as été admirable. Crois-moi. D'abord, ce que tu as découvert. Puis les questions à Bagier. Brillantissime, je dirais. Mais cette affaire est un peu plus compliquée.

— Ah bon ?

Son intonation laissait envisager le pire.

— Oui, insista Hoffner et c'était aussi lui-même qu'il voulait convaincre. Si elle est impliquée, et je le pense, alors elle est au courant. Et si elle sait, je ne suis pas maître des événements. Mon seul lien disparaît. Et si elle n'est pas impliquée…

— Et c'est ça le fond de l'histoire ?

Hoffner sentit que tout se délitait.

— Dis-moi, est-ce que j'ai manqué une étape ?

Le garçon ne répondit pas.

— Quoi ? dit Hoffner.

— Tu ne vas rien faire, c'est ça ?

Hoffner essaya de ne pas le provoquer.

— Oui.

— Il était donc inutile de venir par ici, d'accord ?

— Georgi, je suis venu parce que tu me l'as demandé. Parce que tu étais inquiet.

Une fille sortit du bâtiment et Georg la suivit des yeux.

— Est-ce que tu t'entends, Papa ?

Martha avait joué de tels silences. Il était troublant qu'un garçon de seize ans – qui avait perdu sa mère à la moitié de cet âge – pût si facilement les ressusciter. Hoffner se sentit d'autant plus désireux de se faire comprendre.

— On doit laisser sa chance à l'espoir, pas vrai ? dit-il.

Il mordit dans les mots : étrange de les entendre sortir de sa bouche, où ils n'avaient rien à faire. La fille passa près de la voiture et Georg la salua d'un léger sourire qui disparut dès qu'elle se fut éloignée.

— Ça dépend en qui tu le mets, ton espoir, répliqua-t-il.

Il attendit puis quitta la voiture. Quand il ferma la portière, il se pencha et regarda à l'intérieur, essayant de sourire, en vain. Alors il se redressa et donna un petit coup sec sur le toit en guise de salut. Le silence finit par devenir oppressant et Hoffner démarra.

46, Wissmannstrasse

Il lui téléphona de la réception pour lui annoncer qu'il n'avait aucune raison de remonter dans la chambre.

— Donne-moi cinq minutes, dit-elle d'une voix fatiguée.

Quand elle sortit de l'ascenseur, elle était la même que quelques heures auparavant.

— Ça ne roulait pas bien ? demanda-t-elle.

Il confirma du geste et lui prit le bras. Son haleine sentait l'alcool. Ce n'était presque rien, mais il comprit que sa dépendance n'avait pas pris fin.

— J'ai cru que tu m'avais abandonnée.

— Pas encore.

Elle sourit.

— Comment allait-il ?

— Bien.

Sa voix ne trahissait rien.

— Il aurait pu s'en sortir tout seul.

— Je suis sûre qu'il a apprécié.

Ils s'engouffrèrent dans la porte à tambour et le silence sembla augmenter dans cet espace clos. Le portier leur appela un taxi.

— On ne prend pas ta voiture ?

Hoffner attendit dehors.

— Je suis fatigué et la nuit risque d'être longue.

L'homme ouvrit la portière et Hoffner la suivit sur la banquette arrière.

— Le *Double Cup*, annonça-t-il. Près du Ku'damm.

Le chauffeur manœuvra le levier de son compteur et se joignit au trafic.

Une heure de solitude dans sa voiture à l'arrêt n'avait pas apaisé Hoffner : jamais il ne s'était senti aussi vulnérable ; il était dans un état de torpeur qui n'offrait pas d'alternative. Dans les épreuves du passé – même la découverte de sa chère Martha, allongée, sans vie, le poids insupportable de sa culpabilité – il avait toujours survécu à la douleur : tour à tour aiguë, sourde et persistante, mais tendant finalement à s'alléger. Et puis rien. Ce qu'il vivait aujourd'hui était différent. Le sentiment de perte prédominait : le garçon lui échappait, et Leni, et Pimm, lui aussi. Hoffner avait tenté d'y voir clair sur le chemin du retour. Il avait même essayé de se plonger dans sa souffrance, en vain. Puis il l'avait aperçue à la réception et il en avait été sûr : elle représentait son unique chance de tout remettre en place – de balayer les trahisons imaginaires et de les sauver, tous – et c'était cela qui l'étouffait. Le fardeau de l'espoir était trop lourd, et il se sentait pitoyable.

— J'ai parlé à Ritter, dit-elle. Son offre tient toujours.

Hoffner ne souffla mot.

Elle fit une autre tentative :

— Tu estimes qu'on peut lui faire confiance ?

Hoffner continua à regarder droit devant, au travers du pare-brise, et Leni eut assez de finesse pour le laisser tranquille. Elle se tourna vers sa vitre et regarda les rues défiler.

Propre comme un sou neuf, l'ouest de la ville n'avait rien d'attrayant sous la lumière des lampadaires. La pâleur lisse et froide de ses façades et ses arbres taillés au millimètre près laissaient l'impression d'un tour de passe-passe. Même les sourires racoleurs des affiches – cette blancheur électrique, cette lumière d'en dessous – paraissaient moins séduisants que partout ailleurs dans les autres quartiers. Comme si les rues ici s'offusquaient de l'irruption d'étrangers qui risquaient de les démasquer s'ils prenaient le temps de regarder. Hoffner était l'un des très rares Berlinois à savoir ce qui se cachait là.

Il se pencha vers le chauffeur.

— La prochaine à droite, conseilla-t-il comme ils s'éloignaient à bonne vitesse du Tiergarten. Juste après Bellevue, vous éviterez la circulation sur le Ku'damm.

— Pas possible, *mein Herr*, répondit l'homme par-dessus son épaule. C'est à sens unique, depuis janvier.

« Tiens donc », pensa Hoffner. Il attendit un moment avant de s'adosser à la banquette.

— C'est vrai, reconnut-il sans se troubler. C'est ma faute.

Il regarda filer la chaussée, ferma les yeux. Rien à faire pour l'instant à part que tout continue sans lui.

Dix minutes plus tard, l'habitacle se remplit de lumière et Hoffner ouvrit les yeux. Le taxi s'arrêta sous la vaste marquise du *Double Cup*. Tout n'était que palmiers en pots et éclairages tapageurs, un bon millier de petites sphères scintillant dans un énorme rectangle sur la façade et produisant plus de chaleur que le soleil depuis une semaine. La portière s'ouvrit et Hoffner rejoignit Leni sur le trottoir. Il lui prit le bras, gravit les marches et ils entrèrent dans le hall d'accueil du casino.

Pour une raison ou une autre, l'endroit lui avait toujours semblé typiquement français. Non pas à cause d'odeurs caractéristiques – trop d'eau de Cologne, des relents d'ail dans la transpiration des riches joueurs – mais bref, Hoffner estimait que c'était dû à son dégoût prononcé pour ce décorum et pour tous ceux qui s'y trouvaient. L'image de la grande salle du Château russe, sa mère et ces pauvres vies attendant la fin, lui revint soudain en mémoire – sauf qu'ici, ce n'était que lumières et apparat : les lustres flamboyants ; les smokings et tuniques impeccables de petits groupes d'hommes se pressant obséquieusement autour des tables de jeu ; dialogues aigre-doux des cigarettes avec les flûtes de champagne, des médailles et décorations avec les femmes. Parfois un rire, aussi saccadé que le clic-clic-clac de la roulette, rendait toute idée de gentillesse plus improbable encore que dans la ville profonde.

Hoffner laissa son insigne au fond de sa poche. Bien avant d'arriver aux premières tables, son costume et son chapeau l'avaient trahi.

Un homme s'avança.

— Des ennuis, ce soir, *mein Herr* ?

Il semblait se déplacer en patins à glace.

— Quelqu'un a appelé ?

— Non, répondit Hoffner. Aucun problème. Je suis venu voir Pimm.

— Est-ce qu'il vous attend ?

— De la part de Nikolaï Hoffner… Dites-lui que c'est à propos du bacon. J'attendrai.

L'homme s'esquiva.

— Tu devrais tenter ta chance, suggéra Hoffner à Leni en indiquant une table de la tête. J'imagine que tu sauras te débrouiller ?

Elle secoua la tête.

— Pas vraiment. On a si peu de chances de gagner, et si ça arrive, on a tellement poireauté qu'on n'y trouve pas de plaisir. Quel est le problème ?

— Je parlais de la roulette.

Elle se fendit d'un sourire.

— Que s'est-il passé, aux studios ?

Une femme poussa un cri perçant et Hoffner se tourna pour voir rouler un jeton. La femme – elle avait dépassé la cinquantaine et l'épaisseur de son maquillage n'y pouvait rien – pointa un doigt court et grassouillet vers le fugitif. Un homme qui faisait la moitié de son âge jaillit pour attraper le fautif, et la femme le suivit dans un cliquetis de son décolleté. Hoffner se baissa pour ramasser le jeton.

— C'est très aimable à vous, dit l'homme en tendant la main.

Hoffner lui donna l'objet.

— Un jeton de deux marks, observa-t-il. Sûr que personne n'aimerait le perdre.

— Comme vous dites, fit l'homme.

La raie de ses cheveux semblait avoir été tracée à même la peau.

— Je pensais que ça pouvait en être un de mille. Mais ça revient au même.

Il pivota sur les talons en brandissant le trophée, ce qui lui valut les applaudissements de la femme qui accourut vers lui.

— Voilà une autre raison d'éviter ce genre d'endroits, lança Leni. Ces petits merdeux… Un jour, j'en ai frappé un en plein sur le nez. Je crois qu'il s'est mis à pleurer.

Hoffner continuait à observer le retour du héros : rires niais de la troupe des gorges grassouillettes, lunettes remontées de la bande de cavaliers un peu pompettes.

— Est-ce que ça en valait la peine ? demanda-t-il.

— J'en ai eu mal à la main. Mais il a saigné. Quelqu'un a payé les consommations… il me semble. Il y a toujours quelqu'un pour payer.

La femme serra tendrement le jeton contre sa poitrine.

— Le spectacle est à ton goût ? demanda une voix derrière Hoffner.

Il se retourna pour se retrouver face à une apparition : Zenlo Radek en smoking ! Apparemment, mêmes les nœuds papillons avaient leurs jours sans.

— Je croyais que par ici ce n'était que racaille et compagnie, dit Hoffner.

— Il y a du pognon à prendre, répliqua Radek. Et j'ai l'air si classe en tenue de soirée…

— Pas vraiment.

— D'accord, reconnut Radek en souriant. J'admets. Je ne sais pas ce que tu lui as raconté, mais il a hâte de te voir.

Il s'adressa à Leni :

— Ainsi que la Fräulein.

Leni offrit sa main.

— Enchantée. Helen Coyle.

Radek considéra la main, puis le visage de Leni, sans se départir de son éternel sourire en coin.

— Oui, je sais.

Il se retourna vers Hoffner.

— Pour ne rien te cacher, il a demandé à quelques gars de te surveiller – à l'Alex, et chez toi, dans la Göhrener Strasse. Tu aurais pu mieux te débrouiller. Et te voici. À quoi attribuer un tel coup de chance ?

Sans attendre de réponse, il indiqua l'escalier à l'extrémité de la salle.

— S'il vous plaît.

Leni hésita, mais un signe de tête de Hoffner la décida. Elle fendit la foule devant eux.

— Tu aurais pu garder le jeton, nota Radek. Qu'est-ce qu'il aurait fait, à part pisser dans son froc ?

Pimm était à l'une des tables où l'on jouait aux cartes, vers le fond de la salle, six ou sept autres joueurs entourant une pile de jetons. Poker, se dit Hoffner, un jeu qui ne lui était guère familier.

Pimm ne quittait pas des yeux une femme dont la pile de jetons était presque deux fois plus grosse que celles des autres joueurs, hormis la sienne. Ils étaient les seuls à tenir encore des cartes en main.

— Vous avez du neuf, dit Pimm à la femme au moment précis où Hoffner, Radek et Leni s'immobilisèrent devant la table. J'ai mieux.

La femme – smoking, cheveux noirs et courts, lèvres très rouges – fit la moue et remit une poignée de jetons dans le pot.

— Alors vous me battez, dit-elle.

Pimm continua à l'observer.

— Elle a mieux que du neuf, Nikolaï. Une quinte, peut-être une quinte royale.

— Je ne connais pas les règles, dit Hoffner.

— Inutile de les connaître, répondit Pimm. C'est elle qu'il faut connaître. A-t-elle mieux que du neuf ?

Hoffner allait répondre quand Leni intervint :

— Elle a une quinte et vous une quinte royale. Jouez tous vos jetons et voyez sa réaction.

Pimm leva lentement les yeux vers Leni et sourit.

— Vous m'avez gâché le plaisir, Fräulein.

— Au contraire, j'ajoute un peu de piment. Regardez son visage, continua Leni en fixant celui de Pimm. Elle le sait, maintenant, mais elle veut toujours vous donner ses jetons. Pourquoi ?

Pimm l'observa un peu plus longtemps avant de tourner son regard vers la femme. Il ne ramassa pas plus d'une demi-douzaine de jetons et les mit dans le pot. Aussitôt, la femme y ajouta la totalité des siens.

Pimm eut un franc sourire.

— Je suis !

La femme ouvrit sa main et posa une quinte royale sur la table. Pimm haussa les sourcils et abattit son jeu : un carré de huit.

— La Fräulein avait tort, *gnädige Frau*[1], dit Pimm. Vous l'aviez, cette quinte royale.

La femme resta un moment concentrée sur son jeu, puis elle recula sa chaise et se leva. Elle lança un coup d'œil à Leni et se détourna.

Pimm attendit qu'elle se fût éloignée.

— Il y a une place libre, maintenant, Fräulein.

— Je ne pensais pas que les Allemands pouvaient aimer les jeux américains.

— C'est américain ? s'étonna Pimm qui ramassait le pot. Qu'en sait-on ? Tant de chose nouvelles nous

1. Chère madame. (*N.d.T.*)

arrivent, ces temps-ci, on ne sait plus trop qui est quoi.

— Et elles ne vous plaisent pas, ces nouveautés ?

— Au contraire, Fräulein. Je les aime toutes : le jazz, les dénicheurs de vedettes, les cigarettes Marlboro – même si je pense qu'elles étaient anglaises, à l'origine. La Great Marlborough Street, à Londres, me vient à l'esprit, par exemple, mais elles sont vraiment américaines maintenant, n'est-ce pas ? Une fois qu'elles ont acquis cette touche américaine… ma foi, elles sont américaines, pour la vie.

Pimm quitta la table et boutonna son smoking.

— On y va ? dit-il.

Un petit salon, à l'éclairage discret, se trouvait dissimulé derrière un rideau. Pimm invita Leni à le précéder.

— Pourquoi ne fais-tu pas quelques parties ? lui demanda Hoffner. Je suis sûr qu'Alby te soutiendrait, ajouta-t-il en lançant un regard à Pimm qui parut ne plus du tout s'amuser. Alby, elle ne te coûterait pas si cher, je crois que tu peux te le permettre.

— Ce n'est jamais une affaire d'argent, Nikolaï, répondit Pimm. C'est une question de compagnie. Non, j'insiste. Restez avec nous, Fräulein, et Nikolaï devra prendre son mal en patience.

Il se tourna vers Radek.

— Apporte-nous à boire, ordonna-t-il tout en suivant Leni et Hoffner dans le petit salon. Du whisky américain. Ça vous conviendra, n'est-ce pas, Fräulein ?

— Je ne suis pas très portée sur la boisson.

— Oui, je n'en doute pas. Et toi, Nikolaï, le whisky, ça te va ? Pour une nuit comme celle-ci, n'est-ce pas…

Pimm ferma le rideau et les rejoignit à la table. Il sortit un étui à cigarettes de sa veste et en offrit – des Rothman.

— J'aurais cru que tu fumais des danoises, dit Hoffner. Je suis un peu déçu.

Chacun alluma sa cigarette et Pimm, souriant, remit son étui dans la poche.

— La Fräulein va-t-elle devoir nous fausser compagnie ? demanda-t-il.

— Je le crains, dit Hoffner.

— Ne vous inquiétez pas, intervint Leni, j'ai l'habitude avec lui.

Les whiskys arrivèrent.

— Tu t'imagines que je sais où se trouvent la fille et l'appareil, pas vrai ? déclara Pimm d'un ton détaché. Parce que tu m'as vu transborder certaines marchandises pour la marine.

Il but une gorgée, visiblement ravi de la tête de l'inspecteur.

— Exact, j'aurais pu. N'est-ce pas étrange ?

Il but une autre gorgée et posa son verre.

— Je peux vous proposer des steaks, si ça vous tente. Ou du poisson. Ils font une truite excellente dans cette maison. Fräulein ?

Le silence s'installa et Pimm ne fit rien pour l'interrompre.

— Écoute, reprit-il enfin, je pourrais t'écouter me raconter tout le mal que tu t'es donné, et te laisser me pousser dans mes derniers retranchements, avec toutes tes raisons de m'accuser, et tutti quanti… À moins de voir ça de plus près en profitant d'un bon repas. Cela dit, tu aurais tort de m'accuser, mais, sachant que je ne te convaincrai pas, oublions. Nikolaï, est-ce vraiment important si tu n'arrives pas à retrouver cet objet ?

Hoffner termina son verre.

— Tu aurais pu m'éviter pas mal de désagréments en me parlant il y a quatre jours.

— En réalité, non, affirma Pimm. Mais ça ne change rien.

Il regarda Leni.

— Steak ou truite, Fräulein ?

— Truite, répondit Leni, qui n'était pas insensible à sa compagnie.

Pimm tourna à demi la tête vers Radek.

— La même chose pour moi. J'imagine que tu prendras de la viande, Nikolaï. Un morceau de choix, avec pommes de terre. J'ai l'impression que ça va te plaire.

— Radek m'a dit que tu me faisais suivre. Pourquoi ?

Pimm le dévisagea.

— Tout le monde devient très bavard, ces jours-ci…

Il y avait peut-être un avertissement dans son intonation, mais Hoffner choisit de l'ignorer.

— Je te surveillais parce que je fréquente des gens qui n'ont pas forcément envie de te parler. À moi, oui, voilà tout.

Hoffner ne fut guère convaincu.

— Très gentil de ta part de te donner tant de mal pour moi.

— Je t'en prie.

— Et alors, cette affaire avec Mentor Bilanz…

Pimm leva aussitôt la main, sans montrer pour autant aucune animosité.

— Nikolaï.

Son visage cependant exprimait la plus entière concentration.

— Tu es venu ici pour un renseignement. Demain, nous parlerons de tout le reste. D'accord ?

Hoffner comprit qu'il était inutile d'argumenter.

— Et que veux-tu en échange de ce renseignement ?

Pimm sourit.

— Voilà une manière bien peu élégante de présenter les choses.

— Oui, admit Hoffner. Accepte mes excuses les plus sincères.

— Non, juste tes remerciements éternels. Fais-moi confiance sur ce coup-là.

Il se tourna vers Radek.

— Disons trois truites. Notre ami est un peu trop crispé ce soir pour apprécier un steak. Et de la verdure. Peu importe quoi.

Radek se glissa derrière le rideau et Pimm se retourna vers eux. Il laissa passer quelques secondes.

— Il t'est encore proche, Radek ?

Hoffner remplit son verre.

— Il excelle dans son domaine, dit Pimm. Un gars bizarre mais très doué. Tu sais, j'ignore toujours d'où il vient. Un jour, il a surgi, comme ça ! En 1907, 1908… J'oublie toujours. Juste avant qu'on ne ferme ce club de tir. Tu te souviens… il y avait des combats de chiens dans la cave, et cette fille à grosse poitrine, avec un bras plus court que l'autre.

— Finelli, dit Hoffner. 1907.

— Exact. Il ne devait pas avoir plus de douze ans. Mais il apprenait vite, ça oui. Quoi qu'on lui demande, il était fantastique et voilà qu'un beau jour, disparu. Un simple mot : parti à la guerre. Ne me demandez pas dans quel camp il a combattu. Personne n'aurait été assez stupide pour s'engager, lui si. Et quelques jours après l'armistice, le revoilà, comme si de rien n'était. Étrange, non ?

Hoffner resta silencieux.

— Fräulein, est-ce que ça ne ferait pas un bon film ?

Leni se versa un autre verre.

— Ça dépend. Est-ce qu'il y avait une femme ?

Pimm rit de bon cœur et regarda Hoffner.

— Nikolaï, est-ce qu'il y avait une femme ?

Hoffner vida son verre.

— Bon, ton tuyau, enchaîna-t-il, il m'amène à quoi ?

— Tu n'as pas eu des journées faciles. Mange d'abord.

— Tu m'as vraiment collé aux basques ?

Pimm termina sa cigarette.

— Je le vois à ta mine. À votre mine à tous les deux. Rien ne vaut le poisson, dans ce cas.

S'il avait voulu perdre quelques doigts, Hoffner aurait pu écraser son poing sur l'oreille de Pimm. Il préféra se lever.

— Le poisson, je n'aime pas trop. Je pensais que tu le savais, non ?

Leni eut la présence d'esprit de l'imiter.

Pour la première fois, les yeux de Pimm devinrent totalement inexpressifs et le petit salon sembla sur le point de sombrer dans la violence. Hoffner le sentit aussitôt, à cause des battements de cœur de Leni, et il se demanda si elle avait déjà connu de si près cette forme de pouvoir. La menace qu'elle incarnait rendait assez futiles des hommes comme Ritter et son entourage.

— Parfait, déclara Pimm d'un ton glacial. Je l'oublie toujours. Pas de poisson.

Il se pencha de côté, d'un geste mesuré, et tira une carte de visite de la poche de sa veste. Il la déposa sur la table.

— C'est une villa sur la plage, à Wannsee. Un achat récent. Par les Lang. Fritz pour sa Thea. Tu leur passeras le bonjour.

Hoffner prit la carte.

— Et demain, on parlera… dit-il.

— Oui, répondit Pimm qui se leva.

Leni était sidérée qu'il ne lui arrive pas plus haut que les épaules.

— Je vous souhaite une bonne nuit, Fräulein. Je ne vous raccompagne pas.

Pimm écarta le rideau puis saisit la bouteille et se remplit un verre.

— C'est un vrai gangster, apprécia Leni en redescendant.

Elle faisait des efforts pathétiques pour ne pas montrer sa nervosité.

— Et qui rend service, avec ça.

— Tu crois ? ironisa Hoffner. Il était un peu trop accommodant, non ?

Radek apparut en bas des marches, accompagné d'un serveur avec un plateau.

— Vous ne restez pas ?

— Il préfère manger seul, dit Hoffner.

— J'en doute.

Hoffner se tourna vers Leni.

— J'ai oublié mes gants.

Tous deux savaient qu'il mentait.

— Pourquoi ne demandes-tu pas au portier de nous appeler un taxi ? Je reviens tout de suite.

Si Leni fut choquée par cette manière de se faire congédier, elle n'était pas mécontente de changer d'air. Hoffner attendit qu'elle soit hors de portée de voix.

— Depuis combien de temps me surveille-t-il ?

Radek demanda au serveur de l'attendre en haut de l'escalier.

— Ce n'est pas que tu sois si particulier, Nikolaï. Il a des yeux partout.

— Très poétique, dit Hoffner en sortant son paquet de cigarettes. Tu n'as jamais aimé te faire balader dans le noir, Zenlo. Qu'est-ce qu'il cherche ?

— Zenlo ? répéta Radek qui accepta une cigarette et l'alluma. Tu dois vraiment être désespéré.

— Oui, sans doute. Ça nous met dans le même bateau.

Radek inspira longuement.

— À ton avis, pourquoi est-ce que je m'inquiéterais tellement ?

Hoffner alluma sa cigarette.

— Tu attends la mort. Depuis des années. Si tu parlais, ça pourrait accélérer la chose.

Radek le fixa du regard, puis se mit à rire.

— Ah bon ?

Sur ses pommettes, la peau semblait prête à se craqueler.

— Pourquoi aurais-je attendu si longtemps ?

— Il est complètement dépassé, et tu le sais. Jouer avec les studios est une chose, jouer avec la marine de guerre et Hugenberg n'est pas comparable. Même un type comme Alby est forcé d'y laisser des plumes. Comme vous tous.

Curieusement, Radek, le regard vide, continuait à sourire.

— Il m'a dit de filer du côté de Wannsee, dévoila Hoffner. Une villa sur la plage. C'est vraiment nécessaire ?

Les yeux se plissèrent.

— Il est toujours risqué de vouloir sauver quelqu'un malgré lui, dit Hoffner.

Radek laissa tomber sa cigarette sur la moquette.

— Et maintenant, qui joue au poète ?

Il regarda son pied qui écrasait le mégot.

— Ici, ils n'aiment pas qu'on fasse ça. Ils prétendent que c'est vulgaire. N'importe quoi…

Il leva les yeux.

— Alors, il aurait besoin qu'on l'aide ?

— Tu le penses aussi. C'est ainsi que ça marche entre un père et ses enfants.

— Oh, on en est là ? s'écria Radek. Et moi qui croyais être le seul à apprécier ces Juifs autrichiens…

— Si tu peux me conseiller un autre endroit où je devrais me rendre – et que tu te trompes –, alors il est un peu tard pour aller à Wannsee. Mais, si tu as raison, il nous remerciera tous les deux.

Il soutint le regard de Radek.

— Ou il nous tuera. Et tu auras ce que tu cherches depuis si longtemps.

Radek continuait à le fixer dans les yeux.

— Personne n'a jamais autant de chance, Nikolaï.

On aurait pu entendre le silence entre eux craquer comme du bois mort.

— Ça n'y changera rien, finit par dire Radek.

— Pas sûr.

Le moment de la trahison est toujours ainsi, rien qu'un instant : un claquement de doigts qui modifie le passé et le futur à jamais. Seuls les faibles tentent de se justifier, et Radek n'en était pas un.

— Deux entrepôts, articula-t-il d'une voix mécanique. Aucune idée de ce qu'il y cache, mais il le surveille de près. Un homme de jour et de nuit. Il ne sait pas que je suis au courant et c'est ça qui rend les choses troublantes. Tu me suis ?

— Tu les as vus ?

Il confirma.

— Où sont-ils ?

Radek prit une longue inspiration.

— Un coin perdu… Le Hasenheide. J'ai l'adresse… Quoi ? s'étonna-t-il devant la réaction de Hoffner. Ne me dis pas que tu étais au courant ?

Il continuait à le regarder dans les yeux.

Hoffner secoua la tête, essayant de faire le point. Le Hasenheide – là où la société cinématographique

Phoebus entreposait son matériel. Et s'il croisait à nouveau Phoebus, il n'allait pas tarder à retrouver Ostara et Lohmann, la marine, von Harbou, Goebbels, et toute la bande. Tant de noms tournaient dans sa tête, et il était incapable de s'expliquer pourquoi ils auraient voulu garder l'appareil là-bas…

Et soudain il comprit, comme dans un rêve, quand un objet ou un mot surgissent brusquement, porteurs de la vérité. Il dévisagea Radek :

— Ces entrepôts, tu les as vus ?

Radek parut embarrassé.

— Tu l'as déjà demandé.

— Ils ont une particularité bizarre, expliqua Hoffner, fébrile. La façade… Elle est complètement lisse, je n'ai jamais vu ça ailleurs. Pas même une entaille.

— Comment le sais-tu ?

Hoffner entendit soudain la voix de Bagier : « Petite précision, il vous faut aussi ce qu'on appelle une salle d'enregistrement… Quelques milliers de mètres carrés… »

Hoffner sortit ses gants de sa poche.

— Tu avais raison, dit-il en jetant un coup d'œil à Radek. Il n'aime pas manger seul. Et il va se demander où tu étais passé.

— Plein sud ! ordonna Hoffner quand le chauffeur quitta la marquise et ses lumières.

Il anticipait déjà la route à suivre.

— Vous allez droit vers Kreuzberg et vous continuez.

Le chauffeur regarda dans son rétroviseur.

— Mais jusqu'où… *mein Herr* ?

Le sud de Kreuzberg n'était pas un lieu de destination habituel pour la clientèle du *Double Cup*.

Hoffner montra son insigne derrière la vitre de séparation.

— Au nord du terrain d'aviation. Roulez maintenant !

Le taxi accéléra. Hoffner s'adossa à la banquette et laissa défiler le paysage.

— Je croyais que nous allions à Wannsee, objecta Leni.

Face au mutisme d'Hoffner, elle insista :

— Nikolaï, pourquoi n'allons-nous pas à Wannsee ?

Sa voix était tendue.

— Pourquoi ne pas faire ce qu'il nous a conseillé ?

C'était peut-être à cause des dix dernières minutes, ou des quatre jours qu'ils venaient de vivre, ou encore le besoin d'imposer le silence à ces éternelles accusations… Hoffner se tourna et répliqua, d'un ton cassant :

— Faire quoi, exactement ?

Il lui saisit les bras et les immobilisa.

— Qu'est-ce qu'on nous a conseillé ? D'aller à l'UFA, du côté du département musique ? Et on fera sa petite comptabilité, une fois de retour au bercail ?

Il voulait voir de la honte dans ses yeux, bien sûr, il n'y en avait pas.

— Ça a toujours été autre chose, pas vrai ? Et je suis le type qui a tout rendu possible, le gars qui te l'a servi sur un plateau. Bon sang, tu as de quoi jubiler !

Elle continuait à le fixer, sans expression.

— Lâche-moi !

— Pourquoi ?

Il avait besoin de prolonger sa colère.

— Donne-moi une seule bonne raison !

— Lâche mes bras !

Il sentait toute sa force à travers le vêtement, et la chair, l'os, et pourtant il continuait à serrer. Elle grimaça de douleur mais resta muette. Enfin, il la libéra et elle s'affaissa contre la banquette. Il croisa le regard du chauffeur dans le rétroviseur, un air absent, dur – l'homme se hâta de s'engager sur la route.

Si Hoffner avait voulu provoquer un sentiment de honte il avait réussi, et chacun dans la voiture était impliqué malgré lui. Berlin ne serait pas assez vaste pour permettre à ces trois-là d'oublier cette scène.

L'œil braqué sur la fenêtre, elle se mit à parler, d'une voix tranquille :

— Je suis exactement celle que tu as besoin de voir en moi. Et rien de ce que je peux dire ne te convaincra du contraire. Tant mieux pour toi.

Un bref moment, mû par la nécessité trompeuse de voir les choses comme elles étaient et non comme elles auraient dû être, il fut sur le point de faire volet en éclats cette assertion. Pourquoi, pour une fois, ne pas s'abandonner à quelque chose qui le dépassait ?

Il voulut se rapprocher d'elle, la toucher.

— Non ! protesta-t-elle. Tu m'as vraiment fait mal.

C'était déjà fini – la main de Hoffner retomba sur la banquette. Ses doigts gardaient encore le souvenir du contact avec son bras.

Dix minutes avaient pu s'écouler depuis qu'il regardait par la fenêtre, comme hors du temps.

— Qu'est-ce qu'il y a ? s'impatienta Hoffner.

— Je vous répète que nous avons de la compagnie.

Hoffner ne comprit pas tout de suite.

— Pardon ?

— Une Buick noire, prévint le chauffeur. Cinq minutes qu'elle nous suit.

Hoffner regarda par la vitre arrière : il aperçut des phares à une vingtaine de mètres.

— Vous êtes sûr ?

— Trois fois j'ai changé de direction, elle est toujours là.

La rue était déserte, hormis l'éclat fugitif des lampadaires. Hoffner se rapprocha de la portière sans cesser de regarder derrière.

— Eh bien, mettez les gaz.

L'homme parut dubitatif.

— Avec une Buick, on n'a aucune chance, inspecteur.

— Essayez quand même.

L'homme s'exécuta, à contrecœur, et la voiture accéléra brutalement. Le grondement du moteur et le crissement des pneus envahirent l'habitacle.

Hoffner vit que la Buick conservait son allure.

— Pourquoi ils s'accrochent ? Ils savent bien qu'on les a vus.

Puis il trouva une explication.

— Radek, dit-il pour lui-même.

Leni aussi avait regardé.

— Pardon ? interrogea-t-elle.

« Très bien », conclut Hoffner. Radek commençait à s'énerver. Il avait parlé à Pimm. Désormais, tout cela n'avait plus aucune raison d'être.

— C'est rien, répondit-il, l'air ailleurs, en secouant la tête.

Puis il s'adressa au chauffeur.

— Dans combien de temps on arrive ?

— Quoi ?

— Dans combien de temps on arrive ? cria Hoffner.

— Trois minutes.

Leni termina sa cigarette et la lança par la vitre.

— Vous êtes sûr qu'elle nous suit ?

— À droite ! aboya Hoffner.

L'homme secoua la tête mais obéit et Hoffner vit que la voiture prenait le même virage et, pour la première fois, elle gagna du terrain.

— La prochaine à gauche.

— Elle nous rattrape ! vociféra le chauffeur. Vous êtes foutu, inspecteur !

— Occupe-toi de ton volant, bordel !

Le chauffeur poussa son véhicule au maximum et Hoffner et Leni durent s'accrocher aux poignées intérieures tandis qu'ils zigzaguaient en tanguant dans les rues vides. Pourtant, après chaque nouvelle courbe, dès que se présentait une portion de route droite, leur poursuivant revenait sur eux. Finalement, l'intérieur s'illumina sous les phares de la Buick qui n'était plus qu'à quelques mètres. Hoffner leva les mains pour voir sans être ébloui mais, d'un coup, la lumière disparut, et la voiture vint se placer à leur hauteur, se rapprochant bord à bord jusqu'à obliger le chauffeur à quitter la chaussée. Les deux voitures firent une embardée, Hoffner essaya d'attraper Leni, mais tous deux furent projetés d'un côté à l'autre. Il y eut un bruit sourd et ils se retrouvèrent tassés contre la même portière – le dos de Leni l'écrasait et il essaya d'attraper une poignée.

— Nom de Dieu ! hurla le chauffeur. Il m'est rentré dedans !

Ses yeux semblaient fous dans le rétroviseur.

— Ce salaud m'est rentré dedans !

Il agitait la tête en tous sens, paniqué.

— Moi, j'arrête les frais !

Il fit grincer les vitesses et le moteur hurla alors qu'ils ralentissaient. Hoffner essaya de placer son bras devant Leni tandis qu'ils s'immobilisaient dans un crissement de pneus. Le chauffeur respirait pesamment, tournant la tête de gauche à droite. Dans un sursaut d'énergie, il bondit dehors et partit en courant dans la rue.

Le calme qui s'instaura était tout sauf apaisant. Sombre et silencieuse, la Buick se tenait face à eux et Hoffner essayait de respirer moins vite. Il attendait que les portières s'ouvrent, mais rien ne bougeait dans la voiture.

Profitant de ce répit, Hoffner chercha à rassembler ses idées. Si c'était Pimm, à quoi donc jouait-il ? Et sinon… Hoffner avançait la main vers la poignée quand deux hommes sortirent de la Buick. Rien chez eux – des traits burinés de leurs visages à la coupe impeccable de leurs costumes – n'évoquait les hommes de Pimm ou des syndicats. C'était peut-être bien des tueurs, mais alors d'une autre espèce, et avec trop de goût pour traîner dans les rues. Ils s'approchèrent, sans se précipiter.

Hoffner cherchait désespérément une explication. Il se tourna vers Leni : elle était figée sur son siège, le profil découpé par la lumière du dehors. Maintenant, il avait besoin qu'elle lui apporte quelque chose, mais il ne trouva rien qu'un vague et fugace sentiment de remords.

C'était donc ainsi qu'elle exprimait sa peur. Parfait.

Les deux portières s'ouvrirent ensemble. Les types scrutèrent l'intérieur et Hoffner, saisi par une sorte de courage anticipé, se vit en train de leur sauter dessus pour sauver Leni… quand il comprit à qui il avait affaire.

Hugenberg ! C'était lui. C'était le genre de brutes que Hugenberg pouvait s'offrir.

Maudites soient les bravades inutiles ! Hoffner fit barrage de son bras et se pencha en avant.

— Elle n'a rien à voir dans cette histoire. Réglons ça dehors, *meine Herren*. La dame n'est pas concernée.

L'homme le plus proche de Hoffner parut désorienté et il se tourna vers Leni.

— Tout va bien, Miss Coyle ? demanda-t-il en anglais.

Hoffner aurait eu moins mal si l'homme lui avait fracassé le visage avec une barre de fer. Il eut l'impression que quelque chose bourdonnait dans ses oreilles, il cherchait à se persuader qu'il avait mal entendu, mal compris. Une bouffée de chaleur lui monta au visage et c'est alors seulement qu'il se rendit compte que Leni le regardait.

— Tout va bien, répondit-elle dans la même langue.

Le bourdonnement se fit cotonneux et Hoffner continua à plonger dans son regard tandis que l'homme discourait :

— On pensait pas que les rues seraient désertes... C'était pas vraiment discret... Désolé. Quand vous avez lancé votre cigarette, on a compris qu'il fallait se rapprocher.

Soudain, Hoffner eut l'impression que sa tête était moins lourde, non pas comme s'il était sur le point de s'évanouir – quand même pas –, mais il demeurait suspendu au-dessus de tout, témoin de la scène et perché cependant à une hauteur considérable. Cette image ne manquait pas d'un certain comique : les deux armoires à glace qui obstruaient les portières, Leni qui ne le quittait pas des yeux et lui, avec son air stupide. Puis il sourit, c'était incompréhensible, mais il sourit.

— Vous les gars, vous êtes de la Metro, dit-il avec son accent à couper au couteau, mais ça restait de l'anglais.

Les deux gars continuaient à observer Leni qui ne pouvait détacher ses yeux de Hoffner.

— Bien sûr...

Encore quelques secondes, et il réussit à s'adosser à la banquette, le regard éteint.

— Il y a un mot pour ça... fit-il, apaisé.

Il se tourna vers elle : jamais il ne l'avait vue aussi gentille, innocente même. Jeune, épargnée par la vie, sa Leni. Quelle idée ridicule, et pourtant – la trahison source de gentillesse, d'apaisement, et lui qui ne désirait rien tant que la remercier.

— Une cruche, dit-il.

Son regard se détacha du sien.

— C'est ça… c'est le mot. Comme l'espèce de vase. Jamais compris pourquoi… Il doit y avoir une raison, j'imagine.

— C'était le seul moyen, murmura Leni. Je regrette.

Les yeux de Hoffner s'attardèrent sur une affiche qui se reflétait sur la vitre de séparation. Une réclame pour une pâte dentifrice. Parfait.

— Ce n'était pas le seul. Et tu ne regrettes rien du tout, mais il vaut mieux t'en tenir à ton scénario.

Il observa les deux hommes. Oui, ils étaient d'une taille peu commune.

— Messieurs, vous avez dû passer quelques journées très intéressantes… Je suis désolé de n'avoir pas pu vous amener ici plus rapidement, mais c'est que je viens juste de comprendre.

Leni lui prit la main. Geste absurde auquel, pourtant, il ne s'opposa pas.

— Cette partie de l'histoire s'achève cette nuit, dit-elle. Pas le reste. Tu dois me croire.

Il haussa la tête, en une sorte d'acceptation, et trouva les mots qu'il fallait :

— Cela va de soi.

Il n'y avait pas d'amertume dans sa voix, quoiqu'il s'en voulût beaucoup pour les deux types de la Metro. Il sentait leur malaise, pourtant ce n'était quand même pas sa faute s'ils étaient intervenus si tardivement dans ce vaudeville. Non que leur présence depuis le premier acte eût rendu ce moment moins embarrassant, mais enfin, qui souhaite être témoin des dernières petites épreuves d'une humiliation amoureuse ? Malgré tout, Hoffner décida de jouer son rôle jusqu'au bout.

Il commença par ôter la main de Leni de la sienne.

— Tu étais au courant depuis le début. Pour l'appareil… C'est la seule chose qui t'intéressait, depuis le début.

Il attendit une réponse, persuadé qu'elle ne dirait rien. C'était donc à lui de réciter son texte.

Et le dernier morceau du puzzle s'imbriqua. Presque rien sans doute, et qu'il soit maudit si cela n'augmentait pas un peu plus son désir d'elle.

— Personne à Los Angeles n'a jamais payé pour avoir ces films cochons, vrai ou faux ? dit-il.

Leni n'eut pas besoin de confirmer.

— Très futé. Petit détail qui explique pas mal de choses… évidemment, tu étais au courant, bien joué sur toute la ligne.

— Si ça peut rendre les choses moins pénibles, Ritter n'en avait aucune idée et ça fait beaucoup plus longtemps que toi qu'il est impliqué dans cette affaire.

— Oui ! s'exclama Hoffner. C'est beaucoup plus facile à encaisser ! Bravo pour la performance dans son bureau !

— J'essaie de t'aider, Nikolaï.

Le plus triste, c'était qu'il la croyait.

— Ils utilisaient ces films pour améliorer l'appareil. Nous ignorions pourquoi, mais il se trouve que c'était le meilleur moyen de mettre un pied dans l'entrée.

— Bien entendu, dit-il.

Les choses devenaient plus claires de seconde en seconde.

— Thyssen s'imagine qu'il vous manipule, vous le laissez croire ce qui l'arrange…

Sa gorge se contracta.

— Il semblerait que les Berlinois soient très bons à ce petit jeu de dupes.

Leni gardait le silence et Hoffner se rabattit sur les deux types.

— Lequel d'entre vous a-t-elle chargé d'aller le tuer ?

Il la sentit se raidir. Quand il la regarda, ses yeux semblaient s'être voilés. Plus étrange encore fut la colère qui vibrait dans sa voix :

— Nous n'y sommes pour rien, affirma-t-elle. En fait, ça nous a surtout compliqué les choses. Pourquoi faut-il toujours que…

Secouant la tête, elle fouilla dans son sac à main pour en sortir une enveloppe qu'elle lui posa sur les genoux.

— Je n'ai pas le temps de t'expliquer.

Elle le fixa, le regard brillant de larmes, submergée par l'émotion. Elle agita la tête, inspira et lança un coup d'œil vers un des hommes.

— J'en ai pour une minute.

L'homme parut hésiter et Hoffner crut bon d'intervenir.

— Elle veut dire que je suis inoffensif, Metro. Ne vous inquiétez pas.

L'homme prit un instant pour évaluer la situation. Il finit par adresser un signe de tête à son collègue et ils s'écartèrent de quelques pas.

Quand il se tourna vers elle, Hoffner s'aperçut qu'elle lui tenait la main. Elle gardait les yeux baissés et passait le pouce sur les jointures de ses doigts.

— Une semaine, implora-t-elle. C'est tout ce que je demande. Puis je rentrerai.

Hoffner demeurant muet, elle leva les yeux.

— Ce n'est pas si difficile, non ?

Hoffner attendit, puis fit non de la tête, très calme.

— Tu crois avoir un comportement particulièrement noble en refusant, gronda-t-elle, entre la mauvaise humeur et la tristesse. Ça ne servira à rien. Car cet appareil ne signifie *rien*.

Il observa son visage qui cherchait à décrypter le sien. Voyait-elle vraiment quelque chose qui méritât sa colère au-delà de leur échec ? S'était-il là aussi trompé sur elle ?

— Sans doute, dit-il.

Elle s'approcha et lui posa un tendre baiser qui lui laissa un goût de menthe sur les lèvres. Il la regarda sortir de la voiture. Elle se retourna.

— C'est dans quel bâtiment ?

Il aurait été si tentant de ne rien répondre.

— Tu comptes y entrer comme ça ?

— Oui, à peu près.

Autant lui simplifier les choses.

— Au 46, Wissmannstrasse. Les deux entrepôts. L'appareil ressemble à…

— Je sais à quoi il ressemble.

La douleur, qu'il avait voulu garder pour lui seul, était désormais dans ses yeux à elle.

— Une semaine, Nikolaï. Tu me la dois.

Son regard se planta dans le sien, puis elle sortit et s'éloigna.

Peu après, l'un des hommes réapparut à la portière et désigna le siège près de Hoffner.

— Je peux ? demanda-t-il. On va en avoir pour un moment.

Hoffner avait à peine prêté attention à lui pendant qu'il s'installait.

— Oh, ajouta l'homme. Votre arme, faut que je la prenne.

Hoffner dut faire un effort pour revenir au présent.

— Ça, c'est bon pour vos flics américains, dit-il en ouvrant largement son manteau. Ici, on ne se balade pas avec ces machins.

Ce qui n'empêcha pas l'homme de le palper. N'ayant rien trouvé, il se mit à l'aise et tira un magazine plié en deux de la poche de son manteau. Le visage noir de Jolson[1] occupait la couverture. Hoffner le regarda en vitesse puis s'intéressa à la fille de la réclame pour le dentifrice. Elle aussi souriait à pleines dents.

Hoffner ferma les yeux et prit une ample respiration. Il commença à attendre, attendre que la voix de Leni le vide de ses pensées.

Deux heures plus tard, l'homme le secoua doucement.

— Elle sera dans l'avion d'ici une demi-heure. Alors, on te laissera quelque part.

Quand il se fendait d'un sourire, son visage devenait tout petit.

— Pas de rancune, j'espère ? On fait juste notre boulot.

Hoffner cligna des yeux et finit de se réveiller. Il avait un sale goût dans la bouche. Il chercha ses cigarettes dans sa poche. L'homme brandissait déjà un paquet de Lucky sous ses yeux.

— Tenez… C'est meilleur que les saloperies que vous fumez ici.

Hoffner prit une des siennes et l'alluma. L'autre haussa les épaules.

— Vous l'ouvrez pas ? demanda-t-il en indiquant l'enveloppe toujours posée sur les genoux de l'inspecteur.

Hoffner inspira et souleva l'enveloppe. Rien n'apparaissait, hormis l'emblème de l'hôtel *Adlon*. Il la fourra dans la poche intérieure de sa veste et étendit les jambes.

— Alors elle rentre en Californie ce soir même ?

— Eh oui, dit l'homme. Lisbonne, New York, puis la côte ouest. On avait un pilote qui attendait avec

1. Dans *The Jazz Singer*, l'acteur Al Jolson interprète la chanson « Mammy » le visage maquillé en noir. (*N.d.T.*)

son avion depuis trois jours. Faut espérer qu'il aura un peu dormi.

— Ouais approuva Hoffner. Vaudrait mieux.

Il regrettait de ne pas avoir choisi une Lucky.

— Vous n'avez tué personne, pendant votre séjour, n'est-ce pas ?

L'homme se mit à rire.

— Pas encore.

Hoffner tendit la main.

— Je peux jeter un œil à votre magazine ?

L'homme le ramassa sur le tapis de sol et le lui donna.

— Il y a de chouettes photos, en général. Du cul et de beaux nénés. Pas ce coup-là. Manque de bol.

Hoffner tourna les pages en hochant la tête. Le Noir Jolson était omniprésent, et c'était toujours la même légende qui revenait : *Hourrah pour le son !*

Qui allait prétendre le contraire ?

Quarante minutes plus tard, le gars de la Metro s'arrêta dans la Wissmannstrasse et Hoffner fit quelques pas dans la rue déserte.

— Vous ne trouverez jamais un taxi pour rentrer, dit l'homme.

Il avait juste l'air un peu ridicule derrière le volant du taxi abandonné, avec son visage buriné et son costume flambant neuf.

— Elle est partie, mon pote. C'est la vie. De toute façon, on avait l'intention de vous payer un verre.

— Et si j'avais essayé de filer ?

L'homme sourit.

— Ce n'est pas votre genre. Elle nous avait prévenus.

Et, pour atténuer le coup :

— Vous êtes trop malin, à l'entendre. Ça vous tente ? Allez, montez derrière. Vous vous rincerez la dalle et on ira saluer l'aube.

Hoffner se demanda si à Los Angeles c'était l'usage d'utiliser ces vieilles formules usées. Il essaya d'être le plus sincère possible.

— Faut que je m'assure que le type qui m'a donné le tuyau était réglo.

L'énorme visage montra une certaine confusion.

— Le tuyau ?

Hoffner, à l'évidence, était moins convaincant qu'il ne l'imaginait.

— À propos de l'endroit où je trouverais l'appareil pour le son, expliqua-t-il. Le gars qui m'a dit qu'il devait être ici.

— Oh ! fit l'homme, bien que cela lui échappât complètement. Mais comment vous allez faire, vu que Miss Coyle est déjà partie avec l'appareil pour l'Espagne ?

Hoffner fut heureux d'apprendre que les Portugais avaient enfin accepté de céder Lisbonne à leurs voisins espagnols.

— Tout dépend si on sait exactement ce qu'on cherche. D'autre part, c'est le seul moyen pour innocenter le gars.

Ces paroles sur les liens sacrés de l'amitié firent mouche. L'homme approuva.

— Un véritable ami, ça, je peux comprendre.

Sa main s'abattit sur l'extérieur de la portière et il leva deux doigts en manière de salut.

— Pour un flic, je vous trouve correct.

Trente secondes plus tard, le taxi avait disparu.

Remontant des profondeurs de la terre, une douce odeur de fumier accompagna Hoffner. Vingt ans auparavant, il n'y avait là que des champs. Les quelques constructions qu'il voyait ne paraissaient être que des remises. Si la moitié d'entre elles étaient trop éloignées de la route pour s'être vu accorder un numéro, l'unique lampadaire en arc de cercle qui les dominait leur permettait désormais de se revendiquer berlinoises. Les numéros leur conféraient une existence et leur donnaient un but. Les numéros représentaient l'avenir.

Il avait raconté à son ami aux traits burinés qu'il était là pour blanchir Radek – s'assurer que le tuyau était bon –, mais ça n'avait aucun sens. Sans l'appareil, et Hoffner ne pouvait l'ignorer, Radek serait incapable de prouver qu'il avait eu raison de douter de Pimm. Et puisque l'objet volait actuellement vers Lisbonne…

Hoffner préféra se convaincre qu'il était venu éclaircir quelques détails en suspens : détails qui avaient nom Hugenberg, Thyssen, Lohmann et le couple Lang. Et Sascha. Pourtant, s'il voulait être honnête, il devait admettre qu'il était venu à cause d'elle. En cet instant précis, il avait besoin de voir de ses yeux l'endroit : le voir afin qu'il n'oublie jamais – qu'elle revienne dans une semaine, un mois, demain ou jamais –, qu'il n'oublie jamais que c'était là que tout s'était achevé. Les échos de sa rencontre avec Bagier, avec Georg, avec Leni même dans le taxi ne suffiraient pas. Ils s'atténueraient. Il trouverait le moyen de se les expliquer. Non, il lui fallait une preuve matérielle de leur séparation, l'image de quelques fils pendouillant dans un espace vide permettrait de verrouiller pour toujours son souvenir.

Deux immeubles se dressèrent devant lui et il écouta, aux aguets. Nul signe de vie. Il marcha sur l'herbe en direction du bâtiment le plus proche.

Il estima qu'elle était sur place deux heures plus tôt. Son arrivée, sa recherche de l'appareil, son départ, rien de tout cela n'avait sans doute échappé à la sentinelle de Pimm. Hoffner imagina une bagarre dont l'autre balèze américain avait dû se tirer au mieux. Le silence absolu qui régnait pouvait s'expliquer de deux façons : soit l'homme de Pimm gisait quelque part, déjà refroidi, soit il avait déguerpi pour annoncer la mauvaise nouvelle.

Hoffner avait traversé la moitié du champ quand il distingua une faible lueur qui sautillait le long du mur, tout au fond. Peu après, il entendit des bruits de voix étouffés – il s'aplatit dans l'herbe. La lueur et les voix se firent plus fortes et deux hommes surgirent d'un côté de l'immeuble, chacun avec une torche à la main.

— Ça fait une demi-heure, lança une voix.

Il boitait sérieusement et se tenait le haut de la cuisse.

— Merde, arrête de gémir !

— Il était toujours prévu qu'on soit au moins quatre, ici, dit l'autre.

Il était grand, très grand, l'Américain avait dû en avoir pour son argent.

— Deux, c'est pas terrible… mais alors, moi tout seul ?

— Tu t'en sortiras.

— Tu as connu pire. Pour quelques heures, tu dois pouvoir t'en sortir… Sinon, ça risque de pas leur plaire.

— Et si je crève, ça va leur plaire ?

Deux berlines Daimler, garées dans l'herbe, apparurent sous la lumière des torches.

— Tu crois que je m'amuse, moi ? Écoute, je vais trouver un téléphone et leur demander d'envoyer quelqu'un d'autre. D'ici une demi-heure…

— Ce ne sera pas une demi-heure ! aboya l'autre.

— Qu'est-ce que tu as à déconner ?

Ils avaient atteint les voitures.

— Je me souviens, même dans les tranchées, tu faisais pas dans ton froc, et là t'arrêtes pas de pleurnicher ? Personne va monter à l'assaut, Hermann. Moi je saigne comme un cochon et tu as la trouille de rester une heure dans un coin perdu…

— Tu vois ? rétorqua l'autre en reprenant la balle au bond. Une heure ! Tu l'as dit toi-même !

L'homme qui boitait ouvrit la portière d'une voiture.

— Bordel de merde ! Je devrais te laisser *poireauter* ici pendant une heure, oui ! Deux, même !

Il s'installa au volant et ferma la portière.

— Tu respectes les consignes : une patrouille autour de chaque bâtiment tous les quarts d'heure. On est bien d'accord ?

L'autre grommela quelque chose et finit par accepter.

— Ça va.

Le type au volant mit le contact.

— Oh, et si jamais je devais claquer, Hermann, essaie quand même de tenir jusqu'à l'aube. Comme ça, ils penseront pas que c'est à cause de toi et que tu t'es tiré ensuite.

— Va te faire foutre, Gunther !

— Mais non, mais non, glapit l'autre en démarrant. Pas moi, toi !

La voiture cahota sur l'herbe et rejoignit la route. Elle accéléra et le bruit des gravillons qu'elle projetait diminua dès que le pinceau des phares eut dessiné le premier tournant.

Plié en deux, Hoffner vit Hermann se diriger vers la seconde voiture et en ouvrir la portière. Il espéra que le jeune allait abandonner son poste, mais il ressortit avec une bouteille dont il but plusieurs fois au goulot après avoir jeté un coup d'œil alentour.

Ramassé sur lui-même, Hoffner fila vers le bâtiment. Au moment où il tourna le coin et s'adossa au mur, le gars était toujours occupé à étancher sa soif. S'il était indécis sur la marche à suivre, Hoffner préférait encore sentir derrière lui la présence d'un mur plutôt que de rester allongé sur le ventre au milieu d'un champ. De toute façon, il n'avait aucune chance désormais de pouvoir s'éclipser incognito.

Sans la lumière du lampadaire, tout, autour de lui, était plongé dans un noir profond. Il attendit que ses yeux s'accommodent à la pénombre et essaya de deviner qui jouait les sentinelles pour le compte de la Phoebus. Une fois de plus, ce n'étaient pas des hommes de Pimm. Leur accent allemand éliminait aussi les Américains. Il y avait plus troublant encore : l'utilisation du terme « patrouille ». Décidément, les événements prenaient une tournure fort déplaisante.

Hoffner comprit qu'il aurait intérêt à se procurer une arme. Il scruta l'espace autour de lui, aussi loin que possible, mais ne vit que de l'herbe sans la moindre pierre. Comme il commençait à s'habituer à l'obscurité, il inspecta le champ. À cinq, dix mètres au plus, il crut distinguer une forme. Plus il regardait, plus cela ressemblait à un monticule, sauf que ce n'en était pas un : son carré parfait s'y opposait. Il remarqua ensuite une série de poteaux posés contre cette forme.

Il s'accorda quelques secondes puis jaillit de sa cachette. Il trouva une espèce de toile goudronnée qui recouvrait l'ensemble, mais il s'intéressa d'abord aux poteaux. Il en saisit un : il était en bois. Ses mains épousèrent ensuite une forme courbe terminée par un triangle de fer : une truelle. D'abord prêt à s'en contenter, il se demanda quel usage il comptait en faire : l'agiter en tous sens et espérer que Hermann aurait l'obligeance de placer sa tête près du fer ? D'ailleurs, le gars avait une arme à feu. Inutile. Il la reposa.

C'est alors seulement qu'il comprit ce qu'il y avait sous la toile. Mais bien sûr ! On construisait, par ici.

Il se trouvait sur un chantier. Il souleva un coin et trouva son bonheur : des rangées de briques. Il se dit qu'il lui faudrait parvenir assez près du type pour lui faire vraiment mal, mais au moins disposait-il d'une arme redoutable.

Un bruit dans l'herbe le prit au dépourvu. Il se retourna – un rayon lumineux avançait le long d'un mur. Une brique à la main, il rejoignit sa cachette. Soudain, le rayon de lumière s'élargit et tourna au coin, suivi du type.

— Hermann ! cria Hoffner. Mais qu'est-ce que tu fous ?

Le bonhomme était encore plus grand vu de près. Il s'arrêta, interloqué.

— Mais, bordel de…

Hoffner se précipita, brandissant la brique au-dessus de la tête. Stupéfait, Hermann lâcha sa torche et glissa la main sous son manteau. Hoffner avait déjà bondi et il s'écrasa de tout son poids contre son torse. Ce fut suffisant pour qu'ils tombent, la main libre de Hermann cherchant à saisir la gorge de l'inspecteur alors même qu'il le frappait sur la tête à coups redoublés. L'autre lui serrait si fort le cou que Hoffner eut l'impression qu'il allait le briser, mais il sentait aussi le sang couler entre ses doigts, et la brique devenait un peu plus poisseuse à chaque nouvel assaut. Finalement, il lui écrasa le nez et sa main le lâcha. Il expira longuement et sa tête retomba en arrière. Peu après, son corps devint tout mou.

Hoffner roula sur le côté. Il resta sur le dos, sa poitrine se soulevant pour aspirer de l'air. Les minutes passaient, mais il continuait à fixer le ciel, attendant que cessent les battements dans son crâne. La brique lui échappa de la main et il s'assit. Il crut qu'il allait vomir, il se contenta de cracher. La respiration heurtée du type lui parvint : bon, Hermann n'était pas mort. Derrière eux, sur l'herbe, s'étendait une flaque de lumière. Il se mit debout, ramassa la lampe et se dirigea vers la porte du studio d'enregistrement.

On avait installé à la hâte un cadenas et une chaîne pour bloquer la poignée – plus inquiétants étaient les impacts de balles sur le mur. Hoffner suivit leur tracé jusqu'à l'herbe où son faisceau attrapa quelques gouttes de sang. Il s'agenouilla. Le sang avait séché. C'était là que le sieur Gunther avait été blessé.

Hoffner essaya d'abord de forcer la chaîne. Deux minutes plus tard, il revint avec l'arme de Hermann et tira dans le cadenas. Le verrou sauta alors même que la détonation résonnait encore et Hoffner l'enleva de la chaîne. Il essaya la poignée, en vain. Un second coup de feu laissa une fissure dans le montant et la porte céda sous la poussée.

Il faisait si noir à l'intérieur que la lampe parvenait juste à révéler des contours impossibles à identifier. Hoffner préféra glisser le pistolet dans sa ceinture et diriger son faisceau vers le mur le plus proche. Il se mit en quête d'un interrupteur qui aurait commandé toutes les lumières du plafond – il espérait ne pas avoir affaire à un unique levier installé dans une cabine de contrôle, comme avec Bagier.

Au bout d'une dizaine de mètres, il tomba sur un boîtier hérissé de tubes métalliques dirigés vers le plafond. Il l'ouvrit et tourna l'interrupteur. La lumière blanche qui inonda les lieux l'obligea à placer sa main devant les yeux. Il lui fallut un long moment avant de pouvoir regarder sans ressentir aucune douleur.

D'abord, il ne comprit pas. Il cligna des yeux, mais rien ne changea. Il regarda vers le haut, mais il n'y avait aucune raison de le faire. Pas le moindre fil ne pendait au plafond, on n'apercevait aucun spot de théâtre. Et nulle cabine de son pour diriger l'ensemble.

Il crut voir des tanks, dans un ordre parfait – bien plus gros que ceux qu'il avait vus pendant la guerre –, oui, il s'agissait bien de chars d'assaut, sur quatre rangées de trois. Il imagina d'abord qu'ils seraient utilisés dans quelque film glorifiant la guerre, mais il était impossible de croire qu'on s'était donné tant de mal pour les peindre avec une telle méticulosité. Les protections métalliques autour des chenilles étaient si épaisses qu'elles semblaient invulnérables. Les tourelles étaient encore plus massives. Et l'ombre des énormes canons se prolongeait indéfiniment sur le sol.

Hoffner s'avança. Il espérait encore découvrir des supports en bois derrière les chars, il n'y avait rien. Il frappa du poing le flanc du premier tank – souhaitant toujours avoir affaire à du bois –, mais le bruit produit ne laissait aucun doute. Refusant l'évidence, il attrapa le barreau d'une échelle et se hissa sur la tourelle. Il souleva l'écoutille et scruta l'intérieur : des dizaines de leviers et de cadrans tapissaient le cockpit. Il ne put résister au désir de se pencher et de les effleurer d'un grand geste de la main – sa paume ne reconnut que du métal et de l'acier.

Quand il se redressa, Hoffner distingua ce qui se trouvait derrière la dernière rangée et cela lui fit froid dans le dos : encore des protège-roues, des essieux, des chenilles. Et il pensa aussi voir des pièces détachées de moteur groupées en tas à même le sol, et parfois, entre ces tas, on devinait un tank à moitié achevé. Inutile de s'en assurer, c'était réel, tout était réel.

Le crépitement d'une mitrailleuse emplit soudain l'entrepôt. Incapable de réfléchir, Hoffner bondit à terre et saisit le pistolet de Hermann tout en courant vers l'interrupteur. Il était littéralement submergé par la déflagration. Il tourna l'interrupteur, tout devint noir. Il tâtonna vers la porte, glissa le nez dehors.

D'abord, il la sentit sur le visage, puis sur les mains – mouillée, froide, sauvage. Puis il la vit, filtrée par la lumière du lampadaire. Une pluie torrentielle, qui jurait avec le calme alentour, et à laquelle il s'offrit sans résistance.

Le ciel avait fini par céder.

5

Demain

Au cours de l'hiver 1889 – à la veille de la dernière apparition du ciel blanc –, un Professor Doktor, Ludwig Klingman, de l'Institut Guillaume II de physique-chimie et d'électrochimie, publia un article dans *Das Journal der meteorologischen Phänomene und des Grundes*, intitulé « *Weisserhimmel und die Methoden für das Sichern gegen seine Nachmahd* ». Il y détaillait la meilleure façon pour les citadins de retourner à la vie normale après avoir subi le passage du phénomène. Alors étudiant à Heidelberg, Hoffner avait lu l'article avec beaucoup d'enthousiasme, au point d'envoyer au grand homme une copie de son commentaire sur l'article. Le Herr Professor Doktor avait eu la gentillesse de répondre par une lettre qui, si elle manquait de chaleur, demeurait courtoise. Klingman faisait remarquer à l'étudiant Hoffner qu'il se trompait en confondant une relation de nature déductive entre une cristallisation minérale et une irritation de l'œil – plus particulièrement au niveau du muscle ciliaire et du ligament supérieur – avec une relation de nature inductive, ce qui l'amenait à émettre des observations plutôt bizarres. En fin de compte, c'était Klingman qui lui avait suggéré de trouver une activité qui lui permettrait d'utiliser au mieux ses dons pour les raisonnements déductifs. Le domaine scientifique auquel s'intéressait Klingman laissait peu de place à cette manière d'aborder les choses. Il avait aussi conseillé à Hoffner de continuer à porter un cache ou un morceau de gaze sur l'œil s'il devait revenir à Berlin avant que le niveau du lac Havel se soit au moins élevé de quatre centimètres sous l'effet d'une « pluie purificatrice ». Avant ce jour précis, il fallait considérer que Berlin était toujours en convalescence.

Hoffner prit le dernier virage qui menait à Göhrener Strasse. Depuis un moment, il essayait d'ignorer le froid glacial qui s'était infiltré dans les plis de son costume. Il imagina le soulagement de feu Herr Professor Doktor Klingman s'il avait pu prendre connaissance des trombes d'eau qui s'étaient abattues : en attendant, elles n'avaient valu à Hoffner qu'une douleur lancinante dans le creux des reins – garder les mains sur le volant n'avait pas été une partie de plaisir. Le jeune Hermann s'était montré assez aimable pour laisser les clefs sur le siège de la Daimler – Hoffner estima qu'il n'en aurait pas l'usage avant longtemps.

Passant en revue les événements de l'heure précédente – et leurs myriades d'implications –, Hoffner en était venu à une conclusion hardie : il lui fallait prendre un bain chaud. Tout le reste n'était plus qu'un sac d'embrouilles : les films, la sonorisation, le sexe, les tanks… Il lui fallait aussi songer à changer de vêtements – il portait les mêmes depuis des jours – et il se dit que ce genre de petits dérivatifs ne lui ferait pas de mal. Il en ignorait la raison, mais pourquoi s'en inquiéter ?

Dans l'escalier qui menait à son appartement, il estima qu'il était un peu plus de 1 heure : d'habitude,

Schiller faisait marcher son phonographe passé minuit, or l'endroit était silencieux. Hoffner essaya maladroitement d'ouvrir – sa main était devenue raide à cause des coups de brique et du froid. À peine eut-il réussi qu'une odeur de viande avariée lui monta aux narines. Avait-il oui ou non jeté le dernier repas de Maria avant de filer, la nuit précédente ? Tout était flou dans son esprit, pourtant, il se sentit incapable d'ouvrir une fenêtre pour aérer. Il se contenta de jeter manteau et chapeau sur le sol et de gagner la salle de bains.

Il alluma l'interrupteur d'une chiquenaude et se concentra sur l'image que lui renvoyait son miroir. Le froid avait fait éclore de jolies petites taches rouges le long de sa cicatrice, mais la joue commençait à retrouver sa couleur d'origine. Il se rapprocha pour mieux s'examiner et surprit alors quelque chose d'autre dans le miroir. Un angle de la baignoire, qui semblait remplie.

Il se retourna : le visage de Leni le regardait. Sa tête reposait, droite, contre le mur du fond, ses seins flottaient au-dessus de l'eau. Un seul impact de balle était visible, juste sous la poitrine.

Hoffner se retrouva à genoux en train de vomir. Appuyé sur les mains, il s'attendait à recommencer, mais rien ne vint. Il cracha et attendit. Ses jambes le lâchèrent, il tomba en avant et s'appuya au rebord de la baignoire. La main de Leni pendait mollement pardessus et la blancheur de ses doigts révélait quelques fines veines bleu pâle. Son regard ne pouvait s'en détacher, obnubilé : en voir plus était au-dessus de ses forces.

La porte de la salle de bains s'ouvrit lentement et Alby Pimm se dressa devant lui. Il baissa les yeux – c'était plutôt étrange, mais l'expression de son visage avait quelque chose de réconfortant.

— Mais, nom de Dieu, Nikolaï, qu'est-ce que tu as fabriqué ? dit-il d'une voix posée.

Hoffner était assis à la table de la cuisine, en peignoir. Pimm finissait de suspendre ses vêtements humides sur une chaise. Hoffner ne savait plus comment il était arrivé dans cette pièce.

— Bois ça ! le pressa Pimm qui approcha une chaise et prit place.

Il désigna de la tête un verre de whisky et c'est alors seulement que Hoffner le remarqua. Il l'enserra entre ses doigts pendant près de trente longues secondes avant de le porter à ses lèvres et de le vider d'un trait. Il grimaça, la gorge brûlée. Pimm lui en avança un autre mais Hoffner secoua la tête.

— Quand as-tu mangé pour la dernière fois ? s'inquiéta Pimm.

Hoffner était perdu dans la contemplation du sol.

— C'est vraiment ta grande préoccupation, ce soir… que je mange.

Pimm attrapa un verre sur l'étagère.

— Pourquoi ne t'es-tu pas contenté de faire ce que je t'avais demandé, Nikolaï ?

— Demandé ou ordonné ?

Pimm déboucha la bouteille.

— Ah, tu le prends comme ça ?

Il était hors de question de reprocher à Pimm quoi que ce soit : il constatait une évidence.

Du coude, Hoffner écarta son verre vide. Il vit alors l'enveloppe de Leni, posée d'un côté de la table.

— Elle était dans ton manteau.

Hoffner resserra son peignoir. L'alcool commençait à lui éclaircir les idées.

— Quand es-tu arrivé ?

— Environ une demi-heure avant toi.

— Et elle était là ?

Pimm confirma et se versa un verre.

— Et tu es resté assis dans le noir ?

— Oui, dit Pimm, qui but une gorgée.

— Pour que ce soit plutôt moi qui la trouve, c'est ça ?

— Plus ou moins.

Hoffner se tourna vers la fenêtre et remonta le store. Il remarqua un chat qui dormait sur une des vérandas, à moins que ce ne fût une pile de vieux vêtements. Pas moyen de savoir.

— C'était bien joué de sa part, remarqua-t-il.

— Pas si bien que ça, apparemment.

— Et, d'après toi, c'est moi le responsable.

Il laissa retomber le store.

Un peu de whisky était répandu sur la table. Pimm posa son verre sur la petite flaque.

— Dis-moi un peu : as-tu la moindre idée de ce qu'elle faisait ?

Il commença à faire tourner le verre dans la flaque.

— Question que je dois me poser, étant donné qu'on l'a retrouvée dans ta baignoire…

Hoffner ne trouva pas assez d'énergie pour exprimer la rage qui bouillonnait en lui. Il demeura sur sa chaise, les mâchoires comme prises dans du béton.

— Va te faire foutre, Alby.

Inexplicablement, Pimm lui répondit par un sourire.

— Ce ne serait même plus une solution.

Il abandonna son verre.

— J'avais toujours espéré que tu ne rejoindrais pas mon camp. Qui sait, peut-être que tu feras l'affaire ? La stupidité peut s'avérer un bon moyen de salut.

Hoffner leva un poing faiblard dans sa direction, mais Pimm lui saisit le poignet et le bloqua. Il y avait une force surprenante dans sa main.

— Tu veux qu'on se lamente sur notre sort ou tu préfères trouver un autre moyen de tout saloper ?

Hoffner découvrit les marques rouge et bleu sur les articulations de ses doigts – vestiges de sa dernière séance de coups et blessures – et comprit à quel point il devait avoir l'air stupide, justement. Pimm, quant à lui, faisait preuve de gentillesse : ne prenait-il pas son affaire au sérieux ? Hoffner ouvrit le poing et Pimm le lâcha. Hoffner se concentra sur une trace de brûlé sur la table et il commença à la lisser avec le pouce. C'était une marque ancienne, d'une douceur qui l'étonna.

— Elle disait qu'elle reviendrait d'ici une semaine.

Pimm termina son verre.

— Je crois qu'elle disait vrai. Elle aurait même pu rester.

Du bout de l'ongle, Hoffner s'était mis à gratter le bois et il cessa quand son pouce devint douloureux. Sa gorge se serra.

— Je n'ai plus rien maintenant. Pour la première fois… absolument rien.

— Je t'en prie, dit Pimm qui secoua la tête et détourna les yeux. Ne me raconte pas qu'on va s'embarquer là-dedans… le flic malheureux qui a perdu sa copine.

— Ferme-la, Alby ! L'affaire ! aboya Hoffner en le regardant. C'est de l'affaire que je parle. Je suis dans le brouillard et je ne sais pas pourquoi.

Pimm sortit ses cigarettes.

— Mais si, tu sais pourquoi… Regarde dans ta baignoire.

— Arrête !

La colère montait chez Hoffner.

Pimm alluma sa cigarette.

— Tu n'as même pas pensé à demander pourquoi ils l'ont déposée chez toi.

— Arrête, je t'ai dit !

Comme Pimm souriait et continuait à secouer la tête, Hoffner insista :

— Qui l'a déposée ?

— Comment ça, qui ?

Il n'y avait plus aucune douceur chez Pimm.

— Qui l'a déposée ici ? Mais merde, Nikolaï, qu'est-ce que tu as foutu ces quatre derniers jours ?

Soudain, Hoffner vit clair, et Pimm paraissait si petit, assis en face de lui.

— Tu vas me le dire.

Pimm se laissa aller à un rire gêné.

— Tu ignores même pourquoi elle était venue à Berlin, pas vrai ?

Hoffner se dressa et saisit Pimm par le col, le soulevant au-dessus du sol. Il grommela sous l'effort et le plaqua contre la porte de la salle de bains : pourtant, cela ne lui coûta rien, car Pimm, léger comme une plume, ne résistait pas. Il le projeta sur le carrelage – il y eut un bruit de verre cassé dans le fond – et sa tête s'emplit du souffle rauque de sa propre respiration.

— L'appareil, finit par souffler Hoffner qui cherchait à reprendre haleine.

Il se demandait si Pimm ne l'avait pas frappé au ventre ou si c'étaient ses poumons qui le lâchaient. Quoi qu'il en soit, il se courba, mains sur les genoux.

— Elle était là pour l'appareil… Pour les Américains…

Il attendit et cracha.

— Pas d'autre raison…

Il inspira et attendit que Pimm en finisse avec lui.

Mais celui-ci, tranquillement assis par terre, cracha lui aussi : c'était du sang. Hoffner se retourna et le vit tirer une langue très rose, détail bizarre qu'il n'avait jamais remarqué.

— T'es un fils de pute, Nikolaï.

Pimm promenait son index dans sa bouche.

— Putain, je saigne… comment tu t'es arrangé ?

Il grimaça quand il toucha la gencive inférieure.

— Merde !

Il ôta son doigt et cracha à nouveau.

Hoffner se traîna vers la cuvette des toilettes, s'assit et appuya les coudes sur les genoux. Il se prit la tête entre les mains. Il sentait des élancements dans la nuque.

— Il faut la couvrir, dit-il.

Pimm était resté affalé contre la baignoire.

— C'est tout ce qui t'importe, hein ?

— Pour l'instant, oui.

Hoffner saisit deux serviettes. Elles étaient humides et sentaient le renfermé. Il se redressa, se leva. Arrivé près de la baignoire, il en étendit sur son torse, incapable de ne pas apprécier la douceur de sa peau, et ses yeux, miséricordieusement fermés. Il vit les marques sur ses bras, là où il l'avait empoignée, un pointillé de traces rougeâtres sur le fond gris de la peau. Il faillit les toucher – c'était la dernière fois qu'il avait eu un contact physique avec elle, au lieu de quoi il déplia l'autre serviette et lui dissimula le visage.

Pimm cracha encore.

— Ça va mieux ?

— Tu as cassé un miroir ? demanda Hoffner en se retournant.

Pimm regarda autour de lui et tendit une main.

— Ce serait plutôt toi. Aide-moi à me relever.

Hoffner le tira et Pimm s'approcha du miroir du lavabo. Hoffner retourna s'asseoir sur la cuvette des toilettes et observa Pimm qui ouvrait grande la bouche pour achever de constater les dégâts.

— Je déteste les dentistes, dit-il.

Il tira sa lèvre vers le bas pour mieux voir.

— Je déteste ça… être allongé… Pas vraiment à cause des dents… mais tu es là, sur le dos, les couilles exposées, le petit plateau sur la poitrine. Et pas question de te les protéger avec les mains, on te prendrait pour un type bizarre.

Il cracha et regarda Hoffner dans le miroir.

— Ne recommence jamais, Nikolaï. T'as compris ?

Il fit couler le robinet, se rinça la bouche, attrapa une serviette.

— Elle devait détruire l'appareil… Le trouver, ainsi que les plans, tout détruire et rapporter ce qui restait aux Américains. De notre côté, nous avons fait de notre mieux pour qu'elle réussisse. Voilà pourquoi elle était venue.

Hoffner était enfin parvenu à reconstituer le puzzle. Tandis que Pimm se frottait les gencives, il lui posa *la* question :

— En réalité, c'était toi qui l'avais, n'est-ce pas ? À Wannsee.

Pimm offrit ses dents au miroir. Très droites, elles étaient d'une blancheur remarquable.

— Ce que tu n'as pas voulu croire quand je te l'ai suggéré, plus tôt cette nuit. Tu sais combien ça coûte, une couronne en porcelaine, de nos jours ?

— Je suis sûr que tu n'oublieras pas de m'envoyer la facture.

Pimm lui lança un coup d'œil dans le miroir et se mit à rire.

— Parce que tu t'imagines que je vais la payer ?

Il remit la serviette sur son support.

— Il faut que tu t'habilles.

— Je vais appeler ton tailleur.

Pimm fit volte-face.

— Non, tu te mets debout et tu t'habilles, tout de suite !

Hoffner trouva un paquet de cigarettes dans la poche de son peignoir – il était vide.

— Sinon, je vais finir dans une baignoire, quelque part ?

— Faudrait que je m'en charge personnellement, déclara Pimm d'un ton détaché.

Hoffner jeta le paquet dans la poubelle.

— Selon toi, qui est-ce qui l'a amenée jusqu'ici ? demanda Pimm.

Hoffner songea qu'il serait toujours temps d'en avoir une idée, pour l'instant il préférait rester assis.

— Qu'est-ce que j'en sais… Fritz Lang, sa femme, le grand Al Jolson. Ils arrivent tous en tête sur ma liste.

— Tu as tout bousillé comme un grand, alors maintenant tu vas m'aider à régler ça. Va t'habiller.

— D'après ce que je comprends, Alby, il semble que tu t'es pas trop mal débrouillé de ton côté.

— Ah oui ? Et comment ça ?

— Je n'en sais rien, dit Hoffner, impassible. Je ne peux pas t'expliquer pourquoi elle était censée détruire l'appareil – merci, au passage pour le tuyau – ou pourquoi il est évident que l'objet s'est retrouvé entre tes mains pendant tout ce temps, ou qui est ce « nous » auquel tu te réfères. Je pourrais sans doute émettre une hypothèse, mais je n'en ai pas la force. C'est donc toi qui as tout fait foirer, pas moi. Tu veux me mener en bateau, parfait, mais ne viens pas m'accuser si le bateau coule.

Pimm aurait pu manifester un peu de remords avant de répondre :

— Nikolaï, elle devait le détruire parce que les Américains préféraient qu'il en soit ainsi. Ce n'était pas pour leur propre intérêt, car ils n'achètent pas l'UFA, et s'ils ne sont pas acheteurs, c'est qu'il en existe un autre. Est-ce que ça éclaire ta lanterne ?

Hoffner eut besoin de quelques secondes. Il secoua la tête, dégoûté. Pimm désigna la baignoire.

— Qui a fait ça, à ton avis ?

Hoffner le haït soudain de lui remettre la tête dans le sac.

— Alby, ça ne ressemble pas aux manières de Hugenberg.

— Tu as raison. Ce n'est pas son style. Voilà pourquoi il a des amis… ces nouveaux politicards qu'il finance. Qui, selon toi, surveillait les entrepôts, ce soir ?

L'image de Sascha et de ses copains en train de pisser sur les étudiants, l'autre nuit, s'imposa à lui. Il réussit à la chasser de son esprit.

— Il faut donc chercher du côté des acquéreurs de l'UFA ? Elle est morte parce qu'il y a un type qui veut ajouter un scalp à sa collection ?

— Ce n'est pas aussi simple. Bon, il va falloir que tu t'habilles, réitéra Pimm qui se dirigea vers la porte.

— Moi, ça me paraît très simple, lui lança Hoffner.

La rage contenue rendait sa voix calme.

— C'est un autre exemple de ce que manigancent les Américains pour racheter l'industrie allemande. Et tu travailles avec eux. Bravo.

Pimm marqua une pause.

— Nikolaï, tu ne penses pas ce que tu dis ?

— Au contraire.

Une fois encore, Pimm attendit un instant.

— Habille-toi.

Hoffner ne bougea pas.

— Tu ne vas pas nous faciliter les choses, observa Pimm.

Ce qui ne provoqua aucune réaction.

— Très bien, concéda-t-il enfin. Tu veux savoir ?

Il secoua la tête et s'appuya contre le lavabo – il avait besoin de cette présence matérielle.

— Cette compagnie… C'est Mentor Bilanz. Celle dont tu avais tellement envie de parler, cette nuit. Je ne connais pas trop son domaine d'activités, mais elle m'a très bien payé pour transporter par bateau diverses cargaisons en Europe. En ce moment, c'est du bacon.

— On a déjà abordé le sujet, dit Hoffner, toujours aussi stoïque. Quel rapport avec elle ?

Pimm ignora la question.

— En guise de remerciement, Herr Alfred m'a fait inscrire dans le conseil d'administration. Petite plaisanterie de sa part et ses amis, ça leur plaisait d'avoir un gangster parmi les commanditaires. Une manière de s'encanailler… Moi, ça m'importait peu. Du moment que l'argent rentrait… Bien entendu, il était hors de question d'assister aux réunions – ça aurait été d'un ridicule ! –, ce qui n'empêche que la mystérieuse LA Company figurait dans l'en-tête de leurs courriers, ce qui les a drôlement amusés.

— Tu ne m'as jamais paru être du genre à devenir un objet de risée, Alby. Il faudra que je m'en souvienne.

— Oui, ne l'oublie pas, répondit Pimm avec froideur. Et je te laisserai croire que c'est toi qui as résolu cette affaire, d'accord ? Vu que tu as été si brillant jusqu'à maintenant…

Comme Hoffner gardait le silence, Pimm continua :

— Il y a quelques mois, j'ai reçu un mémorandum. Il ne m'était pas destiné. Un employé avait décidé de l'envoyer à tous ceux dont le nom apparaissait dans l'en-tête. Il a été assez malin pour découvrir mon adresse. C'est arrivé au club, sur un petit plateau d'argent. Très chic. Il s'agissait d'une proposition de Hugenberg. Il voulait acheter l'UFA. Même moi je savais que ça ne tenait pas debout. La compagnie perdait des sommes folles. Les Américains n'en feraient qu'une bouchée, il suffisait d'attendre. Mais Herr Alfred laissait entendre qu'il avait eu vent d'une nouvelle technique développée par les studios. Quelque chose qui allait révolutionner la sonorisation… et empêcher les Américains d'agir. Que pouvait-on espérer de mieux ? Bien entendu, il savait que son conseil d'administration avait besoin de preuves. Il promettait donc de lui montrer l'appareil miraculeux avant de leur demander d'investir.

— C'est alors que tu as décidé d'aider les Américains ? Ça me semble un peu léger, Alby.

— Tu as raison… Cela ne m'aurait pas convaincu si toute l'affaire avec Phoebus ne m'était tombée entre les bras.

— Là, je ne te suis plus.

On frappa un coup à la porte d'entrée, suivi de trois autres, rapprochés, et Pimm se rendit dans la cuisine. Hoffner surprit une conversation à voix basse, puis deux hommes de Pimm pénétrèrent dans la salle de bains. Chacun salua Hoffner d'un signe de tête. Ils soulevèrent doucement le corps de Leni hors de la baignoire. Hoffner les accompagna dans la cuisine où un tapis avait été déplié. Ils la déposèrent et l'enroulèrent dans le tapis en la faisant tourner quatre fois sur elle-même.

— Je suppose que la Kripo va te rendre visite d'ici une heure ou deux, déclara Pimm. Suite à un appel anonyme dénonçant un de ses inspecteurs…

Les hommes redressèrent le corps et Pimm leur fit signe de partir avant de se tourner vers Hoffner.

— Il vaudrait mieux qu'on ne la trouve pas ici.

Le corps de Leni fut transporté dans le couloir et la porte se referma. Hoffner écouta le bruit des pas s'éloigner, puis il s'approcha de la porte. Le silence finit par le convaincre que Leni n'était plus là.

Il restait l'autre verre de whisky sur la table – Hoffner le vida d'un trait.

— Tu me parlais de Phoebus…

— On va la transporter aux États-Unis, dit Pimm. Je crois que c'est ce qu'il y a de mieux à faire.

Hoffner remplit son verre.

— Ouais.

Il but.

— Tu veux bien m'en servir un ? demanda Pimm.

Hoffner remplit deux verres à ras bord.

— Tes amis de Phoebus, commença Pimm. Ils possédaient autre chose que Hugenberg voulait me faire transporter. Un stock de films. Produits dans leur studio et développés en Suisse.

Hoffner devina la suite. Il tendit son verre à Pimm.

— D'où la petite comédie que tu m'as jouée à ton club. Le projecteur pas adapté au film… tout ça pour m'obliger à rechercher l'appareil.

— La Fräulein avait besoin d'un guide, se justifia Pimm. Nous avons pensé que les Américains auraient confiance si un inspecteur de la Kripo l'aidait à le découvrir.

Hoffner porta son verre à ses lèvres. Le whisky avait perdu toute saveur. Il reposa le verre.

— Par simple souci de sécurité, Alby, tu aurais pu me prévenir, nom de Dieu !

— Pour que tu aides les Américains ? Je t'en prie, je te connais mieux que ça… Elle devait croire qu'elle te manipulait. Si tu étais au courant, ça tombait à l'eau.

Hoffner sentit s'évanouir le peu d'énergie qui lui restait.

— Je ne suis donc pas entièrement responsable, dans ce cas…

Pimm ne dit rien et Hoffner, soudain, eut le sentiment d'être ridicule dans son peignoir. Sans doute existait-il d'autres raisons, mais il préféra accuser le peignoir.

— Pourquoi ne pas détruire l'appareil toi-même ?

Pimm manifesta son impatience :

— Écoute, Nikolaï… Les Américains savaient que l'UFA s'intéressait à ce procédé sonore. Ils savaient qu'elle avait quelque chose à proposer. S'ils ne le détruisaient pas eux-mêmes, pas question d'investir. On ne pouvait pas arriver et leur dire : « Salut les gars, on s'est débarrassé du truc. Vous pouvez racheter la compagnie. » Ils ne nous auraient pas crus. Il fallait que ce soit Fräulein Coyle qui le découvre – avec toi –, afin que les Américains soient certains que l'UFA était complètement vulnérable.

Hoffner secoua la tête.

— Cela n'explique pas pourquoi les Américains voulaient avant tout détruire l'appareil. Pourquoi ne pas l'expédier aux États-Unis, s'en servir… et racheter l'UFA ?

— Parce qu'ils ne savent pas comment le faire fonctionner, lui expliqua Pimm, de plus en plus irrité. Ils ont développé le son-sur-disque, pas le son-sur-pellicule. Changer de cheval maintenant leur coûterait trop cher…

— Te voilà devenu un spécialiste…

— Non, j'en sais autant que toi… tes erreurs en moins.

Hoffner se passa les mains sur le visage. Tout s'embrouillait dans sa tête, il lui fallait simplifier :

— Mais pourquoi aider les Américains ? Pourquoi pas Hugenberg ?

Pimm avait besoin d'un verre. Il considéra son whisky, avala une gorgée.

— Je ne vais pas te raconter que je suis très pratiquant, Nikolaï… Mais quand les plans de certains dangereux illuminés prévoient mon élimination, je suis obligé d'en tenir compte.

Il termina son verre et le posa.

— Pardon ?

— Les amis de Hugenberg. Ceux des entrepôts. Une belle bande de saligauds. Je crois que tu les as croisés.

Hoffner avait pris l'habitude d'oublier ce petit détail : le gangster Pimm était juif – ce qui pour autant n'expliquait rien.

— C'est une infime minorité, Alby. Dans un an, on n'en parlera plus.

— Vraiment ? Depuis quand Hugenberg fait-il ami-ami avec les groupes minoritaires ? S'il a décidé de les inviter à sa table, alors, crois-moi, je préférerai toujours être du côté des Américains.

— C'est tout ? répondit Hoffner, pas convaincu. Hugenberg balance quelques pfennigs à une bande d'antisémites et ça te suffit pour décider qu'il ne doit pas mettre la main sur l'UFA ? Non pas que je doute de ton vieux fond de noblesse, Alby…

— Ça va…

— Mais je te connais un peu… Depuis des semaines, tu avais posté un homme à toi chez Phoebus – l'œil et l'oreille aux aguets. Voilà comment tu as su où ça se passait.

Hoffner soutint le regard de Pimm, et c'est alors qu'il commença à comprendre.

— Tu ignores ce qui se cache dans ces entrepôts, pas vrai ?

Le regard de Pimm ne cilla pas.

— Tu dois le savoir, j'imagine…

— Ce qui explique que tu sois là – outre le souci, bien sûr, de m'éviter de tomber dans les pattes de la Kripo. C'est si chevaleresque !

Pour la première fois depuis des heures, Hoffner sentit son énergie lui revenir.

— Tu n'as pas pu entrer dans les entrepôts, n'est-ce pas ?

La question parut plutôt amuser le caïd.

— J'aurais pu y entrer quand je l'aurais voulu... Qu'est-ce qu'ils avaient ? Deux hommes pour surveiller le périmètre autour de chaque bâtiment ? Une ronde toutes les vingt minutes ? Chacun armé d'un luger, hormis le petit qui préfère le fusil. On raconte qu'il fait des cartons dans les étoiles quand il est bourré... Changement d'équipe toutes les six heures. C'est précis, ponctuel. Au pire, en dix minutes, on était à l'intérieur.

— Et pourquoi tu ne l'as pas fait ?

— Parce que, hormis toi et tes amis de la Kripo, je suis le seul à Berlin qui en soit capable. Et Hugenberg le sait. Que je m'empare de ces entrepôts, et je déclenche aussitôt une guerre, chose que je ne juge pas souhaitable en ce moment. Enfin, ça se passait tellement en douceur, pour le reste, qu'il était inutile de prendre un tel risque.

— C'est bien vrai, ironisa Hoffner avec une sincérité feinte, prendre des risques, ça ne te ressemble pas.

— Elle ne connaît plus ses limites, Nikolaï, déclara Pimm.

On sentait en lui une colère sourde.

— Elle ne sait plus à quel moment il faut dire : « Assez ! »

Hoffner n'y comprenait plus rien.

— De qui parles-tu ?

— Cette ville, Berlin...

Il s'appuya contre le rebord de la table et ses yeux contemplèrent le sol sans le voir. Cela dura une trentaine de secondes.

— Elle savait, avant… les choses prenaient une tournure un peu violente, un petit coup de folie, et elle trouvait le moyen de se serrer la bride. Il semblerait qu'elle en soit devenue incapable.

— Et c'est à cause de Hugenberg ?

Pimm leva les yeux.

— Les affaires vont mieux quand chacun a sa part du gâteau.

Il saisit le verre et avala les dernières gouttes.

— Moi, j'aime m'occuper de mes cinq districts, jusqu'aux quais. Gröbnitz tient les abattoirs, au nord jusqu'à Wedding. Les frères Sass s'occupent des quartiers à l'ouest et au sud de la porte de Hallesches. Frimmel, quant à lui, apprécie l'ouest. Je ne sais pas comment il fait son beurre, mais ça le regarde.

— Alby, je sais comment fonctionnent les syndicats.

— Oui ? Alors tu sais comment fonctionne Berlin. Comment nous nous surveillons les uns les autres. Hugenberg l'ignore.

Pimm reposa son verre.

— Il veut s'emparer de tous les journaux ? Très bien. Les télégraphes ? Parfait… il doit y avoir une raison. Maintenant, il veut les films ? Ce n'est pas forcément un problème, sauf que les marchandises qu'il va stocker dans ces entrepôts ressemblent un peu trop à celles dont je pourrais m'occuper. Des livraisons au milieu de la nuit… Des camions arborant encore le nom des anciennes usines Krupp.

Il sortit une cigarette de son paquet et lissa le tabac d'un coup de langue.

— J'ignore ce qu'il fabrique… Possible qu'il fasse du trafic d'armes ou de munitions… On a tous essayé depuis les restrictions du traité de Versailles… Ça rapporte gros si on sait s'y prendre. Cela dit, je te parle de la manière dont moi je mène ma barque. Qui n'a rien à voir avec la sienne, lui qui dispose d'usines, de lettres à en-tête et de conseils d'administration… Je me demande donc si Hugenberg a décidé de révéler ses talents. Si tu ajoutes la présence de ses nouveaux amis… et crois-moi, ce n'est pas un détail pour moi. Ces gens sont corrompus jusqu'à l'os. Il suffit de regarder les films qu'ils proposent. Ça ne peut pas continuer comme ça. Et si je ne lui mets pas les points sur les « i », Hugenberg va s'imaginer qu'il peut tout rafler. Et Berlin ne sera plus Berlin.

— Ton Berlin, Alby.

— Non, Nikolaï, répliqua-t-il en le regardant droit dans les yeux. Notre Berlin. Tu en as besoin autant que moi.

Il alluma enfin sa cigarette.

— Ça commence déjà à foutre le camp… Voilà pourquoi tu as perdu pied dans cette affaire.

Il souffla un jet de fumée.

— Bon, qu'est-ce qu'il y avait dans ces entrepôts ?

La sonnerie du téléphone les fit sursauter. Hoffner attendit la deuxième, puis la troisième avant de se lever pour répondre. C'était le brigadier de service à l'Alex.

— Oui ?

— Il y a un problème, monsieur l'inspecteur principal.

De manière incompréhensible, Hoffner pensa aussitôt à Georg.

— Un problème ? Quel genre ?

— Dans votre bureau, monsieur.

Il fut d'abord incapable de parler.

— Qu'est-ce que vous dites ?

— Deux hommes. Ils ont essayé de…

— Quand ?

— Je… je ne sais pas, monsieur l'inspecteur principal. Il y a vingt minutes, disons.

— Ils ont emporté quelque chose ?

Il y eut une pause.

— Emporté… Je ne crois pas.

— Qu'est-ce que vous voulez dire ?

Hoffner regarda Pimm.

— On n'est pas encore sûrs, monsieur. Par contre… eh bien, ils ont laissé quelque chose.

L'agent devenait de plus en plus pénible.

— Oui, quoi donc ?

Il y eut une autre interruption.

— Il vaudrait mieux venir voir par vous-même, monsieur l'inspecteur principal.

Hoffner laissa échapper un soupir découragé.

— Vous les avez arrêtés ?

La dernière interruption n'annonçait rien de bon.

— Malheureusement, on n'a pas pu…

— Nom de Dieu !

Hoffner rassembla ses pensées.

— Placez un homme devant mon bureau, brigadier. Je serai là dans une demi-heure. Et essayez d'avoir l'œil sur tout individu qui quitterait l'immeuble… si ce n'est pas trop vous demander.

Vingt minutes plus tard, Pimm claquait la portière de leur voiture et criait une adresse à son chauffeur :

— Alexanderplatz !… Tu es sûr que ce sont des tanks ? demanda Pimm comme la voiture démarrait.

La course précipitée pour traverser la rue avait suffi à les tremper. Hoffner secoua son chapeau qu'il posa sur le siège.

— C'était peut-être un nouveau genre de tram… Avec les gros canons, ça ferait le vide dans la circulation.

« Oui, des tanks. Pas vraiment ce à quoi tu t'attendais, hein ?

Hoffner se prépara à une réplique violente : Pimm se contenta de hocher la tête, l'air absent.

Cela finit par devenir énervant et Hoffner n'y tint plus :

— Tu vas me dire que tu n'en savais rien ? Malgré ton business avec la marine… pas la moindre idée ?

Comme Pimm restait perdu dans ses pensées, Hoffner insista :

— J'aurais dû faire un tour dans l'autre entrepôt. J'ai été stupide. Qui sait ce qu'il pouvait contenir…

Soudain, Pimm tressaillit et cria un ordre à son chauffeur.

— Arrête avec tous ces détours, idiot ! Tu vas tout droit ! Quels embouteillages tu veux éviter à deux heures du matin ?

— Tu as raison, railla Hoffner. Engueule ton gars. Après tout, c'est lui qui était censé surveiller ces entrepôts.

— Ferma-la ! gronda Pimm, nerveux. Qu'est-ce qu'il cherche, nom de Dieu, avec ses tanks ?

— Aucune idée, fit Hoffner qui tira une cigarette humide de sa poche. Un vieux monarchiste avec tellement d'argent et de pouvoir qu'il ne sait plus quoi en faire… et qui se demande quand les choses ont commencé à ne plus aller.

Il essaya d'allumer sa cigarette.

— Pour lui non plus, Berlin n'est plus Berlin, Alby, et il semblerait que ce n'est pas en pleurnichant là-dessus dans ses canards et au Reichstag qu'il va résoudre le problème… M'est avis qu'il a trouvé un autre moyen de rendre son lustre à sa ville chérie.

— En mettant des tanks dans les rues ? Je t'en prie.

— Ça te surprendrait de sa part ?

Hoffner fit un dernier effort et jeta sa cigarette sur le tapis de sol.

— Jolson va changer le monde et Herr Hugenberg s'offrira tous les studios d'enregistrement qu'il voudra – et construira ce qui lui plaira. C'est ce que j'appelle un homme très intelligent.

— Je l'ai rencontré, il ne l'est pas tant que ça, rétorqua Pimm.

— Ah oui ? Je vais te dire, Alby : les films, le son, le sexe, rien de tout ça ne l'intéresse. Il peut toujours se permettre de passer quelques films parlants dans un cinéma et distraire le public avec l'accent de la nouveauté. Son but est autrement important. Tout ce qu'il a fait jusque-là n'était qu'un moyen détourné pour construire ses tanks. C'est pour ces raisons qu'il a besoin de l'UFA. Et ses nouveaux amis politiques, qui sont à sa botte, lui faciliteront les choses.

— Sans cet appareil, il n'arrivera à rien.

Un doute commençait à percer sous l'arrogance de Pimm.

— Elle ne leur aura quand même rien raconté ?

Hoffner se mit en quête d'une autre cigarette.

— Qui ça ?

— L'Américaine… ton amie. Elle n'aura rien dit aux gars de Hugenberg ?

— À quel propos ?

Hoffner abandonna ses recherches.

— De Wannsee, Nikolaï. Et de Lang.

Pimm était las de devoir tout lui expliquer.

— De quoi d'autre voudrais-tu que je parle ?

Les derniers instants de Leni s'imposèrent à Hoffner. Elle avait paru si sereine dans la baignoire, indemne. « Ne retiens que cette image », se dit-il.

— La prochaine à gauche ! cria Pimm à son chauffeur. C'est à Wannsee qu'on va, Scher…

— Non ! intervint Hoffner, le regard décidé. Il faut quarante minutes pour y arriver, même à cette heure-ci. Tu appelleras Lang depuis l'Alex. Qu'il ne réponde pas, on le récupérera de là-bas.

Il se pencha vers le chauffeur.

— On continue tout droit.

L'animation qui régnait dans le quartier général de la police avait de quoi surprendre à cette heure avancée de la nuit. Deux Schutzis étaient postés à l'entrée. Ils ne semblaient pas avoir tenu une arme à la main, sans parler de tirer un coup de feu, depuis une trentaine d'années, mais au moins observaient-ils la posture réglementaire. Il y avait également du monde près du bureau du brigadier de permanence : deux inspecteurs stagiaires paraissaient fort occupés à ne rien faire.

— Est-ce qu'il y a des hommes à l'arrière ? demanda Hoffner en approchant.

Les deux stagiaires se regardèrent, puis se tournèrent vers le brigadier.

— Eh bien, brigadier ? dit l'un d'eux. Vous avez entendu l'inspecteur principal.

— Il m'a entendu, coupa Hoffner. Mettez des hommes dans les passages. Bien que je ne me fasse aucune illusion…

Il s'éloignait quand un des stagiaires le rappela.

— Monsieur l'inspecteur principal…

Hoffner s'immobilisa. Le gars avait les yeux braqués sur Pimm.

— Ce n'est pas…

Il se pencha vers Hoffner.

— … ce n'est pas Alban Pimm ? souffla-t-il.

— Vous croyez ? s'exclama Hoffner. Alors j'aurai été mal renseigné. Il m'a raconté qu'il s'appelait Charlie Chaplin. Ne bougez pas d'ici, inspecteur, des fois que le reste de la bande se pointe déguisée en Tiller Girls.

Devant son bureau, un policier de haute taille à l'air hostile montait la garde. Il aurait pu se montrer dissuasif, à condition de garder les yeux ouverts.

— Vous pouvez disposer, brigadier, dit Hoffner.

L'homme ouvrit les yeux, l'air égaré, cherchant à qui il avait affaire.

— Apportez-nous du café. Noir.

Le brigadier réussit à incliner brièvement la tête et fila. Hoffner entra dans son bureau, suivi de Pimm.

Rien ou presque n'indiquait la visite récente. Les livres sur les étagères étaient disposés dans leur désordre habituel, ainsi que les piles de paperasse sur le sol. Pourtant, et Pimm la fixait du regard tandis qu'il décrochait le téléphone, on ne pouvait échapper à la phrase en gros caractères noirs qui s'étalait sur le mur nu : TU DEVINES POUR QUI EST LA PROCHAINE VISITE ?

— Charmant, dit Pimm.

Le mot « visite » avait été souligné en rouge.

— Et ce n'est pas un travail d'amateur.

Hoffner inspecta le reste du bureau.

— On aurait plutôt pensé qu'ils allaient souligner « prochaine », non ?

Un petit bocal contenant deux os dans du formol était renversé. Hoffner le redressa.

— On n'a pas affaire à des génies, semble-t-il. Cela dit, ça fait son effet.

L'opérateur était en ligne.

— J'ai besoin d'un numéro à Wannsee, expliqua Pimm. Sept, sept, deux… Moi non plus, Fräulein, je ne vous entends pas bien… Oui, je sais qu'il est tard…

Pimm passa le récepteur à Hoffner qui était agenouillé devant les classeurs.

— Ici l'inspecteur principal Hoffner. Je vous prierai de nous donner la ligne.

Les chiffres cliquetèrent et Hoffner rendit le téléphone.

Pimm patientait, un œil sur le mur.

— Et c'est tout ? dit-il. Ils sont entrés par effraction pour laisser ces menaces terrifiantes ?

Hoffner s'occupait du dernier tiroir.

— Pas besoin, Alby. Étant donné l'incompétence de ces Schutzis, personne n'entre par effraction à l'Alex. Personne n'est assez stupide pour cela.

Hoffner referma le tiroir : il ne manquait rien.

— Les types qui ont fait ça étaient déjà sur place. Il se trouve que, par hasard, on les a surpris en plein travail.

Il se leva et se mit à arpenter le bureau.

— Des flics pourris ? s'enquit Pimm.

Hoffner s'attaquait au deuxième meuble.

— Ce serait franchement étonnant… Bien qu'il te soit arrivé de faire appel à eux.

Hoffner ouvrit le tiroir du bas : même la bouteille de whisky et le verre étaient à leur place.

— De toute façon, ces flics-là ne sont pas de ceux avec qui tu traites. Ils ne s'intéressent pas à l'argent.

Il ferma le tiroir et une fois de plus son regard fit le tour du bureau.

— Des jeunes, à mon avis.

Le miroir sur l'étagère du fond n'était pas au centre : cela remontait sans doute à plusieurs mois.

— Jeunes, impatients et attirés par la politique. Ils étaient probablement au meeting du Pharus, l'autre soir.

— Rassurant.

— Ouais.

— Ça sonne toujours.

Hoffner scruta le pourtour de son bureau.

— C'est ce que font les téléphones, à 3 heures du matin.

Il distingua quelque chose.

— Il est moins le quart.

— N'oublie pas de le signaler à Lang quand il décrochera.

Hoffner se pencha en avant pour mieux voir. Il s'en aperçut presque aussitôt – s'il avait eu les idées claires, c'est la première chose à laquelle il se serait intéressé.

Des quatre piles de boîtes contenant des bobines empilées sur le sol trois nuits auparavant, il n'en restait que deux. Les jeunes politicards, bien sûr, avaient consacré trop de temps à la rédaction de leur chef-d'œuvre au détriment de ce qu'ils étaient venus chercher.

— Il est ici, dit Hoffner qui avait commencé à poser les bobines sur le bureau. Il y a un livre de comptes, expliqua-t-il à Pimm. Au fond du troisième tiroir du meuble. Je voudrais que tu le sortes.

Le téléphone collé à l'oreille, Pimm ouvrit le tiroir et entreprit de le fouiller.

— Oui, Fräulein, répondit-il dans le combiné. Oui, je sais.

Il fit apparaître le livre.

— Mais laissez sonner.

Il lança le livre sur le bureau et entoura le récepteur de la main.

— Personne ne décroche.

Hoffner empila les dernières boîtes et se releva. Il ouvrit le livre à la page sur laquelle Leni avait noté sa liste.

— Je voudrais que tu lises les noms sur les boîtes, pour savoir lesquelles ils ont emportées.

Devant le silence de Pimm, Hoffner continua à parler :

— Tu peux raccrocher… Personne ne répondra.

Pimm ne paraissait pas disposé à quitter son poste.

— Est-ce que tu sais ce que ça signifie, si personne ne répond ?

— Oui, quoi ? répondit Hoffner d'une voix égale. Que les Lang ont le sommeil lourd ? Qu'ils sont morts tous les deux et que ton appareil a disparu ? De toute façon, d'ici, on ne peut pas faire grand-chose.

Il se mit à fouiller le tiroir du haut à la recherche d'un stylo.

— Si tu n'es pas de mon avis, appelle tes gars. Qu'ils aillent faire un tour à Wannsee.

Le regard de Pimm se durcit.

— Je ne crois pas que tu m'aies bien suivi… Cet appareil est…

— Est quoi ? répliqua Hoffner qui leva les yeux.

Il était fatigué, il avait la peau moite, et les effets de l'alcool se dissipaient.

— Alby, ne te moque pas de nous en jouant à l'inspecteur… C'est ça qu'ils étaient venus chercher. C'est pour ce truc qu'ils estimaient que ça valait le coup de cambrioler un bureau à l'Alex. C'est donc là-dessus qu'on doit se concentrer.

— Vraiment ? Et si Lang et l'appareil ont disparu ?

— Eh bien, Hugenberg t'aura eu avant même que tu commences à jouer. Ses types sont venus pour ça. Nous devons découvrir pourquoi.

Le grand brigadier se tenait à la porte et il toussota pour signaler sa présence. Il tenait un pot de café dans chaque main.

— Si vous en voulez, je peux vous apporter de la crème, monsieur l'inspecteur, déclara-t-il.

Sa voix était fluette par rapport à son physique.

— Ou du sucre ?

Hoffner regarda derrière Pimm.

— Vous ne les auriez pas vus, par hasard, brigadier ?

Le bonhomme était dans les nuages ou recru de fatigue. Quoi qu'il en soit, il ne pouvait leur être d'aucune utilité.

— Vus qui, monsieur l'inspecteur principal ?

— Les hommes qui étaient dans mon… peu importe. Posez le café sur le bureau.

Hoffner entreprit de fouiller le deuxième tiroir.

Le policier contourna Pimm et ses yeux s'agrandirent. Il faillit se cogner au bureau quand il se pencha vers Hoffner.

— Monsieur l'inspecteur, susurra-t-il, indiquant d'un signe par-dessus son épaule. Vous savez que c'est Alban…

— Oui, brigadier, je le sais.

La main de Hoffner sentit un objet intéressant au fond d'un casier.

— J'ai fini par l'attraper. On donnera une grande fête demain. Bon, posez-moi ces cafés.

Le brigadier hocha la tête, mal à l'aise, et s'exécuta. Hoffner tira d'un coup sec sur le stylo et une bonne quantité de café déborda du pot et se répandit sur le bureau.

— Oh, non ! gémit le brigadier. Mon Dieu !

Hoffner considéra les dégâts. Par bonheur, les boîtes de bobine n'avaient pas été atteintes. Le liquide formait une flaque dans laquelle baignaient plusieurs bouts de papier.

— Ça ira, brigadier, le rassura Hoffner. Vous n'y êtes pour rien. Allez juste chercher un…

— Oui ! s'exclama l'autre, affolé. Un chiffon. J'y cours, monsieur l'inspecteur principal.

Il fila sous le nez de Pimm et Hoffner s'aperçut qu'il tenait dans la main un mince tuyau d'acier. Où diable pouvait-on trouver un stylo dans ce bazar ?

Il posa le tube et commença à soulever les papiers mouillés. Il voulait s'assurer qu'il ne jetait rien d'important. Il s'agissait des messages laissés par Georg cet après-midi-là. Il aurait pu les jeter tous, mais il se souvint que chacun ne comportait qu'une phrase « Contacte-moi », or, sur le premier d'entre eux, il y avait autre chose. Il vérifia l'heure d'arrivée : 19 h 45 – donc après la rencontre avec Bagier. Hoffner plaça le message sur le bureau et le lissa du dos de la main pour en éponger le café. Malgré les traînées d'encre il parvint à lire ceci :

AI NOMS DES PERSONNES AUX RÉUNIONS DE THYSSEN. KURT DALUEGE, LUDWIG RICHTER, RUDOLF HESS. ON PREND CONTACT DEMAIN.

Le nom du correspondant apparaissait au-dessous, comme d'habitude :

GEORG HOFFNER

Il avait donc continué à chercher. Hoffner se demanda s'il voulait innocenter Leni ou la condamner – peu importe, ça n'y changeait plus rien, Pimm lui avait déjà dit, tout à l'heure, dans l'appartement, qui tournait les films. Il est vrai que Hoffner aurait pu ne pas reconnaître les noms de Richter et de Hess, mais Daluege était un fidèle de Goebbels dont la signature apparaissait souvent sur les documents de la société Ostara.

Hoffner s'apprêtait à le joindre aux autres messages quand il s'immobilisa. Un calme soudain envahit la pièce : tout parut se figer pendant qu'il fixait la feuille.

Celle-ci, placée en haut de la pile, était visible aux yeux de quiconque entrait : DALUEGE, RICHTER, HESS. Et, dessous, GEORG HOFFNER.

Hoffner ne quittait pas des yeux le nom de son fils.

Impossible d'imaginer que les types envoyés par Hugenberg l'avaient raté, d'autant moins qu'il était placé juste à côté de ceux de leurs camarades de parti. Hoffner tourna la tête vers le mur et relut le mot souligné d'un trait rouge : VISITE.

Un frisson de panique ébranla la tranquillité des lieux. Ils ne s'étaient pas trompés de mot. Le chef-d'œuvre ne le visait pas lui. Il visait Georg Hoffner – celui qui avait téléphoné.

Hoffner resta sous le choc : c'est à son fils qu'ils en avaient dorénavant. Ils le trouveraient comme ils avaient trouvé Martha huit ans plus tôt. Encore un nouvel avertissement à sa propre imprudence.

— Il faut emporter ça, dit-il en ramassant le maximum de boîtes pour les fourrer dans ses poches.

Pimm était toujours au téléphone. Sur son visage, la confusion fit place à l'inquiétude.

— On va donc à Wannsee, *finalement* ?

Hoffner baissa les yeux vers le sol. Il remarqua un grand sac de cuir contenant Dieu sait quoi. Il s'approcha, le vida et le remplit avec les bobines et le livre de comptes, puis, sans un mot, se précipita vers la porte, ignorant Pimm. Planté au milieu du couloir, le brigadier dit quelque chose que Hoffner n'entendit pas. Il passa devant lui et se mit à courir.

Le mystère est résolu

La pluie s'était transformée en flocons qui tourbillonnaient comme des papillons de nuit autour des lampes de la place. Était-ce à cause du froid, ou de la blancheur du paysage, Hoffner se rendit soudain compte qu'il n'avait aucun moyen de se rendre chez Georg : ni trams, ni taxis. Il haletait, tout en resserrant le col de son manteau – déjà une couche de neige se formait sur la laine humide. Il fit volte-face pour retourner à l'Alex et faillit se heurter à Pimm.

— Très malin de ta part, dit celui-ci, le souffle court, tout en appelant son chauffeur de la main. Me laisser seul… Je crois que ton gros brigadier avait l'intention de me coffrer. Qu'est-ce qui se passe, bordel ?

La voiture s'arrêta et Hoffner se pencha à la portière du chauffeur.

— Cranachstrasse !

Il monta.

— Tout de suite ! aboya-t-il.

Pimm eut juste le temps de le suivre à l'intérieur, sans pour autant s'énerver.

— On va donc au sud, observa-t-il d'une voix apaisante. Et pour quelle raison ?

Hoffner serrait contre lui le sac de cuir. Il le posa par terre et se pencha.

— On ne pourrait pas aller plus vite ?…

Au regard que lui lança son homme dans le rétroviseur, Pimm répondit par un hochement de tête. Puis il se saisit de la poignée intérieure car la voiture s'était mise à faire des embardées.

— La route est plutôt dangereuse, fit-il remarquer d'un ton posé. Ce ne serait pas idiot d'arriver en entier.

— Mon fils, expliqua Hoffner. Georg. Il a laissé un message.

S'entendre le prononcer à voix haute ne fit que retourner le couteau dans la plaie.

— Je pense qu'ils savent qu'il est impliqué.

La voiture s'inclina fortement dans un virage.

— Réveille-toi, Heinrich ! hurla Pimm.

Le chauffeur ralentit.

— Et c'est le cas ? demanda Pimm.

Un sentiment d'abattement saisit Hoffner : le poids de son arrogance lui serrait la tête comme dans un étau. Il était seul responsable. « Je l'ai tué, songea-t-il. Je les ai tués tous les deux. » La pensée de Leni ne le lâcherait plus. Et pour quoi ? Il n'existait pas de réponse – il n'y en aurait *jamais*. Il se condamnait avec une telle violence qu'il n'y avait place pour rien d'autre, et ce n'était pas à cause de la souffrance – familière et donc en cela réconfortante – mais du silence absolu qu'il devait affronter. Et qui le terrifiait.

— Tu sais, la nuit, ce sont de vraies forteresses, les *Gymnasiums*… assura Pimm, manifestant une compassion fort surprenante. Pas sûr qu'ils réussissent à y entrer.

Hoffner se frappa le front. Cela lui était sorti de l'esprit : Georg n'allait plus au lycée depuis des mois. Il inspira profondément, soulagé, avec l'impression d'être un homme qui, sur le point de couler à pic, se persuade que son heure n'est pas venue.

Cranachstrasse était vide : mieux encore, on ne remarquait aucune trace de pneus dans la neige. Ce n'était qu'arbres sagement espacés, réverbères métalliques, vérandas poudrées de blanc. Hoffner indiqua l'immeuble au chauffeur et sauta sur la chaussée sans attendre l'arrêt du véhicule. Il grimpa l'escalier quatre à quatre, appuya sur la sonnette et leva les yeux, espérant apercevoir de la lumière. Tout était plongé dans un silence douloureux.

Il appuyait encore sur la sonnette quand Pimm surgit à côté de lui et sortit un objet de la poche de son manteau.

— Un petit cadeau de mes gars, dit-il.

Il s'agissait d'un rossignol, en or, gravé à ses initiales, *AP*.

— Un petit conseiller pour le Petit Conseiller. Il est encore tout neuf.

Il l'introduisit dans la serrure, crocheta le pêne et la porte s'ouvrit.

— Ça fait plaisir de savoir qu'on n'a pas perdu la main.

Hoffner se précipita dans l'escalier. Il venait de surprendre un raclement de pieds derrière la porte de Georg, quand Pimm arriva sur le palier du quatrième.

— Oui ? dit une voix fatiguée.

— C'est Nikolaï, murmura Hoffner. Nikolaï Hoffner. Ouvre.

La porte s'ouvrit sur un Georg en peignoir, les yeux bouffis de sommeil. Aussitôt, Hoffner l'attira vers lui. Jamais auparavant cela ne lui était arrivé, du moins pas dans un état suffisamment alcoolisé pour laisser croire qu'il s'agissait d'autre chose. Il lui emprisonnait le dos, les côtes, sentait ses omoplates, palpait ce corps musclé et lourd maintenant. Cependant, Hoffner éprouvait un autre sentiment, depuis longtemps disparu – celui de toucher un corps frêle, une poitrine creuse, des joues à la peau douce. Il lui embrassa la nuque.

— Alors, tout va bien ! murmura-t-il, avant de le libérer.

Georg regarda son père, mal réveillé, perplexe. Puis il découvrit Pimm et, ne trouvant rien de mieux, lui lança un « Bonjour ! ».

Pimm répondit par un sourire gêné.

— Excusez-moi, je m'abstiendrai pour les accolades.

Georg cligna des yeux, reprenant lentement ses esprits.

— D'accord.

Il s'écarta.

— Je crois deviner que vous voulez entrer…

Hoffner le suivit à l'intérieur, cherchant le mot juste.

— Il faut que tu prennes tes affaires. On doit partir.

Georg était devant le sofa, occupé à le débarrasser de vêtements et de divers objets qu'il jetait par terre.

— C'est pas trop le foutoir, j'espère…

Il s'assit.

— On doit y aller.

— Oui, tu viens de le dire.

— Écoute… Georgi, insista Hoffner qui avala le mot. Comprends que j'essaie de te protéger.

Georg fit disparaître quelque chose qui traînait sur le bras du sofa.

— Grande première…

— Tu vas m'écouter maintenant.

Georg considéra son père.

— Ça fait partie de ton rôle d'ange gardien, c'est ça ?

Le soulagement de le savoir vivant commençait à s'atténuer.

— Je n'ai jamais prétendu être très doué pour ça.

— Exact, confirma Georg.

Il plongea les mains dans les poches de son peignoir.

— Et… de quoi dois-tu me protéger ?

Soudain Hoffner se sentit le gosier sec.

— Tu n'aurais pas de l'eau par hasard ?

Georg indiqua l'évier et Hoffner se remplit un verre.

— Ce serait aussi bien que ton colocataire nous accompagne, dit-il.

— Il n'est pas là… Il a une copine. Elle le reçoit en cachette.

— Ça ne m'étonnerait pas, intervint Pimm.

Hoffner lui lança un coup d'œil.

— Je te présente Alby, un gangster.

Georg et Alby se saluèrent brièvement de la tête.

— Tu avais raison, reprit Hoffner. Elle était intéressée par autre chose.

Georg se mit à bâiller.

— Au fait, elle est morte, ajouta alors Hoffner, et il avala une gorgée.

Georg s'efforça de ne rien montrer de ses sentiments.

— Alors je suis sûr qu'Albert va être déçu. Il l'aimait bien.

Devant l'incompréhension de son père, Georg tint à préciser :

— Albert… mon colocataire… sa copine…

Hoffner ne parut pas plus avancé.

— Je plaisante, dit Georg.

Hoffner projeta son verre contre le mur. De l'eau et des morceaux de verre atteignirent Georg à la tête. Il bondit en hurlant.

— Merde, mais à quoi tu joues ?

— Tant qu'à faire des blagues, répliqua Hoffner, j'en ai essayé une à moi… Disons que la tienne était plus drôle.

Georg, commotionné, secoua ses cheveux humides puis fit tomber des débris de son peignoir.

— C'est du verre, quand même !

— Tu saignes ? demanda Hoffner d'un ton froid.

— Non ! fit Georg, guère moins agressif.

— Tu devrais te changer. Tu es trempé, on attendra.

— Écoute. Je regrette que ton amie américaine soit morte. Et je regrette que tu n'aies pas réussi à la protéger aussi bien que tu sembles avoir l'intention de le faire pour moi…

Le dernier mot était si cruel dans sa bouche.

— Parce que je crois que tu as manqué de chance avec nous deux.

— Georg. Écoute un peu, je t'en prie…

Hoffner sentait le désespoir l'envahir.

— Tu es concerné… Le message que tu as laissé, cette nuit, à l'Alex… il te dénonce.

— Le message ? répéta Georg, à peine plus intéressé. Parfait. Toi et le standardiste êtes les seuls à savoir que j'ai fouillé à gauche et à droite…

Il se tourna vers Pimm.

— Et monsieur… Je ne suis pas sûr de comprendre pourquoi…

— Ceux qui l'ont tuée pensent que tu en sais beaucoup plus qu'en réalité. S'il te plaît, Georgi.

Cela devient pathétique, songea Hoffner : jusqu'où allait-il s'humilier ?

— Fais ce que je te demande.

Le garçon parut ébranlé dans ses certitudes.

— Comme ça ?

— Oui, murmura Hoffner dans un souffle Comme ça. Je t'en prie.

Georg sentit la peur dans la voix de son père. Il regarda Pimm, lequel affichait un calme absolu ; en fait, il donnait à peine l'impression de respirer. Georg finit par se retourner vers son père.

— On arrête de s'envoyer des verres à la figure ?

Hoffner se tut, et Georg demeura interdit.

— Bien… Je vais me changer, dit-il enfin.

Hoffner le regarda disparaître dans sa chambre. Il tourna le robinet de l'évier et remplit un verre d'eau.

— J'ai deux ou trois endroits où il pourrait se cacher, déclara Pimm. Je vais envoyer quelques-uns de mes gars…

— Non, le coupa Hoffner. J'ai une planque.

Il but.

— C'est sur la route de Wannsee.

Sous la neige, la cour de gravier et le jardin avaient presque un air joyeux. Ce n'était qu'une illusion. Les fenêtres du bâtiment – à la peinture effritée et noires de crasse – réduisaient à néant le côté charmant de cette blancheur immaculée. Les flocons qui touchaient la pierre grise se désintégraient aussitôt, comme si les murs eux-mêmes avaient perdu la volonté d'accorder un peu de vie à ces éphémères créatures. Hoffner sonna.

Là-haut, le timbre retentit dans un rêve – tel le sifflement d'un train qui donnait l'impression de se rapprocher de plus en plus vite – jusqu'au moment où elle ouvrit les yeux et vit les contours de la petite table au niveau de ses pieds et, au-delà, le lit sur lequel Frau Rudzinsky respirait bruyamment, allongée dans ses oreillers de soie. Plus loin encore – assez près de la fenêtre – un corps remua, mais Rokel Hoffner savait que la plupart des pensionnaires n'entendraient rien. La sonnette pouvait retentir pendant des heures, elle ne percerait pas leur surdité chaque jour plus impénétrable. La pensée de se lever l'effleura… et puis elle décida que c'était à Herr Läbsohn de répondre, l'homme à tout faire, le veilleur de nuit, si méprisable et content de lui quand il l'obligeait à se sentir plus vieille qu'elle ne l'était. C'était toujours pareil avec les chauves, si grande était leur honte qu'ils se vengeaient sur les malades, les vieux et les moins jeunes. Läbsohn n'était qu'un horrible petit bonhomme et elle était ravie qu'il soit obligé de quitter son lit.

Le carillon retentit à nouveau et une lumière s'alluma quelque part en bas dans le vestibule. Une faible lueur jaunâtre brilla derrière la porte entrouverte. Peu après, la sonnette se tut et le silence lui emplit les oreilles, avant qu'elle ne perçoive un brouhaha de voix qui montait dans l'escalier – des voix étouffées tout d'abord.

— Va te recoucher, Herr Sluparov, murmura Läbsohn dans un russe épouvantable. Ça ne te regarde pas.

Rokel Hoffner se rallongea et, après quelques secondes, devina que la porte de sa chambre s'ouvrait dans son dos. Elle reconnut le pas du visiteur avant qu'il ne lui touche l'épaule.

— Maman ? souffla Hoffner.

Elle continua à faire semblant de dormir. Il la secoua encore.

— Maman… il faut que tu te réveilles.

Elle répondit, sans se tourner.

— On est lundi ?

Elle finit par lui faire face.

— Quelle heure est-il ?

— Tu ne dors pas.

— Quelle heure est-il ?

— 4 heures et quelques…

— Vraiment ?

Elle sentit l'odeur d'alcool sur ses vêtements.

— Si tu avais attendu une demi-heure de plus tu aurais pu me trouver en bas.

Elle scruta la pièce derrière lui et devina la silhouette de Läbsohn près de la porte – elle ne reconnut pas l'autre personne avec lui.

— Oui, Läbsohn, c'est à cause de mon assiette de fromage que tu râles tous les matins… Et voilà, le mystère est résolu…

Elle regarda Hoffner.

— Après je remonte ici jusqu'à ce qu'ils nous réveillent. C'est toujours un grand plaisir. J'imagine que tu as encore mieux à m'offrir.

Hoffner inclina la tête, comme s'il avait écouté.

— Oui, très habile… J'ai besoin que tu me rendes un service.

— Qui est avec toi ?

— On va attendre dehors que tu t'habilles, puis on descendra.

— Ils sont tous sourds, Nikolaï. Et ça m'est égal si tu les réveilles. Qui est près de la porte ?

Hoffner hésita.

— On attend dehors.

Elle repoussa la couverture et glissa les jambes par-dessus le bord du lit.

— J'ai ma robe de chambre, Nikolaï.

Elle s'assit et se pencha vers sa chaise.

— Et les chaussures offertes par la maison. Très élégantes.

Une fois encore, elle chercha à distinguer la personne derrière son fils tout en passant les bras dans les manches de sa robe de chambre.

— On n'a plus besoin de toi, Läbsohn. Tu peux déguerpir. Au moins, quelqu'un a réussi à te réveiller à temps, pour changer.

Elle se mit debout et assura son équilibre avant d'agiter sa main libre en direction de Läbsohn.

— Tire-toi, je t'ai dit… Mets plutôt du charbon dans ces poêles, qu'on ait une chance d'avoir du café chaud, ce matin…

Elle regarda Hoffner.

— Nikolaï, je te préviens, je refuse de venir s'il est encore là.

Hoffner se tourna vers lui, mais Läbsohn levait les mains et battait déjà en retraite.

— Pas de problème, *gnädige Frau*… Tout va bien. Bonne nuit.

— Et mets un chapeau sur ton crâne, lui lança Rokel alors que Läbsohn disparaissait dans le vestibule. Il est vraiment dégoûtant.

Elle s'agrippa au bras de son fils, glissa les pieds dans ses mules et le suivit vers la porte. Une fois dans le vestibule, elle reposa la question qui la taraudait :

— Qui est-ce ?

C'est à peine si elle avait jeté un coup d'œil au garçon.

— Georg, dit Hoffner. Ton petit-fils.

Elle ralentit le pas, s'immobilisa, incapable de le regarder.

— Bonjour, Mamie, dit enfin Georg. Tu as l'air en forme.

Elle continuait à regarder devant elle.

— Ah oui ?

La crainte de la trahison qui ne la quittait jamais s'exacerba. Hoffner sentit ses doigts s'enfoncer dans son bras. À quatre-vingts ans, elle avait conservé assez de vigueur pour faire physiquement mal.

— Pourquoi est-il venu ?

— Je pensais que tu souhaitais le voir, non ?

Elle attendit de sentir ses épaules se redresser avant de se tourner vers le garçon.

— Tu croyais que j'étais morte, n'est-ce pas ?

Mais Georg demeura silencieux et elle insista :

— Eh bien ?

— Je n'y avais pas vraiment réfléchi, en fait. Je crois comprendre que tu es vivante…

Toujours son côté malin et désarmant… Elle fit de son mieux pour l'ignorer.

— Tu es grand, dit-elle. Tu vas le dépasser. Il était petit à ton âge. Combien ça te fait, vingt, vingt-deux ?

— Tu le sais, Mamie, combien…

Elle se remit à marcher.

— Oui, je crois bien. Qu'est-ce qu'il t'a raconté sur moi ?

— Pas grand-chose.

— Il est vraiment fort pour ça, pas vrai ?

Ils arrivèrent à l'escalier et elle entama avec prudence la descente.

— Est-ce qu'il t'a expliqué que c'est un endroit pour les Juifs… pour les vieux Juifs russes ?

Georg suivait à une marche derrière, mais Hoffner sentait son regard sans avoir besoin de se retourner.

— C'est quand même horrible… Grand-mère qui est juive, et donc Papa aussi, et donc… non, rien qu'un quart juif, Georgi. C'est pas trop mal.

Ils arrivèrent au palier du deuxième étage et continuèrent à descendre.

— Georg a besoin de rester avec toi pour quelques heures, l'informa Hoffner. Il te tiendra compagnie.

— Je n'aime pas la compagnie.

— Aujourd'hui, tu l'apprécieras. Tu pourras lui raconter toutes les horreurs dont je suis coupable.

Ils abordèrent la dernière volée de marches. Ils ne parlaient pas et Hoffner sentit que son corps se faisait plus lourd à son bras : elle avait besoin de toute sa concentration.

— Rien que quelques heures ? dit-elle quand ils furent au rez-de-chaussée. Ça me paraît bien court pour lui raconter tous tes exploits…

Le couloir menant à la cuisine s'écartait du grand vestibule de l'entrée. Elle fit jaillir la lumière et les guida.

— Je te crois capable de lui faire un résumé, dit Hoffner.

Ils entrèrent dans la cuisine et elle alluma le plafonnier.

— Ça, je ne vais pas m'en priver.

Le mur du fond était occupé par d'énormes fourneaux et plusieurs éviers de bonne taille ; il y avait un peu partout des placards et une longue table en bois se dressait au centre. Une odeur d'ail et d'ammoniaque s'élevait des tomettes. Elle attrapa une chaise à dossier droit.

— Assieds-toi, Georg. Tu dois avoir faim.

Elle se dirigea vers le réfrigérateur et Hoffner en profita pour se pencher vers son fils.

— Elle est déjà assez effrayée, lui glissa-t-il à l'oreille. Inutile de lui expliquer la raison de ta présence.

Georg avait placé ses mains sous ses cuisses.

— Je ne suis pas sûr de la connaître moi-même, avoua-t-il. Est-ce que tu ne sens pas cette odeur de bacon ? Pourquoi les Juifs…

— Nikolaï ! appela-t-elle. Je ne le trouve pas. Le fromage… Läbsohn a dû le cacher dans le fond.

Hoffner s'approcha et chercha sur les étagères.

— Alors tu vas bien, finalement ? lui dit-elle, l'air tranquille.

C'était la première fois qu'elle se permettait de montrer son inquiétude.

— Ça peut aller.

— Et le garçon ?

— Tu peux le garder avec toi ?

Il sortit l'assiette et elle lui prit le bras, non pour s'y appuyer mais pour le serrer entre ses doigts.

— Tu devrais rester, lui conseilla-t-elle d'une voix plus sereine. Rien qu'un moment, qu'il se sente mieux.

Avec elle, même le réconfort avait un prix. Le pire, c'est qu'elle avait raison. Il attendit avant de se diriger vers la table.

— Quand je reviendrai, ce sera une vraie visite, promit-il en posant l'assiette.

Il se demanda s'il ne devait pas la regarder, mais à quoi bon être témoin de sa déception ? Il y fut sensible, comme si on lui appliquait un linge froid dans le dos. Il tapota l'épaule de Georg, en un geste tout aussi inutile.

— Ça me donnera une chance de me justifier, lança-t-il alors qu'il gagnait la sortie.

Enfin, il osa la regarder… Elle était déjà devant un placard, elle l'avait oublié, et il se demanda si l'un ou l'autre le croyait encore capable de se justifier.

— Prends soin de toi, Papa.

Hoffner dévisagea son garçon : où avait-il donc appris à montrer une telle gentillesse ?

Pimm avait attendu à l'arrière de la voiture et Läbsohn avait eu l'amabilité de lui permettre d'utiliser le téléphone. Ses hommes étaient en route pour Wannsee.

— J'ai entouré les noms qui manquaient, dit Pimm et il tendit à Hoffner le livre de comptes alors que la voiture démarrait. Sinon, tout s'est bien passé ?

Hoffner examina la page, sans pour autant s'attendre à des révélations : avec seulement le prénom et l'initiale du nom, les films constituaient à peine une menace pour ceux qui les avaient produits. Pourtant, on était venu les récupérer dans son bureau. Il n'était pas exclu qu'ils puissent servir de moyen de chantage.

— Le garçon sera en sécurité avec elle ?

Hoffner hocha la tête, l'esprit ailleurs.

— Je ne savais pas qu'elle était vivante, dit Pimm. Quels autres secrets me caches-tu ?

Hoffner s'intéressa aux noms entourés d'un cercle.

— C'est le dernier endroit où ils viendront le chercher. Le dernier endroit qui leur viendrait à l'esprit… un foyer pour vieux Juifs. Même Georg ne le connaissait pas.

— Il te remerciera plus tard, j'en suis sûr.

Hoffner continuait à scruter les pages.

— Je crois que tu l'as rencontrée, un jour.

Pimm se tourna vers Hoffner.

— Oui, j'ai eu ce plaisir… À l'enterrement de Martha. Elle m'a félicité pour mes cheveux.

— Elle aime beaucoup les siens.

— On a parlé de Sascha. Elle m'a dit qu'il deviendrait chauve. Elle en était bouleversée à l'avance…

— J'imagine.

— Et c'est le cas ?

Hoffner s'arrêta sur une des entrées. L'espace d'une seconde il baissa la garde.

— Tu as vu ça ?

Il leva les yeux vers Pimm qui souriait.

— Je me demandais combien de temps il te faudrait…

— Et il y a une bobine ?

Pimm confirma.

— Tu l'as regardée ?

— C'est pas trop mal, dit Pimm. Si on considère qu'elle a près de la quarantaine. Maintenant, ce qu'on peut voir à partir de trois images à contrejour…

— Mais tu y es arrivé ?

— Il fallait que je sois certain, non ? Elle a des mains étonnamment grandes.

— Tu l'as remarqué à partir de quelques clichés ?

— À moins que tout le reste dans le film ne soit très petit.

Devant l'incompréhension de Hoffner, il crut bon de préciser :

— Une tapette, Nikolaï. Elle est à poil et suce un homo. Je ne doute pas que ce soit une manière de s'impliquer.

— Oui, c'est certain. Est-ce qu'il est au courant ?

— Qui ?

— Lang.

Pimm haussa les épaules.

— J'en doute. C'est une excellente scénariste, c'est tout ce qui lui importe.

— Ils forment un couple charmant, n'est-ce pas ? Il savait, pour les films ?

Pimm secoua la tête.

— Il ne s'intéressait qu'à l'appareil. La manière dont ils le testaient ne le préoccupait pas le moins du monde.

— S'il aime les homosexuels, il pourra regretter de ne pas s'y être intéressé plus que ça.

Hoffner referma le livre de comptes et le jeta dans la boîte à gants.

— Tu savais donc qu'elle était dans le coup…

— J'avais des soupçons. Le corps de Thyssen dans la baignoire constituait une allusion trop précise. La menace était implicite.

— Lang aussi doit avoir eu un pressentiment.

— Et même si…

Pimm ne se donna pas la peine de terminer sa phrase.

— Comme je te l'ai dit, c'est une bonne scénariste. Je suis sûr que cela rend Fritz très indulgent.

La voiture pénétra sur un tronçon de route défoncé et les cahots interrompirent leur dialogue.

— Il n'est pas le seul à avoir des liens familiaux avec ces gens-là, n'est-ce pas ? dit Pimm.

Hoffner s'accrocha à la poignée intérieure et laissa le cuir s'enfoncer dans sa paume.

— Non, reconnut-il, comme s'il avouait un crime, il n'est pas le seul.

— Au moins, ton fils t'a-t-il facilité les choses en utilisant un autre nom.

Nouveau cahot.

— Ouais… c'est un immense réconfort.

— Tu n'as pas à te croire responsable.

— Tu le penses ?

La route redevint normale.

— Depuis quand es-tu au courant ? demanda Hoffner.

— Comme toi… La salle du Pharus. On m'a dit que le meeting avait été très chaleureux.

— Radek avait raison… tu as des yeux partout.

Il comprit trop tard la portée de ses paroles : tant pis, inutile de cacher ce qu'il savait.

— Et, à propos de fils… continua-t-il.

Pimm gloussa – chose inimaginable chez lui.

— Ne pourrait-on pas le considérer sous cet angle-là ? Donner à mes activités une touche humaine.

— Radek semble avoir choisi cette voie.

— Oui ?

Pimm prit le temps de considérer la chose.

— C'est tellement grec de sa part. Il vient peut-être de là-bas ? Je me demande si je ne devrais pas lui arracher les yeux ou…

Il secoua la tête.

— N'est-ce pas le prix de la trahison ?

— Il ne te trahissait pas, il voulait te sauver.

— Vraiment ?

— D'accord : c'est moi qui essayais de te sauver.

— Alors, je devrais commencer par arracher les yeux à quelqu'un des tiens…

Hoffner s'attendait à une réaction digne de la réputation de Pimm – et voilà qu'il se montrait plutôt sympathique.

— Bien. Radek sera blanchi pour cette fois. J'en suis très heureux, déclara-t-il.

Pimm se remit à glousser.

— Ça te tient tellement à cœur ? Cela explique pourquoi tu peux jouer au père, contrairement à moi…

Cette remarque procura à Hoffner un bonheur étrange, bien que seule sa culpabilité l'autorisât à se sentir racheté.

— Bien entendu, je ne ferai rien à Radek, et pas pour les raisons que tu imagines.

Il hésita, puis désigna l'entrejambe de Hoffner.

— Il n'a plus rien, là-dessous…

Sa voix était posée, grave.

— J'ai eu l'occasion de voir… Horrible. Un tube pour pisser… La guerre. Je me demande ce qu'il fait avec son jeune héroïnomane. Au moins ignore-t-il que je l'ai vu. Alors, oui, il est blanchi. Et s'il pense que c'est pour une autre raison, grand bien lui fasse.

Hoffner aurait pu répondre qu'il était encore plus cruel de laisser Radek vivre avec ça ; à moins de considérer cette réponse comme une autre manifestation de son instinct paternel non assumé, aussi limité fût-il. Bref, il préféra changer de sujet.

— L'autre nuit, reprit-il… Sur les quais, Radek balançait quelque chose dans l'eau. Qu'est-ce que c'était ?

Pimm haussa les épaules.

— Aucun rapport.

Il se tourna vers la fenêtre.

— Allons, Alby… Qu'est-ce qu'il était en train de balancer ?

Pimm continua à regarder dehors.

— Un corps, dit-il enfin. Qu'est-ce qu'on peut bien jeter dans une rivière ?

K.

Deux voitures de Pimm étaient garées dans l'allée. Sur l'un des marchepieds, un homme se tenait en équilibre, une mitraillette accrochée à l'épaule. Il termina sa cigarette quand Pimm et Hoffner s'arrêtèrent.

— Rien à signaler ? demanda Pimm par la vitre.

L'autre secoua la tête.

— Il dormait quand nous sommes entrés. Des boules dans les oreilles. Il n'entend jamais le téléphone. Petit Franz et Tomas font des rondes. Kurt surveille l'arrière.

— Qui est à l'intérieur ?

L'homme répéta son geste.

— Il a dit qu'il n'avait besoin de rien. Il a insisté.

Pimm donna l'impression qu'il allait se jeter sur le type ; il prit une longue inspiration.

— Parfait. C'est un fils de pute. Je ne te reproche rien.

Le chauffeur roula jusqu'à la porte ; juste après, Hoffner sonnait.

— Il va nous faire poireauter, marmonna Pimm. Il se croit au-dessus de tout ça. Je devrais le laisser se prendre une balle, histoire de lui apprendre la vie.

La porte s'ouvrit et le caïd se fit tout miel.

— Fritz !

Il ouvrit grands les bras, prêt à l'accolade. Hoffner ne se souvenait même pas d'avoir vu Pimm serrer une main.

— Tu dois être furieux.

Lang portait une longue robe de chambre en soie, la chevelure huilée, le monocle en place. Seul signe que quelque chose clochait, il n'était pas rasé.

— Entre donc, petit con.

Son intonation aussi était lourde de sous-entendus. Lang fit volte-face, suivi de Pimm et de Hoffner.

— Bonjour à vous, inspecteur, dit-il sans prendre la peine de le regarder. Je vous remercie pour votre brillante enquête. J'ai vraiment cru pouvoir vous faire confiance, preuve de ma stupidité.

Ils entrèrent dans un vaste living-room. Le plafond était voûté et un balcon faisait le tour de la pièce. Des tapisseries médiévales et des affiches de film encadrées décoraient les murs, plus quelques babioles africaines pour insuffler un peu de vie. Lang s'arrêta près d'une desserte qui supportait deux énormes seins de bois noirs entre lesquels était fichée une carafe de whisky à moitié remplie.

— Un verre, messieurs ? proposa-t-il et il s'en remplit un bien tassé avant de se diriger vers le canapé près du piano. J'imagine que vous pouvez vous débrouiller tout seuls…

Il s'assit dans un angle du canapé, croisa les jambes, la tête à peine penchée en arrière.

Hoffner s'approcha et se servit.

— Votre truc, ça marche vraiment avec les acteurs ? dit-il.

Il tira sur un téton et obtint de la glace.

— Ce que je veux dire… C'est terriblement intimidant… surtout votre manière de poser la main sur votre cuisse… et je me demandais si vos acteurs et vos producteurs ne se mettaient pas à trembler.

Hoffner laissa tomber deux glaçons dans son verre.

— Parce que moi, je me pisse dessus.

Il avala une gorgée.

Pas un cil de Lang ne remua.

— Je sais que la femme est morte, inspecteur, et je comprends que vous vous sentiez si peu à la hauteur, d'où ce besoin de parader devant moi. Vous avez une bonne raison, bien que vous dépassiez la mesure.

— Et vous, quelle excuse avez-vous ? répliqua Hoffner.

— Ça suffit ! intervint Pimm.

Il lança son chapeau sur une table et choisit le seul siège qui semblait à peu près confortable – ce qu'il n'était pas.

— Chacun de nous sait que Nikolaï a laissé échapper cette affaire, et nous savons tous les deux que nous en sommes en partie responsables. Où est-il ?

Lang demeura immobile quelques secondes, puis il se pencha pour déposer son verre sur la table.

— Alby, il vaut mieux que tu poses ton chapeau ailleurs. Elle ne supporte pas les taches d'eau sur le bois.

— Où est-il ? répéta Pimm qui récupéra son couvre-chef et le lança sur une chaise.

— En sécurité, dit Lang. Inutile de s'inquiéter.

Il regarda Hoffner.

— Les jeunes, inspecteur, ils tremblent pour un rien... Et veulent désespérément plaire.

Une voix de femme tomba des hauteurs :

— Remarque qui fait de toi un juge redoutable de la jeunesse, Fritz, ou du caractère – sinon des deux –, au moins par rapport à notre inspecteur.

Hoffner leva les yeux : Thea von Harbou lui apparut dans un escalier en spirale. Elle aussi portait une robe de chambre en soie et elle lui donna l'impression d'être bien plus séduisante que lors de sa première visite. Elle commença à descendre.

— On peut poser la question de cette manière : comment parviens-tu à survivre en tant que metteur en scène si tu ne réussis à comprendre ni l'une ni l'autre ?

Elle s'immobilisa sur la dernière marche.

— Bonsoir, inspecteur... Alby. Ravie de vous voir tous les deux.

Surpris, Hoffner ne trouva qu'une réponse à lui faire :

— Je crains de ne pouvoir en dire autant, madame.

— Oh, soyez fair-play, inspecteur ! s'exclama-t-elle en riant. Si Fritz arrive à me pardonner, pourquoi pas vous ? Vous aurais-je mal jugé, moi aussi ?

Hoffner jeta un regard vers Lang qui eut un geste rassurant de la main.

— Elle est ivre, inspecteur. Complètement ivre. En partie à cause des derniers événements qu'elle a vécus ce soir. Elle est excellente, dans ce registre.

Il se tourna vers sa femme.

— Réveille Marget, ma chère. Tu n'hésites jamais à le faire. Dis-lui que nous aimerions manger un morceau. Des œufs, par exemple.

Von Harbou demeura songeuse.

— Bonne idée ! dit-elle enfin et elle se dirigea vers l'entrée.

Rien dans sa voix ou dans sa démarche ne trahissait son état.

Hoffner attendit qu'elle ait franchit l'arcade du vestibule.

— A-t-elle bu autant que ça ?

— Pas au point de ne se souvenir de rien demain, expliqua Lang. Elle essaie de noyer la douleur. Et l'humiliation. Apprendre que, depuis tout ce temps, j'avais l'appareil, et que je l'ai fait marcher, comme tout le monde… j'ai marqué un point. Demain, ça va l'achever.

— Si tu veux, proposa Pimm, je pourrai régler le problème ce soir.

Lang sourit.

— Non… Elle trouvera le moyen de mettre ça dans un scénario et, en définitive, ça me convient. Morte, elle n'écrirait plus aussi bien.

— À ce propos, dit Hoffner. La Volker ne serait pas allongée raide, quelque part ?

— La Volker ? s'étonna Lang. Elle est loin d'être morte, inspecteur.

— Elle se planque dans un coin ?

— Avec Thea dans la maison ? dit Lang. Dieu merci, non. On l'a expédiée à Oslo par bateau, il y a une dizaine de jours. Cette brave petite nous a livré l'appareil et les plans. Je lui ai promis un rôle dans un film. Je pense qu'elle aura assez de jugeote pour ne pas revenir.

— Thea se doutait-elle que l'appareil était ici ? demanda Pimm.

Lang secoua la tête.

— C'était une surprise… Pour voir sa réaction quand Miss Coyle le détruirait devant elle.

— Ton couple n'a rien de banal, Fritz, fit remarquer Pimm.

Lang rit pour lui-même.

— Je ne suis pas aussi insensible, Alby… Thea aurait pu profiter de la tête de l'inspecteur au moment où il aurait tout compris. Oui, ça l'aurait beaucoup réjouie.

— Elle a vraiment essayé de vous faire plonger pour meurtre ? demanda Hoffner.

— Vous pensez à cette histoire avec Thyssen dans sa baignoire ? répondit Lang. Thea est une femme intelligente, douée d'un sens éprouvé du tragique. Je ne peux pas le lui enlever. J'avoue que ça m'a secoué, mais je pense qu'il s'agissait plutôt d'une tactique pour m'effrayer. Histoire de vérifier que je savais qu'ils savaient que je savais… et ainsi de suite.

Il reprit son verre.

— Quand j'y repense, je me dis que je l'aurais mérité.

Il considéra son whisky.

— Après tout, c'est moi le premier qui ai affranchi les Américains sur Vogt et son appareil.

Il leva les yeux vers Hoffner avant de boire.

— Vous l'aviez deviné, n'est-ce pas, inspecteur ?

Un jour plus tôt, Hoffner aurait pris les choses à cœur. En cet instant, la confession de Lang ne fit que l'irriter.

— Vous craignez donc aussi Hugenberg ? dit-il.

Lang reposa son verre.

— Comme tout un chacun, je pense… Non pas que j'estime qu'il serait un si mauvais maître pour l'UFA. Il pourrait très bien nous débarrasser des rouges.

— Alors, pourquoi ?

— Est-il toujours nécessaire d'avancer une motivation unique, inspecteur ?

— Avec les gens comme moi, ça aide.

Lang rit d'un air bonhomme.

— Vous êtes parfait. Thea ferait de vous un personnage admirable. Je suis sûr que vous devinerez qui j'ai en tête pour le rôle d'Alby... Non ? Vous l'avez rencontré.

Hoffner chercha à se souvenir.

— Le petit... Au théâtre, Lorre.

Il se tourna vers Pimm.

— Désolé, Alby.

— Excellent, inspecteur, le félicita Lang.

Puis il s'adressa à Pimm :

— Allons, Alby... Tu ne seras pas déçu. C'est un type extraordinaire. J'ai autre chose à lui proposer avant *ton* rôle, mais tu le rencontreras et je sais qu'il te plaira. D'ailleurs, soyons franc, tu es petit.

— Vous avez fini ? s'énerva Pimm.

— J'attends toujours de connaître votre unique motivation, insista Hoffner.

— Lubitsch ! lâcha Pimm, impatient. La voilà sa motivation, Nikolaï. Faut-il développer ?

Lang partit d'un rire prolongé.

— La jalousie... Alby, je ne crois pas que l'inspecteur se contentera d'une telle motivation.

Il se tourna vers Hoffner.

— D'après Alby, j'ai agi à cause de mon désir de tourner aux États-Unis... Je ne nierai pas que ça me démange un peu de voir que mon vieil ami Lubitsch est devenu la coqueluche de Hollywood... même s'il leur débite à la pelle ses petites comédies sans intérêt. Quoi qu'il en soit, Hollywood c'est l'argent, le prestige, la distribution. La proposition de Fräulein Coyle, vous pouvez la considérer comme une partie de donnant-donnant. Je leur dis tout sur l'appareil et ils m'offrent la possibilité de réaliser de vrais films. Bien entendu, elle ignorait que *j'avais* l'appareil, mais elle savait que j'étais l'homme susceptible d'aider ses amis. Une fois l'appareil entre ses mains, moi, je partais pour Hollywood.

— Bref, tout cela revient à une question d'ego, dit Hoffner. C'est tellement... évident.

Lang rit encore.

— D'accord... Si vous croyez Alby.

— Bien sûr, je ne devrais pas...

— Ma foi, dit Lang qui se leva. Pas entièrement...

Il s'approcha d'une affiche de son *Siegfried* : assis dans un jardin, des amants se tenaient la main, en costumes du Moyen Âge. S'il n'y avait eu les mains immenses de l'homme, Hoffner aurait cru qu'il s'agissait de deux femmes.

— L'avez-vous vu ? demanda Lang.

— Il me serait difficile de répondre oui, admit Hoffner.

— Dommage. C'est très bon. À cette époque-là, nous avions la possibilité de tourner des films sérieux.

Lang ôta le cadre, révélant l'existence d'un gros coffre-fort. Il composa le code et sortit un appareil qui ressemblait à une lanterne plus grande que le modèle courant.

— Vous savez ce que c'est ?

— J'en ai une idée, répondit Hoffner.

— Eh bien, vous n'auriez peut-être pas tout à fait raison sur ce point-là non plus.

— Je ne vais pas avoir besoin d'un autre verre ? s'enquit Hoffner.

Lang ôta son monocle et le glissa dans la poche de son peignoir.

— Non, ce sera inutile.

Il lança l'objet vers Hoffner, qui l'attrapa sans broncher.

— Pas vraiment impressionnant... l'appareil de sonorisation des images en mouvement de Herr Vogt. Si ça vous chante, inspecteur, je vous confie le marteau. Peu m'importe.

C'était plus léger que Hoffner ne l'aurait cru, et bien moins compliqué : derrière la vitre, huit ou dix fils traversaient quelques tubes et boîtiers, l'élément génial étant bien entendu fixé à l'intérieur.

— Et les plans ? demanda-t-il.

— Brûlés. Si vous voulez les cendres…

Hoffner secoua la tête.

— Pourquoi n'aurais-je pas tout à fait raison ?

Lang prit son étui à cigarettes dans sa poche.

— Ce que vous tenez là, c'est la fin du cinéma tel que nous le connaissons… voilà pourquoi.

Il fit jaillir une cigarette hors de l'étui et l'alluma.

Hoffner lança un regard vers Pimm.

— Je crois que je préfère l'autre explication.

Lang sourit.

— Je n'en doute pas. Cela dit, comprenez-moi bien, inspecteur : le son est une véritable innovation. Les foules vont se ruer vers le parlant. Mais ce genre de procédé va détruire tout ce que nous avions réussi à transcrire de la vie intérieure sur un écran. La joie, la folie, le désespoir… regardez-les dans le silence et un dégradé de lumière et d'ombre, ce sont des sentiments universels. On peut les toucher, les faire siens. Ajoutez-y le son… et je ne dis pas la musique, car elle possède son propre mystère qui atteint l'universel – mais, ajoutez un acteur ou une actrice – ou le bruit d'un train qui passe – et cela devient plat, les échos d'une seule voix, et beaucoup trop particulier pour créer un monde qui ait vraiment un sens. Enlevez vos propres projections d'une scène où l'on voit quelqu'un gémir, hurler ou pleurer de désir, et vous supprimez l'âme même d'un film.

— Et moi qui pensais, Alby, que tu étais le seul à agir pour une noble cause, déclara Hoffner. Les antisémites et autres… jamais, en fait, tu n'aurais pensé que c'était l'art que tu protégeais.

— C'est mieux que l'ego, dit Lang.

— L'un ne va pas sans l'autre, n'est-ce pas ? répliqua Hoffner.

Lang souffla un long jet de fumée.

— Vos acteurs ne doivent pas partager votre vision, ajouta le policier.

— Détruire l'appareil ne changera rien, bien sûr, répondit Lang. J'en suis conscient. Peu importe la catastrophe que représente le film de Jolson, la boîte de Pandore est ouverte. Mais si, ce faisant, les Américains avaient mis la main sur l'UFA, et qu'ils aient été forcés de voir comment on fait de vrais films, eh bien, un petit bout de l'art allemand aurait trouvé sa place dans le cinéma américain. Et nous aurions réussi à protéger quelque chose qui existe vraiment.

— Grâce en soit rendue au ciel, ponctua Hoffner.

Lang ignora la moquerie et écrasa sa cigarette.

— En contrepartie, ils nous auraient aussi appris quelque chose : la liberté qu'ils donnent à leurs artistes. Chaplin, Hawks, Griffith. Ce sont de grands hommes, inspecteur, porteurs d'une grande vision. Rien ne vient jamais entacher le but qu'ils se sont fixés. Nous nous serions familiarisés avec cette façon de faire.

— Et revoilà l'ego, dit Hoffner, qui ne supportait plus la suffisance de Lang. Que se passe-t-il, Fritz ? À cause de ces affreux bureaucrates de l'UFA, *Metropolis* n'est pas devenu le chef-d'œuvre qu'il devait être ? Quelques cadavres… et quelques personnes obligées de s'humilier dans des films innommables… mais quelle importance du moment que Fritz Lang peut donner sa vision du cinéma ?

Hoffner apprécia le changement dans le regard du réalisateur.

— Heureusement pour vous, Fritz, il y a d'autres enjeux, dans cette affaire. Heureusement pour Alby, par la même occasion.

Le regard de Hoffner ne lâchait pas Lang.

— Dis-lui, Alby… Dis-lui qu'en réalité il essayait de faire œuvre utile, au-delà de sa petite personne.

Pimm demeurant muet, Hoffner poursuivit :

— Hugenberg a l'intention d'acquérir l'UFA pour appliquer une conception bien personnelle de l'art allemand. Tous ces studios d'enregistrement qu'il construit – que Mister Jolson et votre cher public en soient remerciés –, ces studios, disais-je, sont destinés à abriter ses tanks, ses avions et ses sous-marins, entre autre matériel dont il estimera avoir besoin. Surpris, Fritz ? Il y a des chances pour que Herr Hugenberg ait dans l'idée d'apprendre aux Américains deux ou trois tours à sa façon.

Un quart d'heure s'était écoulé. Lang, de retour sur son canapé, vidait son troisième verre au moment où Thea von Harbou pénétra dans le salon. Elle était suivie d'une femme courtaude qui poussait devant elle un chariot à roulettes.

— Omelette aux champignons, annonça von Harbou. Quel arôme délicieux, n'est-ce pas ?

— Assieds-toi, Thea, lui ordonna Lang. Vous pouvez disposer, Marget.

La femme ne se le fit pas dire deux fois. Elle avait filé avant que von Harbou ait pu répondre.

— Je t'ai dit de t'asseoir, répéta Lang.

Von Harbou sourit, l'air stupéfait, et se dirigea vers le canapé.

— Sur la chaise, dit Lang. Près de l'appareil. Celui sur lequel Alfred meurt d'envie de mettre la main.

Son sourire avait presque disparu quand elle prit conscience de la forme métallique sur la table –

Pimm était déjà derrière elle. Elle lui lança un coup d'œil par-dessus l'épaule.

— Salut, Alby… Ce que vous pouvez être intimidant, quand vous vous y mettez ! J'avais toujours voulu voir ça.

— À ta place, je ne le provoquerais pas, avertit Lang.

Von Harbou l'ignora et se rapprocha du siège, où elle s'assit.

— Je prendrais bien un verre.

— Pas encore, décida Lang. Allez ! Soulève-le. Tu le décriras à Alfred la prochaine fois que tu le verras.

Elle demeura d'un calme absolu.

— Je crois qu'il te manque quelques pages du scénario, mon cher. Tu te précipites et tu embrouilles tout.

— Ah, oui ? répliqua Lang. De nouveaux entrepôts pour Phoebus, un petit homme qui boite, une certaine société Ostara – l'inspecteur m'a montré ces pages-là du scénario. Tu sembles n'être absente d'aucune.

— Quelle coïncidence remarquable ! dit-elle.

Hoffner avait planté sa fourchette dans l'omelette quand von Harbou se tourna vers lui.

— Elle est bonne, pas vrai ? Marget fait revenir les champignons dans l'ail avant d'ajouter les œufs. Tout le secret est là.

— Délicieuse, convint Hoffner, qui en reprit une bouchée. Couchez-vous avec Hugenberg, Frau Lang, ou s'agit-il d'autre chose ?

Il avala et se tourna vers elle.

— Je vous demande pardon ? fit-elle.

— C'est grossier de le demander, je sais, répondit Hoffner. Pourtant, il ne me semble pas que les voyous politiques soient dans vos goûts – sauf à apprécier le petit côté perversion sexuelle.

Il regarda Lang.

— C'est ça qui l'excite, Fritz ? Parce que sinon, comment expliquer pourquoi elle se retrouve fourrée là-dedans ? Je donne ma langue au chat…

Hoffner se mit à rire et se tourna vers Pimm.

— Fourrée ! Ça m'a échappé !

Un silence pesant s'instaura, finalement rompu par Lang.

— Bon Dieu, à quoi vous jouez, inspecteur ?

Hoffner piqua sa fourchette dans l'omelette.

— Vos nouveaux amis, madame. C'est une belle bande de brutes, non ? Et ils ne se privent pas de le montrer…

Elle avait perdu une bonne partie de son charme.

— Je regrette, je ne vois pas de quoi vous parlez.

— Non, bien sûr que non.

Hoffner planta à deux reprises sa fourchette dans l'omelette et avala.

— Pour tout vous dire, Hugenberg, au moment où je vous parle, n'est pas mon principal souci. Il serait plus facile de révéler ce qu'il cache dans ces entrepôts… Vous ne savez rien à ce propos, je présume ?…

— J'aimerais bien un verre, maintenant, dit-elle.

— C'est moins agréable, soudain, pas vrai ? la titilla Hoffner.

Il adressa un regard à Pimm.

— Alby, je crois qu'elle a mérité un verre.

Puis, se tournant vers Lang :

— C'est d'accord, Fritz ? Vous voulez bien lui accorder ce plaisir ?

Personne ne fit un geste.

— Non ? insista Hoffner.

Il se leva, lui versa un verre et le lui apporta.

— C'est vos chiens que je vous demande de rappeler… Passez-leur un coup de fil. Dites-leur qu'ils ont tué assez de gens et que j'aimerais qu'ils arrêtent.

Elle saisit le verre qu'elle posa d'un geste mesuré sur la table.

— Fritz, je me sens lasse… Je suis sûre que tu peux détruire l'appareil sans moi. C'est ton intention, j'imagine. J'appellerai Alfred demain matin et j'essaierai d'atténuer sa déception.

Elle leva les yeux vers Hoffner.

— Je regrette, inspecteur, mais il m'est impossible de contacter ces chiens dont vous parlez, car je ne les connais pas. Je crains que vous ne deviez attendre qu'ils se fatiguent.

Comme elle faisait mine de se lever, Hoffner se planta devant elle et elle se rassit.

— Ils n'ont pas emporté la totalité des films, cette nuit, madame. La moitié, disons…

Hoffner ne la quittait pas des yeux, mais elle refusait de lever la tête.

— Fritz, vous auriez un projecteur ? demanda Hoffner. On pourrait tous regarder.

Lang attendit que sa femme réagisse. En désespoir de cause, il s'adressa à Pimm :

— Quels films ? De quoi parle-t-il, Alby ?

— Je crois que votre cher Alfred, déclara Hoffner, sera encore plus déçu d'en apprendre l'existence.

Un regard froid et imperturbable répondit à Hoffner.

— Croyez-vous ?

Elle reprit son verre et s'adossa à sa chaise.

— Alfred, à mon avis, se fiche pas mal de ces films, inspecteur, et je ne serais pas étonnée qu'il apprécie de les avoir sous la main – petit moyen de pression. On n'en a jamais trop, n'est-ce pas ?

Hoffner se montra tout aussi méprisant :

— S'ils étaient rendus publics, cela risquerait de devenir gênant.

Lang s'en mêla.

— Thea, de quoi parle-t-il ?

— Gênant pour qui ? enchaîna-t-elle. Pour ces gens que je ne connais pas ?

— Il y en a un en particulier, précisa Hoffner. Alby l'a vu. Une œuvre plutôt distrayante… dans le genre femme désespérée, entre deux âges… Vous la reconnaîtrez sans peine.

Aucune dose d'alcool n'aurait pu dissimuler le masque de laideur qui se plaqua sur le visage de von Harbou. Elle l'arracha aussitôt, pas assez vite cependant pour effacer le soupçon qu'elle jouait à la femme digne dont on avait abusé de la sincérité. Elle scruta Hoffner, inquiète.

— Vous comprenez, inspecteur, que je suis aussi une victime…

« Les coupables restent toujours prisonniers des limites de leurs mensonges », s'émerveilla Hoffner.

— Bien sûr, dit-il.

Il n'éprouvait plus la moindre émotion.

— J'essaie de vous protéger, avant tout, car je comprends que vous n'aviez aucune idée de la teneur des documents que vous avez signés, ou de l'usage qu'on ferait de l'argent… sans parler de l'existence des caméras cachées dans les murs.

— C'est très aimable à vous, déclara-t-elle avec une aisance déconcertante.

— Je ne doute donc pas que vous voudrez rendre les choses un peu plus difficiles pour ces gens.

Elle finit par lancer un coup d'œil à Lang.

— Mais ils me terrifient, inspecteur, et je ne me crois pas assez forte pour les affronter. Vous me comprenez, n'est-ce pas ?

— Bon sang, éclata Lang, de quoi êtes-vous donc tous en train de parler ?

— De films cochons, mon cher, lui répondit von Harbou. Je ne suis pas fière de moi... Ça avait commencé comme une blague. Une idée d'Alfred...

Désormais, le mensonge pouvait faire abstraction des faits.

— Tu sais que nous étions proches, lui et moi. Mais j'ai été dépassée par la tournure des événements. Il semblerait que l'inspecteur possède une copie. Je te laisse imaginer ma honte...

Lang se concentrait de son mieux pour suivre.

— Est-ce vrai, inspecteur ?

Le regard de Hoffner n'avait pas lâché von Harbou. Comme il aurait été agréable de lui écraser son poing sur le visage !

— Ne soyez pas terrifiée, madame. La Kripo vous protégera.

— Je vous remercie, et...

Elle se tut. Pimm s'était placé à côté d'elle. Il lui avait pris la main et lui tordait très légèrement le poignet.

— Alby, vous me faites mal, parvint-elle à dire.

— Oui... Je sais.

— Alby ! intervint Lang qui s'était levé.

— Du calme, Fritz, répondit Pimm.

Il avait appuyé plus fort et von Harbou se raidit sur son siège.

— Thea, il est très facile de briser un os, expliqua-t-il. Surtout un os de femme. Si vous gigotez un peu trop, vous risquez de vous le casser toute seule.

Pimm tourna les yeux vers Hoffner.

— Qu'attends-tu de Thea, Nikolaï ?

Hoffner n'avait rien imaginé de la sorte, mais Alby le connaissait depuis assez longtemps pour deviner qu'il avait besoin de son aide.

— Appelez vos amis. Dites-leur que j'ai les films. Dites-leur de laisser tomber.

Von Harbou, héroïque, essayait de ne pas bouger.

— Je ne peux pas, dit-elle en grinçant des dents.

Pimm augmenta la torsion et elle cria.

— Je ne peux pas ! Tout passait par Alfred ! Je ne sais même pas comment les contacter !

— Arrête Alby ! répéta Lang. S'il te plaît.

Pimm consulta Hoffner du regard. Celui-ci acquiesça et Pimm libéra le poignet de von Harbou – elle se mit aussitôt à le frotter.

— J'aurai donc besoin de noms, madame, dit Hoffner. De noms et de prénoms. Vous allez m'aider à faire sortir ces gens de leur trou.

Vingt minutes durant, Hoffner étudia le dernier groupe de noms qui n'avaient pas été cerclés. Von Harbou avait réussi à fournir le patronyme d'une bonne moitié d'entre eux, les autres s'abritant derrière leur initiale.

— Ce doit être Streicher, précisa-t-elle. Julius Streicher. Un type effroyable. Lui et Goebbels se détestent. Je ne le vois pas en train de tourner des films. Pas étonnant s'ils ont abandonné la bobine à son nom.

Une poche de glace sur le poignet, elle se remettait peu à peu de sa petite séance de torture.

Hoffner continua à lire.

— Non, dit-elle. Non… non… oui… celui-là… Huus… ou Haas. Je ne suis pas sûre.

Hoffner gribouilla quelque chose.

— Ernst R. ? demanda-t-il.

— Mon Dieu !… Röhm. Un homosexuel. Beaucoup le sont, à mon avis. Je n'ai jamais fréquenté aucun d'entre eux.

Lang retourna sur son canapé. Cela faisait dix minutes qu'il avait délaissé son whisky.

— C'est tellement…

Il ne put en dire plus.

— Oui, renchérit Hoffner. Comme vous dites… Alexander K., lut-il ensuite.

Von Harbou réfléchit.

— Le petit ami de Goebbels… Kurtzman. Alexander Kurtzman. Encore un homo, si vous voulez mon avis…

Hoffner abandonna le livre de comptes et surprit le regard de Pimm. Machinalement, Hoffner plongea la main dans le sac et fouilla parmi les boîtes. Par chance, Lang et von Harbou étaient trop préoccupés d'eux-mêmes pour remarquer cette interruption.

Hoffner avait trouvé ce qu'il cherchait. Il considéra le nom quelques secondes, dévissa le couvercle et déroula la bobine.

— Qu'est-ce qu'il y a ? s'inquiéta Pimm. On n'a aucune raison de regarder.

Hoffner tint le film à contre-jour. Sur une trentaine d'images il reconnut Sascha, de profil. Il s'empressa de rembobiner la pellicule. Il la glissa dans sa boîte et celle-ci dans sa poche.

— Ce n'est pas ça qui va l'aider, remarqua Pimm.

Hoffner se tourna vers lui. S'il avait eu l'intention d'aider son garçon, cela venait seulement de lui traverser l'esprit. Drôle comme l'instinct pouvait donner l'impression que même une manifestation de gentillesse n'était pas intentionnelle. Il s'adressa à Lang :

— J'aurais besoin de votre téléphone.

Lang le regarda sans comprendre.

— Pardon ?

— Votre téléphone, répéta Hoffner qui se leva.

— Oh… Oui. Dans l'entrée, je vous en prie.

Pimm attendit que Hoffner ait quitté la pièce.

— Je vais prendre l'appareil, maintenant, Fritz, dit-il.

Lang était occupé avec sa femme.

— Même pour nous, ça va être une histoire difficile à surmonter, non ?

Von Harbou chercha une cigarette.

— On s'en sortira. On a connu pire.

— Tu crois ? fit Lang, sincère malgré lui.

Von Harbou fit jaillir la flamme de son briquet – son poignet était encore douloureux.

— C'est ainsi que nous sommes, dit-elle. Il n'y a là rien de criminel si on ne peut faire autrement.

Elle eut une brusque certitude.

— Le scénario pour Lorre... Je vais terminer le premier jet. Ça nous aidera à passer le cap.

Pimm souleva l'appareil et demanda :

— Ton petit acteur... est-ce qu'on va l'entendre parler dans ton film ?

Lang le considéra. La question parut le tirer de ses ruminations.

— Je crois que oui.

— Est-ce qu'il aurait pu lui briser le poignet ?

— Oui, je l'en crois capable, assura Lang après réflexion.

— Bien, dit Pimm. Ma foi, le cinéma a peut-être encore un avenir.

Les routes étaient verglacées et le retour en ville s'avéra périlleux. Pimm était resté chez les Lang. Il voulait s'assurer que Madame ne s'approcherait pas du téléphone – il craignait qu'elle ne décide de passer un bonjour matinal à une de ses connaissances. Il avait aussi gardé toutes les boîtes de films, hormis celle qui contenait la bobine sur laquelle on voyait Sascha. En contrepartie, Hoffner avait hérité d'une voiture et des morceaux brisés de l'appareil de Vogt. Qu'avait-il l'intention d'en faire ? Nul ne savait.

Il était près de 7 heures quand il arriva à destination. Hormis un petit somme de moins de deux heures dans le cinéma permanent, Hoffner était sur le pont depuis près de vingt-huit heures. Il n'était donc pas sûr de se souvenir avec précision de l'adresse fournie par Georg au téléphone… L'aspect minable de la rue et le côté juste assez décati de l'immeuble de quatre étages lui donnèrent bon espoir : l'absence de loquet à la porte – elle s'ouvrit d'un coup d'épaule – renforça sa certitude.

Il frappa au troisième et attendit. Il recommença, puis se mit à tambouriner.

— Drecker ! répondit une voix mal réveillée. Tu l'auras demain, ton pognon… Fous le camp maintenant et laisse-nous dormir !

Hoffner continua à marteler la porte jusqu'au moment où il entendit des pas lourds, entrecoupés de quelques jurons qui trahissaient l'inquiétude du locataire.

— Drecker, merde, je t'ai dit…

La porte s'ouvrit et un garçon mince, pas trop grand, apparut en sous-vêtements et chaussettes, l'air plutôt confus. Hoffner le reconnut : c'était celui qui s'était soulagé sur l'un des types qu'ils avaient frappés.

— Mais bordel, qu'est-ce que vous voulez ? lança-t-il avec un accent qui le situait quelque part dans le Sud – les longues voyelles étirées et avalées des esprits lents à la détente.

Il n'était pas impossible qu'il fût autrichien.

— Vous savez quelle heure il est ?

— Je cherche Kurtzman, dit Hoffner.

— Ah ouais ?

Hoffner montra son insigne. Le type y jeta un coup d'œil et se retourna vers la pièce, laissant la porte grande ouverte sur le foutoir qu'elle dissimulait. Le peu de lumière qui entrait était dû à la présence de deux fenêtres sans rideaux. Un matelas nu était jeté à même le sol, près d'une cuvette contenant un liquide jaune. Le garçon aurait au moins pu se donner la peine de mettre sa pisse au pied de la paillasse.

— Alex ! gueula-t-il. C'est la Kripo !

Il retourna sur son matelas et sombra aussitôt dans le sommeil.

Avançant de quelques pas, Hoffner sentit une odeur d'œuf et de vomi qui rendait celle de l'urine plutôt supportable. Sascha surgit d'une pièce dans le fond. Il était en pantalon et bretelles, sans chemise.

— Merde ! lâcha-t-il dès qu'il reconnut son père.

Il resta sur le seuil de sa chambre.

— Qu'est-ce que tu veux ?

— Georg m'avait dit que c'était pas trop mal. On dirait que tu t'en sors.

— Tu es venu pour refaire la déco ? On aurait besoin de rideaux.

— Je les mets sur ma liste.

Hoffner chercha où s'asseoir – la montée des escaliers l'avait fatigué plus qu'il ne voulait l'admettre. Il n'y avait aucun siège.

— Il faut que je te parle.

— Ouais… C'est tout récent, ce besoin de me parler…

— Tu sais que tu fréquentes des gens très intéressants ? Tu es un homme qui a de l'influence.

— Tu peux te tirer… Et va te faire voir.

Sascha se détourna.

— Georg a des ennuis, dit alors Hoffner. Tu peux l'aider.

Hoffner observa la nuque de Sascha : elle se raidit puis se contracta à plusieurs reprises, et Sascha se retourna.

— Je ne te crois pas.

C'était faux, mais il s'était senti obligé de mentir.

— Il y a de la neige dehors, dit Hoffner. C'est joli. On pourrait marcher.

Tout plutôt que de rester dans cette bauge.

— Des ennuis, de quel genre ?

— Tu as un manteau ?

Le regard vide que lui lança Sascha ne pardonnait rien.

Il secoua la tête, songeur, et ricana.

— Ouais… Je dois même avoir des godasses quelque part.

Ils sortirent sur le perron et Sascha remonta son col.

— Tu montes dans l'échelle sociale, apprécia-t-il en désignant la voiture du menton alors qu'ils s'engageaient dans l'escalier. Un petit à-côté ? On m'a dit que ça arrivait, en fin de carrière.

— J'ai encore quelques combines à moi.

Sascha effleura le capot de la main quand ils arrivèrent à sa hauteur.

— Brûlant… Tu viens de loin.

— Tu aurais fait un bon flic.

— Quel bonheur ça aurait été pour toi ! Ou non. Tu aurais été obligé de t'intéresser à nous, et on n'en serait pas là.

— La vie a été si cruelle avec toi Sascha… oui, je sais. C'est tellement courageux de ta part d'être arrivé là où tu es !

Un camion transportant du lait passa dans la rue et Sascha se mit à rire, sans trop d'animosité.

— Tu vois, ce qui t'emmerde, c'est que ça ne me fait plus ni chaud ni froid. Tu estimes que tes échecs m'ont formé… ont fait de moi « l'homme que je suis ». Tu dois te considérer comme une vraie force de la nature ! Tu ne te rends pas compte comme il a été facile de t'oublier !

Hoffner entendit un bruit de métal frotté contre du métal, plus haut, dans la boutique d'un rétameur : on aiguisait des couteaux.

— Tes amis avec leurs pamphlets, dit-il. L'autre soir, ils se sont montrés un peu négligents. J'ai leurs adresses et leurs noms. Il faut que tu les préviennes que la fête est finie.

Sascha fit comme s'il comprenait, mais il mit trop de temps à répondre.

— Et pour quelle raison ?

— Si tu savais de quoi je parle, tu n'aurais pas posé la question.

Une femme pointa le nez à la fenêtre d'un immeuble un peu plus loin et vida un seau à même la rue. Une matière brunâtre se répandit sur le trottoir.

— Peu importe. Tu feras comme je te dis. Je sais ce qui se passe. J'étais présent, l'autre nuit...

Une fois de plus, Sascha essaya de comprendre.

— Tu en as dégoté une jolie, cette fois. Un peu vieille pour toi, non ?

— Elle est morte, commenta Hoffner.

C'était épouvantable de pouvoir prononcer ces mots sans effort. Il s'arrêta et attendit que Sascha se retourne.

— Un autre cadeau de tes amis...

Sascha hésita avant de répondre :

— Tu aimerais le croire, j'en suis sûr.

— Je ne parle pas de notre rencontre au café, reprit Hoffner. C'est charmant, le *Fat Gerda*. Ton copain sur le matelas pourrait apprendre à ses dépens qu'il est interdit de pisser en public.

Il profita du fait que Sascha continuait à le dévisager pour ajouter :

— L'odeur est partie, avec les morceaux de sucre ?

Malgré le froid, les joues du garçon blêmirent. Sa voix, et c'était à son honneur, demeura ferme.

— Drôle d'endroit pour traîner au milieu de la nuit, ironisa-t-il. Sauf si c'est là que tu passes tes soirées, ces jours-ci.

— L'endroit en lui-même n'avait rien pour me gêner.

— Vraiment ? dit Sascha, plein d'assurance.

— Que tu sois homosexuel, tu crois que ça m'intéresse plus que ça ?

Sascha plissa les yeux.

— Quoi ?

— Allons, Sascha… C'est devenu la mode à Berlin. Ça fait partie du pittoresque local. Téléphone à une compagnie de bus la prochaine fois que tu penses t'exhiber et tu auras ton public qui t'attendra sur le trottoir. Non, ce qui est plus embarrassant c'est de savoir où cela te mène… et qui tu rencontres. Tu as choisi de mener ta vie…

Hoffner avait le sentiment qu'il devait lui donner quelque chose.

— … Parfait. Peu m'importe, dans le fond. Mais tu n'es pas obligé de faire le chemin avec eux. On sait tous les deux que ce n'est pas pour des raisons politiques que tu es là-dedans…

La réplique de Sascha donna l'impression qu'il lisait dans le cœur de son père.

— Parce que tu me crois homosexuel ?

D'abord, Hoffner l'entendit, puis il le vit : incrédulité totale ! Il lui parut inconcevable que Sascha puisse poser la question, et pourtant ! Il se demanda comment il était possible d'éprouver un tel mépris de soi-même à vingt-quatre ans.

Que ce fût le cas ou non, c'était une montagne que Hoffner ne se sentait pas la force d'escalader ; c'est à peine s'il avait assez d'énergie pour ramener la conversation vers Georg.

— Tes amis, dit-il, et il n'arrivait pas à regarder Sascha en face. Ils pensent que Georg est impliqué dans une…

— C'est le parti, répliqua Sascha avec une haine tranquille. Ce ne sont pas mes amis. Ni rien d'autre. Rien de ce qui t'arrangerait.

Hoffner continuait à regarder ailleurs : il le savait, impossible de revenir en arrière maintenant.

— Tu parles d'hier ? ajouta Sascha. Une blague, voilà tout… On a cassé la gueule à quelques pédés et on s'est tirés. C'est un lien entre nous, un engagement au nom d'une cause plus grande. C'est ce qui nous donne la liberté de le faire. Et quant à ceux qui ne l'ont jamais eu – qui n'auront *jamais* un tel but –, normal qu'ils éprouvent le besoin de le déprécier, d'y voir de la perversité, alors que ce sont leurs propres perversions qui déforment ce qu'ils voient. Qu'est-ce que tu penses avoir vu, Nikolaï ?

Un camion chargé de charbon cette fois sortit du virage et s'engagea dans la rue. Il roulait à petite vitesse et un homme couvert de suie s'accrochait à la sangle arrière. Il avait les yeux rouges, à cause d'un excès de boisson, ou d'un manque de sommeil, ou pour ces deux raisons – ce qui ne l'empêcha pas de leur sourire.

Hoffner regarda Sascha : bien entendu, la scène à laquelle il avait assisté n'avait aucun rapport avec le viol d'un homosexuel. Il s'agissait pour ces jeunes gens d'exprimer leur sentiment de liberté, leurs engagements par rapport à la Cause. Sascha avait raison. C'était lui, Hoffner, qui tirait des conclusions hâtives.

— J'ai les films, dit-il. Avec les noms, Röhm, Streicher, d'autres membres de ton… parti. Tu diras à ton ami le petit boiteux qu'il est temps de retourner dans le Sud s'il veut jouer les terreurs… Et qu'il oublie Georg. Ton frère n'a aucune idée de ce qui se passe. Il n'en a jamais eu. Dans le cas contraire, ces noms et ces films se retrouveront sur les écrans de Berlin.

Sascha n'était peut-être pas au courant de l'intrusion dans son bureau de l'Alex, quelques heures plus tôt, mais il savait pour les films. Il préféra garder le silence.

— Pourquoi ? demanda Hoffner d'une voix calme, presque plaintive. Pourquoi avoir fait ces films ?

De la compassion, même si on la lui manifestait à contrecœur, le garçon n'était pas prêt à l'accepter. Ses joues s'empourprèrent.

— Et toi tu aurais le droit de me juger ? lança-t-il avec une hostilité retrouvée. Ils n'étaient pas destinés à des gens comme toi.

— Dieu merci…

— Parce que… tu t'imagines que c'était autre chose qu'un jeu ? Qu'il y avait quoi que ce soit de vrai ? Tu me dégoûtes… Ça te va bien de te planquer derrière ta morale pathétique, surtout quand ça sert tes objectifs !

Hoffner aurait cru sentir monter de la rage, le besoin de frapper son fils, mais rien de ce qu'il éprouvait n'y ressemblait.

— Et moi qui croyais être celui qui n'en avait pas, justement.

Il n'avait rien trouvé de mieux. D'une main tranquille, il sortit la boîte de la poche de son manteau.

Sascha comprit aussitôt de quoi il retournait.

— Magnifique ! s'écria-t-il, encore plus méprisant. Et maintenant, tu me menaces… Tu penses que c'est nécessaire pour que j'aide mon frère ?

Hoffner avait les pieds humides à cause de la neige et il commençait à souffrir du froid. Pendant toutes ces années, il avait cru offrir à ce fils inconnu le chemin de la liberté, et voilà qu'il l'écœurait par ses provocations imbéciles. Pourquoi fallait-il que ce soient toujours les ratés qui infligent les pires douleurs ?

— Pas question de menace, Sascha, dit-il en lui tendant la boîte. Prends-le. Fais-en ce que tu veux.

Il remarqua sa confusion : dans son monde, semblables gestes n'avaient pas lieu d'être. Il y mit le temps, pourtant, après avoir hoché la tête Sascha se décida, plein de rancune, à enfouir la boîte dans sa poche.

— Je serai devant l'immeuble Scherl à partir de 9 heures. Si je t'y vois je saurai que tu as fait le nécessaire. Tu es libre de ton choix.

Hoffner se tourna et marcha en direction de la voiture. Il fourra les mains dans ses poches et remonta le col de son manteau, sans parvenir le moins du monde à triompher du froid.

Trois fusils, un lance-pierre et un remorqueur

La cloche d'une église sonna le dernier quart d'heure au moment où Hoffner grimpait les marches.

Il avait fait une apparition à l'Alex une heure plus tôt – changer de chaussures, se raser, téléphoner –, mais rien ne pouvait effacer sa mine de déterré. Par chance, personne ne lui avait posé de questions sur le sac en papier qui contenait d'étranges bouts de métal, des éclats de verre, des tubes. D'ailleurs, personne ne s'était soucié de lui. Dans son bureau, le mur avait retrouvé sa terne couleur blanche, hormis quelques traces de peinture qui rappelaient l'épisode de la nuit précédente. Quant aux membres de l'Alex, pour eux, c'était presque du passé.

Cinq jours déjà, songea-t-il. Cinq jours, autant dire une éternité. Quelqu'un aurait quand même pu remarquer sa présence.

Il franchit les portes de l'immeuble Scherl et se retrouva dans le brouhaha des faiseurs de nouvelles. Non pas que ceux qui s'agitaient là eussent une quelconque influence. C'était dans les étages que journalistes, rédacteurs en chef et financiers décidaient quelle image offrir de Berlin. Au rez-de-chaussée, on n'avait affaire qu'aux coursiers et préposés aux tasses de café – le menu fretin qui rêvait d'un destin grandiose. Hoffner s'émerveilla de constater qu'ici aussi s'affichait la morgue de ceux qui font et défont le monde. La vie et la mort pouvaient toujours s'affronter partout ailleurs – dans les hôpitaux, les prisons, la rue –, ils évoluaient dans l'univers de la presse, des informations choisies, calibrées, ou tout simplement inventées – et ils s'en grisaient.

Il se fraya un passage dans la cohue et parvint au dernier ascenseur. Une corde de velours tendue entre deux piquets métalliques en interdisait l'accès. Derrière se tenait un garçon d'ascenseur, les mains dans le dos.

— C'est un ascenseur privé, *mein Herr*, annonça-t-il d'une voix étonnamment gentille.

Il désigna d'un geste qui ne manquait pas d'élégance les autres ascenseurs.

— Il y en aura sûrement un disponible d'ici peu.

— J'ai rendez-vous avec Herr Direktor Hugenberg.

Le sourire du garçon se crispa.

— J'ai bien peur de ne pas avoir été prévenu, *mein Herr.*

— Lui non plus, rétorqua Hoffner en sortant son insigne. Inspecteur principal Nikolaï Hoffner. J'attendrai pendant que vous les prévenez que je monte.

Dix minutes plus tard, Hoffner posa le pied au huitième étage. Il s'attendait à mieux : du blanc, du lustre, des moulures noires et du verre un peu partout, ou au moins, sur le visage de la fille du bureau, la conviction éclatante de l'importance de sa mission. Au lieu de ça tout était étriqué, d'un brun triste, dans une lumière jaunâtre. Deux fauteuils trônaient à quelques mètres du bureau, séparés par une table basse, sur laquelle ne se trouvaient qu'un verre retourné et une carafe : personne ne semblait avoir osé prendre le risque depuis longtemps de goûter l'eau qu'elle contenait. À l'atmosphère confinée – odeur de bois et de vernis – s'ajoutait cette nuance de moisi propre aux toilettes des personnes âgées. La femme n'était pas laide, par contraste, sans doute. Hoffner fit craquer le parquet quand il se dirigea vers elle.

— Monsieur l'inspecteur principal, dit-elle en se levant.

Elle était à peine plus grande que sa chaise.

— M. le directeur vous attend. Puis-je vous offrir un verre d'eau ?

— Non, je vous remercie.

Elle contourna son bureau.

— Par ici, je vous prie.

Elle le précéda : des années de pratique lui avaient appris à ne pas faire craquer les lames du parquet. Elle frappa un seul coup et ouvrit. Ils échangèrent un signe de tête, puis Hoffner franchit le seuil et la porte se referma.

Ici, enfin, les ors du pouvoir brillaient dans toute leur majesté. Le bureau, qui occupait bien la moitié de l'étage, était entouré de baies vitrées sur trois côtés. Une table de conférence – superbe, impeccable – trônait au centre de la pièce. Elle était taillée dans ce bois au grain très fin que les Danois semblaient exporter par cargaisons entières ces derniers temps. Toutes les chaises, en métal, avaient des dossiers hauts et droits, interdisant le moindre confort. La seule quelque peu rembourrée, plus large, se situait à une extrémité de la pièce.

— Posez-le sur la table, inspecteur.

Hugenberg occupait un bureau au pied d'une des baies. Il était encore trop loin pour permettre à Hoffner de le voir en détail, hormis sa tignasse couleur poivre qui semblait jaillir du sommet du crâne comme des tiges de maïs desséchées. Il téléphonait.

— Oui, bien sûr que ça me paraît intéressant… Non, non et non, on ne va pas s'embêter avec ça… Parfaitement.

Il rit.

— Très bien. Vous me l'envoyez cet après-midi. Je suis absolument enchanté.

Hoffner contourna la table et observa Hugenberg qui essayait de placer un mot.

— Oui… oui… merveilleux.

Du geste il proposa à Hoffner de prendre place devant le bureau.

— Très bien, dans ce cas… oui, cet après-midi… Excellent. *Auf Wiedersehen.*

Il raccrocha et récupéra un gros cigare dans le cendrier. Il invita une nouvelle fois Hoffner à s'asseoir.

— Je vous en prie… Fumez-vous le cigare ? dit-il ensuite, voyant Hoffner rester debout.

Il poussa une boîte sur le bureau et en souleva le couvercle.

— C'est très relaxant.

Hugenberg avait encore plus l'air d'un taureau que ne se l'imaginait Hoffner. On connaissait des photos de lui, mais l'homme avait la réputation de se montrer discret – clichés mal éclairés, dans le fond, presque hors cadre, ou de profil. Quelques années plus tôt, on avait organisé une sorte de concours. Il s'agissait de proposer une photo en gros plan. Personne n'avait répondu : pourquoi se tracasser quand on savait que c'était un journal de la presse Hugenberg qui avait lancé le concours ?

Hoffner fut toutefois surpris par les jointures de ses doigts – épaisses et rouge foncé, comme celles d'un boucher, elles s'accordaient à la perfection avec les oreilles. Seules les petites lunettes rondes et la grosse moustache blanche rappelaient les origines patriciennes. Hoffner referma le couvercle.

— Bien, déclara le maître de céans. Nous y voici.

Il sourit et hocha la tête en direction du sac.

— J'imagine qu'il s'agit de l'appareil.

— En effet.

— Inutilisable ?

Hoffner confirma.

— Les plans également ? s'enquit Hugenberg.

— Également, acquiesca Hoffner qui posa le sac sur le bureau.

Ce qu'il espérait voir avant tout, c'était le visage de Hugenberg à ce moment précis – nouvelle déception.

Hugenberg porta la main à son oreille et pinça le lobe. Geste plutôt comique.

— Maintenant je vais donc devoir me démener pour convaincre mon conseil d'administration qu'il faut racheter l'UFA ?

Il lâcha son oreille.

— Quoi qu'il en soit, reprit-il d'un ton dégagé, le cinéma, c'est l'avenir. Je suis sûr d'arriver à les convaincre.

Hoffner était sensible à la chaleur qui régnait dans la pièce, mais il devait aussi lutter contre les premiers signes de nausée, conséquence de sa fatigue extrême. Il lui fallait sortir de cet endroit.

— Je n'en doute pas, dit-il, et il déglutit. D'ailleurs, vous pourrez toujours vous amuser avec vos tanks. En attendant mieux. Et un jour, on saura tout par vos journaux, n'est-ce pas ?

Aucune réaction.

— Profitez bien de votre appareil, *mein Herr*.

Hoffner s'apprêtait à le quitter quand Hugenberg se manifesta.

— Des tanks, inspecteur ?

Il souriait toujours.

— Oh, vous voulez sans doute parler de ceux dont vous avez confié l'existence à Kurd Wenkel, du *Tageblatt* ? Vous l'avez appelé, il y a quoi… une heure ?

Hoffner se retourna.

— Le *Tageblatt* m'appartient, inspecteur. J'ai été le premier informé.

Dans son état normal, Hoffner aurait peut-être menacé, ou éclaté de rire… Quoi qu'il en soit, cela avait le goût de la défaite. Il fit un effort pour se ressaisir.

— Donc, ça ne sortira pas.

Soudain, Hugenberg parut soucieux.

— Est-ce que ça ira, inspecteur ?

Hoffner sentit ses jambes se dérober. Quel beau final ce serait ! Tomber de faiblesse aux pieds de Hugenberg ! Mais à quoi bon nier.

— J'aimerais un verre d'eau si c'est possible.

Hugenberg utilisa la carafe du bureau et lui fit glisser le verre. Hoffner le prit et s'assit. Après avoir bu, il se sentit l'esprit plus léger.

— Je peux demander à la secrétaire de vous apporter quelque chose à manger.

Hoffner s'était trompé dans les grandes largeurs. Ni chantage ni raillerie de la part de Hugenberg. Parvenir à se montrer aussi sûr de soi demandait des années. À ce niveau de pouvoir, l'intimidation devenait superflue.

— Non, déclina Hoffner. C'est très aimable, *mein Herr*. L'eau suffira.

Il vida le verre.

— Pendant que j'y pense, dit alors Hugenberg, nous allons publier l'histoire. Vous avez fait du beau travail. Votre nom devrait être cité.

Hoffner posa le verre sur le bureau.

— Merci, je ne préfère pas.

— Dommage. Vous le méritez.

— Un vrai héros.

Hugenberg tapota le bout de son cigare sur le bureau. Il prit le temps d'inhaler la première bouffée.

— Dans les entrepôts… il n'y avait peut-être pas ce que vous pensiez… des tanks, ça semble sinistre… mais je suis sûr qu'on trouvera quelque chose quand Wenkel fera sa visite. Quelques moteurs de sous-marin, des ailes d'avion. À votre avis ? Il y aurait de quoi faire la une ?

Tout s'éclaircissait.

— Les tanks sont donc partis…

— Dites-moi, inspecteur, quelle était la nature de votre enquête, selon vous ? Hormis le fait que vous avez mis en danger plusieurs personnes… J'ai été navré d'apprendre pour l'Américaine.

— Je croyais enquêter sur un meurtre.

— Je suis sûr que, dans l'affaire Thyssen, on conclura à un suicide, pas vous ?

« Une telle assurance, songea Hoffner, proche de la perfection. »

— Et l'Américaine ?

Il n'avait plus rien à perdre.

— Vos nouveaux amis politiques sont plutôt difficiles à contrôler, non ?

Hugenberg posa le cigare dans le cendrier.

— C'est vraiment regrettable, voyez-vous… dit-il en s'adossant à son siège. Le capitaine Lohmann est un homme de talent. Intelligent. Trop peut-être… toutes ces erreurs, ces fausses lettres de démission. Il ne s'attendait pas du tout à votre petite visite. Par bonheur, c'est un excellent comédien quand il le faut, peut-être pas assez bon d'ailleurs. Bref, c'est l'homme providentiel du commerce allemand. Voir son nom figurer sur tant de raisons sociales fera l'effet d'une gifle chez nos amis de la marine. Je ne serais pas étonné qu'une huile en paye le prix.

— Vous êtes décidé à protéger ces gens, n'est-ce pas ?

Hugenberg semblait attendre cette question.

— Inspecteur, les douleurs de croissance sont inévitables. Un groupe comme…

Il hésita.

— Un groupe comme celui de ces nouveaux amis politiques… leurs idées sont justes, mais ils se montrent trop impatients. Ils croient que les révolutions naissent encore dans la rue. De nos jours, les choses sont un peu plus subtiles. Ce n'est pas à moi de le dire, mais il n'est pas exclu que cela explique pourquoi Herr Thyssen a fini dans une baignoire.

Dorénavant, Hoffner y voyait clair. Il se versa un second verre d'eau.

— Son manque de subtilité, sans doute…

— Voyez-vous, inspecteur, ce n'est pas si difficile à comprendre.

Hugenberg ramassa son cigare et Hoffner but une gorgée.

— Vous allez mieux ?

Hoffner confirma de la tête.

— Bien mieux, merci.

— Supposons, poursuivit Hugenberg, juste entre vous et moi… Supposons que Thyssen se soit vu offrir la chance de développer un système de sonorisation et que, en cours de route, il en ait profité pour tourner quelques films de son cru, sans en référer à personne.

Ces derniers mots semblèrent rester collés sur ses lèvres.

— L'occasion de mettre en scène, disons, d'anciens membres des Freikorps – Thyssen en avait fait partie. Supposez maintenant que ces individus aient eu des mœurs sexuelles contre nature comme on dit, et que cela ait constitué la matière de ces films. Une simple blague, comprenez-le… Des projections très privées. Incognito. Des films qu'ils ont eu la stupidité de garder derrière une simple porte fermée à clef ! assena-t-il, changeant de registre.

— On dirait un scénario à la Thea von Harbou, railla Hoffner.

— Vraiment ? Je n'ai jamais vu aucun de ses films.

— Vous préférez les vivre.

Hoffner but encore un peu d'eau et Hugenberg continua à dérouler son récit :

— Imaginez maintenant que les frasques de Thyssen aient incité les Américains à mettre leur nez dans ses affaires. N'aurait-il pas payé le prix de sa rapacité ? Car, si on avait fait pression sur lui pour qu'il cesse de produire ces films et qu'il ait ignoré les avertissements – puis égaré, disons, l'appareil de sonorisation et les plans –, un homme soumis à de telles contraintes n'aurait-il pas été poussé au suicide ?

Hoffner reposa son verre sur le bureau.

— À moins que sa mort ne désigne Fritz Lang, l'homme qui est responsable de l'entrée en scène des Américains ?

Hugenberg prit le temps d'étudier le visage de son interlocuteur.

— Imaginez un peu, dit-il.

Il se tut un bref instant.

— D'autre part, monsieur l'inspecteur principal, cette mort aura envoyé un signal au parti de Thyssen : l'heure du grand ménage a sonné. D'arracher la mauvaise herbe. Et tout le monde y trouve son compte.

Hoffner hocha la tête, dubitatif.

— Hormis l'Américaine et un petit comptable.

— Les douleurs de croissance, comme je l'ai dit. J'exclurais les Freikorps et les films de votre rapport. L'Américaine, c'est votre affaire, mais je continue à penser qu'une tension excessive suffit à expliquer de tels accidents.

Pas de menaces, pas d'intimidation. Hoffner se demanda combien de visiteurs, tout au long de ces années, avaient eu la primeur des confidences de Herr Hugenberg. Ça valait presque la peine de lui flanquer son poing dans la figure.

— Il n'empêche, cela met par terre votre petite guerre secrète. Plus de studios d'enregistrement de l'UFA… plus d'usines de tanks.

— Une guerre secrète ?

Pour la première fois Hugenberg se montra surpris.

— Vous n'êtes pas naïf à ce point, inspecteur ? Nous n'en avons pas encore fini avec la dernière.

Il s'accorda une pause et se lança dans de nouvelles explications.

— Croyez-vous qu'une signature sur quelques feuilles de papier dans un wagon de chemin de fer a mis un terme à la guerre ?

Il secoua lentement la tête.

— Certainement pas aux conditions qu'on nous a imposées. Faites-moi confiance, les Français attendent. Et les Anglais aussi. Ils s'estiment en sécurité de l'autre côté de la mer, mais ils ne sont pas inactifs pour autant. Quant aux Américains – ils ont déjà commencé à mettre la main sur l'Allemagne, à s'immiscer dans nos affaires, à nous proposer tout ce qui a le goût de l'Amérique, manière pour eux de s'assurer que nous les accueillerons à bras ouverts quand ils défileront sous la porte de Brandebourg – et un peu plus de jazz, *please*, un peu plus de cinéma hollywoodien. Si j'étais cynique, ce que, bien entendu, je ne suis pas, je dirais que les Américains ont agi de la sorte juste pour avoir une raison de revenir.

Hugenberg mourait d'envie qu'on lui pose la question et Hoffner n'eut pas la force de s'en abstenir :

— Et si vous *étiez* cynique ?

— Ma foi, je pourrais me demander pourquoi les Américains ont mis si longtemps à intervenir dans la guerre, pour commencer. Et pourquoi, d'ailleurs, ils sont intervenus. Voyez-vous, en 17, nous nous étions fourrés dans un drôle de guêpier. C'est un peu notre spécialité, à nous autres Européens, depuis cinq siècles ou peu s'en faut. Habituellement, on réglait le problème par un traité, chacun faisait son mea culpa, on se partageait quelques territoires…

— L'enfouissement des cadavres, dit Hoffner.

C'est à peine si Hugenberg eut une seconde d'hésitation.

— Les Américains ont débarqué et tout a changé. Du jour au lendemain, la flotte britannique qui, depuis 1910, ne cessait de se renforcer, et qui avait eu tout loisir de porter atteinte aux intérêts commerciaux de l'Allemagne, n'était plus qu'un mauvais souvenir. Quant à protester contre l'attitude de la France et de la Belgique, qui avalaient les derniers restes de l'Afrique et nous laissaient les miettes, cela relevait du simple dépit. En fin de compte, le verdict est tombé : nous n'avions aucune raison de déclencher la guerre en 1914. Tout était notre faute. Et maintenant, il nous faudrait payer ? Pour tout ? Les Américains ? Ils sont rentrés chez eux en se congratulant. Le retour des grands héros qui ont offert la démocratie et la paix au monde. Mais qu'en est-il de la catastrophe laissée derrière eux ? L'inflation, la faim, les dommages de guerre ? Ils avaient vaincu le mal. Il était temps désormais que le mal prenne soin de lui-même, dès lors que les Américains avaient retraversé l'océan.

— Et cela explique la présence de vos tanks ? demanda Hoffner.

— Monsieur l'inspecteur principal, je vais vous dire : l'Allemagne d'abord, c'est le slogan de ces nationaux-socialistes, et je leur donne raison. Le traité de Versailles permet aux Anglais, aux Français et aux Américains de se préparer à terminer le travail dès qu'ils s'estimeront prêts. Nous ne pouvons nous montrer aussi aveugles ou négligents, prétendre que rien ne se prépare, et oublier d'organiser notre défense. Et ce n'est certes pas avec trois fusils, un lance-pierre et un remorqueur que nous nous en sortirons.

Hugenberg tendit la main vers la carafe et se servit ;

— Si vous y réfléchissez, c'est moi qui devrais vous remercier. Cette affaire Phoebus – elle est réglée. Tout le monde n'en attendait pas moins de nous. Voilà pourquoi nous parlerons de ces événements, nous condamnerons les agissements du capitaine Lohmann et de la marine et témoignerons de nos remords sincères. Nous deviendrons la cible du public, qui estimera qu'on lui a rendu des comptes.

Il but.

— Jusqu'au jour où vous trouverez le moyen de mettre la main sur l'UFA.

Le sourire de Hugenberg réapparut et il posa son verre.

— Voyez, inspecteur… Même vous, vous y croyez.

Il se cala dans son siège.

— Pensez seulement aux possibilités que cela nous offre : dans un studio, des tanks, dans un autre, des films de propagande. Quelle meilleure façon de convaincre une nation de reprendre le combat, sinon au travers de quelques films patriotiques ? C'est autrement plus efficace que ce que je peux lui dire de penser dans mes journaux ! Il est possible que je me trompe, mais ce petit Goebbels semble avoir un certain génie pour des actions de ce genre.

— Et les autres ? demanda Hoffner.

Le regard de Hugenberg se posa sur lui.

— Ils vous inquiètent vraiment, n'est-ce pas ?

Il se tut.

— On pourrait penser que vous êtes personnellement impliqué…

Hoffner était trop las pour savoir si Hugenberg venait de faire allusion à Sascha. D'ailleurs, cette remarque avait tout du piège qui ne dit pas son nom.

— Oui, j'ai déjà eu affaire à eux.

— Vraiment ? dit Hugenberg sans rien trahir du fond de sa pensée. Quels risques représentent-ils ?

À son habitude, il ne répondit pas tout de suite.

— De mon point de vue, nous sommes en position de nous aider mutuellement. Je veux m'assurer que vous n'allez pas raconter des absurdités quand vous parlerez de cette affaire à la presse et voilà que vous me poussez à bâillonner mes nouveaux amis. D'accord. Voici ce que je vous propose : je vais convaincre Herr Goebbels d'accélérer un peu les choses – passer à tabac quelques Juifs dans les rues par exemple. Il ne manquera pas l'occasion et c'est alors que je proposerai au Reichstag d'interdire toute manifestation national-socialiste, pendant une année, disons. Venant de moi, cela passera comme une lettre à la poste. Mes jeunes amis auront reçu une leçon, suite à leurs dernières bévues, quant à vous, vous ne direz rien que vous puissiez regretter. Cela vous semble-t-il raisonnable ?

Ce fut le seul faux pas de Hugenberg – essayer de transformer ce moment-là en une réaction spontanée. Hoffner se demanda s'il n'avait pas déjà lancé la procédure d'interdiction. Peu importe, il savait qu'il était coincé.

— Je suis donc bien le héros, en fin de compte, observa-t-il.

— Il n'y a pas de héros, inspecteur…

Hugenberg posa son cigare dans le cendrier.

— Il n'y a pas de méchants. Les choses ne se passent pas comme ça. Elles arrivent et le monde prend soin de lui. Et quelqu'un comme vous n'y est strictement pour rien.

Il jeta un coup d'œil vers l'horloge.

— Je crains d'être attendu par quelques jeunes gens impatients qui piaffent derrière ma porte. Si vous voulez avoir l'amabilité de prévenir la Fräulein qu'elle peut me les envoyer… Merci pour l'appareil.

Son regard s'attarda sur le sac.

— En voilà un drôle de souvenir…

Il souleva le récepteur et composa un numéro de téléphone. Bien entendu, chaque rencontre dans ce bureau commençait et s'achevait de la sorte.

Hoffner n'eut d'autre choix que de se lever. Il se tourna et c'est alors qu'il prit conscience de la distance qui le séparait de la porte.

Sur l'autre trottoir, Sascha fumait une cigarette en battant la semelle. Hoffner laissa passer un tram avant de traverser. L'air froid le ranima. Il éprouva même le besoin d'avaler un morceau.

— Tu es en retard, dit Sascha.

— Ton ami Hugenberg est un gros bavard.

Cette matinée avait été trop éprouvante pour lui et Sascha fut incapable de dissimuler sa surprise.

— Comment t'es-tu arrangé pour avoir un entretien avec Herr Hugenberg ?

— Tu as parlé de Georg à tes petits copains ?

Le regard de Sascha se durcit : il aurait dû savoir qu'il valait mieux ne pas provoquer son père.

— Ils ont promis de le laisser tranquille.

— Ils savent que tu es son frère ?

Le visage de Sascha se fit plus hargneux.

— Ça ouvrirait des perspectives très intéressantes, n'est-ce pas ? Non, je me suis contenté de parler de tes films.

— *Mes* films ? s'étonna Hoffner. Quelle vaste blague, Sascha ! Si tu en es là…

Devant toute cette haine qu'il lui jetait au visage, Hoffner fut triste pour son garçon, plus triste encore pour lui. Il n'avait rien à lui offrir en retour.

— Tu n'as pas besoin d'entrer dans ce jeu-là, dit-il.

Remarque qui sonnait faux, car motivée par le besoin de s'apitoyer sur soi-même.

— Tu n'as pas à être ce personnage devant eux.

L'abattement qu'exprima soudain le visage du garçon avait quelque chose de pitoyable chez un homme de vingt-quatre ans. Un instant, Hoffner crut pouvoir espérer.

— Tu es assez jeune. Tu n'as pas à te conformer à l'image que le monde te renvoie, ou pire, l'accepter afin de te supporter.

Non, il n'avait rien d'autre à proposer à son fils : une chance de rédemption fondée sur le dégoût d'un père envers lui-même.

— Tu as toujours le choix.

Bien sûr, il était loin du compte.

— Tu me crois si faible que ça ? répliqua Sascha qui plissa les yeux. Évidemment… Et c'est là qu'on comprend pourquoi toi et moi nous sommes si différents, si différents…

Quelle absurdité d'avoir cru qu'il restait quelque chose à sauver – pour lui ou pour le garçon ! Le salut n'était jamais destiné à des gens comme eux. Hoffner ne répondit pas tout de suite.

— Bon, je devine que c'est la dernière fois qu'on se parle.

Sascha se força à hausser les épaules.

— Quand viendra la dernière fois, c'est moi qui devrai te protéger.

Devant le trouble de son père, il tint à préciser :

— Tu ne t'imagines quand même pas qu'ils vont lâcher le morceau aussi facilement ? Je leur ai dit que tu n'en valais pas la peine. Un paumé qui a eu de la chance. Sur le long terme, ça ne compte pas.

Pure fanfaronnade, mais pourquoi ne pas lui faire ce cadeau : Sascha avait l'air si froid, si frêle, si révolté, et tellement pathétique ! Pour la première fois, Hoffner prit conscience de la menace véritable que cela impliquait : il n'y avait plus rien entre eux.

Face à face, ils se défièrent un moment en silence, puis Sascha passa devant lui et poursuivit son chemin. Hoffner écouta le crissement de ses semelles dans la neige – faible, de plus en plus faible, le laissant enfin, avec pour seul réconfort le brouhaha matinal.

Une heure plus tard, deux heures peut-être, Hoffner se retrouva sur un pont en train de contempler l'eau d'un canal. Cela avait été si bon de marcher !

Le courant, grossi par la neige, était fort. Quelques morceaux de glace s'accrochaient aux berges comme pour résister indéfiniment à la violence des eaux. Alentour, on ne voyait que du blanc : descendue du ciel, la brume s'était emparée de la totalité de la ville, la rendant méconnaissable.

Hoffner chercha une cigarette dans ses poches et tomba sur l'enveloppe de Leni. Il hésita à la prendre puis se décida. Le papier lui parut rêche. L'en-tête de l'hôtel était gondolé à cause de la chaleur et strié de très fines rayures grises. Les coins supérieurs s'étaient recourbés, comme une griffe émoussée n'ayant plus la force de saisir – légère, faible, impuissante.

Il parut fasciné. Pourquoi resurgissait-elle maintenant ? Comme une dernière raillerie ou en manière de consolation ? Cela ne servirait à rien. Il paraissait impossible de faire tenir toute cette histoire sous une simple enveloppe, et pourtant, qui sait ? Son contenu n'avait pas de sens, ne changerait rien. Pour tout ce qui se trouvait ou vivait au-delà de ce pont, le monde tel qu'il était une semaine auparavant, ou tel qu'il serait dans une semaine, n'était pas différent de ce moment-là et Hoffner savait qu'il n'avait d'autre choix que d'arriver à s'en persuader. Il se sentit si las, soudain, que l'éventualité même d'un moment de répit disparut.

Il porta la lettre à son nez et inspira – oui, ce parfum de menthe, il voulut croire qu'il ne s'était pas évaporé. Il écarta l'enveloppe, laissa la lumière jouer sur les plis et ouvrit la main. Il la suivit des yeux jusqu'au moment où elle disparut dans l'eau. Quand il se remit à marcher, il comprit qu'elle avait autant de chance que lui de trouver son chemin dans Berlin.

POSTFACE DE L'AUTEUR

Un mois plus tard, Hugenberg, soutenu par la Deutsche Bank et la société IG Farben[1], réussit à s'emparer de l'UFA. Son investissement de 4,5 millions de marks multipliait par douze les droits de vote acquis grâce à ses actions privilégiées, ce qui lui assurait le pouvoir au sein des studios. Selon un rapport interne émis à l'époque par la Scherl GmbH, les parts étaient « distribuées de telle sorte que nous obtiendrons la majorité quel que soit le vote, ce qui prouve que le contrôle économique de la société demeure dans sa totalité entre les mains de notre consortium ». Aussitôt, Hugenberg renégocia les accords de la Parufamet, remboursant le prêt et créant un système de production fondé sur des structures disposant d'une certaine autonomie, identique à celui en vigueur à Hollywood. Il commença dès lors à travailler à la production de films sonores.

Le capitaine Walther Lohmann fut tenu pour responsable de l'affaire Phoebus, révélée par Kurd Wenkel dans le *Berliner Tageblatt* de mars 1927. L'article mettait en exergue les efforts déployés par la

1. Consortium de plusieurs entreprises spécialisées dans la chimie – Agfa, Bayer, Hoechst, BASF – et qui produisit le gaz Zyklon B utilisé par les nazis dans les camps d'extermination. *(N.d.T.)*

marine de guerre allemande pour renforcer les partis de droite en Allemagne et ne faisait qu'une allusion aux tentatives de réarmement. C'est tout juste si le nom de la Berliner Bankverein était cité – celui d'Alfred Hugenberg n'apparaissait nulle part. Nombre d'informations sur les activités clandestines de Lohmann sont demeurées plus ou moins occultées jusqu'en 1993, date à laquelle un rapport déclassifié de la CIA a donné le détail du fonctionnement de la « caisse noire » mise en place par la marine allemande entre 1923 et 1927. On y apprend que la Berliner Bacon Company était une de ses sociétés les plus efficaces (et détestées) et qu'elle servait de paravent à la construction de sous-marins – qui se poursuivit tant à Cadix qu'à Istanbul après la démission de Lohmann. Le ministre de la Défense, Gessler, et l'amiral Zenker furent également contraints de se retirer.

Quelques semaines après les révélations de Hugenberg à Hoffner, le petit parti nazi fut interdit de manifestation à Berlin pour une période d'une année – interdiction faisant suite à de nombreuses agressions antisémites dans les rues de la capitale. Notons que Hugenberg n'est pas le député du Reichstag à qui l'on doit l'adoption de cette mesure.

Fritz Lang mit un certain temps à se remettre de l'échec cuisant de *Metropolis*. Sa résurrection coïncide avec le film que beaucoup considèrent comme son chef-d'œuvre, *M le maudit*, dans lequel Peter Lorre incarne magistralement un assassin d'enfants. Ultérieurement, Lorre entama une brillante carrière à Hollywood, marquée par des hauts et des bas (sa dépendance à la drogue et à l'alcool conduisirent l'acteur à jouer des rôles qui parodiaient le personnage profondément perturbé qu'il avait créé en Allemagne). En 1933, Joseph Goebbels, ministre de la Propagande, proposa à Lang de prendre la tête du département cinéma de son ministère. Lang refusa poliment et ne tarda pas à émigrer aux États-Unis – citons, entre autres, parmi ses œuvres américaines, *Furie, Cape et poignard, Règlement de comptes.*

Son épouse, Thea von Harbou, demeura en Allemagne. Le couple divorça en 1934 et von Harbou – membre du parti nazi depuis 1932 – mit sa plume de scénariste et d'écrivain au service de la grande cause. Brièvement emprisonnée par les Anglais après la guerre, elle gagna ensuite sa vie dans des emplois peu gratifiants avant de se consacrer à des travaux de postsynchronisation et à l'écriture de romans de gare.

Le 30 juin 1934, le parti nazi se débarrassa de ses éléments les plus « indésirables ». Ce fut la Nuit des longs couteaux, autrement dit, l'élimination par Hitler des membres de la SA – *Sturmabteilung*, section d'assaut –, sorte de milice privée créée à partir des anciens corps francs (Freikorps). La rumeur prétendait que la SA était un repaire d'homosexuels, au point qu'on a même laissé entendre l'existence d'une relation intime entre Hitler et le chef de la SA, Ernst Röhm. Par la suite, l'éradication de l'homosexualité devint pour Hitler une priorité.

En fin de compte, Hugenberg fut forcé de vendre l'UFA aux nazis. Ministre pendant quelques mois dans le premier gouvernement de Hitler, comme nombre d'autres conservateurs de l'époque, il avait sous-estimé les nazis et en paya le prix. En 1933, Hugenberg écrivit ces lignes, sans doute les plus célèbres de sa main : « Hitler, on le tiendra en laisse… D'ici deux mois, nous aurons tellement réduit son champ d'action qu'il se mettra à couiner. » Au contraire de beaucoup de ses amis qui ne survécurent pas à la guerre, Hugenberg s'en tira plutôt bien. Il put rester membre du Reichstag jusqu'en 1945, sans y détenir aucune influence. Après la guerre, il fut lui aussi emprisonné par les Britanniques. Il mourut en 1951, près de Rinteln, en République fédérale d'Allemagne.

Quant au ministre de la Propagande, son intérêt pour le cinéma céda rapidement la place à un média bien plus redoutable. Cette arme nouvelle disposait d'un atout que le film – parlant ou non – n'était pas prêt d'égaler : la possibilité d'entrer dans chaque foyer allemand. Cela s'appelait la radio.

(La chanson dont un extrait apparaît dans le chapitre 4 – *Was hast du für Gefuhle, Moritz ?* – fut écrite par Fritz Löhner-Beda et Richard Fall. Elle fut rendue célèbre par Paul O'Montis, chanteur de cabaret ; il fallut attendre la fin des années 1970 pour que soit commercialisé, par les laboratoires Dolby, le « son surround ».)

REMERCIEMENTS

Ce livre n'aurait peut-être jamais vu le jour sans les généreux encouragements de David McCullough, que je tiens à remercier chaleureusement. C'est à lui que je dois d'avoir fait la connaissance de Mort Janklow qui apporte au métier d'agent littéraire une perspicacité et une intégrité rares – travailler avec lui est un privilège. Mort a montré les premières pages du manuscrit à Sarah Crichton, grâce à laquelle j'ai découvert ce qui se cachait sous ces mots : « éditeur à l'ancienne ». Placées sous le signe de la franchise, nos rencontres ont permis à chacun d'apporter sa pierre sans renier ni ses convictions ni ses ambitions, gage de travail bien fait. Je ne saurais imaginer meilleure éditrice.

Je tiens aussi à remercier le professeur David Clay Large qui a montré tant de gentillesse pour me faire découvrir et imaginer la société allemande qui se cachait sous le nom de République de Weimar.

Ma gratitude va également à Peter Spiegler, présent à chaque étape de la rédaction. Quel écrivain ne rêverait pas d'un lecteur aussi subtil ? Qui voudrait se priver d'un tel ami ?

Comme toujours, mes parents m'ont manifesté un enthousiasme sans faille : c'est grâce à eux que j'ai pu jour après jour travailler à mon livre. Je les remercie de m'avoir offert un second chez-moi.

Enfin, je dois parler de ma femme, Andra, et de mes enfants, Emilia et Benjamin – si vive est la lumière qu'ils apportent autour de moi qu'aucune ombre ne vient ternir mes journées.

GLOSSAIRE

Auf Wiedersehen : au revoir
Berliner : de Berlin, Berlinois
Brötchen : petit pain, sandwich
Doktor : docteur
Fechtschule : salle d'armes
Frankreich : France
Frau : madame
Fräulein : mademoiselle
Fregattenkapitän : capitaine de frégate
Gnädige Frau : chère madame
Gymnasium : collège, lycée
Herr : monsieur
Kapitän : capitaine (marine)
Kriminal-Assistent : officier de police judiciaire
Kriminal-Bezikssekretär : responsable de district, brigadier-chef
Kriminaldirektor : commissaire divisionnaire
Kriminalpolizei : police criminelle ou judiciaire
Kripo : abréviation de Kriminalpolizei
Luftfahrt-Werke : usines aéronautiques
Major : commandant, directeur
Mein Herr (pluriel : *meine Herren*) : monsieur
Oberkommissar : inspecteur principal
Oberleutnant : lieutenant

Oberwachtmeister : brigadier
Platz : place
Polizeipräsidium : préfecture de police
Polpo : police politique
Professor : professeur
Schutzi : abréviation de Schutzpolizei ; policier
Schutzpolizei : police (maintien de l'ordre), sûreté, police municipale
Strasse, -strasse : rue
Stromer : vagabond
Verkehrsnotverfahren : consignes en cas d'urgence
Weisserhimmel : ciel blanc
Zweiter-Direktions-Assistent : sous-assistant de direction

Impression réalisée par

CPI
Brodard & Taupin

La Flèche (Sarthe), 55691
N° d'édition : 4230
Dépôt légal : janvier 2010

Imprimé en France